# 暗夜行路

李永熾／譯

志賀直哉

あんやこうろ

【導讀】

# 從暗夜走出來的路

◎李長聲

文學家大岡昇平說：志賀直哉是日本近代文學的最高峰，明治以來的長篇小說只舉出一部的話，那就是《暗夜行路》。

志賀直哉（一八八三－一九七一）回顧人生時，曾說：「數數我受到影響的人，最稱心的，師是內村鑑三，友是武者小路實篤，親屬當中是我二十四歲時以八十高齡去世的祖父志賀直道。」

他出生在宮城縣石卷市，兩歲時隨家移居東京，由祖父母撫養。相馬藩主病故，身為管家的祖父一度以毒殺的嫌疑被捕。志賀說這是他「人生第一件慘事」。十二歲時母親去世，父親再娶。志賀曾一夜寫就《母親之死與新母親》，有人問他喜歡自己的哪部作品，他常舉這個短篇，因為「小說中的我是感傷的，但寫法不感傷」。父親是他成長的對立面，影響也不可低估。一九〇一年發生礦毒事件，已師事基督教思想家內村鑑三多年的志賀也想跟同學去現場考察，與礦主有關係的父親大加反對，終未成行，從此與父親反目。二十四歲時要和女傭結婚，又遭到反對，和父親的關係更形惡化。轉年從東京帝國大學退學，父親對他益發失望。從事文學也是父親不滿的。

學習院是貴族學校（原為官立，一九四七年變成私立），陸軍大將乃木希典當院長的一九一〇年，志賀直哉、武者小路實篤等愛好文學藝術的年輕人創辦了一個同人雜誌，叫《白樺》。一九二三年關東大地震時收攤，堅持了十三年，為日本文學史留下了「白樺派」。耐人尋味的是，學習院的歷史上，這一批作家以後，直至三島由紀夫脫穎而出，沒出過像樣的作家。白樺派淨是些官二代、富二代，不愁吃不愁穿，起初無志於文學或藝術，只是玩玩罷了。他們的共同之處是厭惡風靡一時的自然主義文學，愛讀托爾斯泰、莫里斯、梅特林克，也受到西歐現代藝術感化。《白樺》的內容不限於文學，也介紹西方美術，一般日本人是透過《白樺》才知道羅丹。成員中除了有島武郎之外，幾乎都不關心政治，有種貴族式的孤高，或者說貴族的堅毅，自我肯定，「自己不知道的事情沒用處，自己不理解的事情無意義」。志賀更是「觸犯自己的神經即為惡」，絕不像自然主義作家那樣，用自憐與自卑相雜的眼光把自己描寫成受難者。武者小路實篤代表了白樺派的思想，志賀直哉則代表了白樺派的藝術，最具影響力。對於志賀來說，畢生至交的武者小路是種巨大的存在，但武者小路貫徹純潔主義，而志賀則是徹頭徹尾的享樂主義。

夏目漱石比志賀大了十六歲，《白樺》創刊這一年，他在報紙上連載小說《門》。同年，比志賀小三歲的谷崎潤一郎以《刺青》出道。發表在《白樺》創刊號上的短篇小說《到網走》是一篇不像小說的小說，展露了志賀文學的特色：不加修飾與誇張，照實寫自己所見、所聞、所觸、所感。一九一二年在當時的權威刊物《中央公論》上發表《大津順吉》，第一次拿到稿費。這個中篇小說寫的是他在內村鑑三門下學習基督教，經歷人生最大的哲學體驗。志賀並沒有成為基督徒，大概首先就受不了「不姦淫」的戒律。一九一七年的《和解》，寫他與父親從不和到和解，但作為傑作，文章中沒有故事，只有語言，一種天然去雕飾、連老嫗都能解的語言。《在城崎》

寫他被電車撞傷，一個人去城崎溫泉療養，看見各種死亡，感慨系之矣，自省撿了一條命。這些作品與其叫小說，不如稱之為文章。志賀曾經自道：「若論我，小說與隨筆的境界甚為曖昧。」這種「曖昧」是志賀文學的最大特色，也正是日本文學的傳統。評論家加藤周一曾指出，志賀的文章好，一看好像誰都能寫，其實寫不來。志賀直哉並不具備谷崎潤一郎那樣的大結構能力，也不似芥川龍之介博洽多聞，活了八十八歲，作品不算多，其長處在於文體，簡潔而精準，也以此彌補了故事性的不足。志賀筆下使用的語彙相當少，也不用生僻的意思。他的文章自有一種沒有技巧的技巧。芥川龍之介輕蔑自然主義作家寫不來文章，敬佩志賀是自己文學創作上的理想，甚至連他震撼文壇的一死，也是對《暗夜行路》作者的全面屈服。倘若從什麼樣的文章更適合於小說來看，芥川比志賀略遜一籌。

芥川龍之介與谷崎潤一郎論爭，以志賀直哉的《篝火》為例，主張小說沒有情節也無妨。芥川自殺後，谷崎潤一郎寫《文章讀本》，例舉志賀直哉的《在城崎》，寫道：「故芥川龍之介把這篇《在城崎》列為志賀最好的作品之一，能說這樣的文章不是實用的嗎？這裡描寫了來溫泉療養的人從住處二樓看見蜂的死骸的心情和死骸的樣子，那就用簡單的語言活靈活現地表現。用這樣簡單的語言鮮明描繪事物的本事在實用的文章裡也同樣是重要的。作者並不用難懂的詞語或措辭，都是跟普通我們記日記或者寫信時一樣的詞句，一樣的說法，卻描繪入微。」志賀被認為是文章寫得最好的，有個叫直井潔的作家甚至把《暗夜行路》整本給背下來。志賀直哉確立了近代語文的基本模式，被譽為「小說之神」，他一個人幾乎就代表了近代文學。可能因為他手裡握有台糖的股票，箱根的土地，以創作為本位而無憂，無須靠字數賺錢，改稿就用力做減法，字數越改越少。志賀的文章向來是語文教育的範本，但近年逐漸從教科書上減少，文學終究奈何不了時代。

「小說之神」的稱呼是套用他的小說題目《小僧之神》，一字之差，本是半開玩笑，卻弄假成真。確立自我中心的道德觀的《范的犯罪》（一九一三）、做了善事卻覺得落寞的《小僧之神》（一九二〇）在二十世紀日本短篇小說中也屬最優。準確地說，志賀是短篇小說之神，他一生只寫了一部長篇小說，那就是《暗夜行路》。

一九一三年末，夏目漱石通過武者小路實篤約志賀直哉為東京朝日新聞寫連載小說，他大為高興，動筆寫《暗夜行路》的前身《時任謙作》，但過了半年，似乎是知難而退，故向夏目漱石推辭。夏目誇過他：「在藝術上是忠實的，他有一種信念，不是有自信的作品就不發表。」然這次推辭只怕也成為心理壓力，三年後夏目漱石去世才得以解脫罷。《暗夜行路》終於自一九二一年一月在雜誌《改造》上連載，翌年出版《前篇》。接著連載《後篇》，卻像是難以為繼，中斷了九年，一九三七年方告結束。曠日持久，結構的鬆散幾乎是不可避免，卻也自然釀出了日本文學傳統的隨筆性風味，簡直是「東方的睿智」。川端康成的《雪國》不也是斷斷續續寫了十多年麼。

《暗夜行路》裡的主人公時任謙作是祖父和母親所生，當然是虛構，但虛構也自有來由，志賀在《續創作餘談》中寫道：「我不懂事的時候，父親曾去過釜山的銀行工作，還去過金澤的高中會計科工作，那時我的母親留在東京。而且，我十三歲時母親三十三歲死去，祖父在母親的枕邊哭出聲：天可憐見，還沒有真正享受就死了。父親當時卻沒哭。此印象留到後來變成我對父親的反感，一想像自己也許是祖父的孩子，這種記憶一下子以完全不同的意義在我心裡復甦了。」

不過，祖父是世上他最尊敬的三四人之一，所以要另找個模特當小說裡的祖父，正好有一個出入他家的花匠，他討厭這個把家產敗光、聽命於兒子的沒出息老人。時任謙作的原型基本是志賀本人，而謙作之妻直子，他本來盡量不要寫成自己的內人康子，起初體格等設定完全是他人，但不知不覺地漸漸就寫成跟康子相近的人物了。

志賀曾說過，西歐作家們把通姦寫得過於輕鬆，而且對通姦的妻子給予同情，他看了大為不快。既然寫自己身邊事，要正確評價其作品，就必須了解作家的實際生活。志賀也有過外遇，跟京都祇園小路茶屋的女傭，五大三粗，好像他就喜歡這樣的女性。康子發現了，他卻不肯表態跟情人分手，康子說「那我就不活了」，他只好說分手。小說家阿川弘之是志賀直哉推上文壇的，從志賀六十三歲交往到八十八歲去世，撰著了評傳《志賀直哉》（但阿川說他只「傳」未「評」，作者評起來就讓人不知傳誰了），裡面寫道：「直哉的心情絲毫未收斂。若探究真心，全無跟女人分手的意思。不過是用給她錢的形式欺騙妻，欺騙自己，也欺騙那個女人罷了。」《改造》雜誌約志賀寫小說，總算寫出了一篇《瑣事》，偏偏寫的是自己瞞著妻子去見那女人的隱情。樣本寄到家裡，他撕掉《瑣事》那幾頁，以免被康子看見，不料卻被康子的熟人看見了，寫信來打聽。為什麼非暴露自己見不得人的老底不可呢？這就是西歐自然主義在日本無能地異化所造成的文學認識或理念，哪怕毀了家庭或是本人的生活，也必須追求真實，把它寫出來，那就是文學，那也才是文學，其中或許也不無受虐的快感吧。這種日本文學近代化的特產叫作「私小說」。它的故事不是「編」的，而是「真」的，真人真事。《暗夜行路》裡，母親因通姦生了他，娶的媳婦也通姦，時任謙作是怎樣的心境呢？中野重治批評這個小說是「自用」小說，並沒有昇華為「通用」，「戶籍上叫志賀直哉的人在這裡為收拾他的心而寫這個發表」。時任謙作最終在大自然中得到淨化，寬恕了一切。不止於赤裸裸暴露個人的生活以及醜惡，逐漸提純「私」（我），與生活調和，就叫作「心境小說」，志賀直哉的《在城崎》就是一個典型。

《暗夜行路》不僅是志賀直哉的代表作，也是近現代日本文學的代表作。從一些作家的記述，足以見得它當年的影響之大——

芥川龍之介在《齒輪》中寫道：「我躺在床上，開始閱讀《暗夜行路》。主角的精神鬥爭對我頗有切膚之感。比起這主角，我覺得自己多麼傻，不知不覺流下淚來；同時，淚水也不由得給我一種平和感。」

宮本百合子在《兩個院子》中寫道：「前一陣子寫長篇小說時，伸子一直在桌子上放著的是《暗夜行路》。」

這裡的「我」和「伸子」所讀的只是前篇，《暗夜行路》的前、後篇收入志賀直哉全集出版是一九三七年十月的事，盧溝橋事件已發生。小津安二郎在入侵中國的戰場上讀了岩波書店於一九三八年出版的文庫版全本《暗夜行路》，並記在日記裡：搭乘去安慶的客貨兩用船，「不斷想起時任謙作乘下行船去屋島。讀完已十來天，仍有點神韻縹渺，感動猶新，快哉。」

日本近代文學研究家紅野敏郎也曾被徵兵，回憶當了一年俘虜，一九四六年夏天復員後寄居在親戚家，忘了飢餓捧讀《暗夜行路》，「背負不屬於本身責任命運考驗的時任謙作，決定性的影響了我往後的人生。」

日本戰敗後，既有評論家中村光夫那樣否定志賀直哉的人，也有予以肯定者如評論家本多秋五。志賀人生的最後二十年，除了小品和書信，幾乎什麼也不寫。他不大讀書，幾乎沒讀過戰敗後文學，就戰敗後文學的發言多屬即興。志賀直哉從未見過太宰治，也很少讀他的作品，但戰敗後太宰治一躍成為流行作家，出現太宰熱，一九四七年九月志賀在「談現代文學」座談會上就被問到對於太宰治的印象，於是說：「我討厭，裝瘋賣傻，這種樣子讓人喜歡不起來。」後來又批評太宰治的《犯人》和《斜陽》，「沒意思」，「滿紙大眾小說的蕪雜」，「貴族女兒使用的語言好像鄉下來的女傭」云云。身為文壇大老，頻頻被請去開座談會，話題差不多，結果就像是定向的反覆攻擊。太宰治也不是好惹的，立馬在《新潮》雜誌上發表《如是我聞》予以猛烈反擊。文藝評論家奧野健男曾說：「對志賀所代表的既成文學的批判是文學史上留給後世的紀念碑式的文章。《如是我聞》使戰前私小說完全喪失了權威，成為戰後新文學的進軍號。」不久後，太宰自殺，志賀懊惱自己的不慎發言是否是他尋死的一個原因，撰寫了《太宰治之死》。太宰治、織田作之助大罵志賀，坂口安吾說他倆都是被志賀直哉氣死的。中村光夫說這些無賴派是「窮鼠反噬」，卻無力衝破志賀的權威之壁。既畏懼巨人，又渴望站到巨人的肩上，採取的策略往往是謾罵，這樣的例子在大陸作家中也屢見不鮮。

志賀直哉向來不關心社會問題。他讀東京帝國大學時，讀了兩年英文學科，又轉入國文學科，沒多久便被退學。文學家中村真一郎問他，寫那樣的文章受誰影響，答曰「小泉八雲」，這位入贅日本，把日本捧上天的英國人作家的英語文章很簡明。志賀懂英語，不懂法語，但在日本被美國占領、不知何去何從的一九四六年時，他發表三千字隨筆《國語問題》，主張用法語取代日語，因為法語是「世界上最好的語言，最美的語言」，「有邏輯性的語言」。此話是否當真？他一輩子的文體功業不就先就泡湯了？「已不是戰後」以後，人們對志賀的主張仍耿耿於懷。日本語學家大野晉說：把志賀當「小說之神」，足見大正年代、昭和初年的日本人把握世界之淺薄。文學家丸谷才一說：考慮到志賀是用日語寫作的代表性文學家這一要素，我們不禁為近代日本文學的貧瘠與程度之低而害臊。三島由紀夫也說：戰後竟然有文學家說要把日語改為法語，我珍重日語，要是失去它，日本人就失去靈魂。不過，往好處想，這是否代表了志賀覺得倘若非滅了日語不可，那麼，寧用法語，也不使用占領軍的語言。擁護志賀說法的也代不乏人，例如當過東京大學校長的蓮實重彥，他是巴黎大學博士。

志賀愛遷居，平生搬了二十六次家，小林多喜二登門造訪還住了一宿的是奈良，芥川龍之介訪他則是在千葉縣。在奈良租房四年，結廬九年，完成了《暗夜行路》。高畑的舊居如今為奈良學園所有，修葺復原，或可憑之遙想當年被稱作高畑沙龍時，高朋滿座的情景。千葉縣我孫子市有個白樺文學館，「我孫子」這個地名常被我們當笑話，卻很少有人去那裡一遊。

（本文作者為知日文化觀察家）

【導讀】

# 禁忌之書

◎傅月庵

人跟書的關係，一如愛情。有些作者，你一見鍾情，終身不渝，而能白頭偕老；有些作者，你乍見驚為天人，溫存日久，色衰愛弛，終也一棄了之；較少見的是，本來有「隔」，峰迴路轉，盡釋前嫌，最後竟得善緣。

我會對《暗夜行路》產生興趣，純然由於陳映真的《夜行貨車》。兩者之間，毫無道理可言，與內容全然無涉，僅僅因為書名的聯想。

一九七〇年代末期的事。

十七、八歲的我對世界充滿好奇，於閱讀一事更如瘋魔了一般，即使所就讀是一所工業專校，卻大量閱讀文史作品。讀久了，漸漸也窺探出些許門道，到處搜尋「禁書」來看。先是李敖，接著柏楊，後來但凡出版社書目後備註（缺）的，便要找來一讀，蓋十之八九都是被禁絕了的。

愛上陳映真是從遠景版《第一件差事》開始，接著四處搜尋被列入禁書名單的《將軍族》。學校位於光華商場舊書攤邊，天道酬勤，很快蒐羅到手。「自從一見桃花後，直至如今更不疑」，從此成了「愛人」——愛他的人——無論時代如何變遷，別人如何動搖，我心始終不渝，疑然不動。

一九七八年「中美斷交」，陳映真隨後出版了《夜行貨車》。小說中的隱喻，尚非彼時的我所能徹底理解，但洋人欺負台灣女孩，買辦隱聲吞忍，不敢置喙的場景，乃至男主角最終徹悟，認同故鄉土地，我都看得無聲勝有聲，自有一種憤慨與感動。「他忽而想起那一列通過平交道的貨車。黑色的、強大的、長長的夜行貨車。轟隆轟隆地開向南方的他的故鄉的貨車。」小說最後這一意象，深印腦海，不時翻騰起伏。

隔年，遠景「世界文學全集」推出了志賀直哉的《暗夜行路》。我才看到書名，便一整個被吸引住了。這四個字為我構築起了比《夜行貨車》更加強烈的畫面：一個比貨車還要堅強的人，在暗黑的曠野之中，順著眼前僅見的白色路跡，勇敢向前趕路，神色凜然不屈。——僅僅因為這樣一個「可愛者未必可信」的書名意象，便花了我相當三天午餐錢買下一本書。少年輕狂，莫此為甚。但那種快樂，日後幾乎少有了。

只是，《暗夜行路》這書，才翻看沒多久，我便擱置，甚至心生嫌惡，很快送人了。

《暗夜行路》是號稱日本「小說之神」的志賀直哉，耗費十八年以上的時間醞釀，數易其稿，寫了又寫的唯一長篇小說，即使論者對它的鬆散結構，緩慢節奏多有指摘，於我卻一點問題也沒有。甚至，此時嗜讀中國章回小說的我，還能在其中得出某種相近的趣味來。然而，讀著讀著，我漸漸醒悟到了操弄男主角時任謙作的那隻看不見的手，於青春純白心靈，結實牴觸，讓人完全無法閃避。雖然沒有也不曾被查禁，但於我而言，《暗夜行路》真是前所未見，人生中最大的一本禁書啊！

禁忌的根源在於「亂倫」。謙作是他的祖父與母親發生關係後生下的。小說最後，謙作的妻子也與其表兄犯下亂倫之罪，加上謙作與祖父小妾榮娘的種種情慾糾纏，要說背後驅動這部小說前進的力量乃「亂倫」兩字，恐一點不為過。

「亂倫」這一禁忌，追溯其原始，自有基於種族繁衍的實際需要，其後經過親屬層級分流堆疊，遂成牢不可破的磐石，奠基於各種道德之下，其嚴厲之甚，或可由「亂倫＝畜牲」這一貶抑不視之為人的民間概念得見一斑。日常教育系統之中，更是絕口不提，徹底否認其存有，或說「不潔」到連言語都「不可觸碰」的一種禁忌。儘管「不看、不碰、不說」並不等於「沒有」。

偏偏我所成長的一九六〇、七〇年代的台灣，恰恰是一個非黑即白，二元對立的世界，我們從家庭從學校所學到的，無非是「迎向光明，唾棄黑暗」八字，對於那些「不好的」、「不對的」、「不是的」，一筆抹銷就是了。因此，我們聽的是「淨化歌曲」，看的是電檢通過的電影，讀的是部定審查課本，甚至頭髮衣褲腰帶鞋襪，也都有其規定，每日檢查，以確保其不踰矩——國家主人翁亟需保護，所以得打造一個無菌室，或說將其腦袋洗得乾乾淨淨，潔白無瑕。

偏偏就碰到、還看出了那隻禁忌之手。

小說之中，志賀直哉筆觸淡然，描寫得很是幽微含蓄，若不細究，也無甚妨礙小說之閱讀。可雙魚座如我，神經似乎特別纖細，一旦了解書中所指涉，再經確認（書前譯者導讀），隨即生出某種罣礙，這一「違和」，遠遠超過三島由紀夫《假面的告白》的同性戀暗示，萬難克服，彷如暗黑之中蹲踞著一隻黑豹，隨時要竄出將你吞噬入腹⋯⋯。至此，我是萬萬無法於暗夜行路了。

只是，關於閱讀，關於人生，一切都難預料。去了的還會歸來。

十七、八年之後，始終與直哉無緣之人，面臨人生的困頓與抉擇，單獨去到東部旅行。或因鬱悶，隨身所帶的書籍早早看完，小鎮也無任何一家書店，對於重度活字中毒者，其窘況有如毒癮發作。最後，東翻西找，竟在旅館逃生梯邊舊報紙堆中翻出一本書來：《志賀直哉短篇選》。本有些猶豫，但實在無有替代者，遂也如被硬推下水般讀了起來。卻一讀即入迷，用字的簡潔精確，描寫的細膩獨到，在在讓人嘆服。即使所寫仍以身邊瑣事居多，底氣卻通達普遍的人生苦樂種種：

原來是一隻大老鼠被丟到河中，老鼠拚命想要游泳逃走。老鼠的頸子被七寸左右的竹籤戳穿，頭上和咽喉各露出三寸來。牠想要爬上石牆，有兩三個孩子和一個年約四十的車伕，對著牠丟石頭，但都沒投中，碰到石牆又彈回來。旁邊看熱鬧的人一陣哄笑。老鼠前腳終於攀住了石牆，但每當要爬上來時，竹籤就被卡住，結果又掉下水去。……。我不想看老鼠的最後下場。即使沒有看牠死，但牠那面臨註定必死的命運時，尚且全力逃生的情景，卻牢牢地烙印在我的腦海。

後來才知道，這是直哉最稱傑作的短篇〈在城崎〉裡的片段。那一夜裡，讀了又讀，看了又看。最後，放下書，雙手支頭，仰躺在床上想像那老鼠的心情。深夜小鎮，四下一片靜謐，僅有窗外遠處傳來單調卻有力的海潮刷灘之聲。這一切的湊合，文字與環境，思索與心境，糾纏混摶，讓自己竟也如直哉般「湧現一股厭惡的寂寞感」。然後，便似乎更能了解「人間條件」（Human Condition）這一件事，心裡也有了一種渴望：「我要讀《暗夜行路》！」

歸來後，很快買來《暗夜行路》，很快讀完。要說一點沒有罣礙，那是騙人的。卻已能平視「亂倫」這一件事，不再以自身價值判斷加諸其上。人，無非也即是那隻老鼠，不幸就是不幸，沒有更不幸或不能說的不幸，有的僅是不同的不幸，以及，最重要的，老鼠的反應罷了。而這，或許也即是《暗夜行路》最後，直子凝望著即將死亡的謙作，所以下定決心：「不管有救沒救，反正我不離開他。不管到哪裡，我都跟他去。」的最大原因吧？

又過了十七、八年，此時追憶此生閱讀《暗夜行路》種種，不免啞然失笑。閱讀之事，無非臨水照鏡，好書總能讓人看出不同年代自己的不同面貌，顰與笑，足與不足，超越與落後，但無論如何，總得鼓起勇氣站到水邊，即使波濤洶湧。

讀書無禁區，如此而已。

（本文作者為資深出版人、書話作家）

【導讀】

# 淺論小說之神志賀直哉

◎王嘉臨

提起志賀直哉，很多本地讀者或許都不甚熟悉，但在日本文學史上，志賀直哉被譽為「小說之神」，占有重要的地位。另外，志賀直哉也影響了諸多後代作家，從日本的芥川龍之介、橫光利一、小林多喜二等，至中國的周作人、郁達夫等皆然。日本學者中村光夫更曾言：「大正時期的作家中，沒有一個像志賀直哉這般，對於日本現代文學產生了深遠的影響。即便是森鷗外、夏目漱石，就這一點而言，也不及志賀直哉。」另外，武田麟太郎也評價志賀的文學是「日本文學的故鄉」。對於志賀直哉作品的魅力，我們有必要在台灣進行引介。

## 白樺派的崛起——志賀直哉的「先驅性」

明治四十三年，以文學來說，自然主義文學達到了全勝的高峰。田山花袋在《棉被》中的書寫，毫不掩飾地暴露出自己的私生活，這樣的寫作風格成了當時的文壇主流。在這時也有不少作家對於自然主義文學末期這種頹廢、封閉的傾向進行批判及反思。以武者小路實篤、志賀直哉為首的「白樺派」便是在這樣的大環境之下興起。

明治四十三年四月，白樺派的文藝雜誌《白樺》創刊，開啟了白樺派的文藝運動。這群來自資產階級、貴族階層的文藝青年們，打著「反自然主義文學」的旗幟，以「自我肯定」為中心思想。不僅實踐在文學上，更推廣至美術領域，透過藝術追求「自我」成為他們共通的職志。然而，初期的白樺派文藝活動被視為上流社會特權階級的文藝，並未受到重視。

進入大正年間，隨著市民社會的形成，人民自我意識抬頭時期漸漸成熟，白樺派取代自然主義成為大正文學的主流。大正元年九月，文藝專門雜誌《中央公論》刊載了志賀直哉的中篇小說《大津順吉》，志賀的文壇知名度提高，在文壇確立了一席之地。在這篇以志賀自身青春時期為故事背景的小說中，主角強烈追求自我的態度，受到當時許多年輕人的推崇，影響深遠頗具意義。

## 志賀直哉確立了日本的「心境小說」

大正三年，志賀直哉在《白樺》四月號發表了《偷小孩的故事》之後，便進入長達約三年左右的停筆期。大正六年五月，志賀在《白樺》上發表《在城崎》，志賀的文學生涯進入中期。停筆之後再出發，其創作主軸從早期的「強烈自我」轉移到「調和的心境」上。大正六年，志賀將與父親多年以來的對立及和解的過程寫成小說《和解》，發表於《黑潮》十月號。此一作品受到極佳的好評，文壇上也將志賀尊譽為「小說之神」，確立了他在文壇上巨擘般的地位。其中，芥川龍之介更提到：「讀了志賀的《和解》後，開始討厭寫自己的小說」，從芥川之言可見其所受到的衝擊。昭和二年在與谷崎潤一郎的論爭中芥川在其文學生涯最後的評論《文藝的，過於文藝的》中便讚賞「沒有『故事』的小說」是「最為純粹的小說」，而志賀的《篝火》便是足以代表這樣的小說。志賀的文風更對芥川後期文學創作風格產生了重大影響，爾後，芥川便開始撰寫模仿志賀直哉風格的「私小說」。

## 志賀直哉的魅力——簡潔的文體

二〇一二年諾貝爾文學家得主莫言曾言：「毫無疑問，好的作家，能夠青史留名的作家，肯定都是文體家。」在與王堯這番談話中，莫言更進一步表示：「我對語言的探索，從一開始就比較關注，因此我覺得考量一個作家最終是不是真正的作家，一個鮮明的標誌就是他有沒有形成獨特的文體。」如果要說到志賀作品的魅力，我想那就是獨創一格的文體吧。

下面，讓我們透過實際的例子，具體看看志賀文體的特徵。

遠處可見的電車的頭燈，不一會就朝我接近。車內並不擁擠，我在對面車門入口附近找到了空位子坐下。右邊是位穿著束腳褲（monpe）約五十歲的婦人，左邊有位大概是少年工的十七、八歲的孩子背對著我，因為最外側的座位上沒有扶手，他就面對著車門橫坐著。我剛上車時瞄了這孩子的臉，他閉著眼睛，不雅觀地張著嘴，上半身前後大幅晃動。那不是他故意搖晃，而是身體向前傾，又挺起來，接著又倒下去，這樣反覆不斷。就算是打瞌睡這樣反覆不斷，也令人不快。於是我就坐在與少年工人有些距離的位置上。（《灰色的月亮》）

這是志賀戰後作品《灰色的月亮》中的語句。有別於其他作家如工匠般雕琢的語詞，或是如天馬行空般的想像；相比之下，在本作品中利用電車中所看到的少年之日常性的事物，描寫出戰後日本社會黯淡的情緒。在志賀文學中所使用的語言表達，都是基於自身生活體驗或是身臨其境的實際觀察。志賀透過日常性的物象、事物，化日常性為非常性，來觀察世界、觀察人生。少年工、婦人、電車車廂內，志賀透過實實在在的尋常景物傳達出微妙的意境。志賀的小說至今仍能引起許多讀者的共鳴，便是那你我都曾經歷過的日常生活情境。

再看這部短篇名作中堪稱經典的結尾：

身旁的乘客們再也沒人談起那少年工。我想是因為無能為力吧！我也是那其中一人，什麼也幫不上。如果當時帶著便當，或許為了讓自己心安還會把便當送給他。即使是給他錢，就算是白天都不一定能買到食物，更何況是晚上九點，更不可能買到。我抱著黯淡的心情在澀谷站下車。這是昭和二十年十月十六日的事。（《灰色的月亮》）

除了上述的簡潔的語言表達之外，志賀文學最吸引人的，莫過於其具有節奏感的文體。從車廂內旅客的沉默、到自己束手無策的心境，在這短短四行的文字中，每一行都沒有多費筆墨。每一行中都充滿了戰後日本社會黯淡的情境。讀志賀的作品，隨手翻開一頁讀任何一段任何一行，都不會覺得索然無味，這無疑就是源於其富有節奏感的文體。

大陸著名翻譯家林少華提過：「文學的主要功能之一是審美，而審美在文學作品中通過語言藝術、通過文體實現的。為此勢必適當使用非常規性、非日常性語言以期帶給讀者以新鮮感，創造陌生化審美效果。」有別於文學藝術上這種非常規性的語言表達方式，志賀透過簡潔的語言敘述及富節奏感的文體，形成其獨特的文體，成為他獨樹一格的寫作方式。

## 志賀文學巔峰代表作《暗夜行路》

《暗夜行路》是志賀直哉唯一的長篇小說。寫作時間長達十七年，再加上其前身《時任謙作》的創作，整個創作過程長達二十六年之久，跨越了志賀文學創作生涯的各個時期。耗費長時間醞釀寫成的《暗夜行路》，發表後受到熱烈的迴響，之後更被收錄在日本高中國語課本中。一提到志賀直哉，大多日本人都會想到《暗夜行路》。

有關本作品的主題可以討論的東西極多。有學者認為本作品描寫的是「性慾」，也有學者著重於作品中「命運意識」等，這部看似簡單的作品，實則內容龐雜，有著多樣化的故事結構。要駕馭如此多的故事情節，以及高達兩百三十五人的小說人物，在細節上難免有缺漏，就有學者批判本作品時間排序的突兀、結局的不盡合理等等。但個人認為最重要的，應該是去閱讀志賀簡易文字的背後所蘊含的省思，這才是他的作品堪稱經典的真正要素。

日本三一一大震屆滿四年，在我們批判大自然的無情，並重新思考大自然與人之間的關係之際；在《暗夜行路》中所寫到的：「謙作（本書主角）覺得自己的精神與肉體逐漸溶入大自然中。大自然像氣體一樣，無法用眼睛看到，以無限大包圍著小如芥子的他，他慢慢溶入其中——

回到大自然的感覺是一種無法用言語形容的快感。」的思想，對當今社會深具啟發意義，值得讀者仔細去品味、思考。

（本文作者為淡江大學日文系助理教授）

【譯者序】

# 志賀直哉與《暗夜行路》

◎李永熾

## 1

在日本，志賀直哉被目為近代寫實主義的完成者；他的文章不僅選入中學教科書，同時也因行文明確簡潔，而被視為文章的楷模。基於這種種原因，他已成為日本「近代文學之神」。

一八八三年二月二十日，志賀直哉生於日本宮城縣石卷町。這是位於北上川河口的小港埠，居民稀少。生時，父親直溫三十歲，身任日本第一銀行石卷支店（分行）的職員。母親銀，時年二十歲，是伊勢國龜山城主家臣佐本源吾的女兒，出身武士家庭。父系家族，亦累代出仕相馬藩，明治維新後，祖父直道仍擔任相馬藩的家令。因此，不論父系或母系，都是武士世家，志賀直哉明顯地含有武士的血緣。可是，父親直溫在明治時代卻走上了實業家之路，累積了龐大財產。

志賀直哉兩歲時，父親辭去第一銀行之職，遷回東京，住進祖父母的家。家在東京麴町內幸町的相馬藩邸。然因長兄直行生下後不久，即告夭折，祖父母認為是直溫夫婦疏忽所致，硬把直哉搶過去，親自扶養。直哉遂離開父母身邊，住進祖父母房間；自己也常常以為是祖父母的「兒子」。這對他以後的人格成長不無影響；跟直哉在《暗夜行路》中將主角時任謙作設定為祖父與母親的不義之子，可能也有關連。

祖父直道對直哉的影響頗大。祖父自任相馬藩舊藩主的家令（管家）以後，為了重振相馬家困窘的財政，不顧一己的名利，全心全意貫注於此，直至一九〇六年，以八十高齡去世時為止。這種敬業精神，深深影響了直哉。直哉曾舉出祖父、內村鑑三和武者小路實篤為影響自己精神成長最大的三個人。祖父對他的影響由短篇小說《祖父》、《一個男人、其姊之死》和《紙門》中可以明顯見出。

志賀直哉入學習院初等科，就讀五年級時，發生了所謂「相馬事件」。因錦織剛清的誣告，祖父直道與數家臣涉嫌毒殺發瘋的舊藩主相馬誠胤，被拘禁七十五天。預審時，因法官受賄，審判不公；後經屍體解剖，發現並無中毒跡象，始還祖父清白，誣告的錦織因而繫獄。當時，為此事件，報紙喧騰一時，紛紛指責直道等人。審判的不公與報紙的不辨黑白，已經喪失了審判與輿論的權威性。直哉自述說，他不相信審判的權威與大眾媒介的權威，即始於此時。由此更促成他對國家權威的懷疑。

一八九五年，志賀直哉就讀學習院中等科一年級前的夏天，母親因產後失調去世，年僅三十三歲。母親之死與祖父的被拘禁在少年直哉心中，都是最可悲的事。秋天，父親直溫續娶高橋浩為繼室。高橋浩時年二十四，與直哉僅相差十一歲。這時，父親已經是成功的實業家，一八九七年舉家遷至東京麻布三河台。

志賀直哉就讀中學時，志願是想做海軍官或豪富的大實業家。在學時喜歡體育，舉凡體操、田徑、划船、騎自行車，莫不擅長。而最具諷刺性的是，他後來被視為文章大家，作品被視作文章典範，而此時他最討厭的卻是與文學有密切關係的作文、英文、日文和漢文。六年中學期間，接連留級兩次，也就是說中學讀了八年，才進高等科（高中）。

在中學時代，他熱衷於體育，又想做實業家，跟精神生活似乎沒有多大關連。然而，就在這時候，因為一次偶然的機緣，在精神上獲得啟蒙。志賀家當時住了一位名叫末永馨的書生，一九〇〇年，末永馨硬把直哉拉到內村鑑三家，做內村門生。內村鑑三（一八六一—一九三〇）是近代日本最偉大的基督教思想家之一。一九〇〇年以後，內村關心足尾銅山礦毒事件，主張改良社會；日俄戰爭時，提倡非戰論，隨後在自宅開設聖經研究會，過著傳道、研究與著述的生活。他沒有特定的教派與神學，倡導依據聖經的信仰——「無教會主義」，並藉聖經的學術研究與武士道倫理氣氛的深密人格結合，形成激越的福音主義思想，對當時的知識分子影響甚大，例如日後寫「日本帝國主義下之台灣」的矢內原忠雄，即其門生之一。直哉列入鑑三門牆之前，並不知道鑑三其人，也沒有看過他的著作，然而一旦入其家門，即深受鑑三人格的感召，從此出入鑑三家達七年之久，但他沒有受洗為基督徒，卻由此舉得了自我肯定精神與厭棄虛偽的「心原力」（Ethos）。在日後的〈憶內村鑑三師〉一文中，直哉說：「我是不肖弟子，老師最看重的教誨，沒有學得多少，卻依自己的意志走上了小說家之路。可是，我因為老師的關係，湧起了嚮往公正、厭惡虛偽不公的心境，這實在是非常可貴的事。再者，雖然匆匆度過了二十歲前後誘惑最多的時期，然而，由於基督教的影響，沒有犯太大的過錯。」

此外，直哉走向精神或文學路向的另一因素，是他交到了好朋友，尤其是跟武者小路實篤的接近。讀中學最後一年，直哉第二次留級，重讀一次六年級，班上有木下利玄、正親町公和和武者小路實篤。這四人的交往產生了八年後的同人雜誌《白樺》。

四個朋友一起進入學習院高等科。從這時起，直哉已慢慢決定把自己的一生奉獻給小說創作，武者小路實篤甚至以他自己「天生的向日性」和他特有的「超越思想或藝術」的某些事物激勵志賀直哉。因而從一九〇六年到一九〇七年，直哉開始習作，也想寫些東西。到一九〇八年，迅速完成了〈一天早上〉、〈到網走〉、〈速夫之妹〉和〈粗綢〉等，但這些都沒有發表，只抄寫在與朋友同辦的回覽（傳觀）雜誌《望野》上，彼此互相批評。

一九〇六年，直哉入東京帝國大學文科大學，讀英文科，一九〇八年轉國文科（日文系），旋即退學。一九一〇年，直哉與有島生馬、武者小路實篤、木下利玄、正親町公和、里見弴、兒島喜久雄、園池公致、日下諗、柳宗悅、郡虎彥等朋友，以及他們的前輩、有島生馬與里見弴的兄長有島武郎，創辦了同人雜誌《白樺》，稍後又加入了長與善郎。此一同人雜誌所以取名為「白樺」，據說是他們這伙人常到日光和赤城，看見了該地的白樺樹，非常喜歡，才用「白樺」做同人雜誌的名稱。《白樺》無論質與量都非常豐富，而且同人大都是貴族或地主豪富的子弟，因而一般人都視之為貴公子的遊戲，甚至有人把「白樺」（Shirakaba）倒讀為「bakarashi」（愚蠢），以嘲弄他們。《白樺》雜誌一直持續到一九二三年關東大震災才停刊。《白樺》同人也因其文學史上的貢獻，而被稱為「白樺派」。

在日本近代文學史上，一八八六年前後，坪內逍遙首先發表《小說神髓》，宣布文學獨立，不再依附於政治。自一八九五年起展現日本的浪漫主義文學，強調個我的解放；日俄戰爭前後，自然主義文學興起，強調直視自我的內在與人生的黑暗面，兼而批判家父長制度，破除社會既成秩序與觀念，但自然主義文學僅靜觀自我與社會，並未進一步確定自我的主體性，也無變革社會的意圖。待夏目漱石崛起文壇，才慢慢確立自我與社會的相關性，進而挖掘自我，意圖變革自我，以確立自我的主體性。而白樺派則高舉理想主義的人道主義，相信自我與社會能夠互相調和。另一方面，「白樺」同人大多非常關心西洋美術，並將法國印象派繪畫介紹到日本來。一九一〇年十一月，為慶祝羅丹七十歲生日，特別發行「羅丹專號」，並與羅丹通信，交換浮世繪，所以早期的「白樺」同人信仰藝術，吸收世界的美與知識，勝過於人道主義。可是，進入一九一三年以後，以武者小路實篤為中心的人道主義思想逐漸濃厚。志賀直哉對人道主義雖然關心，卻不願意參加直接行動。

事實上，志賀直哉和武者小路實篤在人道主義的觀點上並沒有差異，兩者都站在自我主體性的立場，只是一個向理想主義飛躍，一個向寫實主義札根。志賀直哉以自我的感覺為主體，以簡潔的寫實手法凝視人生種種面貌，向宇宙意志趨進，完成了日本寫實主義的文體。

在日本近代史上，白樺派也是一個很特殊的集團，成員之間互相幫助，以期彼此都能依自己的幸福設計圖，實現自我。而其他的同人雜誌成員間卻往往互相傷害，甚至出賣朋友。因此白樺派成員都能各有成就，如成為小說家的有志賀直哉、武者小路實篤、長與善郎、里見弴與有島武郎；成為詩人的有千家元麿、高村光太郎；歌人有木下利玄；劇作家有郡虎彥等；畫家有有島生馬、中川一政等；美術史家有兒島喜久雄，民間藝術的研究者有柳宗悅。

在白樺派成員的支援下，武者小路實篤一九一八年在宮崎縣兒湯郡木村建立了「新村」，展開所謂「新村」運動。在「新村」裡，誰也不強制誰，各人自發勞動，耕種自己所需的食物，剩餘時間則各隨己意用在自我完成的修持上。武者小路在新村待了八年，也跟其他「新村」成員一樣下田耕種。其目的乃在創造自食其力，彼此互助的理想社會。

白樺派的另一成員有島武郎是地主，把自己繼承的農場轉移為佃農共有，放棄了自己的地主權利。據說，有島武郎放棄的這塊農場，迄今仍然堅守共同經營的規則。有島武郎放棄農場的原因是，他認為自己既然不耕種，卻又剝削大眾勞動的成果不公正，人道主義的色彩極為濃厚。

《白樺》雜誌創刊後，志賀直哉在創刊號上發表了《到網走》，之後常在《白樺》發表短篇小說。一九一二年秋，因長期與父親不睦，離開了父親的家到廣島縣的尾道過著自炊生活。志賀直哉與父親直溫的不睦，可追溯到一九〇一年。一九〇一年發生足尾銅山礦毒事件，直哉欲與朋友赴現場視察，父親不許，造成激烈衝突，這是不睦的肇端；一九〇七年準備與家裡的下女結婚，又與父親發生激烈衝突，父子間的不和益發深化。白樺派成員，如武者小路實篤、里見弴、有島生馬都有此經驗。到一九一二年，直哉已無法在父親家待下去，才離家出走赴尾道。

在尾道不滿一年的自炊生活中，志賀直哉開始寫《暗夜行路》的前身《時任謙作》，以應夏目漱石之請，準備在朝日新聞文藝欄連載。《時任謙作》本擬描述與父親不和的情境，由於關係自己太深，一時之間無法順暢寫出，直哉遂赴東京向夏目漱石辭退。詳情見於本書「後記」。

志賀直哉在東京帝國大學曾聽過夏目漱石英國文學的課程，但私人間並沒有來往。夏目漱石透過武者小路實篤請直哉寫連載小說。而志賀直哉也非常敬仰夏目漱石，既蒙漱石賞識，託請撰寫連載小說，答應之後，又辭退，深感對漱石不起，加上剛開始作家生涯，就寫得不順暢，內心頗為焦慮，從這時起（一九一四）到漱石去世，總共三年，是直哉作家生涯中的沉默時期。

在這期間，直哉繼尾道、松江之後，又住在京都，一九一四年與武者小路實篤的表妹勘解由小路康結婚。長女慧子和長男直康出生不久即去世。直康染丹毒而亡，其情景見於《暗夜行路》後篇。

這婚姻雖非戀愛結婚，但亦非由父命，是憑直哉個人的自由意志決定，可說是自由婚姻。父親反對他這次婚姻，於是於婚後第二年，自動向父親提出廢嫡的要求，放棄繼承志賀家的權利，而另建家庭，這在家父長制的戰前是非常嚴重的問題，容易遭受社會杯葛，父子的不和至此達於巔峰。

志賀直哉本性喜歡草木鳥獸，性情容易激動，有些神經質，因而他常選比較靜謐的地方居住。婚後，在赤城山住了一陣子，隨即遷至千葉縣的「我孫子」，在此住了七年。這段期間是他創作的豐收期。二年沉默後，直哉的創作欲極為旺盛，一九一七年接連發表了《在城崎》、《美男子夫婦》、《赤西蠣太》與《和解》等名作。《和解》是描寫他與父親的言歸於好。就志賀直哉的一生來說，這是非常重要的一年。《暗夜行路》也是我孫子時期執筆寫成的，一九二二年前篇完成，由新潮社出版，但是後篇延到一九三七年才完成。

一九二三年三月，直哉從我孫子遷到京都，在京都市內的粟田口三條坊住了半年，接著遷往京都市郊的山科村。從這時期到一九三八年遷往東京為止，志賀直哉在關西住了十五年。在這十五年中，幾乎看盡了京都奈良一帶傑出的古代美術品，踏遍了古寺古社。同時還親自出版自己特別喜愛，希望能留在手邊觀賞的藝術品，此即照相版的美術圖錄《座右寶》。

他對東方美術的關心始於尾道時代。往返東京與尾道、松江時，他常到京都奈良的寺院與博物館觀賞藝術品，而這十五年的居留更使他觀賞美術品的眼光敏銳、豐富。他在《座右寶》序說：「每當我內心煩躁、焦慮、痛苦，想尋求安息場所時，東方的古代美術便深深吸引我心。以自然的要求來說，我希求沉靜甚於行動，因此我的心就逐漸傾向於以前不太注意的東方事物。」這是他關心東方美術的動機，又在〈論《座右寶》〉中說：「我對這類美術品的要求乃在於我的心如何因美術品而引發舒暢的震動。這當然跟我的心理狀態有關，因此同樣的美術品對我的震撼有時很強烈，有時很薄弱，可是，當它給我的震撼力很強烈時，感受到的喜悅也特別強烈。對藝術的看法，勉強要說的話，大概就是這樣。因此，我毫無感受的東西，未必就是不好。」由此可知，東方的美術品跟他的內在要求息息相關，對他的創作往往有良好的刺激，但也因此使他虛構的小說形式逐漸淡薄，他的小說作品越來越像繪畫。正宗白鳥說：

「閱讀《粗綢》、《清兵衛與葫蘆》、《赤西蠣太》、《十一月三日下午的事》、《徒弟的神》、《矢島柳堂》……這些志賀直哉氏的短篇作品，誇張地說，我彷彿接觸了醇乎其醇的藝術。目前常常讀到蕪雜粗糙而又陳腔爛調的文學，志賀氏的作品卻給我一種神清氣爽的感覺……上列的小說有如淡彩的日本畫……志賀氏的作品是靠稿酬謀生的作家寫不出來的。不過，其中也含藏著志賀氏作為文學家的弱點。」

接著，正宗白鳥又說：

「記得前年（一九二六）一月，我參加《新潮》的合評會，當時（田山）花袋和芥川（龍之介）都在場。花袋特別推崇志賀氏的《鵠》（《矢島柳堂》中的一篇），評語是『很好的日本畫』。我卻有所指責，芥川認為我的指責不當。現在重讀，這小品確實是適合掛在茶室的畫。芥川似乎對這篇作品表現的神韻頗為傾倒。」

當然，正宗白鳥所謂「適合掛在茶室的畫」，以文學作品而言，究竟算不算激賞之語，不得而知。而谷川徹三對志賀文學的評價似乎比較妥切。他說：

「（志賀直哉）相對於自然主義客觀的綿密描寫，創出了更簡樸生動的描寫手法；他不僅創造，也完成此一手法。此一短篇小說新手法的影響極其廣大。他接受了西歐的形式，同時又以獨特手法，以『沒有構圖的構圖』，顯示了日本的特殊性；他成功地把水墨畫的手法運用到新文學的形式上。他作品中高雅的氣質直接逼近東方的古代美術。」

志賀直哉住在京都和奈良時，東方的古代美術對他的文學作品有極深影響。一九二九年底到一九三〇年初，又與里見弴一起到中國東北各地與天津、北平旅行，這是直哉第一次離開國門，沿途有詳細的日記。但這次旅外經驗卻只在《萬曆赤繪》中留下數行記錄而已。

一九三八年，從奈良遷到睽違二十六年的東京。這時，中日第二次戰爭已經爆發，三年後，太平洋戰爭爆發。在太平洋戰爭初期，日軍攻陷新加坡時，志賀直哉曾一度根據自己的「實感」，為戰爭的勝利所魅惑，寫下了〈新加坡的攻占〉，但隨即省悟，從此在自己作品中排除了戰爭與軍國主義，直到戰爭結束後，不再寫作。

在戰前，志賀直哉對日本作家的影響極為深遠。除白樺派之外，為直哉作品吸引，集中在他周圍的作家有尾崎一雄、網野菊、瀧井孝作等；新感覺派的川端康成早年也耽讀直哉作品；甚至部分普羅文學作家，如小林多喜二和黑島傳治等，雖認定直哉是資產階級文學家，卻也深為直哉所吸引。在大正、昭和的戰前時代，志賀直哉為什麼具有這麼大的魅力？這也許因為直哉真正表現了日本的「近代」（不是「現代」）精神。芥川龍之介在〈文藝的，太文藝的〉一文中，說：「志賀直哉在我們當中是最純粹的作家——否則也是最純粹的作家之一……他的作品就是要在人生中過得好好的作家的作品。過得好好？——所謂在這人生中過得好好，首先大概就要像神那樣生活。志賀直哉也許無法像地上的神那樣生活。但是，至少他『清潔』（這是第二美德）地生活著。我所謂的『清潔』當然是不必使用肥皂的。」芥川對直哉清潔的生活頗有一份羨慕感。芥川說，《暗夜行路》的一貫精神是「道德靈魂的痛苦」，但這種痛苦並非附體不去的，能給人一種平和感，在小說《齒輪》中，芥川說：我「躺在床上，開始閱讀《暗夜行路》。主角的精神鬥爭對我頗有切膚之感。比起這主角，我覺得自己多麼傻，不知不覺流下淚來；同時，淚水也不由得給我一種平和感。」淚水所以能給他平和感，乃源於《暗夜行路》的主角還有一種希望，而《齒輪》的主角覺得自己這麼傻，是因為沒有這份希望。換句話說，志賀直哉的主角對自我是絕對肯定的，其精神鬥爭是以自我肯定為出發點，求取自我的成長，所以小林秀雄在〈志賀直哉論〉中認為，志賀直哉所追求的是自我的格鬥與自立、自律；所表現的是理智與欲情的精密協和、肉體與神經的統一、思考與行動毫無分裂的質樸與強烈。由此觀之，志賀直哉是屬於近代前期的作家，對自我擁有無限信心，這或許就是芥川所謂「活得好好」、「清潔地生活著」的意思。

而芥川自己則屬近代後期的作家，也就是說他的作家生涯是自我懷疑出發。他有敏銳的自我意識與觀察力，也有豐富的聯想力和教養，但是由於自我懷疑，這些反而成了他的緊身衣，束縛了自己，志賀直哉在芥川自殺後，於〈在沓掛（地名）——論芥川君〉，曾借用佐藤春夫的話說，芥川「最好脫下他那拘束的背心」，這樣也許可以免於一死。芥川想誠實面對實際生活，卻在自我與周遭事物中發現了虛假，造成自我的懷疑，於是知性反諷的隔膜發生破綻，敏銳的自我意識反而束縛自己，使自己動彈不得；豐富的教養與知識反而成了重荷，所以芥川把自己描繪成戲畫般的人物，自稱侏儒、傻子、生活上的宦官、小丑木偶等。芥川與志賀雖然活在同一時代，見過八次面，但在精神上卻生活在近代前期與後期的不同世界。

戰前日本作家對志賀直哉的傾倒，除了文體的簡潔正確與統一之外，大概多少也源於對過去（近代前期）的鄉愁吧，然而第二次世界大戰後，情況發生了大變化。不僅政治、社會、經濟發生變化，連文學也和戰前有所不同，對志賀直哉的評價也產生差異。

日本文學評論家小田切秀雄說，志賀直哉的作家生涯可以一八二八年為分界，在這以前是直哉全力寫作的時期，其後則為志賀直哉的「餘生」時期。在這「餘生」時期，戰前除了完成《暗夜行路》之外，作品並不多。戰後，直到一九七一年以八十八歲高齡去世為止，發表的小說也不多，較重要的為《灰色的月》、《野鴿子》、《自行車》、《牽牛花》等（參閱書後年表）。

在生活上直哉過著相當悠閒的日子，起初，因蒙戰禍，生活較苦，隨後即漸入佳境。東京世田谷區新町的志賀家未遭戰火，幸保無恙，夫人和六個子女都平安無事，但是家裡共住了十七人，訪客絡繹不絕，使他頗為痛苦。一九四八年與夫人及未婚的么女貴美子遷至熱海稻村大洞台，生活開始恢復平靜，作品也寫得較多。一九五五年，離開熱海，回東京，住在東京都澁谷區常盤松。

在這期間，於一九四七年任日本筆會會長，以一年為限，次年由川端康成繼任會長。一九五二年與梅原龍三郎、濱田庄司、柳宗悅等赴歐旅行，這是他第二次離開國門，從此，志賀直哉未再出國。

在日本文學史上，有人把第二次大戰以前的日本文學稱為近代文學，把戰後的文學稱為現代文學或「戰後」文學。「近代」與「現代」的最大差異乃在於自我問題。大抵言之，「近代」，無論對自我肯定或懷疑，大都把主題放在自我之上，而「現代」除了自我問題之外，還把眼界擴及於群體或社會，也就是說群體或社會的格鬥逐漸超越了自我格鬥。在這種變化中，對志賀直哉的評價自然跟戰前不同。

這種社會意識文學當然並非起於戰後，其實可追溯至戰前的普羅文學。可是戰前的普羅文學因為遭遇到日本法西斯主義狂風暴雨的摧殘，未開花即凋謝。直到戰後，社會意識的文學（未必是普羅文學）才又開始成長。

戰後，就自我問題向志賀直哉挑戰的是破滅型的太宰治。芥川以自我懷疑將自己放在志賀直哉的對極點上；而太宰則因從某集團脫落而產生悔罪感，進而否定自我，認為自我是奔向生活破滅之境的。他從這觀點認為志賀直哉的自我肯定是自私，是為保全家人的「my home」主義，他嘲弄直哉的高貴，認為直哉的文學是孤芳自賞，是公子哥兒的業餘遊戲（見太宰治〈如是我聞〉）。與太宰同屬破滅型的織田作之助，認為志賀直哉是「身邊小說作家」，看來像是「描寫人性，其實只描寫自己；即使描寫自己，也不描寫自己的可能性，」當然更不會描寫他人的可能性。織田由此提出所謂「可能性的文學」。

另一方面，戰爭使日本人發現了強大的國家體制與自我的相剋，而以軍隊組織與自我的相剋為最，體會到自我的孤立無援，激發出人與人之間的連帶感，因而經過戰爭洗禮的戰後新生代作家，多多少少都有社會意識，例如椎名麟三注意底層民眾的生活；野間宏意圖從整體把握自我與社會，這類作家一般而言，在觀點上，已從自我意識擴展到社會意識；在方法上則由美學意識推展到重視文學方法，因此他們不滿意志賀直哉局限於自我的道德觀；也否定志賀直哉有潔癖的自我忠實，認為在政治關係或其關係中會犯錯或被人背叛，往往是無可避免的，即使想自我忠實也不可能。總之，他們以社會意識否定了志賀直哉，甚至認為他是「小型作家」。

儘管如此，志賀直哉寫實主義的精簡描寫，和藝術的成就，已是日本批評家共同承認的事實。就日本文學史而言，他是站在夏目漱石自我主體性的課題上，進一步追尋自我與幸福的問題。在自立與自律的「近代」社會尚未普遍形成的地方，志賀文學中「道德靈魂的痛苦」與邁向自立的自我肯定，仍是值得注意的。

## 2

《暗夜行路》是志賀直哉唯一的長篇小說。一九二一年開始在《改造》雜誌連載，翌年前篇由改造社出版單行本。後篇直到一九三七年才結集出版。單以《暗夜行路》的寫作時間而言，就長達十八年；若再加上它的前身《時任謙作》的寫作時間，那就更長了。當然在這段期間，志賀直哉還寫了許多短篇，尤其一九二八年以前，更是他創作欲最為旺盛的時期。

《暗夜行路》分為序詞、前篇、後篇三部分。序詞短短數千言，卻是全書最重要的導入部分。序詞一開頭就點出母親的去世與祖父的出現，兩者隱隱約約似乎有某種關連，而這關連在小謙作的印象中，卻顯現為對祖父的厭惡以及對母親的懷念。接著敘述父親對謙作的冷淡態度，以及謙作被帶離父親家，跟祖父和祖父的妾榮娘同居。這當中，祖父和父親之間似有某種對立關係，因為在戰前，祖父和父親分居，以家父長的家族制來說，是一種很不正常的關係，而謙作又被帶離父親家，更顯示祖父、父親和謙作三代之間有不能為人道的隱密關係。這隱密關係遂形成一隻「看不見的手」，在背後支配著謙作的命運。此外，序詞中還伏下謙作對祖父的妾榮娘的卑俗情欲，造成謙作意欲亂倫的根源。

序詞中「看不見的手」，到前篇開頭，終因「愛子事件」，而顯現了謙作的命運。愛子是亡母至友的女兒，從小與謙作一起長大，而亡母的這位朋友——愛子的母親一向同情謙作，對謙作很好，可是一旦謙作向她提親，要娶愛子為妻，卻立遭拒絕，而且被拒絕得莫名其妙。這正暗喻其中有「看不見的手」在作怪。謙作對這隻藏在自己背後而又見不著的手，最先激起的反抗意識是對任何人都不相信，這是對命運的反抗。而且，因為這命運朦朧難明，不可知，以致在謙作內心造成一種煩躁感。志賀直哉以謙作的「實感」作為敘述主體，實有其獨到之處。

芥川龍之介在〈文藝的，太文藝的〉中說，「惡魔是神的雙重人格。」謙作就像「神的雙重人格」一樣，開始在遊廓、酒館中與藝妓、女侍做竟夜之遊，在肉體的墮落中求取精神的淨化。對藝妓與女侍的疏離，似乎象徵著精神上某種程度的淨化，可是，「神的雙重人格」非墮落到極致，無法真正獲得淨化。於是，謙作到妓院完成了肉體的真正墮落。墮落後，他感覺到精神舒爽。然而，性的啟蒙又使序詞中他對榮娘的情欲開始甦醒。在兩人同住的屋子裡，謙作不停地在大他二十多歲的榮娘門口徘徊，希冀有一隻手從榮娘門口把他拉進去，他自己卻因芥川所謂的「道德屬性」不敢衝進去。事實上，他對榮娘的情欲是他戀母情結的代替品，也是他亂倫欲求的表現。後來，他向榮娘求婚，也是如此。在謙作向榮娘求婚之前，謙作曾回憶他幼時跟母親同睡，鑽進被窩裡，被母親痛擰的情景。這情景，志賀直哉雖然輕描淡寫，短短幾句帶過，但可以想像得知，謙作在被窩裡搞了什麼鬼。很顯然，這是小孩性的好奇，但這段回憶卻在對榮娘的情欲要求與向榮娘求婚之間出現，似乎暗示了對榮娘的情欲是亂倫或戀母情結的表現。榮娘在這段期間扮演了最重要的角色，到後篇，榮娘雖然也出現，但在謙作的眼中，已經不是情欲的對象，而具有貞潔的屬性，換言之，榮娘的貞潔屬性意謂謙作已掙脫了戀母情結，母親也成了貞淑的象徵。

也許「道德屬性」發揮了作用，謙作不敢把亂倫欲求付諸實施。這跟川端康成在《千羽鶴》中藉雙重亂倫來提昇菊治的情形大相逕庭。謙作的做法是逃避。他撇下榮娘逃到尾道。但這舉動卻把謙作炸得粉碎。謙作已經還原為構成軀體的「形質」，再幻化為蹂躪世界與人類的大象。自我無限地擴大，而與「無形」的命運尖銳對立。可是，不久之後，在尾道，那隻「看不見的手」——命運真正揭曉了。他從哥哥的信裡知道，自己原來是「祖父與母親的不義之子」——「罪之子」。「愛子事件」、父親的冷淡態度都其來有自。亂倫欲求之罪與不義之子的過去遂結合為一，形成雙重的罪。尾道療心，以恢復平整自我的意圖終究無法獲得成功。

前篇以尾道之行為分界，尾道以前，是以受無形之手擺布，促成肉體的墮落與自我的無限擴大為主題；尾道以後，則以明顯的命運——「罪之子」為自我明確認知，意圖加以克服的過程。

謙作從尾道回東京，當然不像查拉圖斯特拉下山那樣宣揚新的福音，勿寧是背負著母親之罪，回到東京。這次在東京，他再與藝妓、女侍嬉遊。他接觸了禪三，起了背負著罪，巡迴演出自己事蹟的蝮蛇阿政，也聽到背負著「罪之祕密」的榮花故事。禪宗使謙作掀起對頓悟的羨慕之情；榮花故事則激起他的同情，甚至有與之認同的傾向，但榮花故事只給他朦朧之感，無法知道榮花是否已從罪的祕密中超脫出來。蝮蛇阿政藉巡迴演出自己事蹟，以表示悔罪之意。但是這種形式只能減輕罪意識，無法真正超脫罪，恢復自我。總之，禪宗、榮花故事和蝮蛇阿政的悔罪方式，都無法使謙作獲得解脫。在罪的壓力下，謙作又重複以前的形式，以肉體的墮落來刺激精神的暫時解放。他開始放蕩了。一次，在妓院中，他「輕輕握著她（妓女）那隆起、沉甸甸的乳房，感到一種不可言喻的快感」，不禁說道：「豐年！是豐年！」這填滿了他的「空虛」、「覺得這是唯一的貴重物品及其象徵」。以女人的乳房象徵「豐年」（土地的豐盈成長），意謂著對「大地之母」或「大自然」的傾心，也暗示自我與自然的和諧是自我解脫或幸福探求的契機。

前篇即以「豐年」意象結束，並以「豐年」意象開啟後篇幸福探求的根源。

後篇的舞臺由東京轉到京都。這含有兩個重要意義。第一，東京是父親（家父長權威的象徵）的所在地、罪的淵藪（母親罪之幻影與自我亂倫的根源）和肉體墮落的地方；第二，京都是古都；有豐富的古蹟，又有優美的自然景致，這跟前篇的「豐年」意象可以互相銜接，也可以在此促成與「豐年」的另一象徵——豐潤女性的結合，建立幸福的根源——新家庭。

後篇開頭出現的謙作，仍是前篇那幅焦躁苦澀的形象。可是他很快發現了「豐年」的具體形象——京都豐盈的古代美術和豐潤的女性——「樹下美人」直子。在古代美術與直子的「幻想美」和「現實美」之交錯出現下，謙作逐漸擺脫了母親罪的幻影，去除了亂倫的意念，清滌了自己的靈魂。到謙作與直子結合，建立新家庭後，謙作似已進入新境界。在幸福的家庭生活中，謙作常常逛京都的寺院神社，參觀京都的各種廟會，內心頗有餘裕。在這期間，給他較大的打擊是長子初生，即染患丹毒而夭折。但這仍未影響他朦朦朧朧的幸福感。

這時，到天津經營酒館的榮娘，生意失敗後，經大連到朝鮮京城，卻不幸潦倒流落。謙作只好到京城去接她。謙作不在時，妻子直子無意間與表兄犯了姦通之罪。這無異是母親犯錯的重現。母親也是在父親出國時與祖父犯了亂倫之罪。而母親之罪係以抽象的亡靈形式構成謙作背負的命運；直子之罪卻以現實的形式直衝謙作。母親和直子之罪一齊壓在謙作身上，而在謙作感情層面造成排山倒海式的激越情緒。這種激越情緒具體表現在把直子推下火車的場景。母親無意間的錯失糾纏了父親一生，這從父親的鬱鬱不樂可知。直子無意間的錯失是不是會糾纏謙作一生呢？這當然是謙作的一大問題。

如前所述，志賀直哉是近代前期的作家，他所創造出來的謙作自然也是屬於近代前期的人物。謙作不知自我反省、自我修正之道，他只朦朦朧朧覺得應該寬恕無意間犯錯的直子。可是，「理當」和「情感」卻無法調和，反而更增加了內心的煩躁。解決之道又跟前篇一樣，他獨自到悠靜的伯耆大山去靜養。而這一次比前一次更徹底，自動疏離了親人友朋，沉潛在大自然的環境中。在這裡，他認識了一個修屋頂的阿竹。阿竹是無知的人，卻有一顆善良謙讓的心。他寬諒淫蕩的妻子，知道與大自然接近，一切足以讓謙作煩躁、甚或暴跳如雷的事，都不足以困擾阿竹的心。謙作從阿竹身上慢慢懂得寬恕之意，又從草木鳥蟲在大自然中的和諧相處，而悟得人格統一之道，人的內心和諧與統一就像大自然的和諧相處。

然而，就在他逐漸悟道的時候，偶吃鯛魚中了毒，吃六神丸止瀉後，又跟人一齊去爬山。爬到中途，體力支持不住，只好自動退出爬山隊，但他這時已經沒有落伍感，沒有煩躁，跟以前的謙作已大不相同。他能靜靜欣賞大山清晨的美景，能與大自然融合為一。

回到寺院時，謙作已昏迷不醒。昏迷中不時呼喚直子，這顯示他已完全寬諒直子，對家庭有了新的需求——全人格的和諧投入。直子接到謙作病倒的消息，趕到大山寺廟時，所看到的不再是以前謙作那幅煩躁不悅的臉孔，而是她「從來不曾見過、柔和而充滿愛的眼神」。全書是在這種氣氛下結束的：「謙作好像很疲倦，握著手閉上眼睛。沉靜平穩的臉，直子彷彿第一次看到謙作這種表情，想道：『他難道沒救了嗎？』但奇怪的是，這並沒有讓直子非常傷心。她好像被吸引住一樣，目不轉睛地望著謙作的臉，不停地想：『不管有救沒救，反正我不離開他。不管到哪裡，我都跟他去。』」

謙作是死是活，當然無法知道，但他已獲得全人格的和諧，則是事實。這和諧不是向命運投降得來的，而是向命運挑戰，終於和命運融合為一，並且學得謙和之心，而回歸到命運和智慧並未分化的「無分別智」世界。這才是真正的幸福。

在志賀直哉看來，這種境界是要經過「道德靈魂的痛苦」淨化，才能獲得，亦即需從自我肯定為出發點，依自力才能達成。所以《暗夜行路》是一個靈魂在「暗夜」中經過緩慢的自我淨化歷程，而臻及神明境界的奮鬥史。

因此，《暗夜行路》的節奏比較緩慢，性急的讀者一定覺得不堪。此外，全書幾乎以謙作為主體，其他人物，包括直子在內，似乎都沒有強烈的個性，完全以輔助謙作的人格成長而出現，對謙作暴戾的脾氣也全然逆來順受，這在現代小說中是頗為不合理的。與謙作站在對立立場的人物，如謙作的父親和直子的表兄，也都不曾與謙作面對面遭遇（序詞除外），可以說是幕後人物。這種寫法，事實上源出於日本德川時代的文學作品，這些古典作品的主角不管多柔弱無知，周圍的人物都忍受一切痛苦，甚至犧牲性命來中輔助他，直至他成長為止（參見李永熾《日本古典文學中的性與愛》，收於〈莽蒼集〉）。當然，志賀直哉對主角的處理，跟日本古典文學的手法仍有不同。

《暗夜行路》中還有一點，值得一提。那就是視點問題。全書完全以謙作的感覺——「實感」為基點，來推展情節，所以原書中到處出現「他覺得……」「他有……之感」等，翻譯時，無法把這些辭句一一譯出，以免累贅。當然在原文中，這些語句不會造成累贅，譯成中文則不然，所以翻譯時雖然刪去了這些語辭，但相信沒有這些語辭，仍可體會到主角的感覺，這是中文的妙用。志賀直哉為什麼採取這種視點？他在《暗夜行路》中指出，以好惡之念來判斷一個人，雖然不好，但是「好惡之念往往立刻變成善惡的判斷，事實上這種判斷往往很準。」感覺性的好惡之念，在判斷他人的時候往往很準，可能就是志賀直哉採取這種手法的理由。當然也有其危險性，例如白樺派人士在二次大戰期間對戰爭的「實感」往往就犯了錯誤。可是，從另一角度來說，在沒有「全能神」的狀況下，此一視點就像川端康成在《山之音》中利用主角的視覺、聽覺來推展情節一樣，未嘗不是一種很好的嘗試。

至於《暗夜行路》的技巧、寫景、缺點以及日本學者的評價，在此不擬贅述，有興趣者不妨看看河出書房新社出版的《文藝讀本志賀直哉》。

# 目次

# 序詞（主角的追憶）

我六歲時，母親產後染疾去世；兩個月後，祖父突然出現在我面前，我才知道自己有祖父。

一天傍晚，我一個人在門前玩。一個陌生老人走到門口站住。他，雙眼低窪，弓著脊背，衣著寒酸。我不禁對他深表反感。

老人裝出笑容，有意跟我說話。我懷著惡意，低下頭，不願答理。他嘴角上翹，四周皺紋很深，顯得低俗不堪。「快走吧！」我一面想，一面倔強地低垂著頭。

他不肯輕易離去。我再也忍受不住，突然站起來，跑進門裡。

「喂，你是謙作吧？」

老人從我背後出聲詢問。

我彷彿被這句話推了一把，隨即站住。回過頭來，懷著戒心，不由得乖乖點了頭。

「你爸爸在家嗎？」老人問。

我搖搖頭。這種不客氣的說話方式，使我覺得受到了壓迫。

老人走過來，伸手撫在我頭上，說：

「長得好大了。」

我不知道這老人究竟是誰。然而，基於一種不可思議的本能，我深深感覺到他是我的近親。

我越來越覺窒悶。

老人就這樣回去了。

過了兩三天，那老人又來。經父親介紹，才知道他是我的祖父。

又過了大約十天，不知為什麼，只有我被帶回祖父的家。那是一幢小小的老屋，在根岸修行松[1]附近的一條小巷底。

家裡除了祖父之外，還有一個二十三、四歲的女人，名叫榮娘。

我周圍的氣氛跟以前大相逕庭。一切都顯得寒酸庸俗。

其他的兄弟仍然留在父親的家，只有我被這庸俗的祖父帶走，就是小孩也覺無趣之至。然而，對不公平的事情，我從小就已習慣，並不是從現在才開始，所以根本不想向人打聽，自己為什麼會遭遇到這種境遇。我只漠然預感：今後可能會常常遭遇到這種事情，內心深覺寂寞孤獨。

想起兩個月前去世的母親，心裡十分難過。

父親沒有直接給我吃過苦頭，對我總是冷冰冰。我已經太習慣了。這就是我對父子關係的全部經驗。我甚至不懂得用它跟其他兄弟的同一經驗作比較，所以並不覺得悲傷。

無論從哪個角度來說，母親對我都很狠毒。無論做什麼事都會挨罵。事實上，我也是一個不聽話的孩子，而且很任性。同樣的事情，別的兄弟不會挨罵，要是我準遭斥責。這種情形常常發生。儘管如此，我還是由衷敬愛母親。

記不得是四歲還是五歲的時候，總之，是一個秋天的傍晚，我趁大家忙著做晚飯沒有注意，獨自從掛在女洗手間屋頂上的梯子，爬上堂屋的屋頂。沿著屋脊走到獸頭瓦的地方，跨坐在瓦上，快活極了。我大聲唱歌。我從來沒有爬到這麼高的地方。平時只能從下仰望的柿樹，現在已在我腳底下。

西邊的天空，晚霞很美；烏鴉展翅疾飛……

不久，我發覺母親在下面叫喊：「謙作——謙作。」聲調柔和。

「乖乖待在那裡，不要動喲。山本馬上就去。乖乖待在那裡。」

母親的眼睛微微上斜。我知道，聲音這麼柔和，一定非同小可。我想在山本還沒來之前爬下去。於是，跨坐著稍微往後挪移。

「哎呀！」母親嚇得快要哭出來。「謙作，乖乖不要動，好好聽媽的話。」

母親尖銳的視線盯著我不放，我彷彿被她的視線綁住，動彈不得。

不一會，我被書生和車夫小心翼翼弄下來。

不出所料，挨母親痛揍一頓。母親激動得哭了出來。

母親去世後，這記憶突然明晰無比。以後，每想到這件事，總不由得流下淚來。我想，只有母親才真正愛我。

不知是在這之前，還是在這之後，總之，一定是在那個時候。

我一個人躺在飯廳裡。父親回來了。他默默從和服袖口拿出一包糖果，放在茶櫃上，走出去。我躺著觀看。

父親又進來，把那包糖果塞到壁櫥裡邊，走出去。

1 根岸在現在東京的台東區。這裡有一根傘形松樹，因弘法大師（空海）和文覺上人等，曾在這裡修行，故稱「修行松」。

我不禁心頭火起。心情頓時陰暗下來。不久，母親拿著父親脫下的外出服，進入鄰室。我的任性猛然湧起，想哭，又想發脾氣。

「媽，糖果。」

「說什麼……」母親隨即斥責。我剛剛才吃了那天的點心。

「我要一點糖果，只要一點點。」

母親不答應，把摺好的衣服收進衣櫥，轉身要出去。

「媽，我要。」我擋在母親面前。母親默默擰了一下我的臉頰。我氣得打了一下她的手。

「你不是已經吃過了嗎？要什麼？」母親盯著我。

我毫不客氣地要爸爸帶回來的糖果。

「不行，那種東西……」

「討厭！」我彷彿在伸張權利一般，猛搖著頭。其實，心裡亂得很，也並不那麼想吃糖果。只是我非哭一場，或被大罵、挨打一頓，心情改變不過來。

母親拂開我的手要出去。我從後面驀地攀住母親的腰帶，用力一拉。母親晃了一晃，抓住紙門。紙門卸了下來。

母親真的生氣了，抓住我的手，把我拉到壁櫥前。她先用一隻手抱住我的頭，然後硬把那切得厚厚的羊羹塞進我嘴裡。羊羹彷彿變成細棍從我咬緊的齒中戳進來。我嚇得哭不出聲。母親氣哭了。過一會，我也大哭起來。

根岸的家，一切都齷齪。祖父早上起床後，銜著牙刷到公共澡堂去。回來後，穿著睡衣吃早餐。

訪客也很複雜，有各種不同的怪人。尤其晚上常有奇妙的人來玩紙牌。有大學生，舊貨舖老闆，小說家（？），也有大家稱為山上小姐，五十多歲，像是寡婦的女人。這女人拎著當時醫生常提的小黑皮包。據說，皮包裡一定裝著許多零錢、一套新紙牌和寬金邊眼鏡。其實，她不是寡婦，是一個老教授的妻子，丈夫當時在大學教歷史。她的侄兒曾跟榮娘同居，由於這層關係，才瞞著丈夫到這裡來玩她喜歡的遊戲。她的侄兒嗜酒，抽雪茄，是個不可救藥的浪蕩者，終於在兩三年前自殺身亡，原因不明。這是二十年後榮娘告訴我的。

山上這個女人大都在十點左右回去。一個年輕的曲藝場藝人常在這時候來遞補，入伙玩牌。他是東京人，卻滿嘴大阪腔。

榮娘不參加玩牌，因為太關心祖父的輸贏，常忍不住從旁插嘴。這時，那曲藝場藝人總會說些低級的諷刺話，引大家發笑。

後來，我常想，祖父生活並不為難，為什麼要過那種生活？父親每月都送錢來，足以維持生活。祖父不是買賣舊家具，就是把家借給別人拍賣舊家具，自己抽頭。這似乎既可賺錢，又合乎祖父的嗜好。

榮娘平時一點也不美，但入浴後，濃粧艷抹，在我看來就非常美。這時，榮娘顯得快樂無比。跟祖父喝酒時，常輕聲唱著當時的流行歌。喝醉了酒，會驀然把我抱在膝蓋上，用有力的粗臂膀緊緊抱住我。我痛苦地感覺到一種氣息悠遠的快感。

我始終不喜歡祖父，勿寧說是討厭，卻越來越喜歡榮娘。

在根岸的家過了半年多，大概是星期天或某個節日，祖父帶我到本鄉[2]父親的家。我已經很久沒到這裡來。哥哥和書生到目黑遠足，家裡只有父親和剛生下來未滿一年的嬰兒——開子。

跟祖父一齊到父親的起居室去，這天，父親難得竟然這麼高興。跟平素不同，他和藹地對我說話。以父親來說，這是反常。也許那天有什麼讓他高興的事。這種事，我不懂。我不由得被他吸引，祖父到飯廳去，我獨自留下來。

「謙作，我們來玩玩角力，怎麼樣？」父親突然這麼說。我一定滿臉顯現喜悅之色，點頭答應。

「來吧！」父親坐著伸出雙手，做成架勢。

我跳起來，對著父親的手用力衝過去。

「相當強囉。」父親輕輕往回推。我低著頭，邁著小步，又衝過去。

我高興極了。我想讓父親知道我有多強。其實，我只想讓父親佩服我的氣力，並不一定想贏得勝利。每次被頂回來，我就拚命衝過去。我跟父親從來不曾有過這種事。我整個身體都充滿喜悅。躍起，用全身力量對抗。可是，父親很不容易打倒。

「這樣，如何？」說著，父親用力一推。用全力衝過去時，意外受此一擊，我仰身倒下。打在背上，差點昏過去。我有點生氣。翻身躍起，又用勁對抗。這時，我眼裡的父親彷彿跟以前的父親不同。

「勝負已決！」父親發出興奮奇妙的笑聲。

「還沒有。」我說。

「好。我一定叫你出聲討饒。」

「我才不會討饒哩。」

不久，我被按倒在父親膝蓋下。

「還不討饒？」父親用手壓住我，搖動我的身體，我默默不語。

「好，就把你綁起來。」父親解下我的腰帶，反綁著我的雙手。接著用剩下的一邊把我的雙腳綁住。我動彈不得。

「你討饒，就給你解開腰帶。」

我用完全失去親密感的冰冷眼神望著父親的臉。父親臉上顯出肅殺的表情，因為意外的激烈運動，臉色有點蒼白。接著，父親不理我，轉身面對桌子。

我驀然覺得父親頗令人討厭。我上氣不接下氣地深呼吸，望著父親寬廣的肩膀，恨恨不已。這時候，凝視父親的視線逐漸模糊，終於忍受不住，突然大哭起來。父親吃驚地回過頭來。

「真是的，最好別哭，只要說放開我不就得了嗎？真渾。」

腰帶解開了，我還是無法不哭。

「哪有人這樣就會死！好啦，好啦。到那邊去拿糖吃吧，快去！」說著，父親把我扶起來。

我覺得自己懷著太明顯的惡意，很不好意思。可是，總覺得自己還不能相信父親。

祖父和下女進來。父親露出尷尬的笑容解釋。祖父笑得比誰都大聲，然後用手掌輕拍我的頭，說：「傻孩子！」

2日本東京大學一帶，即是「本鄉」。

# 前篇

# 第一章

## 1

時任謙作對阪口日積月累的不快感，因阪口這篇小說而臻於巔峰。在氣憤中倒覺得神清氣爽。把看完的雜誌擱在枕邊，覺得污穢不堪，把它拋到睡衣下襬那邊，熄了燈，快三點了。

他仍然振奮。腦筋和身體疲累得很，還是很難入睡。他想看些輕鬆讀物，轉換一下腦筋，等待睡意來臨。這類性質的書，大都擱在榮娘房間。他有些遲疑，再一想：這樣遲疑豈不怪異！於是，又扭開燈，走下二樓，在紙門外出聲說：

「我來拿書。塚原卜傳[1]，在壁櫥裡嗎？」

榮娘扭開枕邊的電燈。

「不在壁櫥。在茶櫃上。還沒睡？」

「睡不著。想看看書，培養睡意。」

謙作從茶櫃上拿起小小的講古話本，說聲「明天見！」走出房間。

1 塚原卜傳：日本十六世紀室町時代末期的劍客。

「晚安！」榮娘等謙作關上紙門，就熄了燈。

第二天是陰沉的靜謐秋日。過了中午，到一點鐘，謙作被榮娘喚醒。

「龍岡先生和阪口先生。」

他沒有回答。懶得回答。腦筋還不清楚的時候，見阪口是一件煩人的事。

「我領他們到那邊去。快起來吧。」榮娘說著便要走出去。

「今天不要見阪口。」他說。

「為什麼？」榮娘吃驚地回首，雙手扶著紙門站立。

「唉，算了。就讓他們兩個到那邊去吧。我馬上就去。」

阪口的小說讓謙作這麼不愉快，是因為小說描寫一個主角跟家裡十五、六歲的下女發生關係，又要她墮胎。謙作認為這可能是事實。這事實使他不愉快；做出這種事情的主角又這樣不負責任，他不禁大為生氣。事實即使令人不愉快，如果能讓人同情主角的心情，還可原諒。可是阪口寫作的動機和態度，在謙作看來竟然如此不純正。他甚至覺得小說中主角的朋友是以自己為模特兒。主角對這朋友的態度更使他氣憤。

誰都不會懷疑那少女太孩子氣，太天真，主角竟利用這一點毫不在乎地在朋友面前揶揄她，欺負她。那個為人和善，一無所知的朋友由衷同情這個女孩。主角雖然知道，仍然心浮氣躁，讓那女孩哭泣。

謙作並不討厭那下女，有時還覺得她的天真和氣很可愛。阪口跟她的關係似乎並不尋常。但在阪口的小說中卻寫成一無所知的朋友暗戀那女孩。而且，主角暗自壓抑隨時會湧起的嘲弄，冷冷旁觀。主角已完全看出他人的心意，並為此洋洋得意。主角這種心態使謙作大為光火。

但是，阪口今天為什麼而來呢？那雜誌已經出了一個星期。他以為我會寫一封激烈的信給他，卻一直沒有。可能因此而焦慮不安才來；也可能因為他是一個本性更惡劣的偽惡者，打算讓自己看看他那旁若無人的長相才來。謙作覺得最好直截了當，當面把話說清楚。

謙作的思緒越來越誇張。他一面洗臉一面因這些想法而興奮不已。

在飯廳換衣服時，兩人的說話聲從客廳傳過來。他們以平和的口氣說話。謙作覺得奇怪，好像只有自己在緊張。大家都心平氣和，自己卻獨個兒在生氣，看來彷彿被狐狸迷住一般，愚蠢之至。他覺得很不愉快。

「聽說，你昨晚睡得很遲？」他進入客廳，龍岡同情地說。

「是應該起來的時候了。」

阪口正在看榮娘拿來的當天的報紙，顯得毫不在乎。謙作知道，阪口並非以自己想像的心境而來。一定像平時那樣無可無不可地被龍岡拉來。然而，他還是小心地問了龍岡一句：

「你們在什麼地方見面的？」

「是我把他帶來的。」龍岡回答。接著說道：「你看過這傢伙這次的小說嗎？」他特用「這傢伙」三個字，並以輕蔑的眼色瞟了阪口一眼；輕蔑中含有一種親密感。謙作沒有回答。

「一篇令人討厭的小說。這還好，其中出現的笨朋友竟以我為模特兒。昨天看了氣得要死，今天一起來就外出，剛剛才向他發了脾氣。」

阪口目視報紙，莞爾微笑。龍岡繼續說下去。

「他說大部分是憑空構思的，但怪得很。這很像阪口的作風。」

阪口仍未顯出不愉快的表情。真不懂懷著什麼鬼胎。不過就他一向的癖好而言，人家說他，他確實喜歡用微笑應付，想藉此顯示自己的優越。而且，龍岡做的是完全不同的工作，他有餘裕應付。龍岡今年剛從工科大學畢業，最近準備到法國研究發動機。

「透視別人心境的寫法，最叫人不愉快。雖然有時可以猜測得到，可是人的心境不時變動，所以下一剎那往往會對前時的心境加以反省。有時完全相反的心境會同時並存。可是，阪口寫的東西，只見得到適合主角的心境，不適合的完全見不著。」

「我已經知道了，再怎麼說，還不是那幾句話。」阪口表情有點不悅。

「今早，我狠狠訓了他一頓。」龍岡面對謙作，有點神經質地笑著。

「真是糾纏不清的傢伙。」阪口獨語般說。

「什麼？」龍岡生氣地說。「只說這麼一些，你就生氣啦。你要生氣，我可以說得更多。你自以為是了不起的惡人，其實你怎麼夠格做惡人！所寫的人物似乎相當壞，但那是廉價的偽惡者。什麼墮胎！」龍岡鄙棄似地說。他剛才還很快活，現在對阪口露牙微笑的態度似乎頗覺不快，終於表現出來。龍岡比起小個子的阪口要大上一倍，而且是柔道二段。從這點來說，阪口已被壓制住了。

謙作先前不知如何決定自己對阪口的態度，龍岡這麼一鬧，他更不知道如何處理這種僵硬的場面。三人就這樣沉默不言。

「船期決定了沒有？」半晌，謙作打破了僵局。

「決定搭十一月十二號的船。」

「都準備好了？」

「沒什麼好準備。我想買些浮世繪帶去，看什麼時候一齊去看看好嗎？太貴的買不起，不過想送一些給那邊幫忙我的人做禮物。」

「這種東西我不懂，什麼時候去都行。走吧！不過，最近好像相當貴。據說，知道了以前的市價，就不會想買。在巴黎也許可以買到比較便宜的。」

「呵，那可不行。還有什麼別的東西沒有？」

「帶榛原的花紙[2]去，怎麼樣？有孩子的家庭可能喜歡花紙甚過差勁的浮世繪。」

謙作看到阪口受壓制的樣子，頗覺可憐。可是，作品中的朋友似乎不像龍岡所說那樣，以龍岡為模特兒。不錯，所寫的場景是自己不知道的場景。阪口是不是對龍岡這樣說，他不知道，但他總覺得阪口會這樣對龍岡說：「確是借用與你相關的場景，但性格不是迥然而異嗎？」謙作認為這是阪口狡黠的作法。如果只是性格以我為模特兒，那無異是認為我的性格跟作品中的低賤人物相近。若是所寫的場景真的與自己有關，那反而好生氣。他很難出口說：「只有性格用我。」如果龍岡生氣，他可以說：「誰認為你是那種性格的人？」如果我生氣，他難免會說：「是你自己認為你有那種性格。」想到阪口會因此而洋洋得意，謙作又生氣了。現在謙作對阪口猜忌甚深。以前，謙作相信阪口，自從他的信任感破滅以來凡事他都會這樣猜忌。尤其與愛子的事情發生以後，他知道這件事並不體面，也就更不相信別人。想起昨晚以來對阪口的感覺，甚至看到龍岡為自己被寫入作品而生氣的情形，謙作仍然懷有疑懼。

龍岡為人古板。謙作覺得，龍岡可能已經知道作品中的朋友是以謙作為模特兒，故意說成以他自己為模特兒，藉以指斥阪口；龍岡也可能藉此懲戒阪口，並略略緩和兩人之間的惡感，再離

2 榛原是東京日本橋附近的高級文具店。花紙原文為「千代紙」，是在日本紙上畫上各種有色圖案的紙，可做各式各樣的玩具。

開日本。否則故意把阪口帶來，在自己面前那樣指斥他，實在跟龍岡平時的習性不十分相合。龍岡脾氣暴躁，但不可能在第三者前面那樣露骨地談論只與自己相關的問題。謙作認為龍岡可能有所意圖，而此意圖則來自他的老古板。

## 2

強烈庸俗的光線照射在新闢般的泥濘路上。衣著艷麗的女郎從兩旁家屋向路過的男人呼叫。她們的衣著雖然鮮艷，卻容易使神經疲倦的人作嘔。她們的呼聲如乞憐，又如咒罵。

龍岡和謙作已經受不住。他們並排快步從路中間直走過去。龍岡輕聲說道：

「也有蠻漂亮的女人哩。」

這天，四點左右，三人離開了謙作赤坂福吉町的家。阪口心情不暢快，想即時離開謙作他們。龍岡不肯輕易放他走。讓他這樣離去，龍岡會睡不好覺。看來龍岡已經後悔自己說得太過分。三人一齊到日本橋去買龍岡所要的花紙。

在本原店街[3]的餐館吃了飯。謙作不會喝酒，其他兩人走出餐館時已經醉意醺然。

龍岡突然想到吉原[4]參觀一下。他說，到歐洲以前，他想看看以前不曾見過的吉原。

「謙作，可以吧？只去參觀一下。」他有所顧忌地望著謙作。謙作也不曾見識過這種地方。他簡慢地含混回答，心裡卻相當猶疑。他不願意說：絕不能到這種地方去。不管怎麼說，他也有幾分興趣。所以，龍岡一說，他表面上顯得冷淡，內心已怦怦作跳。

謙作和龍岡走到電線桿很多的中町[5]，等待慢慢走來的阪口。阪口裝出醉漢般的模樣，時時逼近格子門，與女人開玩笑，一面走過來。

「喂，走快點好嗎？」龍岡出聲說。「天色有點變了。」

阪口裝著沒有聽見，仍然搖搖擺擺走著。謙作仰首望望空中。烏雲沉甸甸地壓在並排建立的大建築物上。

「我們要回去啦。要不要一齊回去？還是就此告別？」龍岡說。阪口嘟嘟囔囔的。三人便從街道向大門走去。

雨滴滴答答地下起來了。三人已經相當疲倦。最後決定到那邊的妓樓休息一下。兩旁併列著同樣格式的房子，屋前都掛著用粗筆寫著屋號的方形紙罩燈。三人胡亂闖進一間寫著「西綠」的房子。

四十多歲，眉毛薄細，個子瘦瘦的女主人，怕冷似的把雙袖疊在胸前，站在店門前，望著雨水開始滴落的道路，說：「請進！」然後從青漆味道濃郁的西式樓梯，引他們到二樓靠外邊的客廳。白瓦斯燈刺目的強光照在新建未上漆的木頭上，反射回來。與此最不調和的是，移動壁龕上掛著文晁[6]所畫污髒的山水橫幅。謙作覺得，無論青漆味道濃郁的西式樓梯或這不調和的新客廳，都與戲劇裡的中町大異其趣。他有點心神不定，背靠柱子，把疲累至極，吱吱作響的一條腿立起來，抱在胸前。

女主人離開後，一個眼睛細小、體態粗大、有如大象的下女端著茶具走進來。

「小稻在不在？」阪口以精於此道的口吻問道。

---

3 本原店街位於現在東京日本橋白木屋北邊。
4 吉原：在東京淺草北邊。自江戶時代以來即以遊廓（風化區）聞名。
5 中町：吉原遊廓中的街名。
6 文晁：谷文晁（一七六三—一八四〇），日本江戶時代後期畫家。擅畫精巧的彩色畫和豪放的山水畫。

「呵，已經很晚了，但願還在。是熟客嗎？」

「不是。」阪口裝腔作勢回答。

這下女似乎為人和善，不知該不該相信阪口，便說道：「我去看看！」下樓去了。

謙作和龍岡深覺自己笨拙不已。龍岡彷彿要拂去這種感覺，從矮桌的烟盆上點了紙菸，猛然站起，推開紙門，走到走廊上，嘟嘟囔囔地打開那裡的玻璃門，同時傳來了雨聲和快步走在泥濘地上的腳步聲。

「跑步的姿態真美。」他俯視街道說。

下女上來說，剛才指定的藝妓拒絕了，已經請一個替代的來。

不一會，那替代的藝妓走進來。藝妓頗年輕，不禮貌地望著三人，沒來由地臉紅了一下。那藝妓露出美麗修長的頸項髮際，沉靜高雅地致意。謙作覺得她很美，自己不精此道，猶有可說，不知為什麼連阪口也露出極其冷淡的表情。不久，阪口問她：「你叫什麼？」「什麼地方人？」她叫登喜子。

一個鼻翼張開，精神奕奕，不十分高雅，連名字都像男孩子的雛妓走進來。她叫小豐。登喜子和小豐一起到鄰室。小豐安排鼓的時候，登喜子從盒裡拿出三味線（三弦琴）調音。登喜子個子高瘦，即使坐著也有亭立之感。動作也缺乏柔和的曲線，但輕盈有致，還是有女人風韻。

小豐跳完舞，阪口說：

「玩其他的遊戲吧！」

小豐舞跳得很差，等她一跳完，阪口就這麼說，謙作頗為同情，以為她一定會不愉快。想不到小豐卻高興，立刻到下面去拿撲克牌。

已經過了十一點。謙作隔著玻璃門望著外頭，說：

「怎麼樣？」

「這個嘛。」龍岡也含混其辭，一齊望著外頭。雨不斷地下，越來越大。來往的行人不像先前那麼多。一輛汽車前燈的強光把雨絲照成銀白色，飛馳過去。

糊裡糊塗坐下來，大家用撲克牌玩起二十一分來。

「有時很像石本的妻子。」謙作一面發牌一面回頭看旁邊的龍岡。

「不錯。」龍岡更仔細地望著登喜子的臉。

登喜子正和小豐說話，這時才發覺他們在說自己，便用不服輸的眸光望著謙作，回道：

「你很像我以前暗戀的人。」

謙作有點驚慌，不知如何應付。沉默了一會，登喜子又望著阪口輕聲說：

「還有，你，你跟我的親哥哥很像。」

「這可不公平。」阪口說。

「哎呀，可是真的啊。」登喜子臉色微微泛紅，笑著說。

龍岡大聲說：

「喂，我們大家一齊賭吧！」

眼睛細小的下女也參加一齊玩軍師拳[7]。這樣，謙作勢必常常跟登喜子握手。

7軍師拳：是兩人玩的一種遊戲。為了不讓敵人看到，而在背後交換顯示村長、獵人、狐狸的手指，以決勝負。

「這次是這隻。」說著，肩抵著肩從背後握住暗號的手指。要是對方慢了一步，登喜子就注視謙作的臉，回握同一手指：「是這隻呀。」這時，他要以別人感覺不到的敏銳計算握法的強度，而且握對方時也要以同樣的敏銳，別使握法露出任何意義。他怕登喜子會顯示出一些有意義的握法。既期望又害怕。這是矛盾。可是，這是他神經過敏，同時也是他行為上的嗜好。不過，他還是希望登喜子能夠表明對他有好感。

為了玩傳遞銅幣的遊戲，猜拳分成兩組，每組三人。龍岡、阪口和下女一組；謙作、登喜子和小豐一組。

做頭的人居中，把那握住銅板的拳頭重疊在另一拳頭上，交替地使一邊的拳頭居上，到最後就無法知道銅板在哪一隻手上，然後把兩個拳頭分別重疊在兩旁做嘍囉的人的拳頭上。接著做出傳遞或未傳遞的樣子。最後大家都兩手握拳放在膝蓋上。對方見了就指出沒有握銅板的手，把所有的空的手去除了，就算贏。

現在，謙作這組的三個人在刺目的瓦斯燈光下並排而坐，端莊地把手放在膝上。小豐把小孩子般厚厚的小手放在美麗的花鳥圖案上。以女人來說登喜子算是大個子，她把形態和皮膚都很美的手放在花鳥圖案上，由於和服是黑色，看來更美。只有謙作一個人把骨節粗大、黑茸茸的手緊緊握著放在沒有折痕的和服上，只有骨節上泛出白色。

「大概在這裡。」龍岡指著登喜子的手回視阪口。

「傳遞到這裡啦。」說著，阪口凝視小豐的臉。小豐雙眸下視，默默挺著圓下巴。

「從那邊順序打開吧？」龍岡說。阪口鼓起勇氣接連說：「這左手。欸，右手。」打開了登喜子的雙手，然後彎下自己的兩根手指。接著又說：

「我想也不在謙作這邊。」再度向謙作這一組探尋後，說道：「嘿，把這雙長著熊毛的手打開。」

小豐大笑。謙作默默把骨節粗大的空手在膝上展開，覺得很不愉快。

從剛才玩軍師拳的時候，謙作已為自己粗大的手，覺得不愉快，但對阪口想藉此使自己不愉快的卑劣心意更是生氣。

到三、四點，外頭逐漸安靜下來。雨也變小，鐵棍觸地移動的聲音清晰可聞。

阪口雙眸凹陷。雙眼皮愈加清晰。他總是焦焦躁躁，全身滿溢源自精神與肉體雙方的蕭索氣息，反因此散散漫漫，喋喋不休。

天開始亮了。龍岡和阪口因疲倦與酒醉躺在那裡，昏昏沉沉。小豐走到走廊，茫茫然望著在秋日沉靜雨絲中踏上歸程的行人。她的和服因騷鬧已不成模樣，下襬敞開。瓦斯光逐漸減弱。吃剩的食物器皿、散落的香菸、撲克牌、棋子散布在客廳各處。客廳的情景，使人覺得有曲終人散之感。

謙作也疲倦了。前一天睡眠不足，已相當疲倦。不知為什麼內心卻亢奮不已；獨個兒把剛才玩「占座位」遊戲的坐墊重疊起來坐上去。臉上被酒和塵埃弄得有點污髒，他覺得現在大家的模樣都很醜，心裡頗不舒服。他想儘早離開。覺得自己平日的心境已不見蹤跡。為了恢復平日的心境，他氣納丹田，環視自己的胸部與肩膀一帶。

他突然想起哥哥信行。他對這個哥哥頗有好感，也頗覺親密。只要一想起這個哥哥，他就可恢復幾分平日的心境。

「也許已經起來了。」他想，拿出錶一看，已六點半。

他走下樓梯。在樓下後面微黑的庫房中，女主人手持紙捻，忙著在那狹隘的地方拜佛。從盡頭明燈照耀的神龕回來，經過他面前時，女主人有禮地低頭致意：

「早！」

他想詢問電話在哪裡，女主人已猛然轉身向裡頭走去。

他向洗物槽邊工作的下女打聽電話的地方，再打電話給哥哥。回話說，哥哥還沒起床。他有點失望，不願把哥哥叫起，便掛了電話。

小豐伏在矮桌上睡覺。旁邊，登喜子一個人用手指輕彈三味線。外頭，行人慢慢多了起來。謙作想跟這些行人一塊回去。不然的話，想早點讓這兩個女人回去。

龍岡和阪口正發出輕鼾睡覺。登喜子從樓下拿來薄薄的棉睡衣替他們蓋上，恭恭敬敬行個禮，再把小豐叫起。小豐半醒地行個禮，搖搖晃晃起身離去。

「小豐，這個。」登喜子把龍岡帶來的花紙包交給小豐。昨晚，龍岡把它送給了小豐。

九點左右，三人要了兩把沒有店號的洋傘，走進綿綿秋雨中。

3

中午，謙作疲憊地回到自己的家。剛要進門，一星期前飼養的小羊，發出嬰兒般的聲音呼叫。他繞向後頭，走到與貯藏室並列做成的小圍欄。小羊像小孩穿著長褲，邁著小步，狀頗高興。

「傻瓜！」

小羊把小蹄子放在圍欄的鐵絲網上，儘量向上伸出。黃色的櫻樹葉，隔著圍牆，從鄰家飄落過來；前一天的雨，把櫻葉黏在地上。謙作拾起五六片櫻葉，走過圍欄。小羊以細碎的步伐隨他不停繞動。謙作一蹲下，小羊便走到前面，想把頭伸入謙作懷裡。

「啊呀，不行！」

小羊津津有味地啃著櫻葉。彷如揉搓一般，只向兩旁動著下顎，櫻葉就慢慢吸進嘴裡。一片樹葉從嘴唇上消失後，謙作又給牠一片。小羊站著，只有嘴巴在動，滿足地吃著。謙作看到這種情形，昨晚以來失落的心境好像又完全恢復了，快活地說：「夠了，已經沒有啦。」用兩隻手掌挾著小羊的頭猛然拉到胸前，小羊吃了一驚，微微抗拒，隨即凝然而立。謙作用手摩一摩那還沒有長角的地方。那兒稍微高了一點。他想起兩三天前附近小狗逗弄牠時，小羊突然用沒有角的頭頂撞對方側腹的情景。

「呵，是小謙吧？」榮娘從廚房門口露出臉來。「聽到聲音，以為有什麼人……」

「豆腐渣沒有了嗎？」

「阿由剛剛去買。」

來到飯廳。

「吃飯了沒？」

「吃過了。」

「那麼，要咖啡？還是要茶？」

「現在不想要。」

「昨晚到龍岡先生那裡？」

「到很奇妙的地方去。在吉原的引客樓待了一晚。」

「呃？是阪口先生帶你們去的？」

謙作簡單說了昨晚的事。接著說道：

「第一次到那種地方，可是不知為什麼沒有這種感覺。」

「不是第一次啊。在修行松那裡時，曾跟令祖三個人一起去。是召開國會[8]，梅花吐芽的時候。」

「那是不可能的。召開國會那一年，我才三、四歲。」

「真的？那是什麼時候呢？也許是晚上賞櫻的時候吧？」

榮娘談起了賞櫻時去吉原聽即興劇的事。這麼一說，謙作依稀記起曾看過即興劇。

謙作立刻上二樓鋪被褥睡覺。

傍晚，他還在睡覺，哥哥信行來了。走到玄關，信行抱著紅色大皮包站在那裡，可能正從公司回家。

「還在睡覺？」

「欸。」

「出去吃飯如何？」

「行啊。不進來一下？」

「脫鞋很麻煩。聽說你今早給我電話？」

「沒什麼事。」

榮娘也出來再三請信行進來。信行反而勸榮娘一起出去：

「榮姐一道去怎麼樣？」

信行帶謙作到日本橋一家漂亮狹小的大阪餐館。謙作在這裡又向哥哥談起參觀吉原的事。談到藝妓登喜子時，信行說：

「相當不錯的藝妓。她當斟酒藝妓，還不能獨當一面的時候，我曾見過兩三次。是個帶到哪兒都不會叫人臉紅的藝妓。」接著突然問道：

「你不想跟她進一步來往嗎？」

謙作有點著慌，微紅著臉說：

「即使想進一步交往，也不知道要如何進行。」

信行大笑：

「花錢呀。」

信行在學生時代曾採用過這種方式。謙作聽說，他還一度養了藝妓；現在仍然孤家寡人一個，喜歡奢侈生活，常為金錢而煩惱。

走出餐館，兩人立即告別。分手時，信行傳述開子的意思說：

「如果有空，明天帶開子和妙子去看帝國劇院的日場。」

第二天是個有風的不舒服的日子。中午，十六歲和十二歲的妹妹來邀他，謙作帶她們去看帝國劇院女演員的戲。

他淡淡的卻不停的想念登喜子，沒用心思觀看女演員的戲，只覺得自己到了某地方。每次休息，他都帶妹妹到走廊走走。遇見了三、四個朋友，雖然僅懷著萬一的希望，仍然沒看見登喜子。看完戲去喝茶，碰見了石本。石本說：

---

8 指明治二十三年（一八九〇）十一月，日本依明治憲法第一次召開國會而言。

「有件事想跟你談談……如果要送妹妹回去，晚上也行。」

石本與其說是他的朋友，倒不如說是信行的朋友。信行從中學畢業，赴仙台讀高中時，將謙作託付給石本。謙作和石本老早就認得，但從那時候起才較親密。謙作當時是中學三年級，信行認為那是中學生最危險的時期。謙作本鄉的家人對他很冷淡，不知為什麼只有信行很關心他。石本當時已是威風凜凜的青年，受此託付也不覺麻煩，而且對謙作頗有好感，常照顧他。謙作數學考試有不及格之虞時，石本甚至不顧自己的考試，通宵教他。

謙作與石本的這種關係一直持續下去。石本是前輩，謙作是晚輩。但是，現在，謙作對石本一如往昔的體貼嘮叨，已不勝其煩。同樣是關心自己，哥哥信行僅在逍遙舒適的本性中帶著一分關懷，所以謙作不覺得拘束。石本卻不斷表現出要教導他的態度，謙作雖然感謝他的好意，也常常叫他生氣。石本不久前擔任某大臣的祕書，現因內閣更替，日子比較空閒。

謙作要妹妹自己回去，送她們去搭電車。

「在飯館不能談很久，要是不反對，我們到酒館去吧。」石本說。

接著，兩人步行經過銀座向築地走去。石本帶謙作到了一家大酒館。

「我們只想聊聊，不要叫什麼人來[9]，只吃飯。」石本對女侍說。

他們被引進到內院悠靜的八疊室。這房間適於舉行茶會，不彫琢，氣氛很好。室前的小院子布置得高雅大方。跟前幾天引客樓的房間大不相同。壁龕上掛著京都畫家的稻荷山畫軸。謙作一向討厭這畫家的畫。可是在這房間裡，這種畫居然不叫人厭惡。插在水盤中的秋草跟稻荷山畫裡的山路更相配。

石本談的是謙作的婚事。

「說實話，這是信行拜託的。」石本說：「信行自己還沒有結婚，對你提這種事，覺得很不恰當。如果你有意，我們願意誠心幫你找個好對象……」

謙作拒絕。

「為什麼？」

「我不要別人替我擔心這件事。」

「為什麼嘛？」

「不管為什麼，我不願意。」謙作說得很不客氣。他轉過頭，不看凝視自己的石本，默默望著庭院。出乎意外的，他發覺，見了石本，自己倒真的越來越像個撒嬌的孩子。於是，他加上一句話：「我為你這種媽媽經煩死了。」

「那就算了。」石本掃興地回答。兩人沉默半晌，石本接著又開始囉嗦。謙作想說些什麼，石本便說：

「別說，等我說完。」

謙作焦躁地聽著。最後終於明顯表現出不快之感，打岔說：

「我已經煩死了。」

石本突然笑出來。謙作也不禁發笑。

謙作說，他現在精神並未處於良好狀態，對人常常猜忌，還不想託人作媒結婚。謙作本來不想說出愛子的事。但是，信行和石本竟然提出婚事，其中顯然與自己跟愛子之事有關，只好自己

9 意即不召妓斟酒。

先行說出：

「現在，我正在寫跟愛子的事，無論如何搞不清楚對方的心情。」

他謝了石本的好意，但要石本以後少干預自己的事。

石本顯露出些許寂寞的表情，默默不言。這時，女侍拿來飲料。不一會，兩人轉向輕鬆的話題，氣氛越來越舒暢融洽。

「你有沒有興趣去見見像你妻子的人？」謙作說出了剛才想說的話。他一直有意要談談登喜子；也想找藉口邀石本一起去。

「沒有多大興趣。在什麼地方？」

謙作談起了登喜子，接著說：

「我總覺得非常肖似。」

「好吧，最近，你就找個時間帶我去看看。」石本說，看來似乎沒有多大興趣。

跟石本分手後，他步行回家。路上，他突然想起石本曾引述某人的話說：

「如果認為兩個年輕人的戀愛會一直持續下去，那就等於說一根蠟燭點了一生。」

「真的這樣嗎？」他又想。這句話對目前疑東疑西的謙作來說，確實頗含深意。他這麼想，是因為他想起了外祖父母的關係。兩人相愛結合，終生不渝。「不錯，第一根蠟燭也許在某一時刻會燃盡。可是，在這之前，兩人之間又準備了第二根蠟燭。第三根、第四根、第五根，前一根還未燃盡，下一根已經又點燃了，接連不斷，綿綿不絕。愛的方式即使會有變化，相愛的心卻永久不變。蠟燭即使不同，燭火仍然像常明燈那樣持續下去。」這想法很合他的意。外祖父母一定是這樣，可惜剛才沒把這想法告訴石本。於是，他突然覺得石本可能會這樣說：

「可是，西洋蠟燭接不下去啊。」

想像中的自己卻回道：

「那兩人是純粹的日本蠟燭啊。」

他邊走邊想，覺得自己很滑稽。

於是，他親切地想起了已故的外祖父母的姿容形象。

# 4

謙作終究忘不了登喜子。他記起兩三天前那不愉快的晚上，想到玩軍師拳跟登喜子並排而坐的情景。這時，內心總是湧現出莫名其妙的煩惱。他握一握自己的手指，估量一下握時的感覺與被握時的感覺。這兩種感覺都不十分清楚。可是，怎麼也想不到，自己竟然有意想和登喜子深入交往。如果就這樣扼殺了自己這番心意，總覺得可惜。然而，懷著這種居心而去，儘管對方是從事那種職業的女人，仍然覺得不好意思，鼓不起勇氣。

總之，沒有表面可行的理由，他還是不敢去。沒辦法，只好邀石本一道去。

他立刻寫張明信片給石本。可是，寫了好幾張，總寫不好。利用石本的感覺一直在心中作祟。最後，只好放棄寫明信片，去打電話。

「我想明天去。一齊去怎麼樣？」說了這些話，他才稍微鎮靜下來。

「好，不過到時請再撥個電話給我。」

謙作放心了。

他必須準備錢。有父親給的錢，他可以不愁生活、購書、旅行或其他必要的費用。零用錢則依孩提時的習慣，常從榮娘那裡要三圓、五圓使用，可是，做這種事就須用別的方法籌錢。他寫明信片給認識的種田古書舖，要古書舖老闆明天早上來一趟。

接著，他覺得自己所擁有的浮世繪可以全部賣掉。他把廣重五十三次[10]的某些浮世繪、式亭三馬[11]編纂的初代豐國[12]與國政[13]的肖像畫本或歌麿[14]、湖龍齋[15]、春潮[16]的錦繪，連同其他無用之物放在一起，數量足可環抱。他帶這些東西到附近的古董店去。

「早上，我走了兩家旅館。」古董店老闆望著謙作的臉，隨即說道：「拿出祥瑞[17]的舊貨，竟然說那不是真貨。」

這類商人都沒有任何鑑別力，單憑膽氣買東西，然後把這些東西帶到洋人那裡兜售。一看到這類商人的赤裸表現，謙作真不想讓他看自己帶來的東西。

「是什麼？」古董店老闆說著伸出手，謙作還是把東西遞過去。

謙作默不作聲，古董店老闆故意一張張翻看，手法粗重，獨自咿咿唔唔反覆說些沒意義的話。謙作看出對方有意要低估這些畫的價值，覺得有點無聊，便不跟他談價，立刻把東西包起來帶回家。

龍岡已經在家等他回來。

「不嫌棄的話，這些送給你做餞別禮。」謙作把帶回來的浮世繪，未開包就遞到龍岡面前。

「謝謝。這不是你全部的收藏品嗎？全部給我，太可惜了。反正我要送人，只挑好的給我就行。」

「沒關係。全部拿去好了。」

談起了兩三天前晚上的事。

「那叫登喜子的藝妓相當漂亮。」龍岡說。

「真的？」謙作突然覺得拘束，才這樣說。他平時總把美麗和漂亮這兩個字分開來。他認為漂亮這個字含有碩大或豐滿的成分。登喜子之美沒有這些特徵，所以他的看法未必是錯。其實，他覺得拘束，是因為他突然浮現了一個疑問：「難道龍岡也……」

「說她美麗比說她漂亮，要來得正確吧。」謙作這樣訂正剛才所說含有否定意義的話。

「說得不錯。」

「你喜歡登喜子？」謙作下決心追問。

「你這樣問，真叫人吃不消。你呢？」龍岡說。

謙作有點為難。他覺得自己的臉泛紅：

「我喜歡。不過，如果你喜歡，我就退讓。這點我還做得來。」

龍岡搖晃著身體大笑，說道：

「這可不需要退讓。反正我再過兩個月就要出國。」

---

10 廣重五十三次：即安藤廣重（一七九七—一八五八）的代表作「東海道五十三次」（次者，驛站也）。廣重在日本江戶時代浮世繪畫家中以風景畫聞名。

11 式亭三馬（一七七六—一八二二），日本江戶時代的劇作者。以描寫江戶庶民生活的《浮世風呂》和《浮世床》聞名。風呂，澡堂也。床是理髮店。

12 初代豐國，即歌川豐國（一七六九—一八二五），日本江戶時代浮世繪畫家，善畫演員畫。

13 國政，即歌川國政（一七七三—一八一〇），前者之門徒，善畫演員畫、圓扇畫。

14 歌麿，即喜多川歌麿（一七五三—一八〇六），江戶時代浮世繪畫家，善畫美人半身畫。所畫女人皆豐麗。

15 湖龍齋，即磯田湖龍飼（生卒年不詳），江戶時代浮世繪畫家。所畫多柱畫、花鳥畫。

16 春潮，即勝川春潮（生卒年不詳），繼歌麿之後畫美人畫。

17 祥瑞，即吳祥瑞，日本陶工。十六世紀初到中國明朝學磁器製法。回國後在九州有田經營製陶業。

「唔。」

「不過，這樣也好。」龍岡仍然笑嘻嘻地說：「最近，你總露出不愉快的表情，真覺得不該邀你到那種地方去。」

「原本就不愉快啊。」

「為什麼？」

「阪口的樣子不是很叫人討厭嗎？」

「阪口最近一直都是那個樣子吧。」

謙作默然。

「喂，想再去一次嗎？」

「明天打算跟石本去。」

「那今晚跟我一起去吧？」

當晚九點左右，他們兩人又到西綠去。可是，登喜子不在。據說，到新富劇場[18]去，大概要過十一點才回來。女侍還記得上次阪口所說的藝妓，他們便問小稻在不在。她也不在。只有小豐在。隨後來了隔壁妓樓的藝妓，很瘦弱，兩人引不起興趣。他們大約待了一個鐘頭，就打道回家。離開時，女侍阿蔦說：

「那麼，明天傍晚，請撥個電話來。」

「沒有關係，明天會來，要先打電話嗎？」

「這個，要是……」阿蔦很不高興的說。

第二天，八點鐘左右，他就醒了。外頭傳來很大的雨聲。導水管容納不了，雨水從二樓屋簷邊直接落到地面。聽到騷亂的雨聲，他想：「真糟糕，下起雨啦。」雨阻止不住他，可是想到對方可能認為下雨天去吉原，並不是一件愉快輕鬆的事，謙作不覺為之氣沮。首先，石本會遲疑：下雨天是不是應該去？而且，如果認為自己也有同樣的念頭，他可能會說：「這樣的天氣……？」想到這裡，謙作有點畏縮不前。

起床後，他總無法鎮靜，老是掛念著天氣。古書鋪老闆上午沒來。中午以後，雨勢稍微轉小了。

「你的明信片要我早上來。雨下得好大。」不久，古書鋪老闆來了，這樣解釋道。

謙作讓他看看放在鄰室的舊書。總共約五十圓。他拿出外祖給他作紀念的特大雙蓋銀錶上所附不算精巧的金鏈。

「這也設法買下吧？」

「可以。」

「不過，這金鏈可能是鍍的。」謙作不知道是不是鍍的，特別叮嚀一下。

古書鋪老闆用手掌仔細量一量，「不是，不是鍍的。拿回去立刻用硝酸擦擦看。若是鈍金，那可不得了。」把手擱在堆在身旁的舊書上，「僅這個就比書貴兩倍啦。」於是，古書鋪老闆噤口不言，預期謙作會高興回答。謙作默默不言。古書鋪老闆談到舊式大銀錶時說：「這種東西，船員很需要。到熱帶附近，沒有這種東西，普通錶中的機器會膨脹而不準。總之，估價後再寫信通知你。」說完話，背起大包袱回去了。

傍晚時，雨停了。

18 新富劇場：是東京京橋新富町的歌舞伎劇場。

他入浴後，精神爽適地走出家門。天空美麗清澄。路上經大雨洗刷後，露出小沙石，行人提著濕雨傘緩緩而行。

他順路到熟識的雜誌店，依約打電話到西緣。接著打給石本。

「現在有重要的客人，大概很快就會走。要是不晚，一定去。」石本說。石本還問：進入大門後要走多遠？靠哪一邊？甚至問到了西緣的屋號，然後掛斷電話。

他搭電車到三輪，從這裡走上黑暗的河堤路，望著右邊點著燈的遊廓家屋，像有急事的人一般，匆忙而行。

從山谷那邊來的人，從道哲進入河堤的人，還有像謙作這些從三輪來的人，都在明亮的日本堤警察局前會合為一，經鋪石路接連流入遊廓中。他也是其中之一。

進入大門，路面頓然變壞。他靠近走廊從櫛比鱗次的引客樓前，避開泥濘，一間接一間走到西緣門口。

登喜子已來，正在等待。跟阿蔦緊貼著坐在店裡，望著外面的道路，快活地交談。一看到謙作，兩人「呵！」的一聲站起來——謙作這樣覺得。

「一個人？」登喜子說。

謙作邊爬樓梯，邊說：

「還會有一個人來。」

「是龍岡先生嗎？」

「是那個妻子像你的人。」

「呃？」

「他的妻子很像你呀。」他略顯焦躁地說，說得很快。
「呵呵。」登喜子笑出來。「原來是她的丈夫。」
矮桌的四周鋪著三個座墊。謙作在墊上坐下，登喜子說：
「大家都好嗎？」
「昨晚跟龍岡來了。」
「呵，昨晚順道來了一下，我已聽說。還有，那位先生……是阪口先生吧？」
「從那次以後不曾見過。」
阿蔦上樓來。她也問：
「大家都好吧？」
每次她們這樣問，謙作就有受責備之感。這種場所，自己不熟悉，竟打電話到這不熟悉的地方，而且獨自一個人來，覺得很不自然，有點忐忑不安。如果沒有想讓石本來看看的藉口，不管多喜歡登喜子，也不會再到這地方來。
登喜子笑著談起剛才那「丈夫」的事，獨個兒樂陶陶。
「什麼嘛，我一點也不懂。」這回阿蔦露出不解的表情。
「你不認識的人呀。他的妻子很像我哩。了不起吧？」登喜子挺起了胸脯。
「什麼了不起？」阿蔦說。
謙作不禁覺得登喜子跟以前似乎有所不同。不過她的美仍然不變。
「這回又是大家在一起。大家一起玩比較有趣。總之，我喜歡玩。有些客人只來坐坐，不彈三味線。不過，彈三味線，技藝才會進步。真的，我常常會想哭哩。」

「聽說你的舞跳得很好，對吧？」謙作記得信行曾這樣說過。
「誰說的？」
「看過你的喜三太舞的人說的。」
「呃？喜三太？啊，是弓張月的喜平次[19]。」說罷，登喜子臉色泛紅。
說到上次玩通宵的事，「阪口先生的這個——」登喜子把十指纖纖的雪白手掌握住，重疊在一起，搖晃著說：「真的很行。他會讓人焦急。最後真的什麼都不知道了。」稱讚阪口的技術。
那是謙作曾為此而生氣的遊戲。
「你的同伴怎麼啦？」
「再過一會打電話去看看。」
「最好快點來。兩個人什麼也不能玩。」
「小稻還在吧？」
「這個嘛。還早，一定還在。」
不過，謙作沒要她去叫小稻。他覺得自己已跟登喜子見面，同時為了免於冷場，彼此儘量說些無傷大雅的話。這樣做，到底跟三天來如此執著，如此竭盡心力，有什麼關係呢？他自始就無意說些更深入的話。可是，現在所說的話，或說話的心情似乎太膚淺呆板了。
他立刻改變想法，覺得這是最應該的自然結果。以前，自己一個人在打高空。今天，登喜子似乎比以前親密些。自己應該感到滿意才對。再多求，就不應該了。
登喜子看著他的臉，好像想談談小稻的事，謙作沉默不言。
「第一次見面的晚上已提及小稻，昨晚也一樣，可相當執著喲。那是為什麼？」說罷，清澄的眸子流露出深富表情的眼神笑了。謙作覺得很美。
「昨天只隨便提一下這裡的人。」
「還是去叫小稻吧？——只有兩個人玩不起來。」
登喜子說完話立刻站起來，下樓去了。謙作如卸重荷，有一份輕鬆感。
登喜子一直沒上來。彷彿突然記起來，謙作從衣袖摸出紙菸，開始抽起來。對於香菸，他可抽，可不抽。這是名叫薩摩亞，包裝上印有女黑人頭的香菸。
「小稻還在。」登喜子走進來。坐下後，以略帶嘲弄的口吻說：
「這很漂亮嗎？」拿起菸盒遞到他面前。
「你以為如何？」
「這個——相當黑哩。」
「黑不行嗎？」
「……我比較喜歡那種，叫什麼呀？是阿爾馬[20]吧？頭上帶著薔薇什麼的女人。很漂亮。」
「也許。」
「樓下有阿爾馬，我去拿。」說著，登喜子又站起來。
「我也去打打電話。」
他一起下去。石本說：
「客人剛回去。太晚了一點，下次再去行嗎？」

19 弓張月的喜平次：指日本江戶時代瀧澤馬琴《椿說弓張月》的人物紀平治。
20 日本昭和初期出售的香菸。

謙作現在已不十分失望。

十分鐘後，小稻來了。姿態優美，動中有靜，頗有女人味。她進來的瞬間，謙作覺得她非常美。小稻於入口處屈膝致意後，起身微笑：「登喜姐，你好？」走到矮桌旁，並排坐下。

「來得好，稻姐，這個和這個，哪個漂亮。」登喜子立刻把兩個菸盒並列在小稻面前。

「哪一個？」小稻湊近臉。「啊呀——」突然發出與她豐潤身材和沉靜動作不相稱極尖銳的聲音，笑了。

謙作覺得她整個人都跟登喜子形成對比。姿勢和動作都如此。再湊近一看，登喜子的太陽穴與下巴附近，膚色很美，看得見細薄的靜脈。而小稻皮膚粗糙。

謙作逐漸自在。五六杯酒後，臉色發紅的謙作可以專心玩輕鬆的遊戲了。開始玩吸菸比賽：抽到金色濾嘴之前，阿爾馬的菸灰不得掉落。

「到阿爾馬的爾字了。」

「你看看。」小稻小心翼翼用畫著螢和草的小扇從下接住，再遞到謙作面前。

「嘿，剛到阿字。」

「字到了最後，也還有兩分長，要到金箔處可真不容易。」小稻笑。

登喜子默默抿著嘴唇，拚命「斯巴斯巴」地吸。這時，小稻的菸灰噗一聲掉下來，小稻叫了一聲：「啊！」身體動了一下。登喜子的菸灰也掉在矮桌上。

「啊，稻姐！」登喜子一本正經，氣氣的斜視小稻的臉。

「登喜姐，對不起。」

「……」

「我說，對不起啦。」小稻說著又笑。

「你收拾，行嗎？」登喜子把留在指間的金嘴咻一聲扔進菸灰缸，站起身，「這煙霧，」仰望一下，走出客室。小稻拿出兩張手紙，靈巧地折起來，把菸灰小心趕進扇子，隨即收拾乾淨。

不久，登喜子回來了。推開紙門，站在那裡，一本正經地說：「快點，快點！」那是女人進來的瞬間，謙作認為最美的臉孔。

「我去找女主人和阿蔦了。」說罷，坐回原座，「這個如何？」抽出一根薩摩亞，望著小稻的臉，猛然起身，坐在矮桌與小稻相反的那一邊。然後，默默從香菸盆點了火。小稻楞楞地說：

「啊，真壞！」尖聲笑起來。

女主人和阿蔦都來了。用紙牌玩二十一分。

一時左右，謙作搭人力車回家。到赤坂要走一段相當長的路。是月色皎美的晚上，走過雨停後深夜的二重橋，他心情愉快舒暢。

回家後，古書鋪的信已經寄來。錶鏈畢竟不是鍍的，但銅的分量較多，價錢不如想像的高。信裡還說，幾經商洽，錶到底只值舊貨的價格，著實遺憾。

## 5

第二次與登喜子見面前後，謙作的心情完全變了，真不可思議。他現在仍然覺得登喜子很美，而且喜歡她。可是，這種美的感覺和喜歡的方式，比起以前沉甸無比的窒悶感顯然要輕快多了。他終於鎮靜下來。想起以前的自己，真有不解之感，為什麼要那樣賣力，那樣獨個兒埋頭猛衝呢？

當然，這變化是由登喜子導出的。可是，在他與愛子的事情上，他卻完全沒有自信。因為沒有自信，才不知不覺間使他對這種鎮靜頗感滿意吧。

這個他想往前猛衝，那個他卻畏懼不前。在愛子的事情上，他所受的傷至今仍然鮮明無比。

愛子的父親是水戶的漢醫。謙作不知道他為什麼要作漢醫。愛子的母親認謙作的外祖父母做養父母，並從這裡嫁到漢醫家去。謙作的母親和愛子的母親自幼相識，所以特別親密。母親去世後，他常從愛子母親那裡聽到母親的事。「是個很好的人，心軟，容易掉眼淚，真是個親切的人。」愛子的母親常這樣說。還說，她們喜歡戲劇，兩人常模仿演戲，而受到外祖母斥責。

謙作相信誰都不會真的愛他，就憑這一點記憶，他羨慕亡母。母親對他其實並不這麼慈祥，但他絕不懷疑母親的愛。在他被愛的經驗中，榮娘並非不愛他，信行也不是沒有兄弟之情。但跟這些完全不同的真正愛情，只有在母親身上才能經驗到。其實，母親如果還在世，對他而言，是不是還如此難能可貴？無法知道。正因為現在已經過世，才被謙作慢慢偶像化。

而且，他常在愛子母親身上無意中看到亡母的形影。某次——大概是在母親十三週年忌日上，他到本鄉的父親家，看見愛子的母親在舊式印有大小碎花的和服上繫著黑綢圓腰帶。這種形態在他心中引起奇妙懷思，不由得時時望著她。愛子母親碰巧跟他站在一起，她拉拉和服袖子說：

「這件衣服和腰帶都是今天忌主的遺物。」

謙作湧起一種奇妙感覺，頗為感動。他靜默不語。半晌，愛子的母親在袖裡縮縮手，開玩笑地笑著說：

「袖子太長，所以在手腕的地方折縫起來。」

愛子的長兄叫慶太郎，與信行同年，不同中學；比謙作大兩歲。孩提時，三人常在一起玩，信行與謙作跟他不大合得來。本性上似乎有所不合。可是，謙作常到牛込的愛子家，因為他很想見愛子的母親。

愛子比他小五歲。孩提時，他有點討厭愛子。例如，跟慶太郎等人玩耍時，她什麼也不會玩，卻硬要參加；有時正跟愛子的母親談得比較熱絡，她總是說：「好睏，好想睡覺。」要母親帶她到自己床上去。從這時候，他已認識愛子，即使愛子到了相當的年紀，他仍然沒有強烈感覺到愛子是異性。

愛子十五六歲，父親去世，在葬禮上看到愛子穿著白衣哭泣的樣子，他才真的感覺到愛子很可憐。

愛子讀女校時，他幫她準備英文考試。當時，他盡力不把自己的情感表現出來。原因之一是他膽小畏縮，其實他的感情也還沒有充分燃燒，而且覺得愛子尚未脫離稚氣，對這種事情可能還沒有意識到。其實，這是他主觀的感覺，事實上愛子在這類感情上並未比年齡落後。從愛子這方面來說，她可能從孩提時候的關係，認定謙作在這類感情上會表現得極為明顯。

距愛子女校畢業的時期越近，提親的事就越多。謙作相信，只要自己提親，決不會不成功，但內心總沉沉地懷著一種莫名其妙的焦慮感。他認為這種焦慮是多餘的，一定來自自己的畏怯。他想把這件事告訴愛子的母親或慶太郎。告訴愛子的母親，他覺得有利用愛子母親對他好感之嫌，頗不願意。但他也不情願把這件事第一個告訴慶太郎，工作不同、人生觀不同、以及彼此瞧不起對方的心意在謙作心裡作祟。慶太郎目前服務於大阪某公司。最近，將要和公司總經理的小姐結婚，其中含有相當不純粹的用意。慶太郎甚至把他的用意從容告訴謙作。謙作相信自己絕不致被拒絕，但總提不起勁來向慶太郎這種人表白。

他還是告訴了本鄉的家人，父親認為最好先告訴對方。除非萬不得已，他很少跟父親說話。這是孩提以來的習慣，而且兩人彼此都看不順眼。因而一想到要託他去提親，覺得麻煩透了。可是，一天晚上，他終於下決心去拜託父親。

「對方肯答應，確實不壞。」父親說。「可是，現在你已另立門戶，成了一家之主，這種事最好自己去試試，不必託我。我以為這樣比較好，你以為如何？」

謙作自始就預想到父親不會痛痛快快答應。果然不出所料，但他仍覺不舒服。事實上，他本來已將壞的預想擴大到十二分，但總存著萬一之思，幻想父親會痛快允諾。結果，父親的回答只比預想壞一些，口氣非常冷淡，微微令人生懼。自己正高高興興要踏出第一步，父親為什麼要用這樣讓人洩氣的口吻呢？他不懂父親的意思。

他又想去拜託哥哥信行。記得提起這件事的時候，哥哥曾為他高興，哥哥這樣說：

「如果能順利進行，那太好了。愛子實在是個很好的女孩。」

但是，父親那樣說了以後，他更覺得很難向信行啟齒，最後結果，想必一樣。還是自己一個人去吧！這樣反而更簡單。前前後後仔細想過，一天，他親自前往愛子家。

愛子的母親聽了似乎大吃一驚。他說話的時候，愛子母親慌亂的樣子甚至含有悲悽感。謙作也有點慌，隨即想道：「難道愛子有自己所不認得的未婚夫？」

「總之，跟慶太郎和家人商談後，再向本鄉回話吧！」

他說，這次提親跟本鄉完全沒有關係，父親已經知道，也因為父親的意思，他才直接來提親。

「真的，著實不可思議。」愛子母親臉上浮現一層陰霾。

謙作不高興地回家。父親的回答早在他預想之內。可是，愛子母親的回答——回答的表面意義極為合理，毫無怪異之處。但其中隱含的極其冷淡的口吻卻完全出乎他意料之外。

不過，他仍然沒有放棄希望。如果慶太郎最近回到東京，就再度向慶太郎提起，希望他能明確回答。這樣，愛子的母親就不會拒絕了。

十天後，慶太郎回東京了。這是他從哥哥信行口中聽到的。他覺得在慶太郎沒有捎來消息之前，自己就去找他，有點不對勁。謙作心中懷著企盼過了四五天。慶太郎沒有絲毫消息捎來，謙作頗覺屈辱，焦躁難安。他決定打電話給慶太郎。

「我本來想儘早到你那裡。這次因事到這裡的分公司來，非處理好事情，什麼地方都沒法子去。」慶太郎說得很圓滑。謙作控制住不快感，問道：

「今晚，你在家嗎？」

「呵，不巧今晚有宴會。」

「明晚呢？」

「明晚嗎？——明晚，我等你好了。方便的話，請你晚飯前來一趟。」慶太郎說得輕鬆。可是，即使見不到臉，也可以清楚感覺到那不是他的真心話。

謙作從開始就決定讓愛子置身事外，不準備跟她直接談判。這樣對她崇尚傳統的母親比較好，如果直接跟她談判，只有使愛子為難。不管從哪方面來說，愛子確是這樣的女孩子。現在，他真後悔自己如此粗心大意，竟然讓她完全置身事外，自己未免太樂觀了。但是千萬沒想到自己會受到這種待遇。他有點懷疑；父親是不是因為某種理由從旁攪局？

在未把此事告訴別人之前，他向榮娘提過。記得當時榮娘很高興，但臉上微微露出一份寂寞。如果神經質地想，那可能會有什麼用意。不過，話說回來，以榮娘的境遇來說，自己要是結婚了，她勢須跟自己分開，榮娘想到這點，自然會在高興中露出一份寂寞感。

第二天，日暮，他去拜望慶太郎。慶太郎家已有兩個自己不認識的客人在場。據說，這兩個客人是慶太郎高等商業學校的同學。

「本來白天要見他們兩位，因有急事不能見面，只好請他們晚上來。再過兩三天，我就沒事了。到時，就可以出去。事情到那時候再慢慢談。今晚，你也聽聽我們這些從商者的事，可能對你有些益處。」慶太郎說完話，快活地笑了。謙作不禁心頭火起。慶太郎竟然能如此從容說出這樣露骨的話，真覺不可思議，怒氣已從心裡冒起。然而回頭一想，如果他覺得跟自己見面，負荷如此沉重，在此提親終究無益。

「你待多久？」

「這個嘛，那邊的工作忙得很，這裡的事情處理好就要回去。這樣好了，後天晚上我一定設法去找你，方便嗎？」

「沒問題。」

謙作待了大約一個鐘頭，便告辭而回。

這天，愛子和她母親可能到親戚家了，不在家。謙作覺得是故意如此。

他不想就這樣回家。現在跟榮娘見面，問起什麼，可不好受。如果榮娘是骨肉至親，他也許會投到她的懷裡，尋求慰藉。但他不能如此。他毫無目的，在行人稀少的路上閒蕩。現在，一切都使他洩氣沮喪。

過了十一點，才回家。哥哥在家等著自己。見面後，信行說：

「你非愛子不娶？是不是？」

「倒未必如此。」

「真的不是這樣？」

「……」

「要是非她莫娶，我就去跟慶太郎和她母親理論，能不能成功，不知道。不過，我一定盡力而為。這要看你的決心了。如果你對愛子的心意還未到非娶不可的程度，我看還是死心算了。到底是哪一樣？」

「放棄啦。」

「真的。」信行彷彿行禮一般點點頭。

兩人沉默半晌。

「若是願意放棄，也許放棄比較好。」信行說。「我很了解你不愉快的心情。對你來說，這是雙重的不愉快。慶太郎本來就是那種人，她媽媽對你有好感，但到這關鍵時刻，女人到底難以信賴……」

「慶兄不該採取那種態度。要拒絕為什麼不乾脆說出來，卻採用拖延方式，讓我不愉快，藉以表示間接拒絕的意思。」

信行沒有回答。

「做得太沒良心了。」

「他老早就是那個樣子。」信行說。

過了一會，信行就回去了。

謙作不再期望慶太郎會來。要是來訪，說出明確的理由，自己縱使受不住，至少也可以從這種獨陷泥沼的不愉快中超脫。想來，慶太郎一定想以愛子的婚姻為手段，好好利用一下。這就是他的理由。即使如此，最好能夠說清楚。慶太郎也許說不出口。

果如謙作所料，慶太郎沒有來。當晚九點左右，謙作接到慶太郎的快信。

「大阪來電報，非速回不行，兩週後可能再上東京。所提之事已聽母親說過，回大阪後當以書面答覆。屢次毀約，汗顏之至。敬請寬諒。」

筆跡潦草。

之後，大約過了一個星期，慶太郎從大阪寄來了一封長信。大意是說：

「這次上京一個月前，永田先生（他的課長，曾得謙作父親提拔）來提親，對象是公司裡的人，已決定將愛子許給他，當然這是我個人的意見。這次因事上京，突然聽到母親提及你的事，真的吃了一驚。你知道，我一向很少寫信回家，總覺得馬上就可以見面，所以忙得忘了把這件事先通知母親，實在不該。儘管這只是我個人的意見，但永田先生和本人已知道此事，我實在困惑得很。以我的立場來說，當然希望愛子能嫁到你那裡，你畢竟是我的老友。可是已先許給對方。我只好先回大阪，待徵得對方充分的了解，得其承諾後，再進一步談及你的事。永田先生那一關沒問題。本人卻不肯答應。他氣勢洶洶的說『我都已跟親友提過。若僅以這點小事就毀約，我哪還有面目活下去。如果你一定不肯答應，我沒話可說；要我同意，那簡直太荒謬！』我想，他這樣說，也並非沒有道理。愛子把婚姻之事全委託於我，我依她的話去做，沒有仔細商量，我替她訂了婚事，實在不應該。事已如此，只好拒絕你，維持前約。以上是我回大阪後的一切經過。我想，這會使你不愉快。但望你能體諒我的心情，儘量做善意的解釋。」

謙作一面看一面自語道：「說謊！說謊！」說了好幾次。「難為他能夠若無其事從容寫出這些話來。」謙作想。

三個月後，愛子真的整裝到大阪去。對方是某富豪的次子，並不是慶太郎公司的人。

謙作內心所受的創傷意外的深。這與其說是失戀，倒不如說是對人生的一種失望。愛子本來就是被迫的，不能對她生氣。慶太郎也是不得已的。他這種做法雖令人生氣，卻也是慶太郎的一貫作風，所以慢慢就淡忘了。給他衝擊最大的是愛子母親的心意。只因為平時一直都相信她對自己的好意，因而面對這種結局，真的弄不清她的好意究竟是什麼。即使遭受拒絕，如果還能體會出她的一絲好意，他也就心滿意足。可是，全然看不出絲毫善意，就把他推向一邊，他覺得很不可思議。

「世事本來如此。」他無法這麼簡單死心塌地。如果能夠這麼簡單解決，倒也快活。就因為沒法子這樣，才越來越覺得灰暗陰鬱。

他以為用寫的方式也許可以讓事情明顯化。於是，提筆而寫，但寫到某處，就碰到完全不能了解的東西。

人心真難以相信！這種俗惡的不快之思不知不覺在他內心根深柢固。感覺到這一點，就覺得厭煩。而最近與阪口的關係日趨惡劣，更助長了這種趨勢。

可是，他無意把人生觀完全委之於這種日趨嚴重的想法。他認為這只是一時的心理病態。然而，同一形態的失望接連而來，使他不知不覺逐漸拘謹固執。甚至變成懦怯。

跟登喜子的關係已經表現出來。他不願抹殺自己逐漸上揚的感情，想跟她慢慢接近，但是這欲求一旦到達某一沉著點，無法貫徹初衷時，即使想再往前推進也完全不可能。於是，他的感情又全部萎縮到了某一程度。

## 6

謙作第二次跟登喜子見面後，過了兩三天，正是十四五年前去世的一位親友忌日。他跟當時比較要好的朋友一齊到染井[21]去掃墓。

掃墓後，回到巢鴨車站，太陽已西下。大家都想從這裡一齊到鬧區去吃飯。可是，各人意見分歧，有人主張搭原來的電車繞到上野；有人主張搭市內電車直赴銀座。不知為什麼，謙作很想到上野去。他並不想從上野到登喜子那裡，但整個心全被吸向上野。

最後還是決定到銀座去。到銀座時，對吃飯的地方又有不同意見。大家都像小孩子一般任性。有的主張到法國人新近開設的西餐館去；有的主張到可口的肉店去，彼此很難談攏。

「喂，那家西餐館的小菜曾混有玻璃渣哩。」緒方挑毛病。

最後決定分頭吃飯。到肉店的人吃過飯後再到那西餐館喝茶。

大家再聚首，離開西餐館時，已九點鐘。他們沿著有夜市的那一邊走了一會，在某地分手。

「今天算了。哥哥和姊姊來了，不先告訴他們，空著屋子，總覺得不對勁。」緒方說。可是，謙作一旦起意，就不肯輕易放棄。

「現在去，那藝妓在不在，也是個問題呀。」緒方說。

「在，你就去嗎？」

「喂，等一等，你真的這麼認真？」

總之先打個電話看看，兩人走進一間咖啡館。

來接電話的是阿蔦。

「登喜姐今天到市村劇場[22]去，小稻姐昨天就出去了，還沒回來。」阿蔦抱歉地說。

「戲散以後會回來吧。」

「呵，也許會回來，我去問問看。你那邊幾號？問了之後，馬上給你回話。」

等了一會，電話掛過來了。

「據說，看完戲，跟客人到藏多屋[23]去，現在已在吃飯，可能馬上回來……」

「既如此，我就去。」謙作說。

緒方嗜酒。

「如果決定要去，我再喝一點。」說著，緒方就在這家咖啡店，連喝了兩三杯威士忌蘇打。

一個鐘頭後，兩人到西綠去。

「剛掛斷電話，小稻姐就回來了。」阿蔦請別的女侍領路，自己去打電話。

不久，小稻來了。又過了一會，登喜子也來了。

在謙作眼中，登喜子又跟以前有些不同。因為第一次見面的緒方在座，她稍微正容端坐；也許因為疲倦，顯得沒有精神。由於剛從外面回來，衣服不像小稻那樣整齊，時時想整理衣裳，謙作覺得很滑稽。

21 染井：東京駒込的墓地。這裡有日本作家二葉亭四迷和芥川龍之介等人的墳墓。
22 市村劇場：歌舞伎劇場，在東京下谷二長町。
23 藏多屋：東京日本橋檜物町的日本料理店。

那晚，他們玩孩子般的遊戲，直玩到天亮。一直玩這種玩意兒，行嗎？謙作想。還是隨便結束了回去，比較好。到三四點就無法回去。既然如此，睡在這裡，不知行不行。

外頭下起秋雨，沉靜的雨。聽著雨聲，兩人都迷迷糊糊之際，女人走了。

十點醒來，兩人入浴後，意識才清晰幾分。又叫了昨晚的兩人，只有小稻來，登喜子到二樓的客人那裡了。

稍稍清醒，緒方就喝酒，不再遊戲，也不說話。小稻受不住眼前零亂的景象，楞楞地露出寂寞的眼神，凝望著緒方仰臥後拉得長長的臉。

緒方驀地張開緊閉的眼睛，發覺小稻凝視自己，懶洋洋不愉快的說道：

「怎麼樣，有沒有有趣的故事？」

「這個嘛。」小稻也露出寂寞的笑容。「下谷的藝妓叫白狐從後面推汽車。這故事你知道嗎？」

「不知道。在哪裡？」

「據說，是最近發生的事。到大宮時……」

小稻一本正經地說了這則故事。

「呵，很可怕，最好對同行的人說，可是，後來不知受到什麼報應？」

緒方這樣說。謙作覺得有點無聊。如果小稻真的相信還好，要是以認真的表情講述自己不信的事，那就更無聊了。

「這故事不十分有趣。」他說。

「不錯。」小稻立刻表示同意。

「虛構的故事吧。」

「也許，有點兒怪。」小稻笑。

剛才以認真的表情說，現在有人這樣說她，不僅未顯露不悅之色，還一齊笑。小稻這樣迎合客人，謙作既覺不愉快，也不禁同情。

「這一定是客人出三道題，由藝妓即興湊合作成單口相聲，搞不好，才變成這樣的。」

「啊，想必是如此。」小稻很高興地尖聲而笑。

「是店裡的斟酒女郎在伊豫紋[24]聽來的。本以為是真的……真的是這樣。你懂吧。」

「那你說別的吧。」緒方閉上眼睛，憂鬱地說。

「沒有比這更有趣的故事啦。」小稻困惑地沉默半晌。待兩人差不多忘記這件事時，小稻突然自顧自地笑起來：

「啊，這次是真的啦。」

最近在這遊廓殉情未遂的男人在法院接受調查，他說：遊廓打烊[25]。法官又問他：大減價上漲是什麼意思。小稻一個人覺得很滑稽，笑了起來。緒方跟那法官一樣，不懂俗語的「遊廓打烊」。再滑稽的笑話也失去了笑話的意義。

緒方不知不覺打鼾睡著了。謙作雖然疲倦卻睡不著。他漫不經心拿出棋盤與小稻玩五子棋。從對面房間不時傳來登喜子的聲音。在與登喜子的關係中，謙作已不再有任何幻覺。可是，登喜子不在這裡，而在那邊的房間跟別人談話，謙作總覺得寂寞孤獨。不在這裡還好，偏偏在那邊，使謙作不時意識到她。其實，登喜子經過謙作等人的房間前面，一定會出聲招呼，有時甚至

24 伊豫紋：東京下谷同朋町的著名飯館。
25 遊廓打烊：原文為「大びけにあがつた」，法官聽成「大割引きにあがつた」。

走進來。謙作覺得心情苦澀無比。

日暮時，雨終於停了。二樓外房的客人似乎沒有回去的意思。兩人離開了這樓房，走出遊廓，緒方立即順道進入西餐館喝威士忌。緒方只要有酒，再多也不妨。謙作已經相當疲倦。可是，他以前那股窒悶的心情，遇到雨後戶外的空氣，立即覺得清爽舒適。

他們打算到日本橋，走到三輪，便搭上往人形町的電車。

緒方戴著深橄欖色的呢帽，靠著窗玻璃，雙手交叉放在胸前，閉上了眼睛。那呢帽給人一種厚鞣皮之感。

在車坂換車。上下車的人很多。一個剃去眉毛的年輕美女抱著剛滿歲的嬰兒走進來。後面一個十六七歲老實的下女抱著包袱跟隨。兩人坐在謙作前面的空座位上。

嬰兒長得胖嘟嘟，很有精神，漂亮的花鳥紋和服上穿著美麗的兒童棉坎肩。可是，身體小，和服無法穿得貼合，鬆鬆散散，後頸露了一大塊，看得見後背圓滾隆起的柔軟白皮膚。嬰兒搖頭，猛動著手腳，獨個兒精神奕奕地鬧著。

那女人約二十二、三歲。既為人妻，任何人看來都會覺得比謙作大，但謙作無法清楚確定。她跟下女說話，有如跟朋友聊天一般輕鬆又親密。和那女人隔著一個人，跟下女相反的位置上，坐著一個揹著四歲小女孩的下女。小女孩從剛才就以孩子般的興趣，張著大眼，凝視那騷鬧不已的嬰兒。嬰兒發覺後，也望著那小女孩。最後，嬰兒發出咿唔的聲音，伸手，猛然扭動身體。

小女孩繃著臉，表情不悅地望著。

嬰兒扭動得太厲害，專心說話的女人也發覺了。以輕快的頸部動作，回首望著那小女孩。眼波靈活有神。

「哇，想去跟小妹妹說話啦。」那女人笑著說。小女孩仍然從容不迫，繃著臉。揹著孩子的下女以笨拙的口吻說了一些應酬話。

那女人中止了與相伴下女的談話，猛然——不如說發作似的用日本方式親著嬰兒的臉頰和頸部。嬰兒咕咕咕地聳身發笑。那女人露出了美麗的後頸髮際，歪著圓髻，仍然糾纏不休地親著嬰兒的喉部。謙作看了有種奇妙之感，覺得很像撒嬌。

他不能正面看下去，不禁回首望著窗外，想道：這女人遠比不懂撒嬌的嬰兒更善於撒嬌。年輕父母彼此間的撒嬌關係已無意間重現在嬰兒身上。這麼一想，謙作覺得怪不好意思，同時覺得很不舒服。不過，謙作覺得這個精神和肌肉都繃得緊緊，又有一種輕快感的女人很美。他偷偷想像這女人成為自己妻子的場面。那一定非常幸福。他甚至感覺到一種別無所求的幸福感。

「呵，要下車啦。揹起來好走路喲。」美麗少婦讓下女揹著嬰兒，說道。待電車停妥，她們便下車了。

謙作莫名其妙地覺得很幸福。這種幸福感隨著她的印象一直駐留心中。

謙作和緒方在小傳馬町下車，從人行道向日本橋走去。雨水濡濕的道路反映著街燈，很美。走過日本橋的假橋，兩人進入不遠處小巷裡一間精緻的小飯館。

緒方一邊讚揚這家飯館的酒，一邊猛喝不停，一喝酒，緒方心情就開朗。接著便比較剛認識的中町藝妓和新橋赤阪附近的藝妓。

緒方與赤阪某藝妓的關係遭遇了許多困擾，現在那藝妓的雇主還從中作梗。緒方對這糾紛既不逃避，也不特別關心，謙作覺得很有趣。其中含有一種高貴的餘俗。這類故事常會引起聽者的反感。能夠不讓聽者反感聽下去，謙作認為那是因為有這種高貴的餘俗。

九點左右，兩人離開飯館，還不想分手，便無目的地在銀座街上蹓躂。

「清賓亭還放著我的威士忌。怎麼樣，去不去？」

「還想喝啊？」

「唉。」

緒方確實喜歡酒。是祖傳的嗜酒者。不管喝多少，都毫無醉態。

「有一個在橫濱當過藝妓的女人。」

「你專門集聚這類女人？」

「沒有這回事。只有這個女人，比當藝妓要好吧，首先不必勉強應酬，也不需要衣裳。」

到清賓亭後，兩人被引到二樓最裡邊低一階的花稍房間，房間嵌著鏡子，像活動小屋一般。

女侍忙著工作，熱鬧無比，大笑聲響遍各處。

「請進。」「O先生，請進！」有三個女人在門口這麼說，隨即匆忙跑開。

謙作一晚未睡，加上抽煙抽得太多，雙眼充血，頭不舒服。他點了買來的眼藥水，然後雙腕撐在桌上，用手掌頂著額頭，閉上刺痛的雙眸不動。兩人都已疲憊不堪。

「這裡的人都很有精神。我自己精神不振，感覺得特別深刻。」

一個二十三四歲，和服上縫著衣領的女人，一隻手提著威士忌瓶，一隻手拎著兩瓶蘇打水，笑著走進來。

「是這瓶吧？」女侍提起威士忌瓶，歪著頭。

「謝謝光臨。」女侍走過來，有禮地向謙作鞠躬。然後，親密地默默向緒方行禮。

威士忌的貼紙上粗筆寫著「O」字。

「是你的字？寫得真差。」緒方說。

「雖寫得不好，只要懂得，不就行了嗎？」

女侍從腰帶裡取出開瓶器，打開蘇打水，把酒和蘇打水兌入豎起的杯子裡。然後帶著蘇打水空瓶跑出去。

「不是那一位吧？」

「欸。還沒來，叫叫看。」

另一個女侍靜靜走進來，對初識的謙作顯得有點拘謹。身材高大而美麗。謙作想：「大概是這位啦。」她那高興的雙眸含著一股媚力，說聲「前幾天真抱歉」，便向緒方走過去。嘴唇顯出冰冷美麗的顏色。

緒方默默一口氣喝下面前的酒，再親自兌了酒和蘇打水，放在那女人面前：

「喝吧！」

女人坐在緒方旁邊的椅子上，凝眸注視酒杯：「好像很強。」又把它放在緒方面前。

「你喝。」緒方說著又要把它推過去。她壓住緒方的手說：

「這樣烈的酒，我不喜歡。」

「那就各喝一半吧。」說著又推過去。這次酒灑了出來，浸入厚厚的桌布。

「O先生，你先喝。」她好像處理髒物一樣，推過去。

「一定喝？」

「一定。」

緒方挺胸一口氣喝了一半，然後把杯子放在她前面，其實沒有喝完一半，她乖乖舉起來抵在紅唇上。

「真的很強。」她故意皺著眉頭，喝了幾口。

前一個女侍提著一瓶新蘇打水走進來，站在那邊，正經地說：

「不行啊，加代姐，那樣強……」

「只喝剩下的一半啊。」那叫加代的女人怒目說，說得很快。前一個女侍根本不答理，說：

「O先生，真的不行呀。請別讓加代姐喝醉。」

「女領班，這麼嚴格可不行哪！」

女侍打開帶來的蘇打水，一面倒入緒方的杯子，笑著說：

「你的一點也沒減少。」

「所以，沒有人幫我處理，豈不糟了。加代姐不行，鈴姐幫忙好了。」緒方說。

「O先生很難纏啊。」

叫阿鈴的女侍與加代並排坐下。加代突然輕聲而又有點生氣地說：

「年紀大了，也許比較圓滑。對不起。」

「真討厭。」阿鈴鎖著眉頭。

靜默片刻，緒方說：

「生氣的時候，喝喝悶酒滋味也不錯吧？」

兩人有點不高興，面面相覷。然後一齊笑起來。

緒方一直設法勸這兩個女侍喝酒。阿鈴這個女侍並不像剛才那樣說個不停。

加代常常因樓下呼叫而下去。一有空就來。

謙作並不熟識，很少開口說話。他聽大家說話，一邊抱著葡萄盤，用指頭把葡萄慢慢送入嘴裡。

加代跑進來。

「呵，好熱。」雙手把自己的一隻袖子攤平，匆匆忙忙在胸前「吧噠吧噠」搧動著。已經醉了，濕潤的眸子映著燈光，閃閃發亮，很美。

「加代姐，真的別再喝了。倒下去可不得了。」

「我怎會倒下！」加代凶狠狠地睨視阿鈴。

謙作仰身點眼藥。

「也讓我點點。」緒方伸手。謙作閉著眼睛，把藥水遞過去。

「O先生，我幫你點。」

「行嗎？」

「沒問題。」加代拿過藥水，繞到緒方背後。

「再仰一些。」

「這樣？」

「再仰一些。」

這時，阿鈴迅速把四張椅子併成一排，說：

「O先生，這樣好了。」

加代坐在一張椅子上，說：

「枕我的腿好了。」

阿鈴拿起餐巾遞過去。

「哎呀，是水味很濃的膝枕！」說著加代把餐巾攤在腿上。

緒方仰身躺在並排的椅子上。

「用我的指頭撐開，行嗎？」

「我自己來。」緒方張開雙臂把眼簾撐開。

加代沒點好。藥水流向耳朵。加代笑著又要他撐開眼簾：「再一次。」

「燈光太暗吧？」阿鈴注視說。

「很亮。」加代仰望阿鈴說。接著又集中注意力點眼藥。細玻璃管中的藥水越來越少，不容易落下，緒方翻白眼等待，不見眼藥水落下，撐著眼皮探望。

加代發出受驚的叫聲，站起來。椅子「卡答」一聲往後倒。緒方也吃驚地站起來。

「怎麼啦？」阿鈴驚訝地說。

加代拿著眼藥瓶，默默站立。然後以微微沙啞的聲音說：

「本以為是白眼，突然露出了黑眼珠，瞪著我……」

「說什麼嘛，你這個人……」阿鈴表情不悅。

加代臉色有點蒼白，默默站著。

將近十二點的時候，兩人又到西綠去。因為惰性的關係，兩人總是分不開。夜越深，一時的倦意越明顯，再也不能支持下去。到三點時，實在難以強撐，謙作戀起了自己的被窩，很想舒舒服服睡一覺。他跟緒方約定，要緒方明天回家時順便到謙作家一趟，然後借了一襲棉袍，獨自雇車回家。

歸途中，天已亮了。雨後美麗的曙光從東方慢慢湧起。見此情景，他想起十年前的秋天，獨自乘船經過日本海，看見非常美麗的曙光從微雪的劍山後面昇起來。

## 7

謙作醒來，已是中午時分。兩個晚上不在家，不禁覺得不好意思跟榮娘見面。外頭，伯勞啼聲喧囂。他又躺了一會，突然跳起來。拉開一扇套窗，伯勞從鄰家的梧桐頂啼叫逃走。是個大好天氣。沒有風，秋天軟綿綿的陽光，將伯勞飛起的那棵梧桐，斜映在濡濕的地面上。澡堂的煙囪，輕煙裊繞。他想起今早天未亮時曾交代來開門的下女燒洗澡水。

「終於起來啦。」信行從樓下出聲說話。榮娘走上樓梯。

「已經等了一個鐘頭。」

他急忙下樓。信行在飯廳長火盆邊叼著香菸。他站著說了兩三句話後，說道：

「信哥，要不要洗澡？」

「免了。」

「那就對不起啦。」說完話，謙作便到澡堂去。

彷彿很久沒有入浴了。溫煦的陽光透過玻璃窗直射至箱形澡盆的底部。熱氣在陽光中變成無數小顆粒蠕動。如果不是哥哥在等待，他倒想悠閒地好好泡一泡。

「你不在家，榮娘可真擔心。」信行笑著說。

謙作含混回答。

「昨天巧遇山口，他想在〇〇刊登你的小說。有沒有作品？」信行說。

「想登在哪一期？」
「他說想登在下一期。不過，什麼時候都可以。」
「這樣的話，我總有一天會寄去。」
「沒有寫好的嗎？」
「最近寫的已經不打算寫下去。」
「唔。」信行彷彿知道這件事，只點點頭。
「如果有新完成的，我會寄去。」
「沒有以前寫的嗎？」
「有，但我不大願意刊出。」
「真的。那是時間未定囉。山口很想介紹你的作品。」信行說。
山口是信行的中學同學，高中時中途退學，現在是專業的雜誌記者。
「這是為什麼？」
「據說，起先是龍岡推薦，後來山口到阪口那裡去探聽。阪口極力稱讚你的作品。」
「呵。」謙作覺得很妙。「什麼時候去見阪口的？」
「據說是前晚。」
「真的。我無法承諾，不過也許會有東西送過去。」
房間裡已準備好菜餚。今天很難得，榮娘也一齊用餐。
謙作掛念著緒方。吃完飯就到附近書店打電話到西綠。
「才回去不久。」阿蔦剛說完，接著又說：「請等一下。」便退下去。

「昨天晚上啊——」登喜子接過電話。「知道我是誰嗎？」

「欸。」謙作回答，覺得有點粗魯。因為書店的夥計和客人在附近，不自覺地對自己在電話中的言談起了戒心。

「有什麼不對勁？」登喜子說完後，電話中傳來她對阿蔦說的話：「也許有什麼不對勁。」

「緒方先生到你那裡去了，是不是？……如果他在，請代我向他道歉，好不好？因為昨晚玩二十一分的時候，向他發脾氣。……他贏得太多了，我真的有點生氣。」

謙作支吾其辭後，便回來了。

不久，緒方來了。他已有幾分酒意。

「登喜子真不錯，受欺負就軟弱。」緒方開玩笑地說。

「是玩撲克牌吧？剛才在電話裡還要我向你道歉。」

天將亮，謙作正想回家的時候，玩二十一分，緒方老是拿到好牌，而且慢慢把大家的財產全都席捲一空。換了錢，再賭，又被緒方囊括而去，登喜子覺得很可惜，口中念念有詞。說些什麼，謙作沒有聽見。不多時，緒方突然仰身躺下說：

「啊，呵，老是贏，真沒意思。」

他獨自離開了賭局。謙作沒有留意，三個人繼續賭下去。將剛才登喜子掛心的事和現在緒方無意間說出的話合起來看，這點小事在兩人心情上必定形成一種相當奇妙的關係。一星期前，他在同一地方對阪口不高興，而龍岡一點也沒發覺，深覺不可思議；現在想來如果自己處於龍岡的位置，也可能對那種事情不會在意。——儘管如此，阪口仍然向山口讚揚自己的作品，如果此言屬實，那是源於何種心境呢？他不禁困惑。

不久，信行回去了。

酒意消失後，緒方不停喊冷。榮娘有臨睡時常喝的不太好的雪梨酒[26]。拿來後，緒方勉強喝下這甜酒。到了四點鐘，兩人出門到芝[27]的龍岡家。接著，邀龍岡到日蔭町散步。三人又赴清賓亭。這天，不知為什麼，加代始終沒有出現。

第二天起床後，謙作總覺得不舒服。因事必須到丸善[28]一趟，路上不停打噴嚏。辦完事，立刻回家躺在被窩裡。不規律的生活導致身體疲倦，終於感冒。第三天，一整天都躺在被窩裡。他想：非設法調整一下生活不行。然而，心情一直無法穩定。第四天，萎靡地躺了半天。不發燒了，去入浴，他再也無法靜待在家裡。傍晚時，邀龍岡到西綠。登喜子和小稻都來了，但始終無法離開客人。夜越深，他越痛苦。最近，他才想到與登喜子第二次見面以後，他已捨棄自己的幻影。從那以後，就像喪失彈性的橡皮一樣逐漸鬆緩無力，兩人之間已漸漸拉長了距離。現在，他仍然喜歡登喜子，但一點也沒有燃燒成熱情。想到自己這種無法燃燒的心，真覺悲哀。他想說，這是與愛子的事情使他變成這樣，但想到自己對愛子的感覺早已如此，寂寞孤獨之感不禁油然而生。

他覺得自己已經逐漸變成極其無聊的無用之人；他況味著這種自我忍受的痛苦，等待天明；越來越覺得這種地方不適合他的本性。

第二天下午，緒方來訪。緒方談到他的親戚要娶信行同學的妹妹，如果信行知道對方家庭的情形，希望謙作能代為打聽一下。緒方來訪，另有這種用意。

「這先且不管，前天，你一直都沒回來？」

「怎麼回事？」

「加代說，方便的話，要我叫你去，所以十點多，派車來接你，你不曉得嗎？」

謙作滿臉通紅。加代因何心意這樣說？是她對任何人都表示這種調調兒？謙作無法知道。跟加代第一次見面，他已有點被加代吸引。這種粗糙慌亂的感覺，他一方面覺得可喜，另一方面又覺得可惡。這是來自越深交越會導致不愉快的預感。首先，他覺得她是他難以應付的女人，所以對她雖有興趣，卻無意進一步來往。而且，那天，自己在加代心目中只是可有可無的路傍之人，現在聽緒方這麼說，一種甜蜜無比的感覺開始在心中盪漾。他儘量把它隱藏起來。

可是，另一方面，他也感覺到輕微的不快。榮娘和下女為什麼不把這件事告訴自己？對每天過著單調生活的榮娘來說，有人派車來接，不會是一件不足道的事。當然，這不會是忘了講。是故意不講，甚至囑咐下女不要說出來。

「今天四點以後，要在東海寺為先祖做佛事。在這之前，方便的話，一起出去吃飯，怎麼樣？」緒方說。

兩人到距離不遠的山王下飯館去。

中午時分，店裡沉靜。在打掃乾淨，面對小庭院的房間，兩人把坐墊移近屋簷，舒暢地聊天。

「四五天後，我要帶家裡的老人家到桃山參拜[29]。但我提出一個條件，白天跟大家在一起，晚上要允許我自由行動。」緒方說。

26 雪梨酒（sherry），西班牙的白葡萄酒。
27 芝：地名，在東京慶應大學一帶。
28 丸善：東京日本橋通三丁目出售洋書與洋貨的商店。
29 桃山參拜：明治天皇葬於京都伏見桃山御陵；明治皇后葬於伏見桃山東陵。當時有許多日本人到此參拜。

一個打扮整潔的女侍來更換壁龕上的插花。距離坐在屋簷附近的兩人很遠，女侍坐在壁龕前仔細端詳插花的位置後，再加以修正，然後再端詳再修正。

「喂，能幫我們把那老婆婆叫來嗎？」緒方對女侍揚聲說話，「還有千代子……」

女侍把殘花拿到走廊，又俯伏在榻榻米上，等待吩咐。

「就那兩人。」緒方說，女侍行禮後離去。

不久，被稱為老婆婆的藝妓走進來。是四十多歲個子瘦小的女人，臉色微微泛青，看來彷彿很能喝酒，而且能言善道。

「吃飯後馬上就要回去。請催一下千代子。」女侍端來菜餚，緒方交代說。

「這且不說，什麼時候陪你去啊？」那老藝妓說。

緒方沒有回答，轉身向謙作說：

「和這老婆婆約定最近一齊到吉原去。因而最近說起話來，大受讚揚。」

「在中町的藝妓之間玩起來，你才會顯出真本領啊。」老藝妓笑著說。

緒方和老藝妓兩人說起了謙作不認識的人。老藝妓很能說，而且時時夾雜著笑聲，聲音尖銳得如擊黃銅，使人焦躁不已。

說話當中，緒方突然說道：

「蕗子現在在不在？」

老藝妓頓時說不下去，表情變了一下。緒方若無其事，但表情緊張。謙作想，大概是剛才談到的藝妓。

「旅行去啦。」老藝妓終於回答。那口吻從旁聽來簡直像謊言。緒方卻問：

「到哪裡？」

女的又回答不出來。

「我想可能是鹽原。」老藝妓很不自然地轉移話題，談起了鹽原和日光附近的楓葉早紅晚紅的事情。至此，緒方彷彿忘記一般，不再提及蕗子這個女人。那老藝妓表現出歷盡風霜的傲慢神情，但對緒方輕描淡寫的詢問則提心吊膽，謙作不禁覺得滑稽。

一個被稱為老爺的富豪知道蕗子跟緒方的關係，仍然善待蕗子母子。可是一個受這富豪支使的男人很壞，威嚇她，她氣得當場把春天得到的美麗和服撕得粉碎，哭著搭車到緒方家。她不能公開叫他，只有在門前打轉。剛好緒方的弟弟從外面回來，她請弟弟轉告說，她要見緒方。當時已深夜一點鐘。緒方早已聽到汽車聲，料想必定是這件事。四五天前緒方告訴謙作：

「已經就寢，再跳起來，怎麼行？棄而不顧，她終於回去了。」

現在，緒方和蕗子已經有兩個多月未見面。

吃完飯，千代子才來。她跟先前的老藝妓大不相同，個子高大漂亮。正是小稻的體態，卻更豐滿美麗。眼神隱含有使人心靈沉靜的美和力。謙作尤其欣賞她的眼睛。

不久，兩人離開了這家飯館。謙作在赤坂見附一帶與赴品川東海寺的緒方告別。他走上見附，漫無目的地獨自走向日比谷。當時，在他心中打轉的並不是剛才所見的美麗千代子，而是以前不十分思念的清賓亭加代。「方便的話，把她叫來。」緒方這句話在他心中盤轉了好幾回。

無論登喜子、電車中所見的少婦，或今天所見的千代子，沒有一個不吸引他。而現在說過那席話的加代更吸引他。

「我到底在尋求什麼？」

他不禁這麼想，心裡不由得吃了一驚。這是自己也可以回答的令人討厭的問題。

## 8

不久，到京都、大阪旅行的宮本提著松蕈筐來訪。他是比謙作年輕的朋友。

兩人在二樓談話，傍晚時，附近管送飯的飯館來叫謙作聽電話。

「能不能馬上就來？」是加代的聲音。

「緒方在嗎？」

「還在這裡。」

「這樣好了，我這裡雖然沒有什麼好菜，卻有京都的松蕈，要他立刻到我這裡來，好嗎？」

加代以生氣的口吻，快速地說：「怎麼這樣討厭！」

「然後再一起到你那裡，可以嗎？」謙作說。

「真麻煩！O先生可真辛苦。」

爭辯了兩三句，謙作說：

「好吧。既然這樣，吃完飯再去。」掛上電話。

兩小時後，謙作與宮本一起到清賓亭。

緒方在小房間裡跟阿鈴與加代一起喝威士忌。

「真豈有此理。人家準備好招待你，卻任意拒絕。」緒方邊說邊捏著加代的肩膀。加代與他並排而坐。

「真的，」阿鈴說：「真不知你有什麼好菜啊。」

「是說沒有好菜啊，對不對，時任先生？」

「當然這樣說。」阿鈴說：「哪有人會說有好菜？」

「真心相信不是比較好嗎？」加代睨視阿鈴。

「喂，喂，」緒方拍著阿鈴的膝蓋，「用橋善的天婦羅喝日本酒吧。」

「看到天婦羅，就害怕。」宮本靦覥地說。

「不喜歡？那就算了。」

「確是這樣啊，在季節轉換時期，一旦出事就糟了。」

「他到底在說什麼？婆婆媽媽的。」加代旁白似地說。

宮本很能喝酒。雖然混著喝薄荷糖一樣的甜酒，也毫無醉意。臉色陰沉。因為搭昨晚的夜車，沒睡好，精神萎靡。

「怎樣啦？」與謙作並排的加代窺伺對面宮本低垂的臉，「討厭，從剛才就獨自一個悲觀……」隨即望了謙作一眼。

「到底怎麼啦？」

加代站起來的時候，無意間用脊背把謙作的指頭挾在椅子上，因為謙作的手擱在加代椅子上。

「睡不夠。」謙作一面回答，一面想把指頭慢慢抽出。

「是故意睡不夠吧？」加代將誘惑性的眸光投向謙作，有意在背上加了力。

「哪裡是故意！是坐夜車才睡不夠。」謙作說得粗野，猛然把指頭抽出來。他以為加代會露出不快之色。想不到加代無動於衷。

謙作不喜歡女人用這種方式傳達心意，才會無禮地抽出指頭。不過，他還是後悔。對自己如此顯示怪異的潔癖深為不滿。眼看著又喪失一個機會，頗感可惜。大家都醉了，只有自己沒醉。他心情紛亂地說：

「給我酒。」

他叫人倒了自己一度拒絕的薄荷酒，一口氣喝下去。

「可真不能輕視喲。」

加代越醉，眼睛越美。嘴唇也變成美麗的色彩。動作越來越粗野。綠色的酒撒在漿得平順的厚桌巾上，在白熾瓦斯下看來更美。

「哇，真漂亮！——」說著，阿鈴把臉靠近桌布。

「我再替你創造一些，好不好？」加代粗野地說。拿起小鹽匙，舀酒亂撒。

「又亂來啦。」

「你讚美說：很漂亮呀。」加代回瞪阿鈴。

「確是漂亮。」謙作說。

加代立刻回首面向謙作，「確是——」把臉挨近，幾乎碰到謙作的臉，然後點點頭。這回謙作故意跟她回應，同樣點點頭，覺得有點失態。他很不好意思，默默不語的宮本模仿京都腔冷冷說：「真親熱！」謙作聽來滿含諷刺，他想反抗。越來越失態。他挪開椅子，擠向加代，說：

「我喜歡你。」

「謝謝。」加代對謙作突然的改變有點驚慌失措，換上了與剛才粗野情狀完全不同的可愛神情。

「怎樣？」謙作大膽地用肩膀壓著加代的肩膀。

「有些與平時不同。」加代發出撒嬌聲，她不知什麼時候坐正了身體。接著，俯首把臉埋在謙作胸前，凝身不動。頭髮觸摸著謙作的臉頰。

「哎呀，受不了。」阿鈴大笑。

謙作用手圍著加代的頸項，湊近臉，做出接吻的樣子。兩人太陽穴和額頭合在一起，嘴唇相距三四寸。就這樣凝身不動，醉膚上泛起的溫熱彷彿徘徊於臉和臉之間。謙作感到意識遲鈍的快感。

四周突然沉靜，他抬起臉。不知什麼時候，大家把入口的厚布簾放下走了。加代也舉起香汗濡濕的臉，兩人突然清醒過來，都覺得鬧了大笑話。

「一定在鄰室。」

「去看看。」

兩人立刻走出房門，進入鄰室一看，沒有人。

眾人到前面的大房間去了。同校高三班，現任律師的山崎抓住了緒方和宮本，以喝醉酒的大嗓門說個不停。眉毛稀薄、個子矮小的美麗女侍阿清，坐在山崎身旁。

謙作很早以前就討厭山崎。見面時，總不知不覺採取威壓的態度。現在只好控制住厭惡感，坐下來。

山崎握住阿清的手，執拗地要她喝酒。阿清雖說：「不要！不要！」還是從容喝下去。

加代已經醉了，仍然沉靜地與阿鈴並肩而坐。

謙作無法鎮靜，輕聲邀緒方和宮本到西緣去。宮本沒有明確回答。

「我打電話去問問看。」謙作站起來，卻被椅腳絆倒在地。

「時任先生，樓梯要小心喲。」加代跟來。

「不要緊。你最好別來。」

「討厭！」加代用力拍了謙作的後背。他沒有回頭，默默前行。覺得自己臉頰的肌肉浮現笨拙的笑意。他控制表情後，才回過頭來。

「既然這樣，別跟來。」

「我才不想去呢。」

謙作小心翼翼，獨自走下樓梯。站在電話前，胸部很不舒服，無法立刻打電話。

「登喜姐出去了，小稻姐確實還在。」

「真的……」

「來嘛。」

這樣顛顛倒倒的，很難去得成，他想。

又慢慢走上樓梯，只聽到山崎的大嗓門。

山崎摟住阿清頸項，要吻她。阿清背臉躲開。山崎不得已將臉埋在用粉抹得純白的頸子上，彷彿嘴唇抵在那裡。阿清難為情地鎖著眉頭，仰視站在旁邊的加代，說：

「別來啦！別來啦！」

加代恨恨地咬著下唇，揮拳擊在山崎頭上。

三人決定不去西綠，不多一會就離開那裡。

# 9

兩天後的早上，謙作高臥未起，信行已經來了。信行正要上班，不肯進來，謙作只好睡眼朦朧走到玄關。寒冷的早上，信行滿臉通紅，精神奕奕。

「有人寄這種東西給開子。」

說完話，信行從大衣口袋掏出草綠色西式信封上寫著紅字的信，交給謙作。字跡柔弱難看，封裡寫著：「第〇高級女子中學宿舍寄　志津子」，封口上寫著：「未成年」。

「這封信是昨天從這裡轉寄出去的吧？」

「不錯。知道是你妹妹，以為住在這裡。」

謙作料想信寫來一定令人不恥又不愉快，便開始看下去。也許因為有這種心理準備，他覺得信寫得並不如想像那樣令人討厭。「敝意以為真正之男女交往，理當不受阻止，望後日（六日）汝放學回家途中（二時及三時），許我於冰川神社庭院面謁數分鐘。」信上寫著。「吾今夏將畢業於某私立大學，現寄寓麴町區〇〇町〇子爵處。」接著一再要求隱密此事，同時還說：如果此事對未婚的你有所妨礙，請不用客氣，一口回絕。

「以曖昧的態度試探。」謙作笑。

「似乎不像以前寄信的人那樣，有不良傾向。總之，你能不能去看看到底是什麼傢伙。甚至不妨威嚇他一下。」

「唔。」

「我去也行，但不願為這種事向公司請假。」

「那我就去看看。〇〇町的〇子爵就是松山的祖父，問問松山立刻就知道。不過，還不需要這樣。」

「是的。這傢伙也許沒那麼壞。不過可以這樣說，先嚇他一下。」

信行很快就走了。

這天，不僅寒冷，而且細雨霏霏，時停時下，有如回憶。謙作在二樓添了火，已經很久沒有坐在桌旁了。他開始寫日記，荒怠很久了。

——覺得被迫揹了不知實體的重物。可怕的黑色物體從頭罩下。頭上沒有蒼穹。重疊的窒悶在當中擴延。這種感覺究竟從何而來？

——心境有如黃昏前點燃的門燈。燈在藍色毛玻璃中發出橙色模糊的光芒。這樣的燈，再毛躁也沒有用，只會從毛玻璃中吱吱作響。夕陽西下，燈火勢必逐漸明亮。可是，僅此而已。我有燒盡所有事物的欲望。這該怎麼辦呢？為我擊破毛玻璃吧！把油壺吹上乾燥的木簷。我要變成火燃燒起來。否則只有終生做毛玻璃中的燈火了。

——總而言之，非更認真讀讀書不行。我非常侷促拘謹。不管在工作上或生活上都笨拙無比，束手束腳。一定要更自由舒暢好好做些想做的事。不是以雜亂的步伐，要一步一步踩著大地，揮著手，舒暢地往前走。不急不息地往前走。——不錯，既是期望暴風雨來臨的門燈油壺就不得不如此。

——我不希望因為死心而得平安。我希望能夠不死心，不放棄，永久在追求，然後才得到真正的平安與滿足。真正從事不朽之業的人不會死。我現在不僅覺得藝術天才如此，科學天才亦然。居禮夫婦的情形，我不十分清楚，不過，「淪落人間」的此一確鑿事實，一定使他們得到了任何命運都無法動搖的平安與滿足。我希望有這種平安與滿足。我要見人所未見的東西；要聽人不曾聽過的聲音；要感覺人不曾感覺的事物。

——人類的命運並不一定要為地球的命運殉死。其他的動物，我不知道。我只知道人類會反抗已知的命運。男人對工作不知饜足的本能欲望中一定含有盲目意志。人類的意識已認定人類會消滅，但這盲目意志卻絲毫不肯承認。

人類的發展與地球的條件成正比。地球的條件已漸漸有益於人類。人類已逐漸發展。可是，從某個時候起，地球的條件慢慢變壞，慢慢變冷，慢慢乾燥。從這時候開始，人類逐漸退化。到最後，可憐的最後一個人終於在某一天死去。人類消滅了。不僅人類，所有生物都會慢慢滅絕。一切都進入冰層下。這想法絕非誇張。如果這樣發展下去，當然是人類及其他所有生物的可怕命運。可是，人類——焦躁而漫然發展的人類會老老實實接受這種命運嗎？地球的條件慢慢惡化，不知不覺間退化了以後，我們的子孫也許對他們祖先的焦慮一無所知，對焦慮中建立的發展價值漠不關心，並以冷眼眺望毫無利用價值的發展遺物，同時被迫用沒有希望的空虛腦袋老實接受這命運。可是，這是人類退化到極點以後的事。在這以前，在地球的條件還未不利人類以前，人類仍然會盡力謀求發展，並且反抗已知的命運，藉以拯救人類。

女主生育，男做工，這就是人類的生活。在人類尚未發展的時期，男人只要為自己家人、自己部落的幸福工作就行。人類逐漸發展，部落的範圍逐漸擴大。譬如在日本，男人以替封建諸侯工作來滿足工作的本能。慢慢的，便進而為國家、民族、人類而工作了。

例如永生這種想法，在孩提時，沒有永生，在感情上就無法滿足。可是，現在——現在也覺得死亡很可怕。如果永生只是個人的永生，就不成問題。但是對永生的信仰逐漸消失了。我在感情上總期望有人類的永生，總希望可以逐漸累積自己的成果。也許不久會從這感情中解脫。有了解脫思想。但是，現在的人通常都有男人急欲發展的工作本能，有時甚至變得盲目而病態；有時會迷失固有目的，衝入使人類趨於不幸的發展中。總之，這種本能欲望內含共有的偉大意志，那就是祈求人類永生，亦即反抗已知的命運，再從其中逃出。我想起飛行員摩斯[30]第一次在日本飛行的情形。滑行後，機體突然離開地面，浮現空中。這瞬間，因一種奇妙的激動，我真想哭。這種激動由何而來？是來自昂奮不已的群眾心理吧。但決非僅此而已。當時即使受到群眾心理的支配，但在不同的時間裡也曾讀過某人在科學上有偉大新發現的新聞報導。讀這種新聞，我有時也會激動得想哭。這是由何而來呢？難道不是因為無意識的人類意志在內心深處與它相呼應嗎？我覺得是如此。

我們知道人類會滅亡。但這絕不會把我們的生活導向絕望。潛藏有這種念頭，有時難免會引起不勝孤寂之感。這種感覺就像思考無限時會覺得無比孤寂一樣。其實，我們已承認人類會滅亡，但在感情上卻不願承認。這個事實委實不可思議。而且，我們急於謀求能力範圍內的發展，因為我們懷有不為地球命運殉死的希望。而且這種偉大意志正無意識地影響著所有人。

## 10

謙作在半個月未寫的日記上寫下了上面這些想法。這想法最近一直模模糊糊湧現在他腦海裡。他確實認為現在的人都為一種不知實體的目的焦躁不已，也為不知實體的偉大意志驅策。它還以各種不同形式出現在藝術、宗教及科學所有方面。對現在的自己，他也有這種感覺。在無端焦躁的時候，總覺得自己受到了這意志的追逐。

他昂奮地在房間裡走來走去。

「小謙。小謙！」樓梯下傳來了榮娘的聲音。「要吃午飯嗎？」

他彷彿從夢中醒來。因為有晚起的習慣，謙作大抵都早餐和午餐一起吃。這天，被信行叫起，難得九點以前就吃了早飯。

「這個嘛——」他有些不高興。「雖然不餓，還是吃吧！」

不久，他走下樓梯。

吃飯時，榮娘憂心忡忡地說：「是不良少年，一個人去，不要緊嗎？還是請龍岡先生陪你去，比較好吧？」

他想：「說得也是。」卻說道：「不要緊，好像還沒到不良少年那種程度。」然而，對自己易為對方態度激怒的性格不禁有點擔心。

吃得太多，他喝了消化劑，然後走上二樓，以桌下的籐製字紙簍為枕躺下。興奮過度後的孤寂感悄然來襲。

沒多久，宮本來了。

「龍岡先生的歡送會在什麼地方舉行比較好？不早點決定就來不及了。」宮本負責辦理此事。

「還沒決定嗎？」謙作有指責之意。「不到一星期啦！哪裡都行，問問龍岡什麼時候有空，最好早點決定吧？」

30 摩斯，美國飛行家，滑翔飛行的記錄保持者。一九一一年三月赴日表演滑翔飛行。

「日子已經問過，場所還沒有決定。最好不要找清賓亭或西綠這類地方，你說是不是？」宮本試探地說。

「當然，最好別找這種地方。」

「聽你這麼說，我就放心啦。」宮本笑出來。「那類地方並不壞，但不適合用做歡送會吧？若不事先告訴你們，擅自放棄這些地方，又覺得不好。」

兩人笑了。

「我想訂富士見軒或三綠亭[31]。菜餚如何，不得而知。總覺得像以前放洋留學那樣比較好。此外，照相館雖然陳舊一點，在富士見軒就可叫武林[32]來照。」宮本在他們這一伙中最精於此道。

謙作談起了一個年輕人寫信給妹妹的事。

「想不想一齊去看看？」

「好可怕。如果掏出手槍，就死翹翹啦。」宮本舉起雙手。

「那就在這裡等我。」

到了兩點鐘，正好雨停。謙作撐著洋傘，獨自到兩三百碼遠的冰川神社。這裡經常是附近孩童的遊樂場所，今天下雨，沒有一個人。只有神樂堂[33]後，一個約莫二十二三歲臉色不佳瘦瘦的年輕人坐在石頭上，身穿一件微髒的碎白藍花布衣，縮著身子，以怯怯的眸光望著謙作。「不會是那個人。」謙作心想，在那人附近走了一趟。在額堂[34]開茶店的人，因為沒有客人，正把折凳堆積起來。除此而外，什麼人也沒有。謙作繞了一下。常常有人穿過庭院。類似寫信的人沒有來。

這時候，他突然從沒落清玄[35]聯想到那不起眼的年輕人。是他？簡直難以相信。他一直都待在同一個地方，彷彿在等人，越看越像。謙作向那年輕人走去。大銀杏樹的黃葉散落在濕濡地面。他用洋傘尖逐一戳著銀杏的落葉，在年輕人面前來回走了三趟。年輕人好像很不安，時時用目光向他望去。

謙作終於走到年輕人面前，問道：

「等什麼人？」

年輕人怕得答不出來，頓時驚慌失措，謙作心想：「畢竟是這個傢伙。」

「為什麼在這裡？」

「不，不……」上氣不接下氣，搖搖頭，好不容易才說出話來，「不是在等人。」身體因冷而抖索，眼露畏懼之色。二寸長的稀薄頭髮，因營養不良，簡直沒有光澤，手腳的皮膚乾巴巴，已經起了白霜。

「我有家，在簞笥町十九巷。」年輕人凝視謙作的怒容，喘著氣說。然後無意識地揪著拇指的肉刺。血從肉刺沁出來。彷彿不覺痛楚，仍用力揪，年輕人以為會以浮浪罪被逮，畏懼之至。他以為謙作是刑警。

「對不起。」謙作行禮，但仍臉現怒容。

他走到牌坊旁站立。謙作見那年輕人畏畏縮縮從神樂堂後面悄悄望著這邊。

31 這兩家餐館都是西式餐館。後者為法國式。
32 東京麴町的著名照相館。
33 神樂堂：日本神社中常建有吹奏祭神舞樂（神樂）的房子。
34 額堂：神社與佛寺常有懸掛捐款匾額或掛軸的房子。
35 沒落清玄：日本歌舞妓『清玄櫻姬』中的登場人物。清水寺的和尚清玄愛上偶然邂逅的櫻姬，以破戒罪被逐出寺院，煩惱、沒落，仍不死心，依然愛著櫻姬，終於被殺。

一個十八九歲學生模樣的年輕人，沒戴帽子，穿著便服，帶了一本書，一面走一面看，彷彿在背書。謙作想：「是這個吧？」也許是偽裝背書，以防別人看穿。時時採望，年輕人也顯得拘束。

只好去問一下，謙作走過去。因有前車之鑑，這一次他客氣地：

「對不起，請問一下，你是不是在等人？」

年輕人表情極其平穩，答道：「不是。」一點也不驕傲，想必是良家子弟。

「謝謝。」謙作低頭致謝。

總之，必須等到三點鐘。謙作進入額堂的茶店，坐在堆累後剩下的折凳，凳上未罩毛毯。店主似乎無意招徠客人，說聲「請坐！」仍舊用掃帚細心掃除散落庭石間的落葉。庭石是用溶岩組合而成。謙作吸著香菸，心境一如秋日，平靜無波，覺得這種心境正好與寫信的人見面。等到三點，仍然未來，就打道回家，他時時看錶。先前那個寒酸的年輕人仍然坐在那裡。想到猛揪血刺以至出血的疼痛景象，他真想過去安慰一下。然而，為什麼一直那樣坐著不動呢？那既非病患又非乞丐的年輕人，竟然身穿一件碎白藍花單衣坐在那裡。他猜不出那年輕人的生活情狀。

侍得太久，店主拿來了茶與點心。「不會來啦。」他想，正要放下茶資站起來的時候，看見榮娘從石階上走來。平安無事，雙方都莞爾微笑。

「我正要回去。」他立刻走向通往大道的小門，很想過去跟剛才那個年輕人說幾句話。快靠近時，年輕人猛然硬起脖子，把臉轉走。謙作打消跟他說話的意思，和榮娘一起走到大道上。

「既然知道住址，寫信去不就行了。」

「好吧，就這麼做。」

回家後，他讓宮本再等一下，立刻寫信。信裡還談到松山是他孩提以來的朋友。

宮本突然笑著說：「做個不良少年也不賴。倒真想做個不良少年哩。」謙作也被引得一齊笑了，但總覺得有點不悅，因為宮本用不良少年這幾個字明顯點出他們共有的欲求。

綿綿如露的雨又開始下了。兩人下將棋，下了五六盤，已經很疲倦，棋盤上也黑矇矇，心裡有些不悅，電燈亮了。思考一下，仍然想不出好點子，謙作說：「算了吧？」

「好吧，不下啦。」宮本立刻把手上的「駒」扔到棋盤上。隨後仰天倒下。

飯已做好，吃完飯，兩人立刻出門而去，謙作容易感冒，帶著呢外衣。

從溜池搭電車，然後從新橋走到銀座。與街燈並立的細柳枝，隨風搖曳，閃閃發出美麗亮光。

宮本對袋子很感興趣，走到這類店鋪前面，一定額抵櫥窗，仔細觀看。

「最近你還喜歡雜貨？」

「當然喜歡。」

袋子如果是真正精緻的貨品，總是舊貨，以前什麼人使用過，不得而知。因此，即使精緻，在某種意義上也不乾淨。而雜貨既新又價廉，比較有興趣，只要清潔就好。一髒，扔了也不會痛心。宮本邊走邊說。

「這次旅行前會來買。最近想到朝鮮去，朝鮮實在是個好地方。」宮本說。

經過台灣喫茶店[36]前面，謙作無意間發現緒方在店裡。坐在裡邊，帽緣下扣，穿著雨衣。

36 店在東京銀座尾張町二丁目，以台灣烏龍茶聞名。

「緒方在裡頭。」謙作提醒。宮本回頭走，從入口瞇著近視眼往裡瞧。

「要不要進去一下？」

「算了。蜘蛛猿來了，還是把緒方兄叫出來吧。」宮本叫女服務生把緒方叫出來。緒方出來後立刻答應跟他們一起走。接著又進去拿手杖。

三人逕往京橋而行。

「你討厭蜘蛛猿？不是很謙虛嗎？」緒方說。

「也沒什麼討厭。總覺得很難纏呀。」

「你們這樣難以討好，可不行啦。」

到尾張町換車場時，緒方指著對面的咖啡店：

「那邊怎麼樣？」

「好像有比蜘蛛猿更難纏的。」又是宮本說。

「怎麼搞的？你可真難討好。你討厭酒？」

「酒可不賴。可是，不知為什麼，突然覺得人很可怕……」宮本笑。

「沒有人哪有酒啊。」

最後決定到清賓亭。

放下二樓小斗室的窗簾，三人沉坐在裡頭。阿鈴掌管樓下，不大能來。因此，加代之外另叫了一個名叫阿牧的不很漂亮的女侍。

謙作這天心情比較平靜，也不喜歡喝酒。

不管加代和緒方怎麼勸，他就是不肯喝。

緒方終於生氣地說：

「有理由才能不喝酒啊。──真想好好訓你一頓。」

「又會因酒失態啊。」

「什麼，真過分。」加代以有些低俗的口吻說，然後撞一下阿牧的肩膀。接著又嘟囔道：

「還沒走進社會的人是不會喝酒的。」

謙作前一天在家裡突然想到不知加代是單眼皮還是雙眼皮，並在給緒方的明信片邊上寫上了這件事。現在才想起來。就在這時候，緒方談到了此事。

「喂，喂，加代小姐，時任啊，他還想過你的眼睛是單眼皮還是雙眼皮呢。讓他看看吧。」

剛才悶悶不樂的加代，頓然以滿含媚態的眼波向謙作望去。

「兩者都有啊，你看，這隻是單眼皮吧？這隻是雙眼皮。」

「恰恰相反。」

「啊呀，真的？」加代用指擦眼簾，眨著眼睛。

「真的。」

於是，加代再度投以高興又誘惑至極的眼神，默默微笑。不在的時候，還想著單眼皮、雙眼皮，這是效果最大的奉承。

可是，當晚，話題時斷。謙作想談冰川神社的事；又擔心走後被拿出來作為她們與客人談話的話題，那就麻煩了，終於壓下沒說。大家默默無言的時候，加代和阿牧隨便談談她們自己的事。

「喔，是胡同的搬運公司呀。」

「搬運公司有那樣好的男人？」

「是啊。」

加代和阿牧這樣一問一答。

「真豈有此理。好的男人怎麼啦？」緒方覺得沒有趣味，硬是這麼說。

加代立刻斥責般回答：

「不是說好男人啊。是說有好男人的胡同呀。」

「若是胡同，那更豈有此理了。」緒方胡說八道，無聊地笑了。

「那裡有很多好男人。」

「總之，是你們暗戀別人的愛人。」

「O先生，」加代笑起來，「阿清最近常說，露月町有很好的男理髮師。還沒打聽清楚，就想跟他出去。但是，因為不知道是哪一家，害得她一面走一面窺探每一家理髮廳……」加代和阿牧斜眼相視，滿臉通紅地笑了。這時，加代的臉上流露出極其低俗的神情。謙作不安地看著宮本，宮本也望著謙作。宮本臉上浮現出似惡意又似同情的笑容。

加代和阿牧趁興談起這一帶的「好男人」。搬運公司的掌櫃是其中之一。藥舖的兒子和汽車司機都是。宮本一面聽一面明顯地露出厭惡的神情。

加代還談到她每天上午十點到公共澡堂，裡面沒有別人，就雙手抱著橢圓小木桶游泳。

「她游得真不錯。」阿牧從旁說。

這個豐滿大個子的女人抱著橢圓小木桶在澡盆裡游泳，謙作想像中覺得那模樣一定很難看。而那難看的模樣又極肉感。

加代興致勃勃地說，一個煤氣公司的工人把大墊腳凳放進沖身房，墊腳修理損壞的瓦斯燈之後，洗澡時，發了好幾個鐘頭牢騷，以致無法走出澡盆。

謙作自始就不認為加代是高雅的女人，卻為她投懷送抱的活力和極端的妖艷所吸引。今天，由於表現得太低俗，謙作對她的興趣完全消失了。越接近，這種感覺愈強烈。就此而言，還是第一次見面的時候最好。

不久，三人離開了清賓亭。隨即分別回家。

第二天起床後，前天寄出的信有回音了。是一封低頭致歉的信。信上說：

「其實，僅從照片上見過令妹。我本無此意，因T醫院護士〇〇相勸，方冒昧寄出那封信。若此事為松山先生所知，勢必受其嚴懲，祈請慈悲為懷，寬諒是幸。」

一年前，開子曾進T醫院。那護士很美，還記得謙作。

謙作簡單敘述了前一天的事，連同這封信，一齊寄給信行。接著又寫一封信給那男子，答應他絕不將此事告訴松山。

## 11

從那以後不久，謙作自己開始放蕩了。一個微寒多雲的早上，他獨自啟程到深川的那種地方去。雖然沒有放蕩的衝動，他已決定將要做的事付諸行動。

兩年前，他曾從木場到那地方，再從那地方經過砂村到中川邊。所以，路徑大抵知道。他在距永代橋不遠的地方下了電車，表情不悅，陰沉沉地在八幡前面的街道上行走。神情之陰鬱醜陋，連他自己都可以感覺到。行人彷彿都知道他的目的。對這些行人，他甚至懷著淡淡的敵意。

他走得很快，不時乾嚥著口水疾行。

度過幾座小橋，向右轉，隔著泥溝看得見那種家屋。終於來到了，他想。跟到登喜子那裡去的目的不同，心中不禁有點忐忑不安。勿寧說非常不愉快，但無意就此中止。

迎面來了一輛人力車，沒有掛上車篷。車上的人戴著一付墨鏡。這樣反而更引他注意。那是比他高三班的田島。在這種場所碰到同學，以田島的職業來說確實相當意外。謙作有點猶疑。走了六七尺，視線一直未離開田島的臉。他大概也看到自己了，因為戴著墨鏡，無法確知。不久，謙作移開了目光。這條道路不是從前面的養魚場而來，就是從曲輪直行而來。當然是從曲輪來的，謙作想。戴著平時不用的墨鏡，更是欲蓋彌彰。

真是在彼此都不願見到的地方碰頭了。他覺得痛苦，也很生氣。不過自己還沒有進去。乾脆就這樣穿過養魚場到砂村去算了，或者到西綠，然後直接回家，這念頭猛然閃現。如果田島不是從曲輪出來還好，可是，已經知道他做那種事覺得很可恥，縱使今天不進去，他也一定認為自己進去了。

過了兩個小時，他從曲輪出來，心境與去時完全不一樣，輕鬆得連自己也覺得不可思議，一點也都不覺得後悔。

那女人很醜，跟大雜院的女房東一樣，臉色蒼白而平板無奇。確是遲鈍善良的女人。他不願再看到她。但他熱切的想向她表示好感。用匯票支助她也可以。他聽說，她每接一次客只從雇主那裡得到五錢。

放蕩開始後，他開始意識到榮娘。這是前所未有的事。他常有一種奇妙的想像，想像榮娘來引誘他這個道德感牢固的人。在想像中，他常向榮娘說教，諄諄訓誨她：這種事是多麼可怕的罪，兩人的命運將如何因之而狂亂。自己變成了一個正襟危坐的青年。刺激這種想像的並不是榮娘，但他常常這樣想。

這想像到最近逐漸變化了。三更半夜，心靈極度惡劣睡不著覺，即使看書，也完全看不出書中的字義。淫蕩的惡劣心靈在內部旁若無人地活動，無論如何驅逐，在樓下睡覺的榮娘影像總閃進意識裡。這時，坐立不定，萬一之思不時在心中鼓動，終於下樓去。經過榮娘臥室的前面到廁所去。在他幻想中，經過門前時，紙門會突然打開。他默默的被帶進那黑暗的房間。——事實上，什麼也沒有發生。他氣憤激動地回到二樓。可是，走到樓梯中間又停下來。想上樓去，又想下樓來，兩種念頭在心中互相搏擊。他坐在黑暗的樓梯中間，不知如何自處。

他的放蕩慢慢激烈起來，心境完全不像所謂放蕩者。因此，雖然放蕩，不快感也總跟隨而至。彷彿有真正傾心的女人，卻不曾遇見。即使有這種念頭，也持續不久。他想，這是自己不好，也是對方不好。

已經不像以前那樣，常到登喜子和加代那裡去。但跟緒方或宮本在一起時，就常常去。對於登喜子，由於心境平和，正處於不進不退的局面，不如說越來越難向前跨進。

即使能稍微執著，但對登喜子或加代就完全不是這麼回事，在別的場合，心境又完全無法配合。可以輕易深交的女人姑且不言，對那些不易深交的女人，僅僅交到某種程度，便著迷。可是，一執著，就發生怪事，想深交，卻覺得自己已無深交的熱情。即使認為不能老是如此，但放膽往前趨進，又覺得非常可恥，很不自然。如果感情未先湧現，這就是不自然。念及無法著迷於誰，他便常常陷入自我厭惡中。心情如此，肉體卻直往放蕩深淵墮落。

生活越混亂，頭腦越混濁，他對榮娘所生的惡劣心靈就越猖獗。這種狀況持續下去，自己會做出什麼事來，無法預料。跟榮娘相差二十歲，她又一直是祖父的姨太太，與榮娘的這種關係勢必使自己導向破滅。一念及此，不禁悚然而慄。對榮娘的衝動有如噩夢一般。白天以舒暢的心情與她相對而坐時，自己就覺得有那種念頭著實不可思議。那不是噩夢，定是什麼東西。事實上，那噩夢襲擊他的次數越來越頻繁。

一天晚上，他做了一場夢。

宮本浮現奇怪的笑容走進臥室，說：「阪口在旅途上死了。」謙作躺著想道：「啊，終於死了。」阪口沒有告訴任何人，逕自啟程去旅行，形同離家出走。這件事已展現為夢。而且，他總覺得阪口會死在旅途上。他默默不語，宮本又說一聲：「據說，他幹了播摩[37]——終於幹了。」隨即露出奇怪的笑容。「想必如此。」謙作想。

他不知道所謂播摩是指做了什麼事。一定是用拚命的危險方式。他只知道，阪口以前在大阪曾告訴過他。宮本一定是從阪口聽來的。

阪口為放蕩而尋求一切刺激，想不到最後竟墮落到播摩那種方式。一念及此，謙作感覺到體內發寒的異樣激動。阪口既然知道可怕的播摩方式，最後還衝進去，阪口的淫蕩必定非他自由意志所能控制。

「所謂播摩是指做了什麼事？」謙作差一點問出來，終於噤口不言。要是問了，自己一定也會那樣做。這麼一想，他不禁悚然而驚。也許沒死，不過，大概是死了。即使用這種可怕的方式也有百分之一或千分之一得免於死的機會，要是不能克服惡劣心靈的奔逸放縱，那就更可怕。真是眼不見為淨，知道反而心煩。

宮本以為他會發問，默默浮現出懷有惡意的笑容。謙作沒有問。隨即驚醒。心裡還殘留可怕的厭惡感。來告訴他這件事的宮本簡直像妖怪一樣，想來必是假借宮本形體的妖怪。——他站起來到廁所去（這也是夢）。廁所的窗子開著，外頭是有月亮的沉靜夜晚。夜景靜悄悄，樹葉紋風不動。屋頂的陰影在遼闊的庭院（比他住處的庭院大得多）裡，輪廓清晰地映照成山的形狀。他突然覺得地面上有東西在動，在屋脊的陰影上動。記得剛才有物發出沉重的聲響落在自己臥室的屋頂上。

那是妖魔，只有七八歲孩子那樣大，而且頭奇大，身體部分越往下越窄小，給人的感覺與其說是可怕，不如說是滑稽。它無聲無息，獨個兒安詳地跳著。妖魔不知道謙作只看到影子，仍然一個人望上俯下，舉手投足，狂跳不已。可是，動的只是影子，夜景如前所說，在月光下沉靜無比。他想，妖魔跳舞的時候，那屋梁下的人正為惡劣的淫蕩心靈所苦。淫蕩心靈的本體竟然如此安詳，不禁使他心清氣爽。這次真的醒了。

## 12

還以為只是小羊，想不到僅僅兩三個月之間，竟然長出了三寸長的角，下巴也長出尾梢尖尖、裝模作樣的鬍子。

「最近，山羊奇臭無比，替牠洗洗怎麼樣？」在飯廳一起吃飯時，榮娘鎖著眉頭說。

「沒法洗吧。」

「也許。牠已經越來越粗暴，阿由怕得不敢進去。沒有可撞的東西，就獨個兒生氣，打翻食盆，

37 播摩：日本舊地名，在現在日本兵庫縣西南方。

或頂木椿。」

「送走好啦？」

「鳥清？要是鳥清，也許再多也會接受。」

「鳥清也行。可是，送到那裡，一定是賣給傳染病研究所，可能會被殺掉。」

「這也叫人不舒服。——還是讓女房東帶走比較好。」

「最好送到什麼地方去，因為我想出外旅行一下。」

「到哪裡去？」榮娘表情略顯意外之色。

「地方還沒確定。我想到什麼地方去住個一年半載。」

「為什麼突然想到出外旅行呢？」

「這個嘛，並沒有很明顯的理由。總而言之，我非設法改變一下生活不行。」

「我也一道去？」

「不。」

榮娘有些不悅。謙作不知怎麼解釋好。半晌後，榮娘問：

「跟信哥談過了？」

「還沒有。」

「這麼說，到底是為什麼呀？在這兒不能寫作，是不是？」

「別這樣逼問，總之，為了寫作也須要改變氣氛啊。」

「真的？既然如此，那也沒辦法，一年半載一定回來嗎？」

「會回來。這兒是自己的家嘛！」

「我想，只為了改變氣氛，待一個月就夠了……」
「我要帶工作去做，直到寫完為止。」
兩人沉默半晌。
「那麼，這兒怎麼辦呢？只我一個人，租這房子太浪費啦。」
「那兒的話，僅僅一年而已。」
「總有什麼理由吧？」
「理由，就是我剛才所說那樣。」
「我總覺得模糊不清。」榮娘厭厭地笑著說。榮娘似乎懷疑他有心要帶女人一起去同居。
「總歸一句話，我想真正一個人待一陣子，不帶朋友、家裡的人，也不帶其他任何人。」他故意不說「你」，改用「家裡的人」。這樣榮娘才覺得舒服一點。隨後，榮娘笑著說：
「不寂寞嗎？」
「也許會寂寞，但總歸是要寫作呀。」
「我會很寂寞，太寂寞，只好收拾家當離開了。」
謙作苦笑。接著，他把前一天所想的計畫稍微具體地告訴她，他打算在山陽道[38]找個面海的地方，過著簡單的自炊生活。
「能無牽無掛，真好。」榮娘說完話，即以輕鬆的眼神凝視謙作的臉，彷彿是說：「你真是個快活無慮之人。」

38日本八道之一。即從神戶沿瀨戶內海到下關一帶地區。

當晚，他用電話確定信行在家後，就到本鄉的家。

「真叫人羨慕。」信行立刻這樣回答。「到尾道也不錯。尾道是個好地方。」

「真的只要是好地方，哪兒都行。最好船能到的地方。」

「不錯，你討厭火車，這主意也不壞。最好從橫濱坐船去。」

謙作認為這樣很有意思，委託信行幫他打聽最近啟航的船隻，並購買船票。相約第二天再見面之後，謙作就告辭了。

第二天下午四點稍前，他在三越大廈轉角，等待信行從附近火險公司出來。將近年底的黃昏，室町街人來人往，電車從南北雙方不斷湧來，在街前停下，車掌說了同樣的話以後，又發動開車。人力車、汽車、運貨馬車、腳踏車，以及穿越其間的人群，各以自己的速度向四方行去。此外，也有狗經過。謙作的臉被掠過眼前行人的肩風掃了一下，他想：「自己馬上就要到濱臨大海遙遠沉靜的地方去。」雖然快樂，卻也覺得有些寂寞。

他漫步走向日本銀行，經過小郵局前面，四點的鐘聲響了。不久，三面環繞廣場的三井大廈吐出許多人來。有的把手杖挾在脇下，點火抽菸；有的碎步趕前行的同伴。眼看著廣場立刻塞滿了人。有從日本銀行出來的；有從正金銀行或其他建築物出來的。三五成群，緩步而行。他很快就在人群中找到信行。信行邊走邊跟一個約莫五十歲、不起眼的胖子說話。信行笑著用手上捲成圓筒的雜誌拍著另一隻手掌，一面說個不停。胖子時時頷首，與之呼應。

信行看見謙作，加快腳步走過來。

「等很久啦？」

「沒有。」

胖子從背後說聲：「對不起！」手扶著禮帽帽緣，未脫下即低頭行禮。

「你不是要向這邊走嗎？」

「今天就此告辭。」

「好。剛才的事並不很重要，我這方面不要緊，你別表現得太明顯。」

「遵命。」說罷再低頭行個禮，轉身向外濠[39]走去。

走上電車道，信行用厚大衣的肩膀推了一下謙作的後背，「到對面去吧！」越過電車路線。

「吃什麼？」信行問。

「什麼都行。」

「雞，怎麼樣？」

「雞也行。」

來到日本橋的浮橋。為了建基座，已設柵欄，吸水機不斷抽出浸入裡頭的水。從翹曲的馬口鐵板屋頂上伸出了粗細兩根煙囪。細煙囪「斯波斯波」吐出蒸氣，每吐一次震動一下。粗煙囪已生紅銹，有氣無力地冒出淡淡的煙。

有人從陸上用網籃搬運沙石和水泥的混合物，長腮鬍的嚴肅泥水匠用鐵鍬弄平。同時，兩個面對面的工人把蓆子鋪在上面，再用壓土鎚一面吆喝一面撞擊。

一個身穿西裝，腳打日本式綁腿的男人在測量。有人在他對面立起兩根圓木，把木板條架在圓木上，做成X形狀。女工在下面浮著油光的水塘洗臉。

39 外濠：即日本東京「皇居」的護城河。

謙作和信行停下，靠著欄干眺望這情景。隨後又離開欄干，起步而行。

「用工作來維持每天的生計，還算不錯。像我那種工作，未必能夠如此。」信行突然這樣說。「常常焦慮得很。」

謙作覺得很奇怪，想不到信行也會說出這種話。

「打算辭職？」

「欸。」信行頷首。「只要我想做的事，有點眉目，就打算辭職。」

「先辭職比較好吧。」

「說得不錯，可是……」信行表情不悅，仰首上望。謙作覺得說得有點過分。信行有其懦弱的一面。雖因放蕩使父親和繼母相當掛心，他卻有極強的孝心，因此為父母所愛，現在卻擔心下這種決心會讓父親苦惱，使父親失望。

「你打算做什麼事？」謙作問。信行沒有清楚的答覆。兩人不久進入一家小小雞肉舖。

「你看到剛才跟我說話的那個人吧？」信行說。「雖然是我請求的，但今天問他，才知道有那麼壞的人，真叫我吃了一驚。兩個月前，一個名叫河合的老頭對我說，同事野口因家人生病缺錢用，能不能以六個月為期，借他五十圓。那老頭雖然討厭，但野口是個好人，提出請求，叫人很難拒絕，何況又聽說孩子病了，就借了錢給他。當時曾談到利息，我說不要；借據嘛，我也說不要。因為野口那種人，如果因為還不了債，對我覺得抱歉，以致不能上班，那就糟了。所以我對那老頭說，就說是你借的，請千萬不要說出我的名字。想不到河合先扣了十二圓的高利，才把錢借給那缺錢用的野口。真幹了好事。」信行笑。「今天跟那胖子談到野口時才知道。野口已把錢用光，五十圓的借據交給了河合。今天那傢伙非常氣憤；說要揍河合。可是，揍他也解決不了問題，我對他說：只要要回借據和預先扣除的錢，讓事情過去就算了。而且，他那種人，要取得聘約並不難。要解雇他也不可能。」

謙作覺得信行的寬大很有意思。要是自己，一定會更生氣，並且把那老頭叫來，逼得他走頭無路。

「最好狠狠教訓他一頓。」

「即使這樣也奈他莫何。我最多只被怨恨而已，但他不管做了什麼事，也不會以為自己不對。」

「信哥這樣想，當然很容易死心。可是，難道不生氣嗎？」

「當然生氣。不過知道做了那種事也不會有什麼結果，怒氣便慢慢消了。」

「真的？也許真能如此，要是我就無法很快平靜下來。」

「可是，越追究可能越不愉快呀。」

「即使知道會這樣，一開始就不要寬恕他。」

「這可能是因為我比較能夠逍遙的原因。」

一個鐘頭後，兩人離開雞肉店，走到銀座。信行買了駱駝牌圍巾，送給謙作作臨別紀念。

# 第二章

## 1

難得冬天竟然也有暖和的日子。謙作搭的船不知不覺離岸了。下面榮娘和宮本站在人群中。謙作不要榮娘來送行，他對榮娘說，他在神戶就要下船，送行未免太過誇張了。可是，榮娘仍請宮本帶她來，她說她想看看海。鐘響後，送行的人必須下船。榮娘說：「多保重啊。」「多來信呵。」謙作不禁有些感傷。

船側一邊的推動機把海水往後排，另一邊則將水送到前方，雖然時時停止，船終於漸漸離岸。三人不時微笑揮揮手。謙作覺得他們一直目送著自己，心裡很難過。船的方向已經確定，船尾離岸兩百多尺時，他口中說聲：「再見！」低頭致意，硬壓住難過的心情，轉身走到自己的艙房。

是一間四人共住的小艙房。沒有其他客人，他可以獨個兒占有整個房間。他坐在早已放在室內，沒有靠背的小圓椅上，無所事事，心情又不平靜，站起來，從床下拖出小旅行包，用掛在錶鏈上的鑰匙打開來看看。「他們兩個怎麼樣啦？」有點放心不下。

又走上甲板。意外的，船已經走了很遠，再也分不清岸上人的容貌。然而有兩個人離開人群，站在左邊，大概是榮娘他們。用閤上的陽傘斜斜遮住眉尖的一定是榮娘。他舉手試一試，立刻有了反應。宮本猛揮帽子，榮娘也一齊緩緩動著陽傘。容貌看不見了，謙作仍然輕輕揮動手帕。船穿進石堤間，兩人的形影已完全看不見。不知是薄霧還是煙，散布整個港口。船越前進，陸地越模糊不清。即使往旁邊看，也看不見剛才出現的岸牆。艦尾上寫著「密諾塔瓦」的英國軍艦，煙囪上冒出淡淡的煙，彷彿根盤海底一樣，穩穩停在海面上。從它旁邊經過時，連沿岸並排建立的紅磚大建築物也看不到了。

謙作現在獨自倚在船尾欄干上，茫然望著被推動機攪起、排開的海水，色彩冰冷美麗。漠然想起榮娘和宮本的影像，他們從鐵軌縱橫交錯的石板廣場走回去，那是剛才自己走過的地方。

船艙的鐘響了。下到艙房，午飯已備好。桌上，除他之外有一個說英語的年輕外國人和特等艙客人的保姆，還有一個船公司的職員。船公司職員和外國人正在說話。謙作默默啃著難吃的牛肉。並排而坐的外國人用英語問：「你會不會說英語？」他也用英語回答：「不會說英語。」他認為住在橫濱的洋人不會不懂日文，所以又用日語問道：「會不會說日本話？」年輕的外國人困惑地歪著頭，滿臉通紅。

那保姆到特等艙去，沒有再回來。於是，二等艙的大房間只剩下兩個人，謙作只好用不夠用的英語和那年輕人講話。他一個人在甲板上的吸菸室時，那年輕外國人拿著撲克牌走進來，邀他玩牌。等到弄清楚和自己一向的玩法不同時，謙作覺得麻煩，就拒絕了。年輕外國人沒法子只好一個人在桌子上把牌排起來弄垮，又排起來再弄垮。

年輕人的家在澳洲，來日之前待在美國。三星期前到了橫濱，因接到母親生病的電報，正準備回雪梨。他很想看看富士山。可是今天的天氣不知能不能看得見。這樣陰霾，大概沒法子看見。的確，像上午那種溫和迷濛的天候就是陰霾的前兆，現在已是沉悶微寒的陰天。

繞過三崎海面後，他換上和服，躺在床上，立刻睡著。醒來時，已過了四點。和服上披了外套，走到甲板上。黃昏陰暗灰色的天空中，富士山清楚展現。面海聳立於伊豆群山之上的景觀極富構圖美。謙作想起了北齋[1]描繪此一景觀的富士圖。

吸菸室傳來難聽的鋼琴聲。琴聲停止，那年輕外國人走出來，滿意地說：「第一次看到了富士山。」

大島已落在後面。冷風襲人，所以從吸菸室觀望外頭的景致。伊豆七島逐漸增加了數目。年輕外國人又開始彈奏彆扭的鋼琴，橫叼著菸斗輕聲哼唱，還不時談起他聽巴德勒斯基[2]演奏的事以及他國內著名的女提琴家。

謙作又想睡了。連續四五天睡眠不足，兩小時的睡眠無法補足。他又上床。船身搖得相當厲害。艙房接近船尾，轉動船舵的粗鏈發出「咔啦咔啦」的異聲。聽到這聲音，他無法入眠。被推動機壓得沙沙作響的水聲，混雜在「咚咚咚」的機器聲中傳過來。

他微覺暈船。彷彿像醉酒一樣，手紅得很。床鋪對面有鏡子，臉頰半埋在潔白的枕中，有如嵌在畫框內，睡得很舒服，又可以看到對面。臉色也很紅。他出外旅行時，常常生病，「大概是感冒吧？」他想。

年輕外國人說，忘了帶書來，真不舒服，明天要請人打開船上的圖書館。謙作剛好帶了加爾

1 北齋：即葛飾北齋（一七六〇—一八四九），日本浮世繪畫家，擅畫美人圖、花鳥圖、風景圖等。其風景圖與安藤廣重並稱當代雙璧。以「富岳三十六景」聞名。富岳即富士山。

2 巴德勒斯基（Ignace Jan Paderewski, 1860-1941），波蘭鋼琴家、作曲家及政治家。以鋼琴家而言，風格豪放又纖細；以政治家而言，是波蘭共和國第一任總統，致力於波蘭獨立運動。

辛[3]的英譯本，借給他看。

晚上很冷。一到晚上，因為平時養成的習慣，謙作反而更清醒。他在微冷的大餐廳，寫明信片給今天送自己到新橋的信行、開子和緒方等人，也寫信給榮娘和宮本。又寫了一張明信片請駐巴黎日本大使館轉交現在可能已抵達檳城（在馬來西亞）的龍岡。

跟龍岡別離，使他深感寂寞。龍岡對藝術自認是門外漢。但對自己的工作、飛機的製造，尤其對發動機的研究非常熱切，談到自己野心勃勃的計畫時亦然。謙作的工作雖然不同，但看到龍岡如此，常受到很好的刺激。最近少了這樣的朋友，真覺得寂寞。

他穿藏青布襪和麻底草鞋，腳冷透了。頭上又有大風扇俯視。這條開往澳洲的船航行到馬尼拉一帶時，風扇才會派上用場。

他寫了好幾張明信片，想在睡覺前再看一次外頭的景致，便走到甲板上去。夜漆黑一片，什麼也看不見。只看見桅端一盞小燈，遠遠看去容易讓人誤認是星星。甲板上沒有一個人，只有風的咻咻聲和白浪隨風流轉的沙沙聲，蒸氣機的聲響和鎖鏈的聲音都聽不見。船逆風而行，默默闖入黑夜，真像大怪物。

他裹著外套，微張雙足佇立，因為船隻隨波晃動，夜風迎面襲來，謙作不時晃來晃去。風彷彿直接穿透沒戴帽子的頭髮。睫毛被風吹倒，眼睛癢癢的。他覺得自己已被裹在巨大的東西裡面。上下左右前後全是無限的黑暗，他站在黑暗的中心點上。所有人現在都在家中沉眠，只有自己一個人這樣面對著大自然屹然而立。「代表所有的人！」他為這種誇張的氣氛捕獲，自己彷彿被吸入巨大的事物，這種感覺深深征服了他。氣氛未必惡劣，但總覺得有種無所依傍的淒涼感。彷彿想要確立自己的存在一般，他以下腹用力，深深吸了一口氣，但一鬆懈，似乎又被吸入巨大之物中。

漆黑的人影走過來，是服務生，彷彿說了些什麼，已被風刼走，一個字也聽不清。服務生回去了。不久，謙作也下去，身體冰冷。

他相當疲倦，但仍依平時習慣，帶著雜誌上床。不到十分鐘，已難以捕捉文意。在半睡狀態中，想追上文意，勉強讓意識清晰，鉛字一個個映入眼簾，意義卻隨心所欲進入夢鄉。不知什麼時候，眼簾已闔，舒暢地逐漸沉入睡眠中。可是，仍在想些什麼，想到這兩三個月瞬息萬變的可厭生活，及其後逐漸降臨的安眠。

醒來時，外頭白晃晃的光芒透過船艙小圓窗的厚玻璃照進來。從枕上抬起頭。海仍然跟前一天一樣，在寒冷的灰空下波濤洶湧。已經八點了。他起床的時候，那年輕外國人已用過餐，不在室中。他吃完飯，披了外套，走上甲板。風已停，船沿著紀州（和歌山）海岸前進。

年輕外國人在船尾上氣不接下氣地哼著歌曲，走來走去，看到謙作，說聲：「早。」然後勸他一齊走走，好暖暖身子。謙作只隨隨便便穿了一條絨襯褲，非把褲腳折起無法快步行走。他拒絕，回到吸菸室。不久，年輕外國人把加爾辛的書帶來，不斷用「恐怖」、「驚人」這類辭句稱讚〈四日間〉這篇短篇小說。

「幾點會到神戶？」謙作問進入吸菸室的服務生。他打算查查西行的火車時間。

「昨晚風浪大了一點，船行較慢。不過加快船速，大概可以準時到達。」服務生回答。「三點左右也許可以到。」

3 加爾辛（Vesvold Mikhailovich Garshin, 1855-1888），俄國小說家，以反戰的〈四日間〉聞名。〈紅花〉等為其代表作。

果然，三點時，船停了下來。還沒停妥，已有好幾隻汽艇像車夫爭奪顧客一樣在船的四周打轉。他搭乘來得較慢的郵輪公司大汽艇上岸。然後把海關用粉筆作上記號的旅行包夾在雙膝間，搭人力車到三宮車站。

## 2

鹽屋和舞子的海岸很美。風平浪靜的大海映照著晚霞，船東盤腿坐在靠岸輕搖的小舟上，修理漁網。有的漁船從白沙灘的松樹根拉出長長的纜繩，準備夜泊。謙作以享受的心情眺望。隨著火車的前行，夜越來越近。在瞬息萬變，連續睡眠不足的生活之後，再睡也睡不夠。他到餐車，簡簡單單用過餐，換上和服，躺在空座位上。十一點才被服務生喚起，在尾道下車。

旅遊指南上記載的旅館，兩家都在車站前。他進入其中一家。是一家比想像要安靜的旅館，卻傳來了三味線的聲音。他對掌櫃說：「最好是靠裡邊的安靜房間。」

他被領到二樓沉靜的房間，打開紙門往外瞧。門還沒關上，屋裡射出的燈光照在前牆的防盜碎玻璃上。對面隔著路就是海。雖說是海，因前面有大島，看來倒像河流。幾十艘漁船和貨船散布各處。船上紅黃色的美麗燈光映在水面上，顯得熱鬧非凡，不禁想起東京午夜的市街。

女侍端鐵火盆進來，對站在走廊邊的謙作說：「請烤火。」

他默默走進來，關上紙門，坐在火盆前。女侍把茶和點心放在面前。

「能不能幫我請按摩先生來？」

「是，馬上就請按摩先生來。」語氣顯得很熱絡，說完就出去。因為太熱絡，謙作以為走進了不是普通旅館的家屋。

他從按摩那裡聽到西國寺、千光寺和淨土寺，也聽到講古書中的拳骨物外寺。此外，按摩還告訴他，附近有鞆津的仙醉島、阿武兔的觀音；四國有道後的溫泉、讚歧的金刀比羅、高松、屋島及淨琉璃[4]中的志度寺等。他想，在東京送來的鋪蓋及其他行李抵達前，最好到什麼地方去旅行一個星期。

按摩說得太熱心，手指的力量逐漸減弱。

「請用力一些好嗎？」

按摩急忙加力。有如磨坊的搗杵撞米一樣，在肩上亂敲，又把臂上的肉往下推。

「是什麼流派？」

「長崎的緒方流。」

他想起前一天在新橋分手的時髦的緒方和眼前這個有點髒兮兮的按摩緒方流，不禁獨自微笑。

海的那邊發出好聽的聲音，有如戲劇中常用的千鳥啼聲。夜深人靜，默默諦聽，不禁勾起孤寂而又舒適的旅情。

「那是什麼？」

「那個聲音嗎？是船上拉動帆布的滑車。」

第二天十點左右，他走出旅館，打算到山上的寺廟千光寺。這寺廟在市中心，可以一覽全市。他想在那裡找個大體可住的地方。

4 淨琉璃乃日本室町時代中期興起的一種說唱故事體。後與人形（人偶）及琉球傳入的三味線（三絃琴）結合，而成「人形淨琉璃」（木偶劇），深受民眾歡迎。江戶最盛行。

從適當的地方向左越過鐵路，前面有一列很高的石階，階上山門懸著燈籠，燈籠上寫著「獅子吼」三個字，筆勁有力。這是光明寺，他穿過寺院向山那邊走去。有好幾條蜿蜒曲折的小路，不知選擇哪一條才好，先站在分叉路上休息。

「殺盡來襲敵人——」一個十二三歲的男孩子以喇叭調大聲唱著，從上頭精神奕奕揮動細竹棒跑下來。

「到千光寺是不是走這條路？」他指著路問那小孩。小孩停下跟他一齊仰望高山，似乎不知如何指點才好。

「很難說清楚，我和你一道去吧！」

小孩不等他回答，快活地左右搖擺著前傾的身體，領先爬上剛才下來的小坡路。斜斜的往上爬去，走不多久，左邊出現高起兩三寸的麥田。上面有屋頂很低的三間長屋，左端掛著出租的牌子。他向孩子致謝告別，去看那家屋。對著太陽晒東西的太太親切地告訴他許多事情。

斜斜地爬了三百多尺路，又看見一幢三間長屋，東端的房間出租。視野比前面那家屋好。這裡的老婆婆也很親切。他問的，都懇切回答。謙作覺得剛才那孩子、那太太，還有這位老婆婆，都是好人。雖然知道從偶遇的兩三人的印象就這樣認定，未免太單純，但仍不知不覺對這初臨的地方頗有好感。

終於到了登上千光寺的石階。這是狹隘的長階。石階中途有兩三家緊閉玻璃門的茶店。每家屋簷下都掛著千光寺名勝的明信片相框。爬完石階，向左轉，再稍向右爬上寬廣的石階，有一間大松枝覆蓋的路邊茶館，他在折凳上坐下來。

隔著前面的島嶼遠遠看得見四國頂峰披著薄雪的群山。此外還有瀨戶海不知名的大小島嶼，他覺得這遼闊的景致很稀奇，心情也很愉快。煙囪上標出大阪商船公司白色印記的汽船，以前面那島嶼的沉靜海岸為背景，不時吐著熱氣，隔一陣子便響著深具潛力的汽笛，慢慢開入港口。小船利用漲潮，以意外的快速從汽船旁交錯而過。大而不雅的渡輪斜斜上溯水流而行，十分悠然。可是，這些不熟悉的景致，很快就看膩了，好景致反而使他覺得痛苦。

一面吃煮蛋，一面聽茶店老闆說，前面那島嶼就是「向島」，其間的小海是「玉之浦」。老闆還談到「玉之浦」的故事：千光寺的玉岩頂往昔有發亮的明珠，不管從多遠的地方都看得見，因為有這光芒，鎮上的人晚上外出都不需要燈火。一天，一個坐船經過海上的外國人看到這岩石，就來購買。鎮裡的人認為即使賣了山上的大岩石，他也無法帶走，便答應了。外國人只把岩頂發光的地方挖走。從此，這市鎮在沒有月亮的晚上也跟其他地方一樣，非打著燈籠，無法外出。

「現在，岩石上有個大洞，約有醬油桶兩倍大。用今日的說法，可能是鑽石之類的東西。」

鎮裡的人這樣如實地傳述祖先糊塗的故事，謙作不由得感到暢快有趣。

茶店老闆說完後，謙作去看商家退隱老人居住的空房，這老人最近才去世。他從散滿枯葉的小道前往，在大岩石環抱的地方有一棟像小茶室的陰暗房屋，已經荒廢，不容易修繕，更糟的是陰沉沉，不宜住人。他又折回茶店，從石階爬上寺廟。其中有巨大的自然石，自然石之間有粗大的巨松，而且到處是彫刻碑文、和歌與俳句的石塊。他憶起了很久以前去過的山形市前的山寺[5]或鋸山的日本寺[6]。只因為開山祖師是來自長崎的中國和尚，因此從岩石、樹木的擺設到山門、

5 指山形市的立石寺，日本東北地方的天台宗巨剎。
6 是日本千葉縣鋸山山腰的佛寺。

鐘樓都比山寺、日本寺更具中國情調。所謂「玉之岩」在鐘樓前面，是一塊孤立的岩石，有兩層小樓房大，形狀一如如意寶珠。

從鐘樓的方向幾乎可以看到整個市鎮。市鎮夾在山海之間，與狹窄的寬度很不相稱，呈東西走向。家屋擠集在一起，最近處立了許多矮煙囪；是製醋的家屋。他眺望家屋較少的城外海邊，心想那兒有好房子就好了。

不久，他又耐性地走下漫長石階。早上才請旅館代買的木屐，走到下面，木屐帶已完全鬆了。從骯髒潮濕的小巷走上大路。路面狹隘，店鋪都比較大，東西相當多，行人精神奕奕，頗具活動性，看來他們彷彿和賣掉「玉之岩」寶珠的糊塗祖先不一樣。

他覺得這市鎮有特殊的味道，是醋味。起先並沒有發覺，待走到掛出「醋」字招牌前，味道濃得刺鼻時才發覺。小巷的骯髒也是特色之一。大多數家屋都懸掛葫蘆，他覺得很稀奇。古董店、舊家具鋪及專售葫蘆的家屋自不待言，就是菜鋪、雜貨鋪、小點心鋪，以及鐘錶店、洋品店、印鋪的櫥窗，都可以看到葫蘆。回去後，他從女侍口中得知，旅館老闆丹波行李箱中也有一些葫蘆。

當晚，他很快就睡了。次晨天未亮即起，掌櫃送他到電燈未熄的大街。他從大街到了附近的泊船碼頭。是個下霜的寒冷清晨。

瀨戶內海的景色不如想像之美。正當漲潮時分，海水波濤洶湧向東流動，景象奇妙。

在高濱下船，搭火車往道後，在這裡住了兩宵。再從該地上船，在宇品下船，從廣島赴嚴島。只要有比尾道更讓他屬意的，什麼地方都行。可是，第四天，他又回尾道去了。

因旅途而生的輕微倦意，情緒和腦筋朦朧得恰到好處。行李還未到，第二天決定租賃千光寺中腰第二次見到的空房，他從鎮上喚來榻榻米店和燈籠店的人，請他們把榻榻米的草蓆和紙門的紙都換成新的。

## 3

謙作寓居的房屋在三間用牆壁隔間的長屋最裡邊的一間。鄰居是一對善良的老夫婦，他麻煩那老婦人照料飲食、洗衣和一些雜事。前面房子住著一個四十歲名叫松川的懶人，據說他讓自己的妻子到鎮上旅館做女侍，每天從妻子那裡要一些零用錢買酒喝。

景色優美。躺著也看得見各種事物。前面的島嶼有造船廠，從早就「吭吭」響著鐵槌。流島左邊中腰有採石場。松林中，採石工人不斷唱著歌採石子。歌聲穿過市鎮最高的地方直接傳到謙作那裡。

傍晚，心情舒暢地坐在狹隘濡濕的走廊上，可以看見小孩在下面商家晾東西的屋頂上對著夕陽揮動木棒，人顯得很小。上面有五六隻白鴿快速飛舞，迎著陽光的翅膀呈桃紅色，閃閃發亮。

一到六點，山上的千光寺敲起報時鐘。一發出「噹噹」聲，迴音就接連從遠處傳回來。白天，百貫島的燈塔在向島山間露出尖端，這時候開始閃出光芒。亮了一下又熄滅。造船廠熔銅的火花映在水面上。

到十點鐘，通往多度津的接駁船鳴著汽笛歸來。船首的紅綠燈、甲板上昏黃的電燈，像揮動美麗的繩子一般，映著水面開進來。市鎮上已聽不見任何騷鬧聲，船夫大聲說話的嗓音聽來如在眼前。

謙作的住屋，外間有六疊，裡間三疊，還有沒舖地板的泥地廚房。榻榻米和紙門都很新，牆壁卻傷痕累累。從鎮上買來美麗紗布，把污髒的地方掩蓋起來；無法掩蓋的小傷痕就用圓釘別上做假花的綢緞樹葉，藉以遮醜。總之，住屋已簡單修補過，如果瓦斯爐和小炭爐一齊點燃，因為房間狹小，只要八十度便很暖和。熄了這些火爐，馬上冷起來。寒風吹襲的晚上，用兩塊毛毯連起來掛在兩扇紙門內側，以防屋外侵入的寒意。因為風從套窗空隙吹進來，毛毯搖動不已。榻榻米表面很新，內部卻如波濤，凹凸起伏不定，放上平底瓶，立刻倒下。而且，榻榻米之間有空隙，風常從空隙中吹上來。謙作把看過的雜誌撕下來，裁成小張，捲起來用火箸塞進空隙裡。

這種與東京完全不同的生活，使他非常快樂。很久沒有這樣平靜過，他開始寫計畫中的長篇作品；想寫從幼年到現在的自傳性作品。他是父親到國外留學期間出生的孩子。父親什麼時候回國，已經記不得，但父親不在時，他跟祖母、母親和哥哥住在茗荷谷陳舊的小房子裡，這件事還記得，爬上喀吱喀吱作響的狹隘樓梯，有一間類似閣樓天花板很低的房間，祖母常在那裡紡織；晚上，祖母和母親在飯廳黯淡的吊燈下從絲綿中抽絲，把絲堆放在鋪紙去澀味的濾醬篩上。因為玩弄這些東西，他常受到斥責。此外還有紡車的響聲。這些有如前生的事情，淡淡浮現在腦海裡。

某日，有隻狐狸一再回頭觀望，悠然地從籬笆間走出去（祖母跟他一起在走廊邊看到，告訴他那是狐狸）。又有一次，看到一隻秋蟬停在柿樹的高枝上，他認為那隻蟬非常大。後來，可能就在那棵柿樹下和附近同年的小孩爭論，認為自己才是「少爺」。

父親回國後不久，搬到本鄉龍岡町。有一次，下女揹著他到上野山下去替父親買不加甜味的麵包。回家途中，一個擦肩而過的美麗太太連包裝一齊把他拿著的麵包搶走。之後，舊藩主[7]去世時，他不懂駕崩是什麼意思，以為那就是「捉迷藏」[8]，因而熱心地在金屏風背後到處尋找，其實棺材是放在金屏風前面。在傳通院舉行葬禮時，用鐘槌撞小吊鐘的聲響，使他顫慄不已，他認為撞鐘的和尚是個沒有慈悲心腸的傢伙，由衷痛恨。這些片斷的記憶像沼澤底浮現一般冒出來，大多無關緊要。不過，他還記得一件事，還住在茗荷谷的時候，跟母親一起睡，以為母親早已入睡，慢慢往被窩裡鑽，不久手被以為睡熟的母親痛擰一番，硬把他拉到枕頭上，而母親像沉睡的人一樣，沒有張開眼睛，也沒有開口說話。他頗以自己所做的事為恥，也認為自己跟大人一樣懂得自己所做事情的意義。這回憶使他覺得很不可思議。這是可恥的回憶，也是使他覺得頗為奇妙的記憶。是什麼使他做出這種事情？好奇心？還是衝動？若是好奇心，為什麼會覺得這樣可恥？若是衝動，誰都會從這年紀就出現嗎？他不知道。雖說可恥，但也不能以可恥一辭涵蓋。對三四歲的孩子，他無意做這種道德批判。只覺得那是前人的習性。然而一想到因果報應，會因此一習性而報應在孩子身上，便深覺悲悽。

他從這些兒時的記憶寫起。從半夜到天明這段時間，全用在寫作上。

僅僅一個月，一切都進行得很順利。生活、寫作、健康莫不皆然。可是，一個月快要結束時，便有些混亂。

離開東京後，他故意不常寫信給榮娘，因為他想把那暫時膠著在腦海裡的妄想掙脫掉，同時也想自我抵抗一下因為孤獨而日益懦怯的自己。不過，他比較平常寫信給信行，自己常說：「若在東京，這是與朋友聊天的時刻，我以這種心情寫信。」

7 即日本江戶時代的諸侯。

8 日本貴人去世時，稱為「おかくれ」，此處姑譯為「駕崩」。小孩子不懂「おかくれ」是什麼意思，誤以為是「かくれん坊」（捉迷藏）。

榮娘時有長信寄來，她似乎看了自己給信行的信。寫作進行得越不順利，生活的單調就越使他痛苦。日子每天都一樣。除了昨天雨，今日晴之外，沒有絲毫變化。每張稿紙的角落都寫上日期，貼在牆上，然後逐日劃去。寫得出來的時候還好，一旦心情和身體覺得疲倦，那就名副其實的劃日子。儘管目的是脫離人群，獨自生活，但現在已越來越受不住無人的孤獨。上行的快車從下方發出巨響奔馳而過，只看得見煙，聽不見車聲。過了半晌，火車像蜈蚣弓著身子出現在遠處；冒著黑煙拚命奔馳。看來非常緩慢。想到它明早就可抵達東京新橋，不禁湧起一種奇妙的嫉妒感。其實，這種無所事事的日子距離明天早晨非常近。火車剎那間繞過前方的突角消失不見了。

不過，他仍然不想回東京。回去大概就不會再來。要回去就須先恢復原來的模樣。好壞姑且不論，他決心把工作完成。他常無意義地到郵局和車站打轉，因為覺得這些地方距離東京最近。來的時候，麥子只有二三寸高，現在已長到六七寸了。

他發覺雙頰肌肉鬆緩之至，眼睛幾乎無法睜大。在這幾十天裡，從早到晚，總是展現著一張陰鬱的臉。沒有笑，也沒有怒，連心中吸滿空氣都沒有。

一個北風強冽的傍晚，他想在沒有人煙的地方大聲叫喊，就起程到稍離市鎮的海濱去。那兒有三座磚窰。頂著強烈的北風，松油吱吱作響，燃燒起來。強光在昏黃中耀人眼目。他茫然眺望片刻，隨即向海邊石牆走去，登上石牆，面對大海。可是，沒有可唱的歌。他發出無意義的大聲音，卻變成軟弱無力的悲悽聲。寒冷的北風強烈地吹在脊背上。磚窰的黑煙被風壓得碎成片片，連綿不絕地向黑銀器般的荒亂海面飛去。他意氣蕭索地走回去，連自己都覺得生氣。

「老爺，我出錢，請您帶我到什麼地方去。」一個農家女出身的妓女說了這麼好聽的話。是個胖嘟嘟的可愛少女，她自信會得到對方喜愛，常裝出虛假的悲傷神情，從他那裡要了一兩塊錢。

一個清朗的下午，搭渡輪去看向島的鹽田。回來時，緩緩走到島的對岸，準備去看一下平時只能見到頂峰的百貫全島。走上一條山丘間的細長坡路，看見一對男女從上面下來。其中一人很像那妓女。他悄悄沿著竹叢轉向小路。走了五六十尺才停下，再回頭看大路那邊，果然是那女孩。穿著美麗的長袖外褂，臉上塗得白亮亮，很不好看。她以輕佻的腔調跟那男人說話。男的是個年輕人，禮帽扣壓到眼上，很像掌櫃一類人物。

健康、心情和工作越來越不對勁。首先，肩膀僵硬之至。頭部沉重，一捏頸項，發出令人討厭的吱吱聲。食欲不振，睡眠不足。迷迷糊糊不停地做不愉快的夢。

半夜，寫作時，筆遲遲不進，心情卻清洌昂奮無比，這種現象，越來越多。昂奮之餘在六疊室中走來走去，連榻榻米下的地板也發出卡達卡達的響聲；他覺得自己是非常偉大的人物，可以面對一切。

夜生活大都如此。但白天卻完全相反，他被迫陷於悲慘境域，無論從肉體或精神來說，已是半個病人。憂鬱，貪睡，雙眼充血，毫無精神。

一次，聽鄰居老婆婆之勸，到寶土寺石階下的岩兵衛按摩那裡去看看，他是以前在海邊幹過搬運工人的瞎子。那種粗野得叫人生氣的惡劣治療，對謙作的肩膀毫無效果。現在只有停止工作一條路了。

## 4

春日般風和日麗的日子。大蜥蜴把長期冬眠的慵懶身軀從前面石牆間伸出了一大截，凝然浴著陽光。在這樣的上午，他心情稍微輕鬆，把前面的紙門完全打開，早午兩餐一併吃了。向島的山上一片油綠，四周的群山迷迷濛濛。他突然想出外旅行。拿出旅遊指南，查看到讚岐的船期，鄰居的老婆婆說：「又在嗅了。」說著走到前頭走廊坐下。附近兩隻小狗每當吃飯時間一定來，把黑黑的鼻尖露在濕濡的走廊前。僅那蠕動不已的鼻尖看來就像兩隻生物。

「到金比羅神（海神）去，搭船很方便吧？」

「呵，今天有很多人去總壇朝拜，商船公司的船一定擠得很。」

「是兩點鐘吧？」

「是的——你要到金比羅？」

「是的。房間就讓它這樣，即使遭竊也無所謂。」

「呵，那怎麼行。」老婆婆笑。

「重要的東西都放進旅行包，寄放在您那裡。」

「可以。——今天，在鞆那裡，月亮可以看得很清楚。」

「婆婆，您去看過？」

「沒有。」否定後，又說：「去年曾到四國朝山拜佛。當時，僅乘船經過。」

「真的？今晚，在鞆賞月，明天到金比羅，再到高松參觀剛開放的古城庭院。」

「真不錯。比岡山的古城好得多了。」

他把吃剩的東西集中到一個盤子，遞給狗。一隻狗不停地哼著威脅另一隻。

「噓，噓！」老婆婆坐著用穿草鞋的腳作勢欲踢那隻狗。

退休後，每天到商船公司碼頭去剪票的老爺爺，從下面東倒西歪爬上來。

「回來了。」

「欸。」老婆婆笑著往老爺爺那邊看去。附近六歲的小女孩站在家屋小門前，大聲喊道：

「老爺——爺。」老爺爺停下腳步，伸腰仰望這邊。老爺爺穿得臃腫，不管如何挺起腰幹，脊背還是彎的。

「芳子——」以高興有力的濁聲回叫。

「老爺——爺。」

「芳子。」

尖銳的叫聲和有力的濁聲交替著呼喚。之後，老爺爺又恢復前傾的姿態，東倒西歪爬上來。老婆婆回到鄰房。

不多久，謙作下山去領款。鎮上的郵局很近。他把帶來的匯票送到寫著「儲金匯兌」的窗口。

「今天只上午辦公。」辦事員說。謙作忘了今天是星期天。「剛剛才算完畢，把東西交出去了。」辦事員很遺憾地說。

他依依不捨地退後兩三步，看看頭上的大鐘，大約過了二十分鐘。沒法子，只好把旅行延後一天。

第二天，陽光柔弱。是個寒冷可厭的日子。天空並不清純，有風。他有些遲疑，還是決定出遊，便去搭一點半開出的汽船。

因為抵達時遲了三十分鐘，船延到兩點才啟航。他穿著祖父穿舊的和服外套，走到甲板上。船沿著細長的市鎮向東而行。位於千光寺山腰的小屋越來越小。剛才穿著的夾綿衣和外褂，垂掛在屋簷的晾衣竿上，看來細小之至。老婆婆坐在晾衣竿前方望著這邊。他舉手招呼，老婆婆立刻笨拙地舉起一隻手。

位於群山深處的西國寺開始展現。不久，船經過淨土寺前面，離開市鎮，舵轉南方，繞過向島，開進海面。他只認識因島、百貫島，其餘島名皆不詳。然而，經過一個島嶼，又是一個島嶼。平時無法從島嶼間直看出去，乘船經過也一樣，只能看到彎曲的海岸。

剛才陽光柔弱的天空，不知不覺已沉甸陰霾，寒風從西吹來。他想進入船艙，總覺得可惜，便把外套拉攏，下巴埋在豎起的衣領裡，兀坐在甲板的長椅上。

船從島嶼和島嶼間穿過。島嶼上斜坡地所開闢的麥田，每塊都區劃得清清楚楚，或濃綠，或淡綠，在陰霾天空下看來有如天鵝絨，平滑美麗。島上山峰稜線看來剛勁有力，又美麗無儔，背著朦朧陽光的地方，輪廓更為明晰。他想起鎮上葫蘆店所見破葫蘆的裂痕。大自然創造的線條都有其共同的力與美，委實令人佩服。

一個島嶼遠去，又一個島嶼從旁出現。在人家不多的海邊有一座舊式的石燈塔，燈塔位於突角被鹽風吹彎的一兩棵老松下，塔上深刻著「常明燈」三字。他島的少女，每晚都憑藉著這明燈游泳渡海來會情郎。一個暴風雨的晚上，一個心理不正常的年輕人故意吹熄了這盞明燈。那少女遂溺死途中。這明燈跟這傳說著實相配。

阿武兔的觀音出現了。在陸地與島嶼狹小海峽的陸地突角上；拜殿在路地，內院則先在一塊突出海面的大石上堆積石牆，再建於其上。其間，有五六個房間以相當傾斜的走廊連接。其他是自然本色，沒有人家，有如中國畫的風景。

繞過這裡，汽船沿著陸地前進。眼前有幾座小島，島上長著可以移入庭院的松樹。不久，船在鞆津停下。仙醉島靜靜橫臥，和風景明信片上任意想像的方向恰好相反，他微覺不足。總之，這是沉靜舒暢的島嶼。鎮上擠滿了人家。「保命酒釀造廠」或「元祖十六味保命酒」等塗著油漆的煙囪比比皆是。

他打算當晚在此賞月，但以天候狀況來看，月亮大概不容易見到，遂打消此意，逕自過去。身體越來越冷，很不舒服。他走下船艙。二等艙只有五六個客人，混雜在他們中間躺下。船微微搖晃，浪打船身的聲音清晰可聞。他有些睏，但睡著又可能感冒，便起身開始閱讀帶來的小說。

「很無聊吧。」西裝臂上鑲著兩條金絲縧的船員拿著唱片，水手拿著唱機走進來。「請自由使用。」笑著放在謙作面前，因為其他客人大都躺下，只有謙作起來。

謙作仍然在看小說，因為沒有人管，便把唱片盒拉過來看看。以浪花節[9]為多，也有義太夫[10]。謙作喜歡義太夫。他接連放了三四張。

「呂昇[11]的艷情故事很特別哩。」兩個躺著閒聊股票的人，其中一個這麼說，接著面對謙作問，「有沒有浪曲？」

9 浪花節：大多以故事、戲劇、文藝作品為材料，配合三味線（三絃琴）樂音，邊彈邊唱以演述故事情節。
10 義太夫：即義太夫節。上方（大阪一帶）淨琉璃的一種。樂音艷麗，深受民眾歡迎。
11 呂昇：即豐竹呂昇（1847-1930），明治大正年間以美觀和甜美之聲聞名的女義太夫。

「唔？」謙作以為是浪花節，但是他並不十分了解，所以故意露出無禮的表情，又放義太夫。那男人也默默無語。謙作覺得很遺憾，接著便放了吉原藝妓的「四季之歌」。本以為是「春為花，勸君往觀那東山」的歌，想不到卻從喇叭聲中突然以平順的浪曲唱出「春日欣喜，兩人同赴……」的歌。自己窒悶不悅的表情跟這浮浪之歌正形成滑稽對比，謙作不禁覺得好笑。接著，唱機毫不客氣地流出「夏日欣喜，秋日欣喜」的歌聲，與「咚咚」的鍋爐聲、甲板上響起的汽笛聲、浪擊船身的濤音交織混融，不諧和地浮現出「賞雪之酒」的歌聲。他關上唱機，又走上甲板。

讚岐海岸已遠遠展現。三四個客人站在那裡。

「事務長，哪一座是金比羅神山？」

「是那一座。」剛才拿來唱機、臂上繞著金絲緣的船員指著回答：「據說，那很像象的頭，因而有象頭山、金比羅、大權現[12]之稱。靠近這邊，看來黑烏烏的是小森林。呵，看見啦，那是大森林。」

四五艘張帆的漁船在藍黑色大海上奔馳，顯得非常有力。事務長解釋說，這一帶處於瀨戶內海正中間，潮水會從東或西湧來，在此會合後，再分別向兩邊退下，他還說：

「下個月，善通寺開門後，會更熱鬧。」

謙作獨自一人走到船尾，坐在長椅上，眺望象頭山，又眺望與象頭山相連的群山，覺得前面這座山比事務長剛才所說的那座山更像象頭。他幻想那隻身埋地底，只露出頭部的大象全身立起的情景。由此引起的騷動，在人被這頭大象消滅，或者人類打倒這頭大象的騷動中，全世界的軍人、政治家和學者都會絞盡腦汁。大砲和地雷彷如與象謀皮，發揮不了作用，因象皮厚達三百多尺，奈何不了牠。若採取糧食攻勢，因大象早餐和午餐相隔五十年，又有什麼用。賢慧的人類如果不觸犯牠，牠大概也不會做壞事。印度某些教派的人說，那是神。但是，整個人類都玩弄著種種詭計，要殺害牠。象終於發怒……他不知不覺幻化為大象，正跟人類作戰，振奮不已。

在大都市裡，只要踩一腳，立刻有五萬人倒下。用大砲、地雷、毒瓦斯、飛機、飛船這一切竭盡人智的武器攻過來，大象只用鼻子一吹，飛機比蚊子還要脆弱地掉落下來；齊柏林[13]像氣球一樣飛走。他把吸入鼻子的水往外一噴，立成洪水。進入海裡，再跑上來，海水立起大波濤。……

「很無聊吧。那是多度津，再十分鐘即可抵達，請準備……」事務長過來通知。他並不覺得無聊。

「波波」，船不停響著震耳欲聾的汽笛，向屋脊林立的多度津開進去。

從無謂的空想中醒來，他並不覺得有什麼滑稽之感，只感到以人類為對手有些奇怪。孩提時養成幻想的習慣，因為獨自一人，沒有說話的對象，漸漸趨於激越，所以對剛才的想像毫不以為愚蠢。

謙作無需特別準備，進船艙拿洋傘又走出來。夕陽在海面島嶼上展現出紅色光芒。甲板上約有十四五個客人站著。

「去金比羅嗎？」

12 大權現：是指日本神受佛點化後，具有佛性的神。
13 齊柏林（Ferdinand von Zeppelin, 1838-1917），德國軍人、發明家。退伍後，從事硬式飛船的研究，後坐飛船環遊世界一周。此處所指乃齊柏林製造的硬式飛船。

「欸。」

「只一個人？」

「是的。」

「寂寞吧？」

「唔。」

「住處呢？」

「有什麼好的旅館？」

「有虎屋，還有備中屋。一個人去，不知道行不行？」那男人說。

謙作只點點頭。

「善吉大概沒問題。我要在多度津辦些事情，不過今晚想到那裡住一宵。我們一起住怎麼樣？」

那男人臉和手都很髒，看來彷彿是個二十五六歲的低俗商人。他自己決定要跟謙作同住，向謙作說明「善吉」的所在地。

多度津碼頭波濤洶湧。碼頭中，圓形船、千石船之類貨船擁進了很多。

謙作最先走下棧橋。在橫吹的強風中，疾步快行。正是退潮時分，從浮橋到碼頭的梯子陡了起來。正往上爬，一群要搭那條船的老太婆提著木屐，赤足從上面下來，剛才那個商人模樣的男人比謙作落後二十尺左右，遠離了其他船客，急急忙忙趕上來。謙作加快腳步，不讓對方趕上。他不知道車站在哪裡，如果停下詢問，可能被那男子追上，便隨意急步往熱鬧地區走去。

那男子已不再跟來。經過郵局前面，一個辦事員悠閒地從窗口探頭外視。謙作請問他之後，即朝附近車站走去。

車站的候車室，火爐裡火勢熊熊。約等了二十分鐘，一列比一般小些的火車進站了。他搭上火車赴金刀比羅。

## 5

那晚，他在金刀比羅不能一人獨宿的旅館住一宵。次晨，到金刀比羅神社。謙作很欣賞那裡的某些寶物。他覺得《伊勢物語》、《保元平治物語》[14]等以前的裝訂很美。連平時自己不喜歡的狩野探幽[15]描繪雪景的水墨畫屏風，也覺得相當不錯。他發覺自己對這類東西竟然這麼饑餓。通往神社本社前的道路也可看出人工美。

爬上神社本社有一段陡峭的石階。石階前更美。從神社本社到內院的通路，彷彿近來才完工，毫無人工美。在尾道只能看到松樹，眼前卻出現了奇形怪狀的大樹，著實稀奇。可是，在這時候，突然想到木肌很可怕，他那衰弱的神經深受威脅。

午後，依照預定計畫赴高松。原來的目的是想看看城裡的庭院，卻沒見到，反而參觀了栗林公園。之後，在街上走一會，在街角發現一間出售洋酒和外國食品的店鋪，屋脊低矮，物品倒滿齊備。他走進去。尾道沒有像樣的店鋪，打算買些罐頭。他默默走著探視貨架。架上盡是「大和煮」[16]、「五三燒」之類尾道也有的物品，卻沒有想要的東西。

14 均為日本九世紀到十二世紀間的文學作品。
15 狩野探幽（一六〇二—一六七四），日本德川幕府的御用畫家。
16 大和煮：用醬油、沙糖、生薑等煮牛肉，再製成罐頭。

「要買什麼？」髮油亮亮的掌櫃或少東走過來。

「有沒有船來的肉罐頭？」

「有。」那年輕人立刻從裡頭拿出深藍色的大罐頭。標籤上寫著：「Pure English Oats」（純英國燕麥）。

「這是肉罐頭？」

「是的。」那人毫不遲疑的回答。

謙作搖搖罐子，裡面發出乾癟的「喀吱」聲。他把罐頭還回去，又問一聲：「肉的？」那人看著接過來的罐頭標籤，以極流暢的發音，說：

「欸，Pure English Oats。」

他默默走出那店舖，實在生氣，那年輕人把自己看成什麼人？一念及此，他才發覺自己的寒酸。污髒的鴨嘴帽、二十年前出品的黑斜紋呢絨外套、帶子鬆緩的廉價木屐、粗大的洋傘，還有顋鬍橫生的陰鬱臉孔……的確沒有選用外國肉罐頭的架勢。但他仍然微有憤怒，真想再回去一次，當場把罐頭打開，丟還給他。

他決定到屋島去，搭人力車到電車起站。坐上開往志度寺的電車。他所乘的電車空無一人，回來的電車卻擠得滿滿。市內的報社和電車公司共同在屋島舉行尋寶和藝妓化裝競賽，回來的客人便是去參加這競賽的。他在屋島下車，還沒回去的客人一個挨一個地走過去。有頸圍鵝黃綿毛巾或頭纏鵝黃毛巾的掌櫃徒弟；有帶著藝妓的醉漢；有領著孩子的男人，孩子帽帶上繫著汽球；有的坐在類似賽神的花轎中，還有書生、車站站務員及其他挑著東西趕熱鬧的商人。這不同種類、複雜多樣的人，大都紅著臉，互相推擠著疲憊的身子回去。他以完全不同的心境跟他們錯肩而行。心中有一股淡淡的欣悅情緒。這種茫然平淡的情緒跟小時候到龜井戶賞藤蔓、到大久保看杜鵑花，或者到駒場看運動會後回家的情緒相彷彿。從塵埃遍布的平地漸漸踏上坡路，回家的人逐漸稀疏。他半休息似地緩緩登上松林中的坂路，從高松一直延續下去的鹽田看來已在遠遠的下方。熬鹽的熱氣從小屋屋脊上冒出，形成一條粗柱，在傍晚穩定空氣中白亮亮地昇起，連綿不斷向遠處漂去。他憂鬱陰沉的心境終於得到安慰。

爬到上邊的平地，那兒幾乎沒有人影，滿地盡是舊木盒或蜜柑皮。一家出售風景明信片和乾蟹的小店已經打烊。走著走著，自自然然走到小松林中可以俯視海面的旅館前。一對遲歸的客人在一間廂房裡騷鬧，女侍忙著料理善後。

他被引到一間位居懸崖上端風雅的小廂房，從這裡可以俯視大海。右邊，晚霞環繞的小豆島靜靜橫臥，遠近有不知名的島嶼。不遠處，五大力船[17]和千石船[18]之類舊式日本船都在帆柱上掛著燈火歇息。暮色籠罩海面。波濤從海上湧來，長弓形的線條在黑闇中依稀可見。——總之，景致優美。他的心卻不能享受這美好景致，真是不可思議。

女侍端來菜餚。他毫無食欲。放下菜餚，女侍說：

「我去幫您鋪被褥。」

「鋪好了，請立刻通知我。」

他的心境陰沉無比。這不是旅愁之類淡然的感覺，而是更灰暗的窒悶感。

不久，女侍來告。他跟著從庭院直向客房走去。後面的松林上空，露出薔薇色的大月亮。庭

17 五大力船：即用於日本內海航行的貨船。

18 千石船：即載貨千石的船。比舢舨大。

院入口，有一小門，門上蓋了屋頂。他走過時，腳邊有個男人俯伏有如死人。長髮蓬亂，類似乞丐，可能躺著小解，腰旁地面黑濕一片。

女侍毫不在意。他卻放心不下。進入客房時，他問道：

「剛才那人不會是生病吧？」

「是醉倒。」

「這一帶的人？」

「是孤寡乞丐，名叫新太。今天喝了很多。」

宣德火盆[19]，火勢頗猛。謙作烤著火等待女侍離開房間，因為他不願意穿旅館預先備好的睡衣。女侍站著發窘。最後，他終於說：

「沒事啦！」

「幫你摺衣服。」

「真的……不必摺了。」

女侍笑著走出去。他立刻站起，僅脫下外褂，把腰帶的結繞到前面，和衣躺下。躺著翻閱帶來的書，絲毫不能專神凝注。灰暗的寂寞感從四周逼來。他無法應付，只得凝身不動。夜，靜悄無息，越來越冷，房間雖然有火，臉頰依然冰冷，腳還沒有完全暖和。

那乞丐的鼾聲從戶外傳來，依稀可聞。

睡不著，想起了那無家可歸，無人可恃的乞丐，就像想起了自己的身世一般。自己的工作無論成敗，都不會有人由衷欣喜或悲哀。雖有父母、兄弟，但都不是自己的家人。這也不打緊，可是……他這樣思考著。

打從心裡感覺到自己的孤獨。這孤獨跟醉倒寒空下的乞丐沒有什麼不同。——他頓時想見榮娘。

不管怎麼說，在感情上跟自己最接近的畢竟是榮娘。榮娘為何不真正跟自己的生活結合得更密切呢？是不能結合吧！無論對自己或對榮娘，在心境上皆有如骨肉至親一樣接近，可是在本鄉的父親決定的關係上，她依然是雇用的人，自己一旦結婚，她必須引身離去。為什麼兩人都要無條件承認這一點呢？確實有些奇怪。

跟曾做過祖父姨太太的女人結婚，確實怪異。可是從內心已玷污榮娘這件事來說，在還沒有實際發生關係之前，正式結婚，也許要好得多。但想到自己將成為嘲罵的對象，內心不禁難以紓解。除了年紀相差太遠，曾做祖父姨太太這兩件事之外，結婚對自己、對榮娘都是上策，自己可以穩定，榮娘也可以獲得真正的安定。為什麼自己不早想到這件事呢？

娶榮娘為妻的念頭使他的心境開朗。如果回到尾道之前，這決心依然未改，就盡快寫信。可是，榮娘會不會答應？值得懷疑。要是不答應就回東京。自己要給她勇氣！他這樣想。

## 6

第二天，回到尾道。這天天氣很好，好到可以看見去時無法見到的鞆津月亮。可是，他心境無法平穩沉著，便直接回到了尾道。

當晚，想儘快寫信。但如何提出此事呢？他有些猶疑，單刀直入的寫法，最簡單。可是，未免太突然了。事出意外，易使人狼狽不堪，即使自己沉著解釋，使她能夠了解，她也未必能聽，

19 宣德火盆：即銅製火盃。中國明朝宣宗宣德三年下勅製造的銅器，稱為宣德銅器。因此，其模造品亦稱為宣德某某。

還是寫給信行，讓信行平平靜靜告訴她。

謙作寫信給信行，甚至老實告訴他，以前對榮娘就有這種衝動，並因此深覺痛苦，所以準備在屋島舉行婚禮。

想來這件事一定會讓父親、繼母以及其他本鄉的人非常不愉快，但是與愛子之事，父親曾說，這種事最好自已去進行。想到這裡，他改變了念頭，不準備跟任何人商量，如果因為商量，反而引起意外障礙，那就無趣得很。如果因此事今後不得進入本鄉家門，也只有老實認了，因為對父親和繼母來說，這是理所當然的事。信裡，謙作也提到了這些事情。

接的信裡還說：「榮娘一定會大吃一驚。我想，你一定會為我好好向她解釋，使她能夠了解。我知道，對這件事你會有你自己的想法，但也請考慮一下我的性情。雖然這是一件很自私的事，仍然請你把我的心意如實傳達給榮娘。」

除了這封信之外，他也寫了一封信給榮娘。

「很久沒寫信給你，諒一切平安無恙。……我這封信什麼也沒寫。詳情已全盤告訴信哥。給信哥的信和這封信同時寄出。接到這封信的第二天，信哥也許會去找你，告訴你種種事情。這些事情必會叫你吃驚。但請別驚訝，仔細想想我的心境。千萬別膽怯！別害怕！」

寫完這兩封信，反而感到無比的沉靜。想到自已的命運就這樣決定，寂寞感不禁湧上心頭。他沒有因此而猶疑。已經過了深夜十二點，沒有把信寄出，心裡總有些猶疑，覺得不愉快。乾脆點起燈籠，到車站去。

在回信未到之前，他一直坐立難安。即使接信後立刻回信，也要三天的工夫；要是因事延擱，想來需要五天。這五天的焦慮不安竟然從現在就開始。他在信裡要榮娘「堅強，別害怕」，而自己卻懦弱不堪，想來真可恥。要信行考慮自己的性情，彷彿絕不為他人的想法所動，想不到卻有兩種相反的心思在身體內互相衝撞，委實叫人生氣，也令人莫可奈何。

事實上，他確有兩種旗鼓相當、完全相反的心意，一種是這件事最好能進行順利；另一種是最好不要順利發展。他不知道哪一種才是真正的心意。不管哪一種，只要決定了，他都準備加以接受。可是，在還沒有明確決定的期間，他已被這兩種完全相反的心意困擾不已。這畢竟也是一種疾病。最後只有憑榮娘的意志來決定命運，除此而外沒有其他法子，他終於處在被動的境域。

謙作的內心處於這種狀態，但另一方面又猛然幻化為肉體的情慾。與榮娘結婚，這種預想以種種形式刺激了他的情慾。事實上，在這期間，他也放蕩了好幾次。

第六天，信行終於回信了。

「看了你的信，著實驚訝了好一陣子。老實說，我曾假借種種理由，想打消你這種念頭。但是因為有以前那件事，而且以你的性情來說，不管怎麼說，你準不會接受，便改了想法，把你的信拿給榮娘看，有些地方還替你補充一些，等辦完你委託的事情，再連同結果與自己的想法一道告訴你。所以今日下班後，便到福吉町去。

總結一句話：榮娘拒絕了。你給她的信，我也看過。榮娘從你給她的信裡，似乎已想像了一個大概，所以看到你的信並不怎麼訝異。她還以高尚的態度表示『不行』的意思。真叫我敬佩。這麼說，你也許會認為所託非人，彷彿我正期望榮娘說出這種話。——老實講，我確有這種心意。儘管如此，我還是解釋了你信裡的意思，並勸她按照你的意思去做。可是，榮娘的態度堅決得無隙可乘。

我跟榮娘談了許多事情。榮娘感冒躺了兩三天，我去時才起來。

在這封信裡，有些事情必須告訴你，為此我真痛苦得很。過去，我一直做出對不起你的事情。現在想說出來，又覺得很痛苦。可是，想到靜默不言，會讓你一直痛苦下去，便打定主意，非告訴你不可，雖然這件事讓你覺得如墮深淵。

你是祖父和母親所生的孩子。詳細情形，我不清楚。我中學畢業時，第一次聽神戶的姨娘說起。也許父親和繼母還不曉得我知道這件事，我沒有機會知道詳情，也不想知道，就這樣擱在一邊。總之，家居茗荷谷的時候，父親到德國留學三年，你就是在這時候生下來的。寫出這種事，一定會使你更痛苦，不過我已決心把知道的事情和盤托出，所以還是照實寫了。據說，祖父和祖母想隱瞞父親祕密墮胎，外祖非常生氣的說：『你還準備罪上加罪嗎？』因此，母親沒有墮胎，搬回外祖家居住。外祖把事情的經過一五一十老實告訴德國的父親。當然，外祖已有離婚的心理準備。父親來信寬恕了一切。接到父親的信，沒多久，祖父便獨自離家，不知所終。

知道你是在這種可詛咒的命運下誕生，我真的很吃驚，也很難過。既是同胞兄弟，為何只有你受到不同的待遇；兒時的疑團至此方告冰釋。我以前一直以為你已經知道這件事情。而且，在這漫長歲月裡，我認為榮娘不可能沒有所聞，否則你也會有此疑問。直到愛子的事情發生，我才知道你完全不曉得，當時我確實覺得奇怪。今天去見榮娘，她真叫我佩服。榮娘答應父親不把這件事告訴你。『真可憐，我說不出來。』榮娘這樣說。這或許是真的。不管如何，在這漫長歲月裡，她始終沒有說出來，確非一般女人所能做到。

現在說來，你跟愛子的事情所以無法談得攏，原因全在於此，愛子的母親雖然同情你，但緊要關頭卻又無法貫徹到底。她是遵從世俗習慣行動的人，又有什麼辦法？

那時，我看到你毫無所知，獨自痛苦，真想再苦也要把這件事告訴你，而且覺得現在不說，以後一定會受你埋怨。可是，我又不想告訴你。說是姑息，確也是姑息。你知道這件事，想必會痛上加痛，我實在受不了。而且暴露亡母這些事情，也很難受。你是小說家，一旦知道了，並因此而痛苦，難免會寫入你的作品，這也是我遲遲不敢啟齒的原因。我這樣說，也許正顯示我對你的工作多麼不了解。但是，以我的立場來說，揭發母親的過失，又給目前漸入老境的父親添加新的痛苦，多麼難以忍受！父親在德國獲知此事後的痛苦、以及脫離這苦海以前所忍受的種種，想必非我們所能想像得到。一想到要再揭舊瘡疤，我就受不了。這或許是我的懦弱所致。但事實上，我非常害怕漸入老境的父親受到任何傷害。

然而，我也覺得對不起你。你是從事寫作的人，故意不讓你知道與生俱來的命運，也許更壞。當時，愛子的事情發生，如果你堅持非愛子莫娶，我想盡量周旋，要是仍然不行，我只好把真實的事情告訴你，好讓你放棄。幸而你自動打消了，我才放下心頭重荷。

神戶的姨娘告訴我這件事時，曾用『可詛咒的命運』這個字眼。當時我也這麼想，後來我慢慢覺得用這種方式認定你的命運，似乎是來自有些邪惡的小說趣味。我現在知道你的未來命運未必受此詛咒。如果一切都單純而順利地發展，與生俱來的事情就不會發生作用。我情願想得輕鬆，認為一切都已過去，過去就讓它埋葬，只要重新開拓好的命運就行。然而，愛子的事還在作祟，仍然覺得有些怪異，不過，我認為無須杞人憂天。這次事情，你如果堅持到底，那就有點危險。這危險會變成雙重性的，我不由得有點擔心。

榮娘提出的其他理由姑且毋論，她所以堅決拒絕，就是因為害怕會產生雙重的危險。

大部分事情，我都想贊成，也可以贊成。但這次的事，無論如何都無法贊成，因為未來已顯露出黑暗的一面，彷彿眼看著向黑暗深淵趨進一般。我同情你對榮娘的心意。我不認為這是不道德。道義的批判姑且不言，但我總覺得恐怖。我想這種感覺是不可輕視的。

以上是我覺得該寫的。我擔心這封信會給你很大的打擊。

趕快回東京吧！我覺得這樣最好。我去也行，不過回來比較快。如果要我去，請別客氣，打電報給我好啦！一起到九州旅行也很有意思。不過，還是回來吧！

我相信你不會自暴自棄，不過一定會受不了。你生來就比一般人感受力強，所受打擊一定更大。但願拿出勇氣克服它！

榮娘不再回信，感冒也不是真的，如果你回來了，榮娘一定很高興，我也很想見你，希望你即刻回來。」

謙作一面看信，一面感覺到自己臉頰冰冷，不由自主拿著信站起來。

「怎麼辦？」他自言自語。在狹隘的房間徘徊，又說：「怎麼辦？」他幾乎毫無意義地輕聲反覆說這句話。「既然這樣，我該怎麼辦？」

一切都像一場夢。他覺得自己——過去的自己，像霧一樣遠去，慢慢消失。

母親為什麼會做出這種事？這是打擊。結果是自己生下來了。如果沒有這種事，自己的存在就不成問題。這是很明顯的事情。但是，並不能因此就承認母親所做的事。那低俗、乖僻、毫不足取的祖父竟然與母親——？這結合多麼醜陋、污穢。他為母親叫屈。

他忍受不了，覺得母親好可憐。他以撲向母親懷抱的心情，出聲喊道：「媽！」

## 7

心情和身體都呈現異乎尋常的疲憊。腦子空空如也。他足足沉睡了兩個鐘頭。

四點醒來。氣氛與軀體幾乎恢復了平時狀態。他洗臉，蹲在走廊，茫然眺望眼前風景。半晌後，想起榮娘與信行的憂心掛念，決定儘速回信。

「來信接到了。一時之間，確實受不住，差點使平日的我迷失了。睡一覺以後已恢復原狀。真謝謝你告訴我這難以啟齒的事。

母親的事，我現在不想說什麼。母親做出這種事，真教我難過。我絕對沒有責備母親的意思，也不覺得母親是個極其不幸的人。

知道了這件事，反而漠然覺得更應該感謝父親。父親以前那樣對我，確非一般人做得到。為此，我理當感謝。父親因此事所承受的長期痛苦，概可想見。那一定是非常可怕的事。以我來說，今後將與父親保持什麼關係，倒真是一個問題。為了免除父親的痛苦，我想最好藉這機會，適當地調整一下關係。

不過，跟你的關係就不同了。我很想說，與開子、妙子的關係也另當別論。

我嘛，請別擔心。一時之間，確實相當難以忍受，以後偶爾也可能會承受不住。不過，我也許會迴避，大概不會把自己出生的事擴大來想。我不喜歡。這也許是件可怕的事，但非我所能知，跟我沒有關係，我也沒有責任，我會這樣想。這樣想也是莫可奈何的事。而且，這可能還是正當的想法。

我這樣子生下來，確實不愉快。不過，我絕不會因為這種意識而痛苦。為此而痛苦，無益而且愚蠢。我不會覺得這是可詛咒的。肺病的遺傳才更可詛咒。你說愛子的事還在作祟，事實上我會那麼消沉痛苦，主要是我無法知道自己被拒的原因。原因知道了就不會那麼懦弱。不過，我並沒有責備你的意思。我很了解你不肯說明的心境。我不會怪你。對你這個孝順的人來說，那樣做更是理所當然。我願意再次利用這機會，由衷感謝你告訴我這件事。你要是沒告訴我，我必然還蒙在鼓裡。在不知情的狀況下，這件事也許仍會成為奇怪的窒悶感罩在我頭上。我的事，請別擔心。既然知道了，我會更執著於我的工作。這是唯一的血路。我只有靠它來克服一切。這是一舉兩得之道。

回東京，勢須稍緩。如果以後碰到太難堪的事，我不會這樣讓步。我很想去看看你和榮娘。說膽怯，的確很膽怯。不過，已經沉著多了。工作的收穫太少。不過，該回去的時候，我會坦然回去。

你擔心我會把家裡的事寫進作品中；這點我很能了解。也許難免會以某種形式出現，但我會儘量提醒自己，以免產生不愉快的結果。

向開子和妙子問好。

但願榮娘不要太擔心。

榮娘的事希望能再考慮一下。榮娘要是明確拒絕，那也莫可奈何。再度向她提親，或就此放棄？我想再考慮一下。」

寫完信，謙作感覺到現在已完全恢復自我。起身拿下掛在柱上的鏡子，看看自己的臉。臉色有些蒼白，那正是自己平時的模樣。因為激動的關係，臉色倒顯得奕奕有神。若無其事地微笑，想道：「我越來越孤獨啦。」他覺得自由、舒坦。

鄰居的老婆婆從外頭打了招呼，畏畏縮縮推開紙門，把飯桶端進來，看到他沒準備菜餚，便說道：

「不吃，會胃酸過多呀。」

他毫無食欲。

「等會再吃，請放在那邊。」

老婆婆把飯桶放下後回去，接著又端來一盤熱呼呼的菠菜放下，然後離去。

他畢竟無法待在屋裡，剛好大阪演員到了新建遊里的戲院，便邀鄰居老夫婦一齊去看。可是，當晚，在三原的孫女兒準備來住一宵，鄰居老夫婦無法去。老爺爺一直勸老婆婆：「你一個人去。」老婆婆笑著說：「嘿，我也不去。」不肯答應。老婆婆是繼室，沒有兒子，那孫女是前妻的孫女兒。

「很難得呀，你一個人去吧。」老爺爺覺得失去這好機會很可惜，從旁慫恿。老婆婆無論如何不肯答應。

「那麼，下次再去好啦。」謙作覺得再說下去也沒有用，便提著老婆婆替他點上火的小燈籠，獨自一人走下山坡路。

是一齣盛綱劇[20]。在與過去不同的普通舞臺上環立著許多屏風，演出檢驗首級的一幕。扮盛綱的演員隨著淨瑠璃的三味線跳個不停。雖然缺乏內心戲，看來也頗為有趣。看了三幕，謙作走出來，獨自一個沿著海邊道路回來。內心頗覺寂寞，卻清澄無比。榮娘、信行、開子和妙子的影像，有如顛倒望遠鏡一般，猛然遠離自己而去，越來越小。任何人莫不皆然。這是真正孤獨的滋味。對信行他們，他不禁引起親切的懷思。接著，又憶起亡母。不管怎麼說，自己只有母親而已。幼時的種種記憶逐漸甦醒。他毫不在乎地浸淫在感傷氣氛中，回顧那些記憶。感傷反而可以

20 盛綱劇：即近松半二（？—一七八七）等合寫的淨瑠璃「近江源氏先陣館」改編的歌舞伎。主角為佐佐木盛綱。其中有檢驗首級一幕。

保護自己。他想起跨坐在屋脊上的情景，淚眼滂沱。可是想起鑽入母親被窩時，他突然被一種東西推了回來。當時母親的冷漠，又浮現在腦海裡。母親必定以為那觸及了她的罪。罪之子，自己確是罪之子，才會那樣生下來。

他逐漸意識到自己已被吸入那種氣氛中。在山坡路上，他慢性地逐漸加速腳步，本想停下，意志卻要他拉回那種罪的氣氛。於是，他想起遼闊的世界，逐漸向地球、星辰（偏巧是陰天，看不見星星）、宇宙一層層推廣，然後再回到比原子還小的自己。於是，剛才占滿腦海的陰慘世界又猛然變化成芥子一般大小。在這世界裡只有他一個人。——這是恢復心境的手段，已獲得相當成功。

肚子有些餓。他想回頭到常去的西餐廳館。又須經過新建的遊里，他不願意去。折回到黑暗的沿海道路，到牡蠣船餐廳去。

從棧橋渡過吊橋進入時，一個十四、五歲的青澀少年，穿著藏青褪色的上衣，領他從必須屈身才能通行的小走廊，到房間去。房間裡只有一盞昏暗的電燈，從天花板垂下。

他點了菜。房間的陰鬱又影響了他的心情。把思緒轉向寫作方面，這確是目前唯一的血路。儘管這麼想，這樣努力，心境仍然很難進入情況。無限的寂寞、不知形體的黑暗，從四面八方壓過來，自己卻無絲毫潛力足以反擊。腦袋和內心完全空無一物，只好任由這些東西滲透。他像被捲入浪濤中的人任由浪濤擺布，等待浪濤過去一樣，老老實實承擔了一切。除此而外，沒有其他法子。

他打開低矮嵌窗的紙門，眺望外面的景致。石牆上是黑暗的道路，對面有五、六間山形牆並列的倉庫。可能是從新建遊里召喚到旅館去的藝妓，坐在三四輛相連的人力車上。彼此以輕佻尖高的聲音談著話經過。黑暗中依然清晰可見。

像自己這樣受命運擺布的人一定不少。謙作想，從道德缺陷中誕生，在某種意義上也許會成為可怕的遺傳。這種徵兆似已顯現在自己身上。不過，自己也同時擁有相反的東西，因此，只要不讓這邪惡之芽成長就行。確實必須謹慎，既然知道自己的出生，就更要謹慎。至少不要讓其中含有致命的因素。雙親爛醉中生下的孩子，往往具有可詛咒的生理缺陷。與此相較，自己顯然要幸福得多。淫蕩，這真的必須謹慎。

剛才那少年端著放食物的大盆，大步走進來，放在搖搖晃晃的小矮桌上，精神奕奕地鞠個躬，走出去。

肚子雖然很餓，還是不大想吃。只吃了加醋牡蠣。

有什麼小東西留在舌頭上，他用指頭刮下，是瞳孔般大小的珍珠。從珍珠的大小來看，不值一文。但從吃的東西中出現這種物品，使他頗覺幸運。

## 8

過了十天。在這期間，幾經挫折，又恢復了精神。他想，精神恢復後，就不會再受挫折。精神——昂奮過去後，又慢慢頹喪，像發燒一樣。現在只有等待「時間」讓它自動消除。

他把牡蠣船帶回的小珍珠送給開子。開子寄來道謝信，信行也同封寄來了一封信。

「發生了一件麻煩的事。我做了一件對不起你的事。由於自己淺陋疏忽，給你帶來了意外的不快與困擾，實在抱歉。我竟因那件事與父親發生了有生以來第一次激烈的衝突。結果並不好。其實可以不必說，但我沒有深思熟慮，就把你向榮娘提婚的事告訴繼母，很快就傳到父親那裡。父親大怒。起先，我不知道什麼事情使父親這麼生氣。我彷彿第一次見到父親這樣生氣。『絕對不行，阿榮立刻解雇。』到現在我才了解父親的意思。想到什麼事情使父親如此震怒時，淚水便要流出來。這不是氣你，也不是氣榮娘，是對這錯誤（這是父親的話）的憤怒。當時我並沒有想到這一層。我只被父親的震怒嚇傻了。接著，又覺得做了對不起你的事。我想說服父親，讓他取消解雇榮娘的命令，因為即使是父親，這樣說也未免太過僭越。我當時因為驚慌失措，滿腦子只想到這件事。我近來對榮娘越來越有好感。覺得以這種方式放逐榮娘，實在對不起長期照料家務的人。於是，我為你辯護，更為榮娘辯護，猛烈反對解雇榮娘。

『連你也說這種話？』父親突然把桌上的筆筒扔到我面前，筒底的筆尖，不知怎麼搞的，竟有一隻插在榻榻米上，我凝視著筆尖，覺得剛才實在不應該說那種話。可是，我還是說：『即使那樣說，謙作也不會答應。』『不，我絕對不允許那樣。』父親說。沒辦法，我只好離開。後來，激動稍微平靜，我才明白體會到父親的心情。我哭了，我已經好幾年沒有哭過。慢慢的，越覺得自己愚蠢。我粗心大意，終於又給你和榮娘帶來意外的困擾，也勾起父親逐漸忘記的舊創。請別責備我。這完全不是惡意，是粗心造成的過失。

——這封信，我真的很難寫。沒有一件事可以讓你愉快，也沒有一件事可以顯示我這個做哥哥的（不管如何，我一直都把你當作弟弟看待）值得信靠，反而盡做些使你失望的事，說來實在教我難過。我想必已令你厭惡不已。

同一天晚上，我又跟父親見面。當時，父親跟我都完全變了。心情方面，已經平靜，但父親仍然沒有改變他先前的說辭，我也不敢再反對。我接受了父親的辦法。

表面的理由是這樣：你既然住在尾道，東京就不需要另有房子。即使以榮娘來說，她也不可能永久跟你在一起。所以希望你早日獨立，建立可以終身安心之道。為此，父親願給榮娘兩千圓，父親似乎早有此打算。我認為兩千圓在現在不夠做任何一件小生意，希望能拿出五千圓給榮娘。父親不肯答應，最後決定拿出三千圓給她。寫到這種事，你一定要作嘔。不過，也許你的心意變了，會同意這件事也說不定。總之，事情就這樣決定了。

母親似乎跟我一樣，後悔將此事告訴父親。不過，這樣對我們大家也許比較好。昨天，我到福吉町提起這件事。當然，這並不是全憑父親的意思來決定。我只是去報告而已。——明顯的說，是這樣的：父親命令式的條件，承認與否，任由你們自己去決定；不過，要是不承認，想求榮娘應得的金錢，似乎有些困難。我稍微露骨地把這件事告訴榮娘。榮娘對此並沒有明顯的答覆。當然，錢並非大數目，但對榮娘這種境遇的人，理當不致如此冷淡。榮娘說，她無意跟你結婚，遲早你會結婚，到時自然就分手。她這樣說可能出於她的真心。但這是時間的問題，也就是說：不是現在立刻分離，就是以後分離。可是，金錢方面就不同了，現在分離可以得到金錢，以後就不行。這樣一來，問題就不同。所以從榮娘的立場來說，依照父親的意思，現在跟你分離也許最好，但是從不同的心境來說，我知道，現在跟你分手，她一定覺得為難。

『我不懂。一切都由你和小謙決定好了。』榮娘說。當然，榮娘很難做決定。我終於沒有得到明確的回答就回去了。不過，榮娘一再說，如果你還在尾道，一個人住這樣大的房子太奢侈，所以想最近搬到較小的房子。我同意她這樣作。

夜已深（我不願意再見到父親），回來後，看到你二十八日寄出的信。我一面看信，一面佩服你的勇氣，不愧是你，雖然受挫，仍然傾力在尋找脫離苦海的方法。我想你一定非常痛苦。想到你這樣痛苦，又須說出剛才所提的問題，實在鬱悶難堪。看到你仍未放棄對榮娘的婚事，又有一種不安感，深怕剛才所提的問題會使你的決心更堅定。既覺不安，又覺對你不起。事實上，我很不安。雖然也為你不安，但想到父親今後承受的痛苦，更覺不安之至。我真為自己的無力而羞愧。我現在真的夾在中間了。如果我有能力，也許還會有所作為。但我什麼也不能。父親堅持自己的意見。你決定依照你自己的意思去做，雙方都正確，雙方我都很能同情。但回到我自己的立場，考慮此事時，我真的不知道該怎麼辦才好。

我非常膽怯。兩三年前，曾經跟一個有過家的女人海誓山盟，最後我卻自毀誓約。想來這真是可恥，因為我知道父親不會答應，又不願意跟父親衝突。衝突還好，但想到我即使獲勝，父親也將因此而難受，我便不想堅持到底。幸好那女人很快就諒解，你也許沒想到我會有此事吧。你起程的前一天也曾略略提過，我深深覺得，我必須設法改變目前的生活。詳情無法多寫。當時，你說：『既如此，最好立刻就辭職。』可是，連這一點我也不能。——這種事不必再說了。為什麼會這樣懦弱？連我自己都覺得不好意思。

既如此又有什麼辦法？我老實寫出我的希望：可能的話，希望你放棄榮娘。就像前封信所說那樣，這未必是以父親為本位而說，總覺得此事會給你的前途帶來黑暗。再者，要是可能的話，更希望你利用這機會下決心跟榮娘分手。我想這樣到後來對大家都好。以你的心意來說，我知道你很難答應。你要是答應了，我們大家都有益處。我知道自己一再犯錯，根本沒有資格做這種自私的要求。可是，若要我老實提出我的希望，只有這麼說。我實在非常非常對你不起。

這封信，很久以前就該寄出去，但怕你接連聽到不喜歡聽的事，而且我又必須寫出自己不想說的事，才延遲到現在。從那以後，我一直耿耿於懷，也未到福吉町去。而且，從那晚以來，總不願意見到父親，所以儘量避免見面。」

謙作終於看完使他很不愉快的信。父親憤怒，他也為父親的憤怒而憤怒。他未必認為自己的憤怒正確；同樣的，也不覺得父親的憤怒合理。

總之，他生氣了。對愛子的事，父親冷冰冰的說：「這種事，最好你自己去進行。」父親這種影像已不知不覺浸透心底。那時，他感到相當不愉快。慢慢的，他認為：「這樣也好。」這次事情，已預想得到父親會不愉快，但沒想到竟然這麼憤怒，竟然顯示出這種命令式的態度。所以他不由得氣憤不已。

他對信行也很不滿。在事情還沒確定之前，竟然跟繼母談到此事。這實在不需要跟繼母商量，想來必是閒聊時說出的。閒聊更不必要談到這件事。信行說，他同情我，結果卻完全偏向父親。這點也讓謙作頗不愉快。

不過，謙作也同情信行，甚至覺得非同情不可。可是一味同情他，自己又怎麼樣呢？信行說，他只談我跟榮娘提親的事，至於是否跟繼母談到自己出生的事，卻隻字未提，謙作對此頗覺不快。當然，信行一定談到了。但從他一再不願說出自己輕率的舉動來推測；信行必定不肯把這件事告訴我。談到這些還無所謂，但他應該徹底說服父親，讓我自己來處理自己的事，僅執著於三千圓，實在令人難以心服。

謙作立刻寫信。

「來信已拜讀。對於父親的憤怒，我很不愉快。如前封信所說，問題是來自於跟父親的關係還沒有完全穩定。還沒穩定的時候，讓父親知道這件事，實在相當無趣。不過，事到如今，說那種話，也沒有用。以我來說，——以我的行動來說，我現在只有採取關係確定後所當採取的行動了。換言之，我只有按照自己的想法去做。

結婚的事當然無法隨我個人的意向，不過，與榮娘分離與否，是兩個人之間的問題。在此，我只想這麼說：今後若能跟榮娘正式結婚，當然很好；要是不能，我仍然決心保持跟以前完全一樣的關係，決不再往前推進。父親的關係亦然。不過，這不是為父親所下的決心，我只深深感覺到，既然知道自己的命運，對這種事就必須更慎重。

此外，金錢一事雖然跟我沒有直接關聯，我仍然加以拒絕。我的錢本來是從父親要來的，我會分給榮娘。

至於搬家，我覺得沒有這個必要。如果榮娘放心不下，我贊成搬家。最好搬到郊外。

父親憤怒，我很能了解。不過，我不會像你那樣，全以父親之意為意來考慮自己的事。對於你左右為難的處境，我的態度也是這樣。這也許是我的任性。但是按照你的希望去做，很不合我的性格。千萬請你原諒。」

## 9

給信行的信寄出後，還沒接到回信，謙作就離開尾道了。因為他得了輕度中耳炎，這地方沒有專門醫生，診斷的醫生說，如果有意最近回去，最好儘快回去。其實，沒有這件事，謙作也可能會在近期離開這地方。可是，他想起了回去後的生活。回去後又可能重返以前的生活，想到這裡，他又不想回去。寫作也只寫到一半。心情似乎仍未穩定，想到離開後的生活又極為不滿。啟程前兩三個月之間，他一直頭昏眼花，因此心情陰晴不定，這種煩厭的生活，要是以前曾經有過，還好，卻偏偏自己已跟以前完全不同。現在的自己如果再過以前那種生活，必情勢必愈發不能穩定，以致焦慮不安。既然如此，最好不再過那種生活。要回去，只要下定決心就會回去。可是，決心有多堅強？能持續多久？連他自己也無法確定。在經驗上，對這種事，他自己也不敢相信自己。

某天，黃昏時，陰雲密布，夜半後，突然晴空萬里。悶熱的晚上，到黎明突然冷了起來。他只穿一件薄薄的棉睡衣，被凍醒了；還睏得很，不願意起來，接著又睡著，終於得了感冒，第二天，整天都在擤鼻涕。太過用力，影響了耳朵，當晚，耳朵開始疼痛。因為滯重的疼痛，還不至於睡不著。但是常常痛醒。到天亮還睡不熟。

第二天早上，去找醫生，斷定是中耳炎。醫生勸他早點去看專科醫生，並給他一些橄欖油和敷藥。尾道沒有耳鼻科醫生，非到廣島或岡山不可。要到那邊，須費相當時日，而且必需住到病癒，想到這種局面，覺得很煩，最後決定回東京。本來想回去，又不想回去，心情複雜迷亂，現在有此理由可以決定回去，不由得心喜。一旦決定回去，頓時歸心似箭。

行裝迅速準備好，鄰居老夫婦也來幫忙，不到一個鐘頭，全都收拾好。老婆婆幫忙打包，老爺爺到電力公司和瓦斯公司交款。

快車在尾道不停。他決定搭普通車到姬路，再換快車。

中午前，他由老夫婦和提著沉重旅行包的松川送到車站。

謙作雙頰誇張地裹著三角巾，從窗口探身出去，老爺爺和老婆婆以粗濁的音調不停告別。他也捨不得離開他們。可是離開尾道，又覺得心喜。這是好地方。但是，到此地以後所碰到的一切事情對他來說都是痛苦。這痛苦的回憶無論如何都跟這地方連在一起，現在他想儘早離開這裡。

車廂裡，旅客不多。以春天來說，這是較悶熱的日子，外面的強風從窗口吹進來，很舒服。昨晚睡眠不足，頭抵窗玻璃後，便朦朦朧朧打盹。半晌後，因騷亂的聲音，鬱鬱地張開眼，不知不覺間已經到了岡山車站。坐在他面前的三個女人，看不出是不是良家婦女，已經下車了。接著來的是一對帶著兩個孩子的年輕夫婦，丈夫是個子高大的砲兵中尉。收拾行李後，把圍毯對折鋪下，讓妻子、六歲左右的兒子和頭髮濃密的小女兒坐下，自己走到長椅邊坐下，稍稍離開她們。

謙作很累，不知不覺又睡著了。

在距離姬路還有約莫一個小時車程時，他已清醒。這班火車以京都為終站，他覺得到京都再換快車也可以。可是，有意去看姬路的白鷺城，何況啟程時榮娘曾託他買明珍火箸[21]，他想起了榮娘的託付。

面前的小男孩在對折的圍毯間睡著了。小女孩也想這樣睡。年輕卻很沉靜的母親，把自己抵在窗玻璃上的空氣枕拿給女兒做枕頭。男孩子枕父親的空氣枕，女兒用母親的空氣枕。小女孩很高興。父親拿出小手巾代替空氣枕，折成好幾疊，又把額頭抵向窗玻璃。

「媽，低一點。」女兒說。母親厭煩地伸手，放出一些枕中的空氣。

「再低一點。」

父親又放出一些空氣。

「再低一點。」

「這樣低，就不是枕頭啦。」

女兒靜默不語，閉上眼睛，佯裝睡覺。

那中尉彷彿想起一般，從口袋掏出小鏡子，接著拿出小圓筒，把油沾在指頭上，自得其樂地望著鏡子，開始捻起刮得短短、尾端微微上翹的紅鬍子。

妻子起初顳顬抵著毛巾做成的枕頭，心不在焉地望著。中尉不停地玩弄鬍子，妻子沒有表情的容貌上自自然然浮現出微微笑容。她輕搖肩膀，無聲而笑。中尉仍然漫不經心的擦油，細心搓著鬍子的尾端。

兩個孩子都沒睡，閉著眼睛在圍毯中互踢。圍毯慢慢隆起來。女兒獨自吃吃偷笑。

中尉不看鏡子，轉過來罵兩個孩子。妻子依然默默微笑。

男孩子又粗暴地踢小女孩的腳。圍毯滑落，露出好幾隻赤裸的小腿，兩人終於起來。

這兩個小孩打開兩扇窗，各據一扇，眺望外面，風勢很大，男孩子甚至把頭伸出窗外，大聲唱歌。女孩沒有伸出頭去，和著哥哥唱歌。風很大，歌聲被風攫走。男孩子仍然頂風拚命唱歌。聽不清楚時，就故意發出暴烈的粗憨聲，越來越熱心想要戰勝疾風。謙作從中看出男人的心性，想不到連小孩也有這種心性。為此，謙作不由得高興起來。

「吵死人啦！別吵！」中尉突然怒吼。女孩吃了一驚，立刻停住。男孩仍然不以為意，繼續唱著。妻子只是笑。

五點左右抵達姬路，距快車發車時間還有四小時。他進入車站前的旅館，更換敷藥，吃完晚飯，搭人力車去看白鷺城。白牆的城堡聳立古松上，在沉靜的夕靄中看來更遠更大。車夫頗以居住此地為榮，為謙作解釋，並勸他走向城旁觀看。但他走到廣場的入口便折回，到阿菊神社去參觀。已經入夜，在黑暗的神社院內走了一圈，就離開。車夫說，阿菊蟲[22]是阿菊怨靈變成的蟲，每年秋末，都會懸掛在神社庭院的樹枝下。

聽說明珍火箸旅館有售，便直接坐人力車回旅館。在旅館買了一些火箸和阿菊蟲。關於阿菊

21 明珍火箸：即明珍宗之所做的火箸。一搖，會發出鈴子般清澄的聲音。姬路名產。

22 阿菊蟲：即麝蝶幼蟲。相傳，日本播磨藩邸（即諸侯的府邸）的侍女阿菊含冤致死，死後化為麝蝶幼蟲，故稱為阿菊蟲。

蟲，掌櫃解釋說，當初阿菊嘴塗口紅，雙手反綁，被吊起來。

快車是九點開車。坐上臥車後，立刻躺下。起來時，已近靜岡，太陽已經昇起。在靜岡買了東京的報紙。自從離開東京後，沒有看過東京報紙，因而倍覺親切。看見富士，看見山巒繁多的函嶺群山，也不禁欣喜。聽到沼津上車的一家人，語帶東京腔，他也很高興。

滿心期望早抵東京。越接近越等不及。車子經國府津、大磯、藤澤、大船，越來越接近東京，他卻越來越煩躁。不知道如何打發時間，開始耐心地數著外褂帶上成串的捻線。藉這無意義的動作，才鎮靜下來。

前一天，曾從姬路打電報給榮娘，想必會到新橋迎接。跟榮娘見面的剎那一定很尷尬，但是，無論如何，二三十分鐘後就可以見到她，值得高興。

不久，火車開始減速。快到月臺，他伸頭尋找榮娘的身影。立刻找到。榮娘也望著這邊，謙作揮揮手。但是，榮娘沮喪地凝望著另一窗。他把幾件小行李交給紅帽子，急忙向榮娘走去。

在相距五六步的時候，榮娘才發覺，焦慮不安的神情立刻轉變，奔馳而來，「很好，很好……」接著看到謙作裹臉敷藥的情形，驚問道：「哇，怎麼啦？」

「耳朵不好，現在已經不痛。」謙作跟預期一般高興。見面也不覺尷尬，榮娘依然如故。看來似乎不把那件事放在心上，也看不出偽裝的姿態。

兩人一齊走在人群中，榮娘問了兩三句耳朵的病狀，接著褒獎般說道：「不過，你能早點回來，真高興。」隨即放低聲音說：

「小謙，你瘦了，以後可不能獨自一人到那種地方去。」

謙作只一味的笑。

「剛才打電話到公司給信行，他說下班時會來一下。」
「真的。」
謙作經常雇用的車夫抱著圍毯在收票口等待。謙作把紅帽子的行李交給車夫，並託他領取隨車附送的行李後，與榮娘同搭電車回去。
「午飯還沒吃吧？」
「嗯。」
「家裡雖然也有東西，還是要到哪裡去吃？」
「隨便怎麼樣都可以。」
「尾道有好東西可吃吧？」
「魚也有不錯的，我做不來。」
兩人經過清賓亭前面，謙作不願加代和阿鈴她們看見，低著頭走過去。
走到電車道，榮娘又說：
「怎麼樣？在家吃，還是在外吃？」
「既然這樣，就走吧。很久沒吃西餐啦，很想吃。」
兩人到不遠處的風月堂。
榮娘頻頻問他尾道的生活。謙作從餐館掛電話給信行。
不久，兩人就回家。
謙作先到自己的二樓書房。掛軸、桌子和書架全如原樣。不如說整理得更清淨。只是地板上放著鮮麗的茶花，看來不像是自己的房間。

「還是自己的家最好吧？」榮娘說著走上來。
「彷彿到了非常美麗的家屋。」
「尾道的房子一定髒得很，此即所謂『男鰥生蛆』。沒生蛆吧？」
「鄰居老婆婆常常替我清掃，倒相當乾淨。」
「啊，熱水溫度正好，快去洗澡吧。」

## 10

謙作洗完澡，到不遠處專治耳鼻喉的T醫院。以前，開子曾進那醫院。雖然是休診時間，他還是想去看看。

他的耳朵僅痛了一個晚上，現在已經不痛。不過，在耳旁用指頭揉一揉，好的時候常聽到「沙沙」聲，壞的時候就完全聽不見。因此總覺得滯重鬱悶。

醫生穿著和服，戴著反射鏡替他診斷。

「哦……充血得很厲害，沒什麼關係。耳朵裡好像殘留了一些水，先要把水弄出來。」

醫生從壁上的掛帽鈎取下白色工作服，隨隨便便穿在和服上。

一個年輕的胖護士從裝著昇汞水的平底盤上拿出小戈矛似的手術刀和細細的小鉗子，並排放在紗布上。

「電來了沒？」

護士扭動壁上的開關，還沒來。

「沒關係。」醫生說。面西的窗上還有陽光。護士把棉花捲在有柄的短鐵絲前端，捲了好幾根。

手術很快就做完。手術刀觸及耳膜時，發出「嘎」的巨聲，彷彿被扎了一下。起初，手術刀觸及時，他覺得手術刀很大，僅此而已。醫生說，可以輕鬆做好手術，可能會覺得痛。果如醫生所言，手術輕輕鬆鬆就做完了。

「比想像的要多。」醫生插進捲著棉花的鐵絲，吸取耳中的水，吸了好幾根。棉花上沾了血。醫生塗上藥，用布裹住耳朵後，囑咐第二天早上再來。他在候診室等拿藥。

他想起去年秋天唆使年輕人寄信給開子的那個女人。來就醫時，他完全忘了這件事。剛才那護士不是那個女人，他才想起來。

「那女人不知怎麼樣啦？」他想。但不由自主地怕跟她見面。幸而那女人沒出來。

他不討厭那女人。她不僅美麗，也很聰明，卻有點滑頭。對他比較拘謹，可是跟她說話，卻不像一般護士拘拘束束地回話。不僅微笑，甚至喜歡含混其辭的回答。當時，他曾在大學同系學生所辨的同人雜誌上，刊登兩三篇短短的小說。也許是開子說出來的，有一天，她透過開子想向他借那雜誌。由此可知，她想看謙作所寫的東西──亦即她有一種嗜好，想看自己病人的哥哥所寫的東西。謙作覺得讓她看看別人的東西也無妨，卻不願意特地把自己所寫的東西帶去。除了登載自己作品的那幾期之外，他帶了七八本雜誌到醫院去。下次去時，護士僅默默微笑，開子卻為護士向他抱怨。不久，開子出院。過了大約一年，如前所述，有個青年寄信給開子。他想斥責那青年。那青年低聲卜氣致歉，說是因那護士之勸才寄信。當時，他覺得那女人有不良傾向，不能單從外表看她，對她有點厭惡；深幸自己沒有把自己的作品拿給她看。

穿過孩童騷鬧的街道回家，已是傍晚時分，他邊走邊想那件事。那女人還在那醫院？那青年是不是把自己的信拿給那護士看？那女人最好什麼都不知道，否則雙方都很尷尬。在回想中，不禁對那女人興起模糊而卑下的興趣。他的興趣乃在於她有不良傾向。

信行已在家裡等他回來。

「耳朵不好？」信行走出玄關，用這句話代替招呼。

「積了水，很快就弄出來了。」

「不要緊吧？」

「沒什麼。」

信行先行，兩人進入飯廳。那兒擺著信行已開始吃的菜餚。信行坐下後，重新低頭打招呼。

「久違了。」

謙作也默默低頭行禮。

「剛剛才吃，小謙也吃吧？」

「這個——無所謂。」

「你說無所謂？那要看你餓不餓呀。」

「既如此，就吃吧。」

榮娘勤快地為謙作準備晚飯。

「榮娘，你說老了十歲，沒這回事呀。」信行說。

「不，已經是老爺爺了。」榮娘望著謙作的臉說。

「看來並不覺得如此，只是瘦了一些……」

「看慣就不覺得了。在新橋猛然走到我面前的時候，不禁以為是老爺子來了……」

老爺爺不知什麼時候變成了老爺子（祖父）。謙作彷彿突然挨了一刀。信行立刻發覺，榮娘仍然莽撞地說下去。

「用布裹頭，只能見到臉，看來可真像老爺子。」

類似那窩囊、低賤的祖父，對謙作實是致命傷。他對榮娘如此從容談論此事，很生氣，同時也湧起一股意外的感覺。事實上，這感覺連自己也頗感意外。他以前從未感覺到與祖父有血肉相連之情。六歲時，第一次見到祖父，只覺厭惡，這種印象一直不變地保留下來，似乎沒有變化的可能。祖父天生低劣，所做所為莫不洋溢低俗的氣氛。因此，當他知道自己是私生子時，他覺得要是母親跟別人——不是祖父的別人，那就好了。母親和祖父的結合使他非常難堪。他是這麼厭惡祖父。因此，對榮娘的這席話，也忍不住要生氣，卻又感覺到自己內部突然湧起了另一完全意外的相反心意，不知道要怎麼說才好。總之，這是血肉相連之情。雖然厭惡，卻也有一種親父的親切感。雖然覺得與祖父相似是一致命的打擊，內心深處卻頗感欣悅。這是不該有的事，但已突然闖入心中。他覺得心裡很亂。

用餐時，信行仔細問他尾道的生活。謙作儘可能以輕鬆的語氣回答。用完餐，他邀信行：

「到二樓去，怎麼樣？」

「唔。」信行若無其事一齊站起來，表情上卻顯示出一種投降的模樣，可能要兩人對面談論那討厭的問題啦。謙作覺得哥哥很可憐，又覺得很滑稽。

兩人隔著沒有火的火盆坐下。沒有立刻開始說話。

「我前天寄出的信沒看到吧？」

「是的，沒看到。」

「這次的事情，我簡直束手無策。不管怎麼寫，你到底還是按照你的意思去做，父親也按照父親的意思去做。我想居間調停，父親和你最後必然都如此。我即使想插手，也無插手的餘地。因為我的輕率導致這種結果，實在對你不起。先前，我想不再過問這件事。前天曾向父親提及。看來似乎有頭無尾，不負責任，但又有什麼辦法？我有時覺得最好搬出去住。在還沒搬出去之前，決定不再過問。你以為如何？」

「我不知道你說了些什麼，不過這樣也好。你夾在中間，雙方都無法徹底解決，不管再過多久，關係總難有個了斷。」

「嗯。」

「我覺得你最好儘可能讓以前的關係就這樣保持下去。什麼都不知道，最好，要是今後還要繼續過問，似乎有點過分。破壞的部分已經破壞；即使破壞，也還有沒有破壞的部分保留下來。如果要維持沒有不安的關係，除了維持之外，沒有其他辦法。如果要徹底破壞，那也是不得已。」

「你的意志竟然到了這種地步，那也沒有什麼好說了……」信行望著謙作，表情頗為不悅。「不過，我總想設法調停。調停要是一直不徹底，那就沒法子。可是，我的意思並不止於此……」

謙作默不作聲。謙作並不以為自己所說的有什麼不對。自己對父子關係毫不執著，但對一直拋不開父子之情的信行說得如此直爽，不禁有些抱歉。雖同稱父親，但對信行是道道地地的父親，對自己卻不然，因此雙方的感覺總難貼合。

下女端茶和點心走進來。下女倒茶，放在兩人面前，兩人默默不語。

「阿由！水果放在這裡，端上去！」榮娘的聲音從樓下傳來。

下女一面回話一面走出房間。

「沒有燈的地方小心別碰倒哦。」謙作提醒。

下女笑著下樓去。

「再說一次信裡所寫的事，父親一點也沒改變以前的想法。更糟的是，我說你寫小說時決不寫家裡的事。我按照你信裡所說那樣告訴父親，說你會儘量避免造成不愉快的結果。父親說：『即使這麼說，也是依照謙作的標準，謙作即使認為並非不愉快，也未必不會給我添麻煩。除非堅決表示絕對不寫家裡的事，我總不能放心。』放心不下，大概就不能不如此小心吧，但也太過分了。你說，你不能說不會以某種方式把它表達出來。我說，我不能勉強你這樣，依工作的性質，要你完全別碰這件事，是無理的要求。父親說：『並不是只有家庭小說才是小說。』總之，父親對你的工作毫無了解，也毫不同情。這樣就很難再談下去。於是，我——於今想來，實為膚淺的說法——問道：『既然如此，爸爸對謙作從事寫作抱著什麼態度？』父親說：『如果謙作把寫作當作自己的事業來做，我沒話可說。』我說：『這樣的話，謙作既把寫作當作自己的終生事業，即使有些許麻煩，也該儘量寬大，最好不要加以限制。例如發生鐵路應高架或鋪設地面的問題時，爸爸曾因工作的方便主張鋪設在地面，還說，因工作的需要，難免會給人添一些麻煩。』我實在說得很拙劣，父親氣得不得了。」

關於鐵路的事，是這樣的：信行的父親在某鐵路公司服務時，因經費關係，想鋪設地面鐵路穿過某鎮，遭鎮民反對。決定設高架鐵路或決定鋪設地面鐵路，等於是決定會不會犧牲幾百條人命，所以鎮民反對，由於反對之聲太強烈，公司方面終於讓步，決定鋪設高架鐵路。信行所說的就是這件事。

「說這種事情，一定會生氣。」謙作笑。「但我不能做這種承諾。首先，這跟高架鐵路不同。總之，我認為最好趁這機會跟本鄉的家一刀兩斷。除非這樣，否則以後會發生種種難以收拾的局面。一時姑且從俗，曖昧行事，對雙方都不好。」

「嗯。這也許不無道理。然而，不知為什麼，父親總無意明確解決這個問題。此外還有一件事。我也是最近才知道的，你所拿的錢，據說全是外祖拿出來的。表面上是父親拿出來，其實父親沒有拿出一文錢。」

「……」謙作瞪目驚視，隨即滿臉通紅。他從知道父親不是親父的時候起，對這件事即頗感尷尬。雖說要與本鄉的家斷絕關係，但對償還所得金錢一事，卻始終一字不提。彷彿這是壞事，他覺得不好意思。因此給信行的兩封信中，雖想提及，終於沒提。對他來說，償還這筆錢，眼前的生活就會發生問題，他不願意這樣。但更明確知道必須償還這筆錢時，他知道自己不能置之不理，反而可以安心地把它擱在一邊。

兩人沉默半晌。

「我嘛，」信行談起自己的事，「我打算最近辭職。本來只試著向父親提一提，想不到很快就得他允許。」

「真的。這樣很好。準備做什麼？」

「修禪。」

謙作感到意外，默默不言。

「最近，我越來越羨慕你。以某種意義——不知該說是命運，還是境遇——來說，你比我更不幸。但就性格而言，你遠比我幸福。若說哪方面比較幸福，我認為，性格方面幸福的人才是真正的幸福。」

「在性格方面，我也許幸福一些。同時，在境遇方面，我也不像你所說那樣不幸。」謙作對信行這種沒來由的武斷說法頗為焦躁，插嘴說。

「也許我的說辭有問題。你不能了解，是因為文字不能達意。總之，我覺得你比我得天惠較多，所以羨慕你。你很強。你有很強的自我，什麼事都能按照你的意思去做。我沒有很強的自我；不是沒有，是非常弱。最近才決定去修禪。對現在的生活感到不滿，為時已經相當久。可是，不想立刻辭職。你曾簡單地說，最好立刻辭職。我卻一直做不出來。」

「為什麼那麼討厭公司？」

「本來就不喜歡。剛進去時，倒很熱心。自己彷彿參與了一件工作，我被這種意識騙了。新進的年輕人，盡皆如此。靠父母養活，氣派不大的人，一旦親手賺錢，便彷彿突然長大成人，欣喜無比。其中有些必須靠此養活家人，他們就比較不徬徨。否則一旦到了我們這年紀，對工作就不感興趣，而且一直過著受雇的生活。——即使成了高級職員，也一樣。後來慢慢覺得：做這種事，一生又有何意義。所謂四十而不惑，到了四十，大概會有此感覺。我還早得很。」

「跟父親說過你要修禪？」

「說過。本以為不易獲得允諾，想不到竟說這樣也好。有了你的事情，又說出這種話，很覺抱歉。為此，我一直猶疑不決，真叫我厭煩至極。你向來都有一個焦點，所有的指針都指向它，我非常羨慕。我沒有焦點，這是源於吊兒郎當的性格，我現在的生活很糟，無論如何非重建不可。」

父親對信行的態度意外寬大，對自己卻不然，謙作深覺不快。但又覺得這是理所當然，認為自己的不快感是錯誤。可是看到信行欲藉自己的喜悅來取悅謙作，即使毫不顧慮謙作的心情，也含有一種天真的奉承在內，謙作也就不能不覺得信行乃出於一番好意。可是，謙作認為，修禪就可以放心，是相當危險的想法。他對最近流行的禪宗懷著反感。

「去修禪的寺廟決定了沒？」

「想到圓覺寺去，不管怎麼說，ＳＮ是當代首屈一指的人物。」

謙作默默不語。

他討厭ＳＮ和尚。ＳＮ常在三井聚會所講道，謙作覺得他很像荒原上播種的人，令人討厭。可是，除了ＳＮ之外還有什麼人，謙作完全不知道，所以保持沉默。

## 11

過了一個月左右。

信行如願辭去公司職務，在鎌倉西御門租了一間老百姓的小廂房，每天到圓覺寺的僧房去。謙作曾經去拜訪過，那是一間沿著山角橫崖所建的新屋，並不壞。壁龕間堆了許多新近搜買的舊禪宗書籍。

信行遷往鎌倉以後，與父親的關係自然曖昧不清。這樣對謙作反而好。若要徹底解決，依兩人的性格，反會惹出不愉快的事情。在關係含混不清中，倒可以依謙作的意思來解決。他現在根本不到本鄉的家，仍跟從前一樣和榮娘一起生活。父親對此當然不會置之不理，一定常向時時回京的信行口吐煩言，但信行隻字未提。謙作因為找不到更好的解決方案，也沉默不言。

對榮娘的心意已有些改變。為什麼改變？他無意明言。就像信行給他信裡所說那樣，是一種對命運的恐懼——祖父與母親、祖父的姨太太與自己，這種雙重的陰暗關係彷彿將自己導向可怕的命運。這種朦朧的恐懼逐漸在心裡擴大。其實，他並不像信行所說那樣恐懼，對被反對的事物，他雖然強硬地表現明確的態度，心境卻不能如此。反對的力量消淡，自由來臨時，他反而迷惘不知所從。

對自己是不義之子這件事，他有明顯肯定的觀念。然而，隨著時間的流逝與心理緊張的消失，不穩定的難受感反而日益增加。

他的心情浮動不已。

他想到搬家。以前，榮娘曾提及此事，他也從尾道表示贊成。當時，因信行在火險公司，信行曾叫公司的人去找房子。謙作回東京後，搬家之舉不了了之。現在又有了這意思，希望能以更平靜的心情從事寫作，便又託信行去找房子。

一天，難得信行跟石本一起來訪。

「明天一齊去看吧，五反田那地方，在大井邸宅附近，有兩三間出租的房子。今晚，我住在你這裡，行嗎？」信行說。

三人暫且離開了福吉町的家。

當晚，也們在柳橋某一酒館吃飯。酒館裡有兩個年輕藝妓和該酒館的女侍。剛才已一再召喚另一個藝妓桃奴。

「聽說她就是以前當過女義太夫的榮花，現在在這裡當藝妓，如果你們也知道她，我想叫她來。」謙作說。

「記得以前曾跟你去聽過榮花。很可愛的小女孩。據說是餡餅店的女兒。」石本也知道那女人。

剛來的一個藝妓住在胡同對街，詳知桃奴的事。打了好幾次電話都不來。關於桃奴的謠傳便紛紛出籠。藝妓和女侍對桃奴都不表好感。知道謙作他們跟桃奴沒有私人交往，她們不禁顯現出對桃奴的惡意，說她在預演會中跟該地的老藝妓吵架，在汽車中竊取醉客的戒指——以前曾扼殺剛生下的嬰兒，現在跟那男人仍糾纏在一起——，目前正在討好一個年輕人，那年輕人有汽車，常來接她，見不到時常在禮物中夾信送給她等等。

總之，以前的榮花，現在的桃奴在藝妓中是最辛辣惡毒的女人。在同伴中也是最不得好評的女人。

說來，謙作從孩提時就經常出入曲藝場或劇場這類場所。他是隨祖父和榮娘去的。中學畢業後，逐漸獨自一個人去。更常去聽女義太夫。

當時，榮花十二、三歲，個子矮小，仍可看出美麗的本質，楚楚可憐，謙作頗為同情。身體瘦弱，臉色蒼白，淡淡的眉毛容易使人聯想到白狐狸。因是小孩子，聲音尖銳，卻帶著一股悲緒。

「她是死而後已的女孩。」謙作的同伴有人這麼說。語意雖含混，但在悲哀的楚楚可憐中含著一種不服輸的尖銳感，謙作覺得這評語非常恰當。後來，想到榮花，這評語常會出現。

同學中，到曲藝場的伙伴人數逐漸增加，其中有一名叫山本的同學，一天，看到舞台上的她，說道：

「是我認識的女孩。」

山本家隔一家的鄰居正面對大街，在這鄰居的後頭，隔一道牆就是那餡餅店。榮花就是店老闆的女兒。這件事使他們頗感興趣。但山本和女孩並沒有任何來往。半年後，入夏時，山本家有一口非常好的水井，在那一帶很聞名，附近人家常來要水，榮花也常到山本家來要水。

水井在浴室前。夏天，窗戶打開，垂掛葦簾。一天傍晚，山本進入浴室，隔著葦簾看到榮花來汲水。本以為只有自己看見她，想不到榮花提著汲滿水的水桶向山本這邊行禮後離去。這種情形連續兩三次後，兩人慢慢開始談起話來。山本坐在澡盆邊上，榮花背手靠在井邊，一直談到所汲的水變暖。談的都是曲藝場的祕聞。不久，謙作看到演出臺上放著山本贈送的水壺。

山本和榮花的交往無法再進一步。山本是華族[23]。山本家有個個子矮小、頑固、剛強的老管家，謙作他們替他取了一個綽號，叫「矮雞」。兩人可能受他阻擋，才未深交，彼此似乎也沒有深交的意思，平平安安度過了兩年多。

在這期間，榮花越長越美，不胖，但體態已發育得像個女人。技藝日益高超，知名度逐漸上揚。那時候，因第二代的早之助退休，榮花繼任為第三代，挑起大梁，暫時離開曲藝場，到第一代早之助家，專心學藝。榮花突然離家出走，跟附近書店的小開躲藏起來。

隱藏的地方很快被找到，是在距榮花家十多丈遠的地方。年輕人立刻被帶回去，榮花和餡餅店斷絕了關係。她本是陸軍上士的私生子，並不是餡餅店老闆親生的女兒。

榮花離開了年輕人，又跟養父母斷絕關係，同時也喪失做第三代早之助的希望，難免自暴自棄。尤其當時已有身孕，如果跟害喜時期相一致，榮花無論多自暴自棄也不足為議。事實上，榮花已自暴自棄。就像溺者毫不選擇亂抓東西一樣——也許跟那年輕人還沒有更真切的愛情。總

23 華族：明治維新後，德川時代的諸侯與公卿皆列籍為華族。其後維新功臣亦列籍華族。爵分公、侯、伯、子、男。

之，這方面的情形不得而知。榮花很快就將身心獻給另一個出現在面前的男人。
胎兒被打掉——不是墮胎，是一生下來就被扼殺。謙作聽人這麼說。總之，嬰兒被處理掉，榮花因此壞了嗓子。
不久，榮花被那男人帶去新潟，當了藝妓，不久又搬到北海道，也在那裡當藝妓。而那個被稱為壞傢伙的男人一直跟她在一起。據說，那男人掌握了「罪的祕密」，榮花無法離開他。這祕密既然會傳入謙作耳朵，那也可說是公開的秘密了。
之後，過了兩三年，謙作一天偶然看演藝畫報，消息欄上刊出榮花以桃奴為藝名，在柳橋出現。
「場所一確定，她更忙碌啦。」藝妓中有一人這麼說。
「常常去？」石本問。
「幾乎每場都去。」
「座位哪一方面？」石本也常去看角力。
「正面。」
「唔。在石本先生座位附近？」石本跟同伴也擁有座位，但他說的是石本嫡族的座位。
「欸，稍後一點……我曾見過。」藝妓迎合地說。
「石本先生那邊有人到她那裡？」石本若無其事地問。嫡系那邊，他有許多侄兒，而且有很多是吃喝嫖賭都來的。
「欸，有的。」藝妓跟女侍相視而笑，笑得怪異。
「多大歲數？」
「是軍人。有所謂幼年學校[24]吧？是那學校的學生。——桃奴的人就是他。」藝妓突然笑出來。

從剛才的話裡，謙作總以為桃奴的人是棉花商之類商人的兒子，想不到竟是石本的侄兒，真不可思議。

石本不禁頻頻追問。

「石本先生的兒子跟她有瓜葛，實在不好。」

「確是這樣。」藝妓說。

榮花的桃奴終於沒來，女侍不高興地說：「不能來，最好就說不能來。」九點左右，三人離開了那酒館。

「很不可思議吧？」石本邊走邊說，覺得這種偶然得來的消息很有趣。「其實，我從姐姐那裡聽過，但我不知道他在哪個地方玩。起初他說，他絕不再玩，但要買一輛汽車給他。要了五萬圓，買了一萬圓的汽車，真莫名其妙！竟然有人真的相信了……」

信行和謙作都笑。

「不過，這是很好的小說題材，對不對？」石本望著謙作。「你知道榮花的經歷，今天又得到很有趣的材料吧？」

「欸。確是很好的談助。」謙作改變說法。不先這樣說，他不能心安。這種事情和今天所獲的偶然消息可以做閒談的題材，但僅此即寫成小說，他並不滿意。

三人接著散步到銀座，然後跟石本分手，十一點左右兩人回到了福吉町的家。

榮娘等他們兩人。於是，三人又在飯廳閒聊一陣。

24 日本戰前的陸軍軍學校，以培養陸軍官為主。

信行把當天的事告訴榮娘。信行敘述中一再強調榮花有那樣經歷，又是那樣辛辣惡毒的女人，謙作在旁聽來很不舒服。接著，榮娘露出極其厭惡的表情，說道：「竟有這麼壞的女人！」謙作猛然生氣，很想說：「壞的並不是榮花。」他腦海中浮起了十二三歲，容顏蒼白，楚楚可憐，高據演出台的榮花形象。「那小姑娘怎能說是壞女人……」他焦躁不已。這時，突然想道：「啊，這可以寫出來。」

## 12

第二天，兩點過後，兩人離家外出。先從五反田那個方向找起。從小鐵工廠旁登上狹隘的坡路，俯視下面四五百坪雜草叢生的空地迴轉而行，找到了一間房子。是個髒污的普通家屋，前面有較遼闊的庭院，但光線不佳，不太能住人。他沒有興趣。謙作很少看過這種房子，自己住進去，會不會稱心適意，無法知道。想到自己要住進這種空蕩蕩的髒房子，更不感興趣。另一間房子四周狹小，他一點也不想要。兩人心曠神怡地聞著樫樹芽的芬芳，邊談邊從大道走向大森那邊。信行已成了禪宗居士，以高中時期的知識欲，逐一暗記《碧巖錄》[25]所載的故事。

「對啦，這條路可以通往我們家的土地。」信行停下腳步，探望道路的前後。「順便去看看怎麼樣？已做了籬笆，還沒有人去看過。」

「唔。」

「你記得那個花匠龜吉嗎？」

「好像在本鄉的家見過。個子矮小，頭很大，有點像獃子的傢伙。」

「是的，是個非常善良的人。禮貌非常周到，恭敬之至……」

謙作有次跟大家在飯廳喝茶，那花匠走進來。謙作想起了他的模樣。彎腰曲膝，確如信行所說，模樣彷彿善良、正直而又愚蠢。妹妹們吃吃而笑，花匠彷彿一點都沒發覺。說話的方式、恭敬端茶而飲的樣子，都顯然敬重無比，人人都會覺得委託這種人做事，絕不會擔心受他欺矇。

「可是，外表所見未必就是真實吧？」謙作當時不禁有所懷疑。外表看來太像好人了。謙作覺得有種眼不能見的不自然感。回去後，謙作把這件事寫在日記裡。

「喂，」謙作想起日記所寫的事。「也許不像外表所見那樣。外表看來太像好人了。」

信行反對他的說法。兩人不久就走到那裡。沿著馬路兩千坪的長方形土地，以前是田園，現在已改為宅地，圍著方格籬笆，並種了檜木苗。

「從什麼地方進去？」信行走著尋找入口。「沒有入口呀。」

「哪有這樣的！」

「什麼地方都沒有入口，這麼說來，我叫龜吉估價，可能忘了告訴他留下入口。」

兩人笑了。隨後繼續尋找，四周全圍上方格籬笆，沒有入口。

「圍籬笆時可能沒有發覺吧。」

圍得還算靈巧。兩人接著順路到替信行家管理土地的農家，煩請囑咐龜吉設個入口。（兩三個月後才知道，謙作的懷疑沒錯，龜吉並不是正直的人。他說已經割了草，向本鄉的家要求與土地大小不相稱的工錢，事實上仍然蔓草叢生，並以馬的飼草出售，袖手從雙方領取金錢。）

太陽將下山。靠近大井山王處有一幢兩層樓房。從外看去，是一靈巧的家屋。謙作已經疲

25《碧巖錄》：中國宋朝圜悟克勤評釋雪竇禪師百則頌古集，由門人編纂而成的書籍。共十卷。為臨濟宗所重視。

倦，對這房屋也很滿意。

「只要是新建，就叫人覺得舒服。隔間可能還不錯。」信行也這麼說。

於是，兩人順途至山王的房東家，談定租賃那二層樓房。

到大森車站時，上行列車還要等一段時間，下行列車先到。謙作決定送信行回鎌倉，在橫濱吃了中國菜。謙作很晚才獨自回東京。

五天後，謙作搬到那二層樓房。

這樓房傍晚時匆忙觀看就決定，其實比想像差得遠。這是為出租而建的房子，在二樓走得稍快，整個房子會搖動，如果人在樓下看報，天花板的塵埃會「啪啪」地落在報紙上。

「搬到這裡來，頭髮髒得很。」榮娘住在樓下房間，常有煩言。

謙作的心境改變了一些。他想利用這機會寫作。暫且擱下尾道著手寫的長篇，他決定先寫榮花的故事。

要是見到她，不知會怎麼樣。隔著時空思考，他由衷同情榮花；另一方面卻有不確實之感。對見面後不知會作何感覺的人，雖然隔著時空能夠同情，但是從寫作立場來說，卻不是一件好事。如果真的見到她，而且在某種意義上比第三者更接近她，自己對現在的榮花是不是能夠同情，他也無法確定。雖然同情——對榮娘毫不表示同情的氣憤，形成他寫作的動機，但是要寫就不能不慎重。他有時想去見見榮花，又覺厭煩不已，很難付諸實施。

接著，他想像會見榮花的情景。榮花將以何種方式對待自己？自己認識未見面前的榮花，榮花也會使自己湧起一些當時的感受嗎？還是一如往昔，只讓自己懷念過去的情境，而本心仍如現在，絲毫未變呢？這種種可能，他都想到。但是，不管是哪種情況，自己一定會同情那絕望的榮花。他甚至有意從絕望的情境中救出榮花。榮花會懺悔殺嬰以及其他種種罪惡，並加以悔改。可是，想到這裡，他竟然只能想到朦朧不清的榮花。如果跟榮花見面，自己卻以基督徒的根性單純地喚起這種願望，那未免太差勁了。

要真正救一個人，可不是件簡單的事。

他想起前幾年曾在京都見過一個叫蝮蛇阿政的女人。她在祇園八坂神社下偏僻地區的曲藝場演自己的傳記。謙作沒有去看戲，夜深從曲藝場前經過時，看到入口處掛著一張頭髮梳理得很整齊的女人在說話的彩色海報。海報上說：以懺悔之意親演自己的一生事跡。他看過後即想離去，這時有幾個年輕女人從場中發出聲音，最先站起來的是五十多歲的蝮蛇阿政，她披著長斗篷，光頭上戴著師傅帽，乍看倒像是個大男人，要不是看過那海報，一定會以為是男人。

一個年輕男子來卸海報，向阿政招呼一聲，阿政抬頭頷首。正好在電燈底下，謙作可以清楚地看到她的容貌。一付鬱鬱寡歡的臉孔，心裡絕無快樂之事的神情。

他對蝮蛇阿政一無所知。漫長的刑期使她變得老實，並且被迫悔改，才得機會出獄。現在為了生活，組織一個劇團，巡迴演出，並以自己過去的罪狀為主題——阿政現在只想著這種事。

謙作從當時所見的阿政神情已能充分體察到她這種心情，而且清晰無比，覺得寂寞不悅。他並不知道阿政所做的壞事，對之也無任何同情。比起她做壞事時的心理狀況，現在未必會更好。一念及此，謙作頓覺寂寞不快。那一定不是很好的狀況。但以阿政自己的心情來說，何者較幸福呢？想到這裡，謙作不禁覺得她現在必定已完全失去做壞事時鮮活有勁的心理幸福。那末，她現在又有什麼呢？把自己的罪改編為戲劇，巡迴演出，這總歸是戲劇。無論懺悔或什麼，都是戲劇。而且看戲就是看她本人，在此必須具有某種實感，因此她想必更需要痛苦的偽善。這種生活不可能使她變好。他想，犯罪的人悔改之後，即使未像阿政那樣過著與罪惡緊密關聯的生活，也一定為這種內心的不幸所苦。

阿政是個子高大，有男性堅強臉孔的女人。年輕時，想必是儀表堂堂的女人。

謙作現在剛要執筆寫榮花的故事，卻記起了以前見過的那個女人。想到現在的榮花，他有憐憫窒悶的感覺，但想到悔改後變成阿政那樣的女人，心情就更加陰暗絕望。若有真正的救贖就好了。如果遭遇模仿而危險的救贖，「死而後已」倒真成了榮花式的自然結局。

他想尋找機會去見她，又嫌麻煩，就這樣提筆寫了。

一天，遇見山本，談起這件事，山本說：

「啊，前幾天，跟內人去賞牡丹，在兩國等船時，有個女人站在巷口望著我，看來很像榮花。果然不錯，就是她。」

事實上，榮花桃奴的家就在那巷子裡。

「有沒有去看看她的興致？」

「這個嘛，不能說沒有這個興致，但……」山本含混其辭，並不熱中。

## 13

謙作又漸漸心神不定。氣候也不好。在濕氣大、南風強烈的日子裡，他在生理上已成半個病人，生活也逐漸混亂。要寫榮花的故事，就須想到女人的罪。罪的報應對男人不會如此窮追不捨，對女人為何一直糾纏不放呢？有一次，他在榮花以前住的地方行走，經過那家書店，看到那個比自己年輕的男人已有了一個嬰兒，不禁覺得奇妙。那男人把嬰兒放在膝上，茫然地從店裡望著馬路，樣子顯得從容自若，彷彿過去根本沒有過那碼子事。那男人即使如此從容，有時也會因過去的記憶而心情沉鬱吧，也會想起被殺的第一個孩子吧。不過，儘管如此，這些對那男人現在已純粹是過去的事，痛苦的記憶現在想必已經逐漸褪色而遠逝。可是，就榮花來說，同樣是過去的事，但跟現在的生活卻仍糾纏不離，那又是為什麼？現在的生活勿寧是舊事的連續。——這也許未必僅限於女人。有些男人想必也會從一個罪衍生出另一個罪，習慣性地繼續過著自暴自棄的生活。可是，女人比起男人，更具有絕望的傾向。本來，女人對命運就比較盲目，容易被它吸引。因此，環境對女人應該比較寬大。對女人應該像對孩童那樣寬容處置。可是，環境對女人總是特別嚴格。嚴格還好，環境更不喜歡女人逃脫罪的報應。看到她們以罪之報應而自滅，反認為是理所當然的事。為什麼女人就特別如此呢？謙作覺得很奇妙。

想到這些，他不禁覺得亡母還算是幸福的女人。母親要是被比較愚昧的人群包圍，一定會變成更不幸的女人。進而自己的存在會變成怎麼樣？也就不得而知。幸而，芝的外祖和本鄉的父親都是賢明的人，就憑這點，自己也該衷心感謝本鄉的父親，謙作想。——雖然在感情上很難達到這種境地。

他開始寫榮花的故事。從他的立場來寫榮花的故事，資料太少，又太平淡。他決定從榮花自己的立場來寫，再自由添入自己的想像。他想，可以讓榮花見蝮蛇阿政，也可以讓她見殺箱屋的花井阿梅[26]，阿梅這時正以曲藝場藝人聞名。而且，謙作見過一次演出臺上的阿梅，給他的感覺

26 殺箱屋的花井阿梅：明治二十年（一八八七）六月九日晚上，酒館女主人花井阿梅殺害隨從八杉峰吉（劇中則為箱屋已之吉），被判無期徒刑。明治三十六年（一九〇五）獲得出獄。出獄後為女演員，專演改編自自己罪狀的戲劇，或到曲藝場（寄席）表演。箱屋是為藝妓攜帶三味線的男跟班。

是悲慘而煩悶，他對女人如實呈現罪惡的心理張力感同身受。

他以前沒有如此描寫過女人的心境。不熟悉的事情，使他覺得為難。寫到榮花到北海道之後，儘管是虛構的故事，仍然越寫越不滿意。

不管心情上或肉體上，都不由自主地衰弱下去。心情寂寞無比。他在尾道接到信行的信，知道自己的出生祕密，當時的訝異及難以忍受，相當激烈。但意欲奮發有為藉以消除這種狀況的心理緊張，更強烈。可是現在，這種緊張已消除，奇妙的寂寞感逐漸泌入心肺，就像地面上的濕氣自然滲入基座的朽木一樣。他對這種寂寞竟然完全無能為力。他認為自己今後必須從事的工作——跟全體人類幸福相關的工作——為人類發展之路預示目標的工作——就是藝術家的工作。——他已朝這方向邁進，但他的心已喪失彈力，無法適應，反而逐漸往下沉。如果「心靈貧乏的人有福了」[27]的「貧」是指自己現在的心情，那未免太殘酷，他想。現在的心理狀態本身可以說是「貧」，但為什麼要說這是「福」呢？如果現在有一個牧師到自己面前說：「心靈貧乏的人有福了」，自己想必會給他一個巴掌。哪有一種狀況比心靈貧乏還要悲慘的？其實，就他而言，寂寞、痛苦或悲哀還不足以形容，心靈貧乏到極點——心的窮人，心靈窮困——還有比這更悲慘的嗎？

在生理上也一樣。在尾道時，已經如此。在那裡他知道了自己的出身。這件事雖然使他的心緊張一陣，卻也成了有效的刺激素。刺激消失，緊張去除後，反而留下更壞的東西。他的心在沒有刺激與緊張而逐漸衰弱的時候，突然沉沒到最壞的狀況。

信行常常來看他。他從來不像現在覺得和信行這麼親密。他喜歡聽信行講述禪宗故事。

俱胝只豎一指之禪[28]、南泉斬貓的故事[29]、石革對毒箭的故事、船子和尚和夾山的故事[30]、德山在龍潭處悟道的故事[31]以及百丈、溈山、黃檗、睦州、臨濟、普化[32]等人的各類故事，對現在的謙作而言，正是理想心境。說到「某某，豁然大悟」時，他常含淚欲泣。談到德山托鉢[33]的故事，他真的哭了出來。這故事不僅以心糧震撼了他貧困的心，還以內含的藝術情緒深深感動他的心。

信行見他深受這些故事感動，客氣地勸他到鎌倉去。但謙作無法做到。他不喜歡從師。禪學雖不壞，但現在的禪宗和尚都顯露出一付已經悟覺的傲慢神情，從他們修禪，實在無法忍受。如果要去，雖然不曾去過，卻想去高野山[34]或叡山[35]的橫川一帶，謙作想。

---

27 見新約「馬太福音」第五章。

28 見《碧巖錄》第十九則。俱胝和尚不管誰問他什麼，都只豎一指，不說一句話。意指只要修行到家，所豎一指比語言、文字的解釋更具禪定力量。

29 見《碧巖錄》第六十三則。東西兩堂的和尚為貓的所有權發生爭論。南泉禪師見此情形，便奪貓說道：只要你們說一句合乎禪行悟解的話，就不斬這隻貓。但沒有一個和尚能說出一言半句，南泉禪師便斬了這隻貓。這則故事是說：切斷爭論的中心，斷除兩堂僧侶的妄想，消滅我見的根深，以開闢一切無明的源頭。

30 見《景德傳行錄》第十四則。是指船子和尚和夾山在船上對話的故事。船子和尚問夾山：「垂絲千尺，意在深潭，離鉤三寸，子何道哉？」夾山想問答，船子和尚用槳將夾山擊落水中，如是三次，夾山終於大悟。船子見已有後繼人，遂覆舟而亡。船子和尚本名德誠，曾在華亭吳江浮舟，故稱船子和尚。

31 見《無門關》第二十八則「久響龍潭」。德山從龍潭和尚聽道，龍潭說：夜已深可就寢。德山向龍潭行禮辭行，走出室外，方知外頭漆黑一片。龍潭替他點了一蠟燭，德山欲接燭，龍潭吹熄燭火。在這瞬間，德山大徹大悟。德山欣喜，向龍潭三跪九拜，深信必可立即成佛。再者，《無門關》乃無門慧開和尚為修禪者選擇四十八則公案，獻給南宋理宗的書籍。

32 百丈……普化：俱為唐代著名禪師。臨濟為臨濟宗始祖。普化為普化宗始祖。

33 見《無門關》第十三則「德山托鉢」。一天，德山帶著食具到餐廳。雪峯說：「德山不知道末後之句（祖師最後的因緣）。」德山聽到巖頭對雪峯說的話，便把巖頭叫來，說道：「你不承認我嗎？」巖頭說出了自己的想法。第二天，德山的說法便與平時大不相同。巖頭擊掌大笑道：「德山已體得末後之句，今後沒人能奈何和尚了。」

34 高野山：日本平安時代，空海和尚曾在此創立真言宗。

35 叡山：即比叡山，平安時代，最澄曾在此創立天台宗。

他寫了將近四十張稿紙，又觸礁了。以現在的心情，要將內在張力宣洩於外，亦即要寫作，的確不容易順利進行。

無為卻又寂寞氣悶的日子過了好幾個星期。一天，天氣悶熱有風，吃過午飯，心情突然沉重無比，做什麼事都厭煩不堪，便躺在飯廳有氣無力地看了兩三頁飯廳裡的翻譯小說。

「對啦，讓阿由到博覽會去看看，可以給她幾天假？」謙作對在旁作針線的榮娘說。因為他這天早上想起了友人枡本信中提及的事。枡本說，南洋館有土人舞，宮本常去觀賞。

「不管去多少天，都沒關係。讓她一人去呢？還是讓人帶她去？」

「讓她一個人去吧。」說完話，謙作立刻想道：「似乎有點勉強吧？」想到什麼時候讓她去，謙作便猶疑不決，彷彿碰到一件艱難的事。這種情形以前也有，現在卻有日趨激越的傾向，事情決定後，也總覺得會遇到麻煩。他知道這沒有任何根據，只是來自自己的心病，但始終無法加以克服。他想自己帶她去比較好。說出這想法的時候，榮娘說：

「你今天不是要去看信行嗎？」

「上次來時，我彷彿說過。也許是我自己這樣覺得而已。」不過，今天可以不必帶阿由去，他放了心。

已經三點鐘。三點七分，橫須賀開出的火車會抵達。如果信行要來，一定是搭這班車。要是沒搭這班車來，今天就不會來。想到這裡，他心情無法穩定，決定出去看看。披上外褂，將錶捲進腰帶，再把錢包放進懷裡。如果見到信行，當天的行動便決定。如果信行沒來，就不知道要怎麼辦了。其實，他的心境一片模糊。可是，一旦明晰，又覺得厭煩不已。因為近來有這種習性，連明晰的事也顯得模糊不清。

「我出去一下。吃飯前大概會回來。如果碰到信哥，便跟他一道回來。」說完話，便離家外出。

沒有遇見信行。在鹿島谷行走時，沒有看到要見的火車，只聽見火車振動地面的聲響，往東京疾馳而去。

來到大森車站，開往新橋的車要再等三十分鐘。他繞到開往品川的電車那邊。不久，電車來了。他從懷中掏出西鶴的小書，從《本朝二十不孝》[36]的最後一節讀起。前幾天，榮娘問他：日本小說家中，哪一個最偉大？他回說：西鶴最偉大。所以這樣說，是因為不久前讀過二十不孝的前兩篇，使他深受感動。這兩篇寫得極為透徹，也許可說是病態。如果自己寫，既使是虛構的，也無法把那非反省的殘酷性表現得如此深入。即使能夠把不孝的條件開列出來，也無法用那樣強烈的韻律串連。現在，他不斷為微弱的反省與無益的困惑所苦，會這樣想是有道理的。其實，西鶴也非常大膽，因此現在的謙作極為羨慕，如果自己也能如此，這人間世將是多麼美好。

從最後看起，每一篇都遠不如最初的兩篇。

在品川換乘市營電車，就不大願意再看下去。他茫茫然看著車廂裡的人。突然發現坐在面前的人酷似寫樂[37]所畫的人物。在他看來，所有人都具有一種怪異的滑稽意味，一如寫樂所見。

到薩摩原換車時，突然興起到本鄉探望的念頭。他非常想去看久未見面的開子和妙子。可是，父親可能在家，又覺得現在的心情不適合與開子見面，他還是上車了。到宮本或橋本的家也

---

36《本朝二十不孝》是日本德川時代小說家井原西鶴（一六四二—一六九三）的作品。中國有二十四孝。西鶴即以日本二十個不孝的人為主題寫成此書。西鶴另有《好色一代男》《好色一代女》等名作。

37 寫樂：即東洲齋寫樂（生卒年不詳），日本十八世紀末的浮世繪畫家。以個性鮮明的演員畫聞名於世。

行。他們可能不在家，即使在家，以現在這種心情去拜訪，也不適合，會發窘，又不想去了。單單想到為避免發窘而使心情緊張這件事，他已受不住。想到要隱藏無法克服的悲慘心境與人相見的痛苦，以及自己倦極欲逃的可憐相，就覺得自己無處可去。結果，他認為，只有不好的場所才會樂意接納他，這念頭在臨出門時已模模糊糊地浮現腦海。他自然往這種場所行去。

他覺得自己比電車中的任何人都要悲慘。他們的血液在循環，眼睛有光芒。自己又如何呢？自己的血現在已不是拍打著脈管汩汩流動的血，而是微溫的、緩慢流動的血，眼睛像死魚眼，沒有一絲光芒，只有白白的東西蝟集在一起。

## 14

小女人解開頭髮，正在梳頭做髻時被叫來，所以用帶著紅珠的髮簪輕輕束住滿頭秀髮，垂在頸項上。「很像朝鮮女人吧？」說著背轉臉給謙作看，外頭還很亮。天花板上的電燈自動亮了。有風聲，房間裡悶熱得很。

小女人彷彿要他儘速離去，不耐煩地喋喋不休。

他站起來。快踏出房門時，小女人舉手說：「對不起。」他也舉手一晃，獨自走下樓梯。快走出門時，看見一個少女坐在那裡。一個美麗的女人，看來頗有味道。

走到外頭。一邊走向電車路，一邊想道：「今後要像對榮娘所說那樣，天未黑就回去。」接著又想道：「啊，對啦，那少女為什麼要坐在那地方。客人來了，還在那地方，的確很怪。下次去，要點那女人。若問是怎麼樣的人，該怎麼說好呢？很難說呀。事實上，我並沒有看出任何可以說是特徵的特徵。是我回去時坐在樓下的年輕女人，美麗女人。高度呢？不知道。很胖嗎？並不瘦。總之，一切不得要領。」

他覺得就這樣搭電車回去很可惜。剛才那個小女人也許還在；也許會在附近碰見。「已經忘記了。」這樣說最好。這麼一想，他又折回剛才那家屋。

他站在格子門裡跟女侍說話。

「剛才在這裡的女人已經有客人啦？」

女侍馬上了解。

「上面有人叫。接著就是你。馬上就好，請進！」

「不是先該我嗎？」

女侍鎖著眉頭，然後說道：「馬上就好。」

他脫下木屐。經過下一房間時，聽到剛才對話的一個女人像躲在紙門內一樣站著。他裝著沒看見，走上二樓，上樓後又覺得輪後很不對勁，便擊掌呼喚女侍。鄰室有客人，他放低聲音說：

「鄰室客人可以叫別的女人吧？」

「不行，是指名點的，剛才還見過面。」

「真糟糕。」他不悅地沉默著。

雖然別無根據，但他內心總認為那女人善良，不諳此道。

一個女人從鄰室出來。不久，那女人就進入那房間。他心躁氣浮，又擊掌呼喚。

女侍進來。他還沒說話，女侍便以撫慰的神情說：

「剛剛才進去。馬上就來。」

他說：

「借我硯臺。」

從懷中拿出白紙，攤在矮桌上，開始氣納丹田，寫起字來。他寫了「慈眼視眾生，福聚海無量」[38]幾個字。他覺得在這場所寫這種辭句，很不恰當，便停下不寫。總之，他希望能夠不想鄰室的事。

女人進來了，滿臉笑容。雖然容貌不令人討厭，卻跟他擅自描繪的容顏頗不相同。

「謝謝。」她斜對著謙作跪下，望著他的臉不停諂媚奉承。那模樣相當職業化，跟剛才老實的樣子完全不同。

「什麼時候出來接客？」

「兩個月前。」她含混回答。

「你二十歲吧？」

「十九歲啊。」

「真的？」

「真的。千真萬確。」

他把她抱到膝蓋上。她任他玩弄，然後憂鬱地傾首把臉頰靠在他肩膀上休憩。

「想跟我到什麼地方去嗎？」

「到什麼地方？」

「很遠的地方。」

「那就帶我去。」

「我可不是說著玩哩。」

「我也不是鬧著玩啊。」

她抵著臉頰，閉住眼睛，慵懶地說。他搖搖肩膀，叫她起來，「喂！起來。」

她也「欸」的一聲，張開眼睛，在他眼前翹起白白的雙下巴。

「你別以為我胡說八道。傻子才不懂。」

「我很傻，所以不懂。」

她坐在他膝上，大大方方從上凝視著他的臉。

她有些認真了。她說，她半年前已出來接客，家在深川，只有母親和姊姊。母親由姊姊和姊夫照顧，自己只是從旁幫助。

「姊夫做什麼？」

女的沉默半晌，卻笑著說：「賣蒸後發酵的大豆。」不知是真假。

她說她欠這人家七十圓，只要付清欠債，什麼地方都可以去。不知為什麼，她時時模仿京都腔說話：「很奇怪吧。」

「你喜歡京都？」

她很感興趣地回答。

什麼都沒有確定。不久，他離開那裡，直接回家。

第二天，一到黃昏，他又跟前一天一樣，無法穩定。覺得等待晚餐的時間很痛苦，便離家外出。鎌倉的信行，今天也沒來。想到一定直接到本鄉的家去，就覺得不舒服，彷彿受到歧視一

38 見《觀世音菩薩普門品》第二十五品。

般，謙作知道這是嫉妬。即使這樣覺得，仍然不愉快。以前常感覺所有的人對自己都懷著惡意，但深知這是嫉妬，沒有任何根據，便予以打消。現在知道自己的出身，如果以前大家都已知道，那大家一定看到自己背後總跟著醜陋的亡魂，卻故意背轉臉裝著不見。眾人這種心意反映在自己身上，自己也不知不覺把頑強的心態投射到眾人身上，才會進一步感覺到人們都懷著惡意。難道不是這樣嗎？

近來接觸的一切事物莫非屈辱的淵藪，為什麼會這樣？即使這樣感覺，自己也不了解。他只覺得事事物物莫非如此。對他來說，應該徹底脫離現在的環境。除此而外，別無他法。雙重人格的人，人格常會突然改變，這樣自己就可以變成完全不同的人。那該多麼快樂！他希望變成不認識以前的自己——時任謙作的另一個自己。

在一個與以前完全不同的世界，這裡只有高山底下的農民、一無所知的農民，如果離開他們，更好。在這裡娶個平凡醜陋、對己忠實、有麻子的女人為妻，一起生活，那該多舒服？他想起昨天那女人，覺得太漂亮了一點。不過，如果那女人是個罪孽深重，衷心以此為苦的女人，那該多好！這樣，彼此都是悲慘的人，可以在昏暗中以謙虛的心態平靜度過一生。即使有人嘲笑、憐憫，我們自始就隱藏在他們不知道的地方，人家也就不能嘲笑，不能憐憫。即使嘲笑、憐憫，也不會傳到我們這裡。我們可以不為人知地度過一生，這該多好！——

火車抵達新橋後，他走進自動電話亭。前幾天，枡本來信說：「前天在三越前見到宮本，才知道你已遷居郊外。最近想去看你，望示知方便日子。」他想起這件事，覺得去拜訪一下枡本也好。電話鈴一響，他又猶疑不決。幸而接線生沒有立刻來接，他掛上了聽筒。

當時，銀座才出現夜市。他沿著沒有夜市那一邊的人行道向京橋走去。他想，儘可能以堅穩的步伐行走。試著氣納丹田，雙唇緊閉，然後以穩定的眸光，直視前方而行。他有意像獨自一人在松鳴草吟的高原薄暮中勇猛前行一樣。現在雖然在銀座行走，卻希望有這種心境。事實上，也多多少少有此心境。信行告訴他，這種心境會出現在寒山詩中。對現在的謙作來說，實為理想的心境。

買寒山詩吧。他以為到日本橋的路上會有兩三家專售漢籍的書店。

不久，他看見比他小五歲的老友跟少婦型的女人一齊從對面走來。這時，他才想到，不久前，一個比他小的朋友跟豐滿的少婦型女人在對街路上行走。

在將近一丈遠的地方，朋友才發覺。雙方停下腳步。

「我住在我善坊ＸＸ巷。晚上都在，請你來坐坐。」

他沒有去的意思。他想：我善坊在什麼地方？好像知道，卻記不起來。內心有點遲疑：是狐狸洞吧？接著想說：「我善坊在什麼地方？」但說出的卻是：「在芋洗坂下吧？」

「完全錯了。」

跟在後頭的妻子提醒了幾句話，朋友說：「啊，先告訴你電話好了。是芝的三千七百四十六號。」

「好難記。」

「只要記三七四六就行。晚上我都在家。」

辭別時，朋友的妻子鄭重致意。這時，謙作覺得曾在什麼地方見過，卻記不起來。

他心情有些混亂。想這種事幹嘛！

來到一家舊書店，招牌上有書法家寫的「松山書店」四字。店裡有顏真卿千字文的楷書。不十分精美。他仔細察看兩側高高的書架。書架上塞滿了聽過和沒聽過的書籍。看見「一休某某雙紙」的紙條，以為是一休[39]的隨筆，拿下來一看，才知道是柳下亭種員[40]的戲作。

「有沒有寒山詩？」

「剛好缺貨。」

「《宗門葛藤集》[41]呢？」

「呵，很巧也沒有了。」

到丸善前，剛好已打烊，夥計們從巷口回去。櫥窗上放著有埃及圖案的書架。

來到青木嵩山堂書店。在這之前應該有名叫小林嵩山堂的舊書店，不知是忽略了，還是已經倒閉，沒有看到。在青木嵩山堂，他買了李白詩集。十年前，曾在這家書店買過同一本書，那本書不知到哪兒去了。

肚子雖不餓，卻覺得要吃東西最好在這裡吃。他走進魚河岸。熟識的懶者壽司店老闆竟然也擺出了攤位。他從攤位前面走過去，進入天婦羅店。沒來由地焦慮不安，深怕壽司店老闆會因自己沒有光顧而生氣。走出天婦羅店，又感到莫名其妙的焦慮，彷彿壽司店老闆埋伏在附近，準備痛毆自己。連自己也覺得焦慮得莫名其妙。

之後，走過了兩座橋，右拐而行。昨天，他在不遠處的鐘錶店，看到一隻可能是白金的手錶，當時很想買。錶上附著一百九十圓的標籤。想再去看看，如果今天還想要，可以把它買下，即使忍耐著過三個月的窮日子也不妨。可是，今天見了卻不像昨天那樣想要。這使他有點寂寞。五六年前，一旦想要，就是浮世繪那類東西，也非到手不能放心。近來，對事事物物似乎越來越不執著。想要某種東西，昨天覺得很珍貴，今天卻又沒有這種感覺。這畢竟也使他覺得寂寞，不過又覺得這樣可以使他免於貧窮生活，畢竟不壞。

隔著玻璃看了一會櫥窗。這時，突然覺得店裡的人似乎把自己看成了小偷，臉上熱辣辣的。他起步而行。

來到昨天那戶人家。樓下房間傳出了三味線，騷鬧不已。他登上二樓後，說道：

「把昨天那人叫來，好不好？」

女侍下樓去。他打開李白詩集的包裝，開始閱讀，卻覺得只說「昨天那人」，並不夠。他擊掌，不同的女侍上樓來。

「昨天後面的那人。」

女侍說已去叫她。他放心了，卻又有點不安，覺得待在家裡比較好。

詩集開頭附有兩篇傳記。這對現在的他來說可能是理想的生活。但性格太不相同了。——樓下吵鬧不已，書上卻寫著「白猶與飲，從醉於市」。要是李白，即使在這騷鬧中也會從容安居於只有自己的世界吧。他想到杜甫或什麼人曾歌詠李白在酒店仰首說「囊中自有錢」的情景。李白好酒，無異猛虎添翼。但從六十歲因酒而逝這點看來，李白想必也有來自酒中的不快感，謙作無論如何都無法喜歡酒，對這猛虎之翼也就不覺羨慕。——女人遲遲不來。

隨來翻翻本文。「莊周夢蝴蝶，蝴蝶為莊周」這句詩不知不覺吸引了他。

39 一休：即一休宗純（一三九四—一四八一），日本室町時代的禪僧。著有《狂雲集》等。所謂「雙紙」是冊子的意思，乃指裝訂成冊的書籍。

40 柳下亭種員（一八〇七—一八五八），日本江戶時代末期的戲作者（通俗小說家）。此處所指即種員所著《假名反古一休草紙書標目》。

41《宗門葛藤集》：與《碧巖錄》、《無門關》齊名的禪宗公案集。明治二十三年（一八九〇），雲嶠智道所編，上下兩卷。

女人終於來了。給他的印象跟昨天大不相同。在他看來，已經沒有昨天那麼好。不過，神情還是很美。笑時露出虎牙，很富誘惑性。可是，一正經起來，就顯得平凡之至。他頗有受騙之感，昨天所說的話也未再提出。女人似乎也忘記了，沒有再說。他輕輕握著她那隆起、沉甸甸的乳房，感到一種不可言喻的快感，彷彿觸摸到有價之物一般。輕輕搖晃，手掌可以感覺到柔美的沉重。他不知道該怎麼形容才好。

「豐年！是豐年！」

他一邊這麼說，一邊又搖晃了好幾次。不知道是什麼，總之，已填滿了他的空虛。覺得這是唯一的貴重物品及其象徵。

# 後篇

# 第三章

## 1

謙作的大森生活跟預期完全相反，而歸於失敗。他不斷遭受可怕的悲慘心境驅迫，沉入窒悶難以自由呼吸的心理狀態。一個月前，心意猛然一動，起程赴京都一遊，才稍有獲救之感。

接觸古老的土地、古老的寺院和古老的美術，使他不知不覺間進入了那個時代。這些刺激跟以前的刺激完全不同。對他目前情況來說，這是多麼好！多麼好的避難場所！可是，他並不以為這只是避難場所，他以前較少機會接觸到這些事物，所以這地方對他具有積極意義，可以暫且安頓一下自己。

就像迅速復原的病人，他懷著淡淡的欣喜、平靜、謙虛的心，逐一參觀寺院。

不過，必須儘快尋找可住的房子。在京都，信步所至，就有值得一看的寺院，找房子往往變成了巡迴參觀寺院。

這一天，早上清爽，他打算在嵯峨一帶尋找，沿著塵埃飛揚的白淨道路，從釋迦堂繞到二尊院、祇王寺，結果沒有找到一間出租的房子，這天的收穫是看到二尊院精美的肖像畫——「法然上人[1]引足像」。中午，他心滿意足回到臨河的東三本木旅館。

午後，在旅館悶熱的小房間閒著無事。

不久，太陽西斜，旅館的女主人來請他入浴。入浴後，晚餐時，風從河原吹來，有幾分涼意。

吃完飯，他坐在門檻上，揮著圓扇。矮欄杆下，小溪潺潺。河原新闢的廣闊道路上，男女工人依大小區分河底撈起的沙石。此外還可看到青草處處的加茂川、對岸當陽炙熱的大街、人家、屋頂上的幾根烟囪，以及遠方迎面對著夕陽的東山；較近的是黑谷，左邊有吉田山，還有更高的比叡峰。

「最好早點入秋。」他想。想到自己在冷冰冰的清晨，獨自拿著手杖從南禪寺散步到若王子、法然院一帶的情景，他更有此迫切念頭。

點根菸，起身走下庭院，從小溪上的木板橋走到河原去。溫熱的氣息從青草地上湧起，經衣裳下襬直往上衝，他覺得不舒服。街上的孩童臉上沾著汗水和塵土，只穿一件單衣，追逐蝗蟲。他緩緩走向荒神橋。

河原櫛比鱗次的家屋，人們在燈光下相對飲酒。

在這家屋中，有一家住著一個老人，可能是來自鄉間的病人，在這一帶租屋居住，以便經常到大學醫院看病。四五天前，謙作發現這家屋住著一個年輕護士和一個五十多歲的女人。那老婦人可能就是老人的妻子。現在，他有意無意來到這家屋前，看見一個平時沒有見過的美麗少女在走廊上煽著炭爐，炭爐上放著砂鍋。那少女個子高大，也許煽火的關係，豐滿的雙頰赤紅。在謙作眼中，這是健康快活的形象。他被她吸引，比平時無意間看到美女的吸引力更大，心中怦怦作跳。她跟一般所說的美迴然不同。彷彿自己第一次面臨此境一般，他不敢朝那方向瞧，卻懷著一種窒悶的幸福感，從屋前走過去。

到荒神橋下又折回。他老遠就留神注意，那少女站在走廊上俯視著跟河對岸的人說話，河岸上的人是那老婦人，說什麼聽不清楚。說著說著，兩人一齊仰身而笑。少女的聲音清朗，直傳到他耳中。謙作不禁為那快活明朗的聲音展顏微笑。半晌之後，老婦人向河邊走去，可能剛洗完澡，一隻手拿著圓扇。少女拿起鍋蓋，走進屋裡。

她穿的是便於操作的和服。謙作推想，可能是今天特地來幫忙的。她匆匆忙忙工作的起勁樣兒，和小女孩玩家家酒的情形很相似。

來到屋前，那少女又走到廊上。他有點緊張，仍裝出一付無事人的模樣走過去。彷彿她從背後望著自己，頗覺拘束。

回到旅館，內心仍然無法平靜，頗覺幸福。他想：該如何應付這心情呢？這到底是什麼感覺？但絕非冷冷的感覺。

今天如果不再經過一次，明天她可能就不在那裡。於是，穿著玄關的木屐，再走上黑暗的草原路。天色已黑，河原上儘有乘涼的人群。他有些畏縮，朝那邊走去。

那少女跟老婦人坐在走廊上乘涼。屋裡已掛上蚊帳，蚊帳上方吊著明亮的電燈。兩人面對河川並排而坐，臉背著光看不清楚。謙作正面受光，也無法看清她們。兩人似乎剛洗完澡，隨便披著白浴衣。他覺得那種隨便不拘的形式並不難看。她們搖著圓扇，低聲交談。

走到荒神橋，過橋後從對岸折回圓木橋。遠遠看去，她們晃如皮影。

從橋邊搭上環繞東山的電車；正值乘涼客人搭車外出的時候，電車擁擠。他站著，到祇園石

1 法然上人（一一三三—一二一二），日本鎌倉時代淨土宗的開創者。

階下下車。

謙作覺得自己的心異常沉靜、安謐、清澄，而且滿溢幸福。在擁擠的電車中，他的動作不知不覺沉靜下來，有一份高貴感。他為此而高興。覺得那少女很美——這心思竟然在體內擴展，居然對自己的心情和舉動發生這樣的作用，可見並不是一般冷冷的感覺，不禁想起那高貴騎士唐・吉訶德之戀[2]。他在大森看過這本書，當時並沒有這種感覺，現在因為心情的關係，覺得唐・吉訶德之戀並不滑稽。當然他不願意把托波索的達辛尼亞和剛才那女人互相比較。不過，唐・吉訶德之戀已在唐・吉訶德心中擴展、淨化，使那高貴的騎士更高貴、更勇敢。——他覺得這非常合乎情理。

應該如何推動自己的愛情呢？他無意加以考慮，他只覺得痛快、沉靜而心高神清。從「四條通」（街道名）到暫放神輿的地方，經過人潮洶湧的新京極，心情仍然非常平靜。從寺町直接走到丸太町，再回旅館。

這件事該怎麼辦呢？他開始考慮這問題。決心不讓這種心情就此斷送。可是，既然在同一排房子，而且雙方都是暫時住宿，如果不好好抓住機會，這件事可能要永久葬送。他不想積極製造機會，同樣的也不認為機會會自然來臨。他覺得自己太無能，深為痛心。他想起一個老友為了製造機會曾在那女人家前，故意弄壞自己的腳踏車，讓車子不能動，再把它寄放在那女人家裡，第二天帶著僕人去領取，慢慢製造了機會。

可是自己除非在她家偶然昏倒，不可能創出這樣好的機會。總之，他想再到她家門前看看，他從庭院走到河原。套窗還開著，燈泡套了綠色袋。屋裡靜悄悄。是到城裡去了呢？還是送她回去啦？他頗覺孤寂。首先，他懷疑：她是不是單身未嫁？沒有心上人嗎？心中頓覺無所依傍。

## 2

次晨起床，太陽已高懸山頭。洗完臉，清掃房間時，他又到河原去。草葉還有露珠，涼風吹襲著。他遲疑，不知該不該走那條過分明亮的廣闊道路。結果還是厚著臉皮，鼓舞自己，朝那方向走去。大概不在吧？如果不在，那就好了。他想。

一個以前見過兩三次，四十多歲的男人帶著一個衣飾整齊的美麗小女孩，從對面走來，可能是趁早上清涼活動筋骨。看到他們舒爽地享受早上清澄的空氣，不禁羨慕之至。

那少女仍然跟昨天一樣來到走廊上。謙作心中怦怦作跳，失去了前行的勇氣。她根本沒有注意到他，只茫然拿著掃把，頭上包著毛巾，全神凝注望著那美麗小女孩。這樣對他比較好。可是，他同時覺得那少女的容貌不像昨天那麼美。有些受騙之感。他自我開解：為這種事受騙，又有什麼辦法？這時，她彷彿感覺到謙作在看她，表情突變，紅著美麗的臉靨，宛如躲藏一般，急急走進屋裡。他內心也跟著怦怦作跳。他覺得，她的舉動很有味道，優雅有致，人也一定不壞。

他想今天不找房子，到博物館消磨一個上午。博物館涼快，陳列品想必跟剛來時所見大不相同。折回旅館，吃完早飯，立刻搭電車赴博物館。

博物館一如平常，靜悄悄。這天更靜，參觀的人除謙作外，別無他人。

這樣沉靜反而逼使謙作心神不定。監視者穿著制服，無聊地背著雙手，凝注著鞋尖，故意「卡達卡達」地合著腳拍走過來。「卡達卡達」聲在高高的天花板上造成回音，更令人有拘謹而

2 唐．吉訶德之戀：西班牙作家塞萬提斯（Miguel de Cervantes Saavedra, 1547-1616）的《唐．吉訶德》中，曾敘述主角唐．吉訶德將托波索的農家女達辛尼亞幻想成貴婦人，愛上了她。

空虛的寂靜感。謙作甚至覺得附近懸掛的古畫都定息靜氣，從四周凝視自己。他慌慌張張望著這些畫急步而行，它們彷彿很難親近，冷冰冰的。他突然走到如拙的「葫蘆鮎魚圖」[3]前。這是他平時看慣的畫，有份親切感，望了一會，心境逐漸平靜。畫彷彿要跟他說話。

在中國人的繪畫中，他最喜歡南畫風格的松樹。心情越平靜，越能與繪畫溝通。呂紀[4]的虎以及中國人所畫的老鷹及錦雞的雙幅大花鳥圖，深深吸引了他。泉湧寺陳列的「律宗三祖像」，臉部遠不如昨日所見二尊院的肖像畫，但披在曲彔椅[5]上的布塊、袈裟都很美。接觸到這些東西，對他的心境影響很大。所謂「乘興」一般多用在能動的意義上。但在他只具被動意義，卻與能否提起勁有密切的關連。接觸美術品時，尤其顯著。今天剛開始時，因為心情極度空虛零亂，絲毫提不起勁，但覺得慢慢好起來了。彫刻方面有廣隆寺的「彌勒思惟像」。四五天前曾到太秦去看，聽說送到這裡展覽，這時才發覺剛才忘了看這彫刻。

有些疲倦。他信步走出博物館，從西太谷邊穿過鳥邊山，到清水的音羽瀑布去。在近水的折凳上坐下，要了冷飲。一邊憩息，一邊望著衣著華麗東京來的一群年輕人。

他想起，有人說高台寺一帶有出租房子。過了一會兒，他起身赴高台寺。那是一棟隔成兩戶的樓房，並不壞。從這裡上街也很方便，他頗屬意。可是覺得身體倦怠，懶得再去找房東，便直接到八坂神社，從「四條通」回去。

過了四條橋，有一家店面伸向河川上的便宜西餐館。是個無風的日子，他選了一張遠離陽光的空桌坐下，先要了飲料，靠著椅背，回頭一看，正是客人擁擠的時刻，女侍似乎不易抽身到這邊來。

他突然發現隔三四張遠的桌子上有個人正忙著動刀叉。吃完後舉起刀，大聲說道：

「喂，還有燉的東西啊？」

果然是高井。

謙作拿起自己的草帽，起身走過去。

「喂！」碰了一下肩膀。高井莫名其妙地回過頭，瞪大眼睛，立刻「喂」的一聲站起來。

「想不到在這裡見到你。」

「是啊，真想不到。」高井高興地說。

兩人已經有兩年沒見面，以前，謙作有意和五六個朋友辦一份同人雜誌。高井也是其中一個，他是西畫畫家，負責封面，也預備寫詩和短歌等，因為經費不易籌足，雜誌出刊只得延後，不久高井因胃病引起相當嚴重的神經衰弱症，住進神戶衛生院醫治，大約住了一年，差不多復原，就回但馬的故鄉去了。謙作是間接聽人這麼說。

「最近住在這兒？」

「不，住在奈良。從今年春天就住在奈良，可是一直沒跟人通信。——你什麼時候來的？」

謙作告訴他打算住在這裡。

高井歡迎謙作到奈良去。

「奈良雖然不錯——但目前我還是想住在京都。」謙作一邊說，一邊想把自己的問題告訴高井，跟他商量。

3 如拙，生卒年不詳，日本十四世紀初葉的畫家，居京都相國寺，學宋元畫，為日本水墨畫開拓新境界。為室町第三代將軍足利義滿所畫的「葫蘆鮎魚圖」（稱「瓢鮎圖」）乃其代表作，描繪以葫蘆捕鯰魚的情景。

4 呂紀：明朝畫家，在花鳥畫方面的造詣首屈一指，對日本豐臣秀吉時代的裝飾畫影響甚大。

5 曲彔椅：法會時，主持僧侶所坐的椅子，可折疊成半圓形。

不久，兩人離開餐館，一齊到東三本木的旅館。謙作把這兩天來的事情稍微詳細地告訴高井。

「你好像很認真哪。」高井覺得謙作的感情有如二十歲上下的青年，靦覥害羞，頗感意外。

「我是真心的，但不知道今後要如何進行。要是這樣下去，照我以前的經驗，難免又不了了之，我不願意這樣。」

「那就該積極進行，先打聽看看，是怎麼樣的人，再托人去說親。」

「要是能這樣乾脆俐落就好啦，但……」

「託人啊，託人去試試。」

「唔。」

「我也可以，我願意試一試。可是，我這一付書生模樣，對方恐怕難以信任。」

「你要是肯幫忙，我最高興啦。」

「真的……也許可以試一試。可以的話，我也樂於幫忙。」高井想了一想，「那幢房子還有出租的房間沒有？那要是能夠租一間居住……大概就有指望……。如果你不反對，這是辦法之一。」

謙作並不反對。可是，同一時候，他又覺不妥，深怕事情這樣發展下去，途中又突然出了岔子。近來他常會覺得這是自己的命運。這種反省一旦觸及令他畏縮的一面，更會加倍地把他導向黑暗心境。可是，他的另一種心思卻加以駁斥，想從這心境中超越自己。

「現在還在不在？」高井問。

「不知道……」謙作微笑，輕鬆的答道：「去看看怎麼樣？」

「我一個人去，也許比較好。」

謙作詳細告訴高井那家屋的位置。高井立刻從庭院走上河原的道路。從高井背後看他無事人般行走的姿勢，以及注意尋找那家屋的樣子，深覺滑稽。如果這件事進行得順利，高井那付滑稽的背影就不滑稽了。接著，他又想道：「我要毫不隱諱地說出自己的出生，讓對方先有個了解……」

不久，高井笑著回來。

「沒看到。」他搖搖頭。

「別洩氣。」謙作也笑了。「不可能這樣。一起去看看。」

「在這方圓三十多丈以內，沒有一人像她那樣。」

「這樣的話，現在可能不在，總之，我們出去看看。」

謙作套上木屐，戴了帽子，走到炎熱的戶外。

「是那掛著朝鮮葦簾的家屋。」

「哪，真的？」

「在吧？」謙作問，不往那方看。

「哪一個？」

「坐著的那一個。」他這次望著叡山。

「知道了。」

落後一步的高井在背後問道：

「從馬路上也可以看出是哪一家嗎？」

「回來時再看吧。」說完話，謙作回首以三層樓房為目標，第二間、第三間、第四間，記在心裡。

兩人從荒神橋邊走到馬路上。謙作發覺自己非常快活，快活得連自己都覺得滑稽。只看那人一眼，自己竟然發生這樣的變化，不禁覺得滑稽，也有一份幸福感。如果這件事進行順利，自己就可以開始過去所沒有的真正的新生活。說真的，過去一切都躲藏在黑暗中，因此可怕的黴菌反而迅速繁殖。一切將被帶到光亮處，晾在陽光下。黴菌勢將滅絕。自己將第一次開始真正屬於自己的新生活。

「我想，」謙作回頭望著突然上前與自己並排行走的高井，「你可以離開奈良吧？」

「嗯。」

「在奈良，還有東西要畫吧。」

「是的，不過只要再兩三天就行了。而且，京都也有我想要畫的地方，你不要擔心我。」

兩人隨即沿著寺院土牆向左轉，進入狹隘的東三本木大街。再走一會，就是謙作預定為目標的三層樓房。從這裡數起，立刻就可以找到那家屋。

「你先回去吧。」高井說。

「馬上就進行？」謙作覺得太過急躁，不禁瞪目以視。

「這種事最好別拖延。」高井漫不經心地說。謙作沒來由地覺得很危險。

「你回去等我吧。」高井輕輕頷首，推開格子門，迅速走上狹隘的石子路。

謙作獨自回到旅館。路上他想起了一個衣履不整的大學生的故事，這個大學生在上野公園看見一個美麗小姐坐人力車經過，立刻追過去，人力車進入屋裡，他也跟著要求面謁這家主人，當場提親，很快就談妥了。這是從那大學生的朋友——國文老師那裡聽來的。謙作認為大抵可以相信。聽到這故事，他笑得相當厲害，但對那人的作風頗不以為然，因為僅憑聽到的故事，無法真正體會那人的率真程度；而且從謙作自己行為的癖好來說，他討厭這種新奇做法，也不能喜歡對這新奇做法感興趣的人。高井不會這樣做，他放心地回旅館。

首先進浴室，用水擦擦身子。高井苦笑著回來。

「不成啦。不知是真是假，說沒有房間出租。」

謙作也跟著苦笑；並不灰心氣餒。

「也許是真的。必要的話，可請這家旅館的人再去問問。」謙作說。

「不錯。也許一開始就該這麼做……總之，再請人去問問吧」

「好，就這樣辦吧。」

兩人進入房間。旅館女主人立刻端茶來。

「是東三樓吧？就在對面？」高井隨即問道。

「是的。」女主人邊倒茶邊回答。

「那兒可以租房子住嗎？」

「可以。聽說，一個常到大學醫院和市立醫院就醫的病人住在那裡。」

「其實我剛才去問過有沒有房間出租……」

「噢！」

「對方說沒有房間，被拒絕了。不知是因為莽莽撞撞進去問才被拒絕的？還是真的沒房間。如果能幫我打聽一下，那就好了……」

「馬上就去。那人家以前的東家跟我們很熟，可是前年換了東家，不太熟悉。不過，飯館送飯的夥計常出入那人家，我叫人去問問。」

女主人說完話即起身離去。不久又帶了一封信來，致歉說：

「抱歉之至。中午信就來了，我忘了。」把信遞給謙作。這是信行從鎌倉寄來的信，因有「要事」，相當重。

## 3

「久違了。精神想必已恢復。看到你前幾日的來信，非常高興。你屬意京都，更為可喜。是否找到了適合的房子？今後該漸入佳境，快樂度日了。如果找到房子，我想你會回來。在這之前，榮娘要我寫這封信跟你商量一下。

前天，榮娘來信說，有事跟我商量，要我趁上京之便到她那裡一下，昨天便去看看。你也許知道，最近榮娘的表妹阿才到大森來。榮娘不大願意談阿才的過去，看來可能是出賣身子的人。現在做什麼無法詳知，據說在天津開飯館。雖是飯館，可能跟東京一帶的飯館性質不同。

榮娘所說想必是真心，她說過等你結婚建立新家庭後，就要引身而退。現在因為本鄉的父親有意見，她覺得不知怎麼辦才好。這樣說也許又會使你不快。不過，我認為榮娘這樣想，是理所當然的。

阿才已經十年沒有回來。這次回來，她希望榮娘儘可能幫忙她，當然不是幫忙工作，而是以金錢的幫忙為主。榮娘似乎也很樂意。榮娘說，她不想要本鄉所給的金錢，如前所議那樣。她說，如果你和我都不反對，幸好你又想住在京都，她打算收拾家當，帶著千多圓存款跟阿才一齊到天津去。簡單說，僅此而已。

詳情等你回來再談。希望在這之前，你能仔細考慮這件事。這段期間，我想好好問她，阿才是怎麼樣的人？跟阿才一起做什麼事？

我也想到金錢的事，這事最好由我全權處理。

你什麼時候回來？回來時，方便的話，請到鎌倉一行。謹此，祝快樂。」

謙作看著信，頗有異樣之感。榮娘要赴天津開飯館，實在頗感意外，不過也有可能。阿才是怎麼樣的女人？若受她騙，那就糟了。

總之，謙作對信裡所寫的事不大滿意。自己和榮娘的關係今後將如何發展？他無法清楚知道。兩人分得遠，又沒有來往，最後兩人必定疏遠。——想到這些，頓感孤獨。但該怎麼辦呢？他不知道。

旅館女主人走進來，說東三樓確實沒有空房。

「住在臨街的老病人再過二十天就要回故鄉，到那時會空下來。」

「謝謝。」高井說。「既然如此，那也沒法子。」

女主人走了。

「問了倒不錯。」謙作說。「知道二十天後那老人就走了，也不賴。」

「不錯。在這之前要設法製造好機緣。」高井說。

「也許可以請哥哥來。家裡有事要跟我說。我回去也許比較快，可是這樣我又不放心。」

「嗯，也許這樣比較好，就這麼辦吧！令兄會來嗎？」

「我想大概會來。」

「最好早點查知她是哪裡人？和那老人有什麼關係？」

「是那老人的女兒吧？」

「這個嘛——」

「是他外甥女？」

兩人笑了。

「覺察力這麼遲鈍，也沒辦法。」

「已經頭昏眼花。——不過，一定不是女兒。」謙作說。

「給令兄寫信，就老實說出來吧。我要到五條買東西。」不久，高井離開了旅館。

謙作隨後寫信給信行。信中提到榮娘的事，也說到自己的事，寫得相當長。其實最近即可見面，不必寫這麼詳細。雖然這麼想，終因慣性作用，還是寫了許多。他抬起坐累了的身子，請人去投遞信件，夕陽從玄關狹隘的屋間夾道照進來，把微黑的走廊木板照得熱烘烘。

稍後，他入浴，又跟前一天一樣拿著圓扇坐下，看見高井從遠遠荒神橋那邊，一付若無其事的嚴肅模樣，匆匆走來。走到那房子前面，更大膽地望著那房間。半晌後，高井渡過圓木橋，微微笑著走進來。

「看見了。」

「真的？也許比我看得清楚吧？」

「喂，那是鳥羽屏風的美人[6]。」高井突然這麼說。這評語相當妥切，謙作覺得很入耳。

「呵，真的？」謙作說著感覺到自己的臉已經紅起來。高井去洗澡。謙作又到河原去。還沒走到那房子前面，已不禁凝神遠望，可以多看看她的形影。

那晚，兩人到新京極去看電影；覺得這部將「仲夏夜之夢」改編為現代形式的德國電影頗為有趣，很晚才回到東三本木的旅館。

## 4

第三天，很難得，天剛亮就下起雨，是個比較涼快的早晨。每天一大早，太陽就照到套窗上，謙作無法晚起。這天，謙作睡得很好。信行坐夜車來了。

「喂，早飯還沒吃，有沒有東西吃？」還沒打招呼，信行就這麼說。

謙作向來一早起就不高興。這天睡得好，對哥哥的來臨顯得比較熱情。

稍後，兩人邊吃早餐邊望著烟雨濛濛的河原景色。

「把你的事告訴了榮娘，榮娘非常高興，一再要我從旁幫助。我真的也很高興，希望能順利進行。」信行繼續說下去。「先說榮娘的事。我不知道那件工作是不是對榮娘有益。榮娘本來很熟悉那種氣氛，她自己也認為做那種事比從事其他嚴肅的買賣要有自信，不過我覺得靠不住。要是懷疑，不贊成，又沒有其他好的想法，實在無法一味反對。說不定進行得意外的順利呢！而且，在阿才姐鼓吹下，榮娘自己非常起勁，我們反對，要她放棄，她必定灰心氣沮。我認為，最好一切隨榮娘意思去做，也就是說讓她完全自由，要是失敗，我再設法替她料理善後。長話短說，又是錢的問題。錢有本鄉給的和你給的，把這些錢合在一起，由你或我保管。這樣做你覺得

6 日本正倉院收藏的屏風畫。畫上描繪一個坐在樹下、臉靨豐潤的美女。頭髮和衣服都附有美麗的鳥羽，是模仿唐朝樹下美人圖的作品。今已不存。

如何？」

「到底要做什麼工作嘛？」

「實在不是很好的工作，阿才姐在天津開了一家飯館。據說，那裡有所謂『內藝妓』[7]。雖說是藝妓，其實兼操淫業。阿才姐以前要同時照顧這兩方面，應付不來，所以想讓榮娘掌理藝妓這一方面。有點像大阪的應召站。這不是分開來，是在同一戶裡，資金自理。」

謙作已了解大概。

「這不是格調極低的勾當嗎？」

「我也覺得不妥，但是開香菸舖，經營雜貨店，若在東京，房租不用說，就是裝潢也貴得受不了，連採購貨品的錢都沒有了。」

「實在說，這種事我無法置辭，不過總該有格調較高的買賣吧。」

「不管怎麼說，榮娘畢竟是適合做酒館之類生意的人。而且以前就有經驗，所以想法總是自然而然朝這方面發展。不過，阿才姐是個怎麼樣的人？要是信得過，一切隨她也不妨。這是疑點所在，我認為這方面以後仍須留意。」

「我不太懂。如果還有其他工作，我贊成找其他工作。要是沒有，那也莫可奈何。如果她不急於做這種事，最好再讓她跟我兩三年。也許有點感傷，但我覺得以這種方式跟榮娘分手，有點遺憾。」

「喔……」

「你最近來信說，對父親有所顧忌，這種事只要我結婚，就不成其為問題啦……」

「呵，這個……我認為現在分手畢竟比兩三年後分手要好。那確是感傷。不管怎麼說，畢竟還是

『時期』問題。時期恰當，就可生活；時期不對勁，有時難免無以為生。」

「總之，是指向本鄉拿錢的事吧？」謙作認為信行說的是錢，因而以滑稽卻又有些焦躁的心情這樣露骨地說。

「此亦其一。」信行竟一本正經回答。「這方面的事，就像我信裡所說，我來處理，你別管。你有一種強迫觀念，不願意談錢。有此潔癖，雖比欲望高張好，卻不善於處理。」

「哪有這種事？」

「隨你怎麼想都行，總之，你是不是贊成我剛才的意見？」

「你是說照榮娘的意思去做嗎？」

「是的。」

「這個嘛……我無法贊成，但又有什麼辦法？說贊成嘛，實在心不甘情不願呀。」

「真的？這樣就行了。要是去不成，到時再說……」

「打算什麼時候去？」

「要是決定了，最好早去。可能的話，她也許想跟阿才姐一起去。阿才姐馬上就要動身。要是不反對，最好早點通知她。打電報給她吧！」

「……」

「現在談談你的事。從你信裡，已經知道了大概，現在還在嗎？」

「可能還在。經過那地方，總是怪怪的，有些畏縮，有時可以見到，有時卻見不到。」

7 即飯館包定的藝妓。

「高井兄也只見到那麼一次？」

「嗯。」

「我有一個想法。你認識山崎吧？高中時當過球賽選手。」

「不認識。」

「我那一年級分為三部，我們同住一個宿舍，比較親近。山崎應該在這裡的大學醫院。不知是哪一科。我去拜託山崎，從醫院方面製造機會。」

謙作默默點頭，總想說：「要是進行順利，這樣也許比較方便……」可是，他很難相信自己會有好運。他半信半疑。他一向習慣於把懷疑擴大，非這樣他不能放心。

「我要是應付不來，就麻煩石本看看。」

因為石本是公卿華族[8]，便於在京都製造機會，信行才這樣說。

「等到真正進行時，也許已從京都回故鄉了。」

「什麼？回故鄉也可以有更好的線索啊！——雖然這麼說，今天到底該怎麼辦呢？你有什麼計畫沒有？」

「沒有。」

「這樣的話，怎麼辦？去拜訪山崎？還是今日休息，去吃些好吃的東西？」

「隨便。」

「早一天去見山崎，也許比較好？」

「隨便，怎樣都行。」

「既然這樣，還是先去看山崎。晚上再一塊到什麼地方去。」

「好，就這麼辦。」

## 5

謙作的婚事似乎進行得意外順利。因為信行的同學——山崎醫學士正是診治那老人的博士的助手，所以一切事情都突然明朗化。

那少女是老人的外甥女，出身敦賀富家，這次到京都來購置冬天的衣裳，順便探視老人。此外，還有一件對謙作有利的事，那就是將老人介紹給博士的市議會議員S，竟是石本以前的家臣。在東三本木的旅館，山崎無意間說到那人的名字，女主人說：「是那先生啊，他好像是石本先生以前的家臣……」

總之，最好不要再拖延，信行為此回東京去見石本。信行為自己的事全力以赴，謙作衷心感謝。而且自己以前曾對石本說：「我不要你們為這種事擔心。」「這樣婆婆媽媽真叫人不愉快。」想不到一年不到竟要為此事麻煩他，想來也真有趣。石本也許會這樣想：「看，嘴巴說得那麼好聽，到頭來還不是要低頭請託。」謙作又想：「算啦，他要這樣想，就讓他這麼想吧。」他知道，石本會跟信行一樣，出乎意外地早來，儘管覺得事出突然，也一定會為自己能助一臂之力而衷心喜悅。因此，謙作不僅沒有引發任何反抗心理，甚至想到如果把這件事委託給別人……，相形之下，更覺得能將此事委託石本，是一件很快意的事。

「總之，自己並不是不幸的人。」謙作想。「我確實非常任性，老是想按自己的意思去做。

8 公卿華族：明治時代的華族有三種類型。一是封建時代（德川時代）的諸侯；二是封建時代朝廷的大臣，即「公卿華族」。三是明治維新的功臣。

別人竟然也寬諒了我。自己也許為自己的境遇所傷，但這到底不是全部。人人都愛我。」

他照舊去參觀寺院。來回常常經過河原的道路。他又去找房子。在南禪寺的北坊找到了一棟茅草覆頂的獨立家屋，比前幾天在高台寺所見更爽目。最適於一個人住。結婚有家室，就嫌太狹了。可是，他覺得奇怪，自己竟會想到結婚，今後要住大房子。另一方面，他對這棟非為出租而建的房子很感滿意。他決定把它租下來。

兩三天後，石本來了。石本沒說一句令人厭煩的話，很不錯。可是談到實際情形時，石本說：

「當然要仔細打聽對方的事，但儘可能先把我們這方面的情況說清楚比較好。」

「就這樣吧！」謙作有點放心不下，不知道石本會把「我們這方面的事」說到哪種程度。大概會和盤托出吧。難道石本真的知道自己最近才知道的出生秘密？這是疑問。謙作說：「總之，要把我的出生說出來。」其實，他的心意是說：「當然必須把它說出來……」石本聽來卻不是這麼回事，以為謙作膽怯，才說出：「出生的事必須說嗎？」石本露出不悅的臉色。接著嘮嘮叨叨地說，這種事不能隱瞞，必須說清楚。

謙作覺得很意外。「當然要這樣。」「自始就打算這樣。」他這樣說，但連自己都覺得畫蛇添足，頗為不快。石本喋喋不休，沒完沒了，謙作一直忍耐聽到最後。他有些焦躁，不過認為以後告訴信行，就可真相大白，因而心境上的相左終於這樣持續下去。

謙作沒有預先把這件事向信行表明，是造成這種心境相左的原因。謙作只一味地想，終於沒有把這件事說出來。他覺得自己先說出此事，很不像自己，內心頗不情願。其實，這可以說是他的潔癖。因此，他有意無意地沒把這件事說出來。在大森家裡，信行、石本和榮娘談到這件事時，榮娘堅決反對說出此事。反對的理由既簡單，又清楚。石本卻主張非先說出此事不可，他說：「非如此，我不願參與此事。」石本的理由也很清楚。雖然謙作也這麼想，但石本懷疑：「謙作為什麼不先把這件事告訴信行？」心境相左即源於此。幸而，謙作對此並不太在意，所以僅此而止。

石本宿於麩屋町盡頭的房子。他說兩點後要在住處跟S先生會面，不久就回去。

謙作認為可以寫一篇自傳式小說，向對方表明自己的事。這計畫只完成了以「主角的追憶」為題做為這長篇序詞的這一部分。可是，他覺得這部分有加強對方感傷同情之嫌，沒有拿給對方看。後來聽說，石本帶來謙作從尾道寄給信行、跟此事有關的第一封信，拿給對方看，僅略去了其中與榮娘相關的部分。

謙作認為與榮娘相關的部分也須坦陳；但對他來說，這是很痛苦的事。他不知道為什麼會這樣；只覺得現在談起此事對那美人是冒瀆。石本也不願觸及，他認為將來有機會坦陳的話，可以不必隱瞞。

傍晚前，謙作逛了兩三間附近的古書舖，從河原路回來，石本的來使拿著信等他。「方便的話，望你今晚與S先生見面，最好乘這輛人力車直接來。」信上這樣寫。他立刻坐人力車去。

石本獨自等他。

「她的詳細情形不得而知。只知大概。」石本說。

據石本說，那老人是明治三十年代的議員，與S先生屬於同一政黨，很早就認識。那少女是老人妹妹的女兒，兩年前才從敦賀女校畢業；到京都採購衣裳，預置嫁粧。

又說，當晚的聚會並沒有特殊意義，只由S先生帶路一起去吃飯。

不久，S先生來邀。S先生五十多歲，額頭上禿，清瘦，稀薄柔軟的頭髮從耳旁往一邊理得很整齊。石本名叫道隆，S先生叫他「道爺」。

三人離開旅館，決定到甲魚店吃飯。從某處搭電車向北野開去。

從電車道進入寂靜胡同，沿著寺院圍牆前行，走到盡頭，就是甲魚店。甲魚店掛著罩上鐵絲網的灰暗小燈籠，穿過低矮屋簷，泥地間的後面有一窗櫺泛著黑光的房間，從這裡有一樓梯直通二樓，很像偷開封印的忠兵衛[9]跑下來的樓梯，也許已有幾百年的歷史，泛著黑光，上面的兩三梯級已被蟲蝕得到處是洞，沒有修補。這必是一種裝飾，謙作覺得不難看。

甲魚作得很好。謙作曾聽住在北野有池塘的人家說，這甲魚店老闆曾去捕蟾蜍充當甲魚。現在一定不會做出這種事，謙作邊吃邊想。

三人沒有談到謙作的事。S先生和石本沒有忘記以前的主從關係，仍以這種關係談話，因此，謙作不禁覺得夾在他們之間很怪。S先生對石本和謙作，口氣都一樣，極為莊重。謙作也想以莊重的語氣說話，卻說得極不流暢，因此他儘可能不講話。

「這麼說，房子已經找到了，你最近要搬進去。」石本時時這樣說，想把謙作帶進話裡。

那晚，跟S先生道別後，謙作與石本在圓山一帶散步。

「我後天有事，要搭明天的夜車回去。」石本說。「然後看S的回話而定，準備一週或十天後再來。這事你不必直接參與。方便的話，你可以隨時回去。」

「……」

「一切託給S，S說，大概可以順利進行。可是先這樣認定，萬一行不通，一定會沮喪得很……」

「我也明天回去。搭明早的快車回去。」
「既然這樣，一道回去吧？」
「嗯。」
決定後，兩人暫時分手，各回自己的旅館。

## 6

在橫濱跟石本分手，換車抵達大森時，日已暮。他提著手提包，從走慣的路走回家。
榮娘急忙到玄關迎接，為謙作這次的事向他道喜。她高興得彷彿事已談妥，這樣反而使謙作忐忑不安。總之，榮娘不僅為謙作高興，自己也很高興。
阿才正好到東京去，不在家。兩人已經很久沒有對桌共用晚餐了。
「呵，到底是怎麼樣的人呀？」榮娘說。
「怎麼說呢？……」
「我是說，以認識的人做比喻，像誰啊？」
「這個，在認識的人當中，想不起來像誰。不過：高井說，她是鳥羽屏風的美人。」
謙作為此特地從二樓拿來東洋美術史稿，讓她看那幅畫。偏巧，其中所收的幾幅都是這類畫中不太像的一幅。
「跟這幅不同，要好得多。」

9 偷開封印的忠兵衛：日本德川時代近松門左衛門所作的淨琉璃《冥途飛腳》的主角。忠兵衛為遊女梅川所迷，耗盡錢財，乃偷開別人匯款的封印而被捕。

「哇，真不錯。」

兩人就這樣談著這件事。可是，榮娘自己的事情，彼此都難以啟口。直到最後覺得再不談會顯得十分奇怪，榮娘才說：

「……你和信行都贊成，我才真的放心。」

這樣說，謙作頗覺不對勁。他知道，信行並沒說假話，但沒有把自己的心意真正傳達清楚。信行這種機巧的作法，謙作頗覺不快。

「這件事……信哥怎麼說，我不知道。不過，說真的，我並不十分贊成。因為不能說反對，才表示贊成，其實我並不喜歡。」

榮娘聽了頗感意外。

「婚事即使進行順利，也希望你能再幫我照料家務兩三年。這樣對我最好。」

「真的？……現在跟你分開，我實在受不了。可是，我覺得這是莫可奈何的事。不管怎麼說，我總覺得本鄉的令尊很可怕。最近越來越覺得這樣。從那以後，雖然避不見面，總不時感覺那可怕的眼神一直睨視著我。」

「哪有這回事！那是你的心理作用。想必身體有什麼不對勁。」

「欸，也許。」

「一定是這樣。你何必怕本鄉的父親呢？本鄉的父親只跟我有瓜葛，和你沒有關係。」

「不能樣說呀，從老爺子還在的時候，我一直都是令尊討厭的人。」

「不過，現在這樣不是很好嗎？要是身體不舒服，不請醫生診治可不行。總之，這種事最好仔細考慮之後再決定。」

榮娘為謙作的反對而困惑。同時以抱怨似的口吻，因為謙作贊成，已經答應了阿才，阿才為了準備行裝才到東京去。

謙作起先並不想這麼說，可是一說出來竟然說到這種地步，著實有些後悔。自己這樣說，到底懷著什麼心思，連他自己也不明白。這到底是為榮娘還是為自己？因為對榮娘有種奇妙的依戀，不禁興起孩子撒嬌似的任性，不願就此別離。但他卻又有一種不滿的情緒；榮娘應該可以稍微堅執己見。這種心境，分開的時候不會如此顯露，一見面便猛然展現。

他想，這並不是好現象，這種幼稚的任性不能讓它一發不可收拾。他彷彿要彌補剛才說過的話，以遲滯的口吻反覆說個不停。

阿才抱著大包袱，坐人力車回來。她個子瘦長，面帶凶相，年紀意外的大。謙作的第一印象並不好。

「這是謙少爺？」對著榮娘這樣說了之後，又說：「我是阿才。幸會幸會！」狀頗輕佻，跟她年紀不相稱。

接著，眼尾浮起小皺紋，露出色澤不美的牙床微笑，毫不在乎地細看謙作的相貌。謙作受不住。雖覺阿才並無惡意，仍有一種壓迫感。總之，阿才比他想像的還要庸俗。

他覺得自己的好惡沒有直接在榮娘身上發揮作用，深為懊惱。但又感到這樣對榮娘未免過分。真不知榮娘為什麼願意跟這樣的女人一齊工作。

阿才解開包袱，拿出幾件漂亮的女裝，彷彿都是二手貨的和服，都沾了污垢。阿才時時起身把衣裳披在胸前，「這件嘛……」然後向榮娘解釋。

謙作有點疲倦，不願再待下去，招呼一聲，獨自走上二樓。躺進被窩，觀覽剛才拿出來的東洋美術史稿插畫。古代的東西尤覺親切。其中也有這次旅行見過的。他從來不曾像現在這樣喜愛這些東西。以前不曾有過的世界已展現眼前，想到新生活將因結婚而展開，內心自然而然湧起了沉靜的幸福感。然而，念及樓下細語交談的那兩個人，彷彿另一個完全不同的世界正在榮娘身上展開。這樣下去行嗎？他想。

很久沒有躺在自己被窩裡，自己的被窩畢竟不錯。過一會，他關了電燈，逐漸進入適意的沉眠中。

次晨起身後，阿才已經到東京去，不在家。榮娘說，女人在天津也可以立刻買到舊和服，但要穿的衣裳最好冬夏一概齊備，已全交阿才去辦。看到事已至此，謙作也覺莫可奈何。

他想，自己也該打點了。除了借來的書以外，他把自己的書收在幾個行李箱裡。

午後，他到牛込找石本。因為沒有先打電話，去時石本已外出。沒有其他事情要辦，他便信步向銀座走去。驀然記起石本曾說後天京都有事，自己竟然忘了。

他不願意跟阿才碰面，阿才聽說他曾向榮娘求婚，似乎極感興趣。她會向榮娘說出什麼話，大抵可想而知。

很久沒有聽到東京話，再加上不願和阿才相處，入夜後即赴單口相聲（落語）的曲藝場，很晚才回到大森的家。

榮娘和阿才還沒睡，在飯廳燈下閒聊。

阿才似乎說得極為興奮，不像昨晚那麼奉承，親自把開水注入茶壺，再倒進茶碗，把茶放在謙作面前，立刻繼續說下去。

「這我一點也不知道。從那年春天，就這樣……」說話的口氣相當粗野，阿才又豎起瘦瘦的拇指和小指伸到榮娘面前兩三次。

榮娘雙眸下垂，默默不語。

「我並不懊悔。老爺想給我飯吃，做那種事，其實並非真心如此，我仍掄起菜刀對付他。」

謙作覺得無法待下去，邊喝茶邊挺起腰幹。榮娘察覺後驀地抬起頭，說：

「要不要吃點心？」

「夠了。」說著就要站起來，阿才這才發覺，裝出笑容，對謙作說：

「盡說些不中聽的話，對不起。」

「石本先生，在不在？」榮娘說。

「不在。我早已知道他今天不會在家，卻忘掉了。沒法子，只好去聽單口相聲。」謙作走到火盆邊坐下。

「謙少爺喜歡這種東西嗎？我很喜歡。那邊也有很好的──呵，對了，那叫什麼？是單口相聲，已經忘了。女房東曾跟一個叫旭紫小姐的琵琶師一齊到店裡來。聲音很美，還帶了黎元洪題字的琵琶呢。」

阿才雙肘撐在餐桌上，雙掌抵住太陽穴，臉背著燈光，說出這一席話。臉上的小皺紋看不見，失去光澤的膚色也看不分明，顯得很美。阿才當然充分知道這種效果，謙作的確也覺得很美，至少認為這女人年輕時可能很美。

阿才次晨動身赴岐阜。岐阜是她故鄉，也許那邊有事。她跟榮娘約定日子在京都會面，再一起到天津。動身起程時，阿才說：

「榮娘的事，請勿擔心。」

謙作說不出話來。

榮娘和下女送她到車站。

那天下午，謙作到鎌倉探望信行。昨天沒見到的石本已經來了。信行感冒，喉上敷著濕布，躺在床上。

「還沒有消息哪！」

石本望著謙作的臉說，其實謙作並不認為回音會那麼快，兩人談了一下。也許發燒的關係，信行兩眼惺忪，連聽人說話，似乎都頗感痛苦。

「從本鄉叫人來看顧你，怎麼樣？回去後，我就打電話好嗎？」謙作憂心忡忡地問道。

「不必了。病況已經知道，只要再休息兩三天就會好。」

「還是叫人來比較好。而且用通鼻器也會好得比較快。」

「嗯。」

「沒有通鼻器？」

「那就煩你買個通鼻器吧。」

謙作立刻上街買了來。坐在朦朧入睡的信行枕邊，石本無聊地翻閱禪宗的洋裝厚書。

謙作讓信行躺著替他裝通鼻器。這時，女房東剛好來，謙作便教她裝通鼻器的方法，並托她照顧，到傍晚時分，才跟石本一起離去。

走到車站。恰好遇到一個石本認識、要回東京去的醫生。醫生說他明天還要到鎌倉來，石本就煩他去看看信行。

在火車裡，謙作茫然望著黃昏的景色，鬱悶不已。跟榮娘別離，終究難受。既為自己難受，也為榮娘難受。窗外的黃昏景色更引發他這種心境。

# 7

和行將別離的榮娘在一起，謙作愈發感到一種前所未有的鬱悶。想到跟榮娘在一起的時間已不多，謙作儘量留在家裡不出去，想不到竟鬱悶無聊之至。首先，兩人在一起的話題銳減。榮娘忙碌不已。也許忙碌的關係，反而不會有這種感覺。榮娘基於女人的心理，不希望謙作有一件髒衣服留下未洗。她替他洗衣補褲，心無旁騖。

一天早上，謙作醒得特別早。毫無來由的，竟然心情極端不穩，連早飯也沒吃，就出門了。來到車站，距離火車開出還有一段時間，他便去搭京濱（東京——橫濱）電車。前往品川途中，突然記起黎明時所做的夢。知道這場夢就是他心情不定的原因。可是，想到夢的時候，只有不安的情緒明顯浮現；夢的內容反而模糊不清。

夢從趨訪最近從南洋回來的T開始。下雨天，類似操場的粗大建築物中有許多馬戲團獸籠似的東西。其中之一有幾十隻松鼠般大小的狒狒擁擠地息在棲木上，他覺得非常有趣。

驀地不安的情緒襲湧而來，匆匆忙忙與T告別，逃進上野博物館那扇古老的大門。雖然看不見人，但他知道有幾十個刑警遠遠包圍著他，他已成了叛徒。

他悄悄從門後向外窺視，彷彿星期日一般，軍人三五成群從前面經過。他彷彿問了其中一人：「你不想脫營逃走嗎？」對方立刻答應，兩人在門後急忙對調軍服和和服穿上。「這樣真不錯。」他想。雙方都覺得很滿意。他跟穿和服的軍人告別，成了道地的軍人，若無其事地獨自向人少的地方走去。走到路幅狹小、兩側如堤岸的地方，一個像站長、穿著制服的男子從前面走來，猛然抓住了他。偽裝立刻被拆穿。難怪會被拆穿，他自己發覺，軍服的穿法完全錯了。領上的扣子全沒扣上，邋邋遢遢敞開；褲子滑落，誰一眼都可以看出那是借來的衣服。形狀極為難看。他自己也為這過分邋遢的模樣苦笑，同時也因被捕戰慄不已。夢的內容大抵如此。

「能記起來，太好了。」他想。然因心情不定，無可排解，終日懨懨不樂。

沒有明確的目的，他離開了家，抱著萬一之想，走訪石本。

石本剛起來，謙作坐在走廊邊的籐椅上，等石本出來。是略有秋意沉靜美好的早晨。晨曦斜照生苔的日式庭院。掛在屋簷下的白色文鳥以混濁圓潤的聲音不時鳴叫。

「叔叔好。」石本六歲的大女兒拿來折得長長的三四張報紙，交給謙作。兩三歲胖嘟嘟的小女兒也拿著一束信，搖搖晃晃走過來，「這個。這個。」說著也同樣把它遞給謙作。

「謝謝。」他摸摸小女兒的頭。

大女兒跑開，小女兒也搖搖晃晃跟著去。

他把報紙放在膝上，伸手把還沒開封、給石本的信放在面前桌上。最上面一封相當厚，信封上寫著「子爵石本道隆先生」，大概是S先生的來信，不禁關心。

石本走出來，頭髮用水分刷得整整齊齊。

「這大概是S先生的來信吧？」

謙作指著最上面那封信說。

「也許。」石本立刻拿起信，說：「不錯。」

石本開始默默看信。謙作等得不耐煩，雖然只是那麼短短的剎那。

「很好的回音。」石本擰著長信說。謙作把信接過來。

實在是令人愉快的信。那少女有個年紀相差甚大的哥哥，還有母親，跟他們仔細相商後才回話。最叫謙作感動的是，對他不潔的出生，信中引了N老人的話說：「……這是人的問題，如果因此而能奮發有為，相信這種事一點關係也沒有。」信上還說，如果謙作有最近的照片和作品，希望儘速送來。

「到底老年人比較明白事理。」石本稱讚那老人。

「……」謙作沒有回答，內心頗為振奮。淚水幾乎要流出來，他儘量忍住。

兩人一起吃早餐，有客人因事來訪。謙作藉此告辭。告辭時，石本說要把這封信轉給信行。

謙作急步而行。自自然然加快了腳步。他想已有七成把握。這樣決定最好，不如說非這樣決定不可。想不到他竟有了自信。在他腦海中，那少女突然靠近來。以前，回到東京來，因為想榮娘的事想得太多，她不知不覺越離越遠，現在突然接近，倩影逐漸擴大，甚至連婚後生活也驀然出現，零零碎碎出現。大街上不知何時起風了。

他步向銀座，為榮娘買紀念品。在鐘錶上刻些短短的佳言美句也很有意思。可是，適當的佳言美句偏偏一時想不起。仔細逛了兩三間鐘錶店，選了比較順眼而不太時髦的，身上帶的錢不夠，請店裡送到家裡。中午，他才回到大哥的家。

榮娘聽了S先生信中寫的話，很感動。

當天，謙作寫信給奈良的高井，告訴他事情的經過。接著又寫致謝函給S先生，附送自己的照片和兩三本刊載自己文章的雜誌。想到自己的作品並非被視為藝術品，而是以更為實際的目的閱讀時，心裡頗不痛快。若說這是自己的藝術表現，又覺得內容貧乏，稀鬆平常。

五天後，S先生來函說：所寄都已接到。還說最好兩三天內到京都來一趟，N老人一直問：

「你什麼時候來？」彷彿希望在他回故鄉之前，能到京都來見見面。一切全看你方便，並不勉強。四五天內老人就要動身，最好在這之前來一趟。

接著又寫道：直子（那少女）小姐昨天回鄉，照片將由她哥哥直接寄給你。

他讓榮娘看信，然後說道：「怎麼辦好呢？」他不知如何是好。

「一定要去一趟。」榮娘說。

「彷彿是去亮相。」送自己的作品去，已經有些尷尬，再這樣被叫去，更覺傷了自尊心。

「反正十天後也要去。現在為此而瞻前顧後，不大好。S先生和石本先生都真心為你張羅啊。」

「嗯……」說的也是，謙作想。他決定去，「我不在，不會有問題嗎？」

「你說什麼嘛……」榮娘笑出來。「我整理到現在，你也沒幫什麼忙啊。小謙不在，反而更不會礙手礙腳哩。」

謙作也笑了。

「好，那我就去吧，免得礙手礙腳。」

「唉，不錯，是礙手礙腳。」榮娘很高興謙作竟然這樣老實答應了。

謙作家的租約定的是一年以上，房租也打了些折扣。可是，現在一年不到就要退租，勢須清算一下。以前每月只遣下女去，這次他親自到山王的房東那裡算帳，順便借電話，通知石本自己明早動身赴京都。

## 8

S先生到京都車站來迎接。昨天，謙作只打電報說：「明早啟程。」並沒有說自己抵達的時間，所以覺得很不好意思，也為自己因小小的自尊心瞻前顧後，而覺羞恥。拜訪N老人訂在明天，S先生會來接。約定後，因為帶了易碎的東西，便在車站跟S先生分手，獨自搭人力車到東三本木。

第二天，S先生依約來訪。兩人隨即赴東三樓。謙作不大善於交際，頗有幾分不安。然而，昨晚睡得很熟，心情甚佳。

女侍帶著S先生的名片進去，以前只從河原見過的老人的妻子，這天穿了比平時講究的和服，走到玄關來。

「請進！」領先走上狹小黴黑的走廊，一邊說道：「簡陋骯髒的地方……」

N老人身穿外褂，背對河原，正襟危坐，謙作一如平時，沒穿袴子，頗感不安。

「幸會……」老人發出虎虎有威的清晰語音，跟那消瘦的軀體頗不相稱。

「聽說你住在這裡……」老人說。謙作只回聲「是的。」其後，由S先生巧妙接下去。

謙作外表雖然顯得拘謹，內心卻樂得很。他本以為N老人會不時望著自己，想不到卻沒有，甚至故意不看自己。

送來簡樸的菜餚，由妻子親自斟酒，而不是由女侍斟酒。大家都不大喝酒。

說的只是極普通的家常話，還談到山崎醫學士。老人從敦賀的漁業談起。他說，以前，敦賀出產鹹魚，為貯存鹹魚，設了許多倉庫。明治維新以前，筑波山的武田耕雲齋[10]一伙人，因為無法走東海道，想繞北陸進入京都，卻在敦賀被捕，囚禁在放鹹魚的倉庫裡。倉庫缺乏陽光，陰暗潮濕，又浸滿鹽味，浪士都得了濕疹。濕疹慢慢布滿全身，那種樣子實在不敢領教……

「喂，把那袋子拿來。」N老人指著謙作背後的吊櫥，談話停頓了一會。

「對不起。」妻子從謙作背後走過去，拿了袋子放在老人面前。古紫色，色澤褪得恰到好處，很像「小心火燭」的絨布袋[11]。老人從袋內取出眼鏡、錢包、火柴、小刀和磁石等，說道：

「這墜子[12]是當時的浪士磬城相馬藩的佐佐木重藏，因受我照顧，送給我做紀念的……」說著把袋子放在兩人面前。

「呵……」S先生看了一下，隨即遞給謙作。是水牛角做的，紋理細緻，相當輕盈，彫了四五隻應舉寺畫中所見的小狗。

「那些浪人身體都很結實，可憐，因為天氣寒冷，一個個都死了。」

謙作憶起一星期前做的夢；自己在夢中是有幾分魅力的叛徒。不過醒來前仍留下奇妙的恐懼感。而他們卻在陰黑潮濕的鹹魚倉庫中，為渾身濕疹所苦，一個個因寒冷而去世。想到目睹這種情景，謙作簡直承受不住。

起初，他們藏匿在福井[13]，以為在福井應可無慮，可是，在那時代，福井仍未表示明確態度，慮與委蛇後就命令他們離開，終於在敦賀補被。

「想到當時的事情，簡直不知道以後會變成什麼樣子！」老人說。

那天，誰都沒有談起婚事。這樣謙作反而覺得舒服。S先生要告辭回去，老人留下了謙作：

「住得很近，再待一會如何？」

對老人這番好意，謙作覺得高興。這不是一般的客套話，是真的要他再待一會。謙作決定留下來。

老人接著繼續說維新時期這類故事給謙作聽。當時，無賴漢群集倡導尊皇論，鳩集資金，過著奢侈生活。可是不久被捕，在法庭受審時，問以「何謂尊皇？」卻回道：「尊皇就是尊貴的國王。」老人也談到了這種事。

總之，謙作對這對老夫婦極感親切。過了好一會才告辭回去。

第二天，老夫婦為了向診治醫生等人致謝，購買物品，似乎極為忙碌，仍不忘到旅館玄關來訪謙作。

第三天，老夫婦啟程回敦賀，謙作送到車站。S先生、山崎醫學士、護士及其他送行的人都來了。

送走老夫婦後，謙作突覺無事可作，榮娘還要一個星期才來，這一星期足以令人等得不耐煩，無為的日子心境不由得起伏不定。他想邀高井到橋立或小豆島一遊，不然的話就一起去參拜伊勢神宮。

第二天，是一風和日麗的日子。他很早就離開京都，打算在高井還沒外出時找他。可是抵達奈良淺茅原的茶店廂房才知道，高井已在兩三天前回故鄉了，謙作頗為喪氣。想到室生寺[14]去，

10 武田耕雲齋（一八〇三—一八六五），日本德川末年勤皇派的水戶浪士。本任水戶藩主德川齊昭的家老（諸侯的最高行政長官），一八六四年響應筑波山起事的藤田小四郎，以總帥領軍赴京都途中，在敦賀被捕投降，處死。

11 「小心火燭」的袋子：用皮革製成的小袋。袋上寫著「小心火燭」幾個大字，掛在腰間。

12 墜子：原文為「根付」。日本江戶時代，為免印盒、香菸盒、錢包遺失，繫上繩子，繩子的一端綁在象牙、玉等做成的墜子上，挾在腰帶。墜子上常彫有各種圖案。

13 福井：在幕末時期，是越前藩領地，藩主為松平慶永。

14 室生寺：西元六八一年役小角所建的真宗豐山派寺院。有許多平安初期的佛像。

卻不知道室生寺要在什麼地方下火車，怎麼去；又不願意去查指南，便決定到最近的伊勢神宮去。在奈良只參觀了博物館，隨即直赴車站。

參觀伊勢神宮，比想像有趣得多。聽說過神馬頷首鞠躬的故事，這完全是假的。五十鈴川的清溪、姿態完美的大杉樹，可說久聞不如親見，竟有這麼舒適的地方。古市的伊勢群舞也很有趣。

住進戲中常見的旅館「油屋」。鄰室客人打開隔間的紙門，說願意跟謙作一起去看伊勢群舞，一起吃東西。那人說：「正好是縣議會休會的期間。」他是鳥取縣人，比謙作大三四歲。謙作不知道縣議會議員有什麼值得驕傲，所以那人每次說到縣議會，謙作便感到憐憫般輕微的困惑。

那人說，山陰有許多溫泉，任何高山都是次於叡山的天台宗靈場，而且地方大，景致宜人。

後房的客人分成兩組，一齊去，約有七人。在旅館女侍引導下，晚上大家到遊女屋町的遊女戶去。

被引到極古老的房間，房間黑烏烏，不知道是染上的還是薰黑的。大家背對深廣的壁龕，坐在有圖案的厚墊上，前面佛壇上堆滿節目表之類的印刷品和點心。前方有三處掛著簾子直通可做為舞臺的花道[15]式走廊。

「你真了不起，竟能獨自旁觀。」那鳥取縣人望著謙作笑。謙作並沒有這個意思。不錯，在這廣大房間中獨自一個迷迷糊糊，要是有十多個女人出來，那就有點不雅觀了。

四五個伴奏的人坐下，彈起不粗不細的三味絃，梆子響了，簾子昇起，電燈亮了，走廊高出一尺，有矮欄，兩邊各走出四個女人，非常認真地跳著極其單調的舞，約跳十五分鐘，即告結束。單調的舞，極認真的模樣，還有不粗不細的三味線發出的悠長音色，都很有趣；還有古舊的房間式樣，謙作也覺得很好。如果自己獨自茫然靜觀，可能更有意思。

被引到另一房間去，一個五十歲左右的胖女人來勸他們再多留一會。可是，誰都沒留下來，大家又一齊跟著旅館女侍回去。

次晨，他坐人力車從伊勢神宮內宮到徵古館，再繞到伊勢外宮。外宮樹林中的池塘有幾百隻野鴛鴦浮游水面，岸邊茂密樹枝延伸到水上。看來有如夢境，他精神大振。

從二見赴鳥羽，住了一宵，即回京都。途中，在龜山下車。在下班車抵達前半個小時內，謙作乘人力車繞了大街一圈。

龜山是他亡母的故鄉；山崗上最貧窮的市鎮。市鎮很快就看完，接著去參觀改建為神社的城址。謙作想起廣重五十三驛站中大斜坡的龜山，他想去看看那景色，但確實地點不太清楚。

在牌坊（鳥居）前等人力車，信步在附近一帶閒逛。下面有幽邃翠綠的古池，池的那邊有同樣高度的山。他走下去，再從陡峭山路登上山崗。上面彷彿是公園，沒有遊人。一個五十多歲的女人，衣著襤褸卻頗高雅，在那裡打掃。他走上去，那婦女停下工作，望著這邊。那沉穩的目光，使他湧起一股親密感。年紀跟亡母不相上下，可能是往昔武士家庭的人，這種幻想使他很想和那婦女交談。

「這兒是……」他邊說邊走過去。「也是諸侯的城吧？」

「是的。這是二之丸，那是以前的本丸[16]。」那婦女指著有神社的那個方向。

15 日本舊劇從舞臺直通觀眾席、演員上下場的道路。
16 日本的城，中心部分建有守望樓的稱為「本丸」；其外有「二之丸」、「三之丸」……等。

「您認識以前住在這裡，姓佐伯的人嗎？」

「佐伯先生。是舊臣吧？」

「是的。」謙作莫名其妙地臉色泛紅，「叫佐伯新，跟您年紀不相上下。」謙作期望對方回答：「認識。」有點焦躁。

「喔——」那婦人露出不解的神色，側首沉思。「阿新我不記得了。我認識阿金和她的妹妹阿慶。」

「沒有姊妹。——也許沒有。佐伯家沒有其他的人啦？……」

「唔，這個？我們只記得維新以後的事。到外地去的人就不認識。問剛才提到的佐伯先生，大概不會不知道吧。」

這頗出乎謙作的意外。他沒有機會知道母親幼時的事情。母親什麼時候到東京？母親的親戚住什麼樣的房子？甚至連外祖的名字，他都不知道。只要說「芝的祖父」或「外祖」就夠了。儘管自己由衷尊敬外祖甚於祖父，名字依然不知道。

那婦人告訴他這裡的佐伯家。他並不想去，向那婦人行禮辭別。他現在才發覺自己一直不清楚這些事情——而且也沒有機會知道。

夕陽照在本丸的樹林上。鹽膚木樹葉已泛紅，在群綠中顯得很美。

「不過，這樣也好。這樣比較好。一切都從自己開始。我是始祖。」他邊想邊從蜿蜒曲折的陡峭山路，向秋意深濃的池塘那邊碎步跑下去。

## 9

謙作不在時，石本到了京都。

「情況非常好。」石本說。

「真的？」謙作以為有什麼比較具體的好消息。

「據說老夫婦對你相當好。」

「……我也喜歡他們。」

「噢。這就好了。」

「……」

「你留下後，談到婚事吧？」

「沒有。」

謙作約略談了一下那天的事，還說這次竟然覺得不會有問題。

「謝謝你屢次從遠地趕來。」謙作致謝。

「沒什麼。」

「真的非常感謝。」謙作以前不曾這樣明白向石本道謝。但他毫不做作，順口而出。

「好，我接受。不過，以後怎麼辦呢？你一個人應付不來吧？」

「嗯。」

「有時非請S幫忙一下不可。不過，最好跟信行商量，再由我決定，行嗎？」

「可以。」

「要做決定的事一定會得你同意……」
「不必每一件都這樣，太煩啦。——S先生有老人的回音啦？」
「是的。別擔心。」
從石本的口吻看來，N老人可能已有比較明確的回音。石本搭當晚的快車回去。
先送來的行李已經送到，謙作託人打掃那租定的房子，將行李搬進去。
自福吉町以來雇用的下女已辭職，他請旅館代找一位，不久就找到了。這天謙作沒通知她，她自動過來幫忙。是個瘦老太婆，雙眼深陷，雙頰低凹，使謙作想起沙丁魚乾。這老太婆名叫阿仙。那晚，只有阿仙住在那裡。
三天後，一大早，榮娘便到了。她想先把房子收拾乾淨。
「算啦。」謙作說。「後送的行李還沒到，還是讓我帶你出去好好參觀一下。我也喜歡這樣。可以待幾天？」
「四五天後，應該從岐阜來了。」
「這樣搬不搬家都無所謂。就由我來決定啦。」在旅館安頓下來後，謙作立刻帶榮娘出去參觀。
榮娘從旅行袋拿出包在奉書紙[17]的六寸照片放在他面前：
「前天寄到的。」
「嗯。是這張。不大像鳥羽屏風的美人。」謙作說。
榮娘拿她跟愛子比較，說了一些話；甚至對過去不愉快的事情，表現了女人式的反感。用愛子來比她，謙作頗感不快。當時種種煩人的事一旦記起來，謙作就很想發脾氣。他默默不語。
坐人力車從黑谷、真如堂到銀閣寺、法然院、松蟲鈴蟲寺[18]，再順路到南禪寺北坊這次所租的住家。在這裡打發了人力車，休息一會。

「房子很不錯。」榮娘不斷讚美。「那是什麼？」她問謙作，有些紅色旗子在「若王子」後面雜草叢生的松山上飄動。

「正在採蘑菇。」阿仙從鄰室插嘴回答。

榮娘對甬道般細長、與東京完全不同的廚房很感興趣，請阿仙解說，並仔細觀看。她對廚房的興趣遠過於法然院的庭院。

他們不參觀若王子和永觀堂，而到南禪寺去。

謙作逐一向榮娘解釋，喋喋不休連自己都覺得榮娘會厭煩不已。雖然想到這樣有點孩子氣，仍然停不下來。尤其對方是榮娘，他更毫不害羞地流露了自己的孩子氣。

從南禪寺後山山腰走到排水溝，再去看有軌的動力台車，順路到瓢亭吃晚飯。

很晚，兩人才回旅館。房間狹隘，兩床棉被相連，鋪成兩張臥鋪。剛才外出時，旅館的人問起此事，謙作不經意的回答：「在這房間就行。」可是現在見此情景，他想起跟榮娘一起生活這麼久，卻不曾和她單獨睡在一個房間裡（幼小時除外）。

「有點侷促。」他鎖著眉頭，獨語般說。榮娘的心情完全不一樣，她在枕邊小小的空隙坐下，彷彿要歇歇疲倦的身子。

「因為你，我才能意外地參觀了這些地方。」彷彿是說參觀已全部結束。

17 日本較厚的高級白紙。

18 松蟲鈴蟲寺：即後鳥羽院（後鳥羽天皇在任期間為一一八三年到一一九八年。後讓位給兒子，稱後鳥羽院，一二三九年去世）的情人松蟲與鈴蟲墳墓所在地的安樂寺。松蟲、鈴蟲為念佛之聲所感，入法然上人之門。後鳥羽院為此大怒，處死二妃，並流放法然上人至四國土佐。

「這樣沒關係吧？」

「嗯，沒關係。」

「馬上就要睡啦？」

「你呢？」

「我到街上散步一下。」

「哦，那你去吧，我昨晚在火車上沒睡好，對不起，我先睡囉。」

「行啊，你就休息吧。」

照平時習慣，謙作一上街大都直接到寺町。現在他在這條路上走，內心仍然不能坦然。很晚才回來。榮娘在明亮電燈下睡得很熟，起初似乎不知道他已回來。過了一會才眨眼般微微張開雙眸，露出醜陋臉孔，說聲「剛回來？」翻了個身，背向謙作。

無論是誰，只要有人在同一個房間裡，謙作就難以安眠。在這種情況下，再累也要看看書，因此他把線加長，將電燈拉到頭上，開始看剛才從舊書舖買回的喜劇譯本《無事自擾》[19]。自從以前看了電影「仲夏夜之夢」覺得很有趣，他就常看這類喜劇作品。對現在的謙作來說，東方的古代美術把他帶進完全不同的時代，給他最大的安慰。同樣的，接觸這些喜劇雖是一時性的，卻把他誘入和以前完全不同、輕鬆自由的世界。這對他而言極其難能可貴。總之，悲劇作品不適合他現在的情況。

讀了大約一半，他熄了燈，想不到很快就睡著了。不知過了多久，他彷彿被人搖起一般，在黑暗中睜大眼睛。再也睡不著。無論如何沒法再睡，總睡不著。身旁傳來榮娘安穩的呼吸聲。腦袋倦得很，迷迷糊糊，發了燒，房裡的空氣混濁，也很悶熱。他痛苦得把自己的手伸向榮娘那邊。

次晨醒來，榮娘已梳洗完畢，坐在走廊邊，望著戶外景色，獨自喝茶。

「醒啦？」謙作在被褥裡打哈欠，榮娘說。

「幾點了？」

「大概九點左右。要起來啦？」

「是的。」

「這房間住兩人到底太狹窄了。」

「今天改變一下吧。」

「如果你有工作要做，另租一間也行。現在怎麼樣？」

「什麼也沒寫。」謙作不知道要如何解釋榮娘所說的那句話。只照字面解釋呢？還是該想得深一點？他不知道。反正無論如何，他都不覺得為難，即使知道他昨晚的痛苦才這樣說，對榮娘他幾乎不會覺得害臊。並不是他不知害臊，而是因為他內心很平靜，知道榮娘會寬恕一切。即使榮娘知道，他曉得榮娘不會為此而生氣，也不會因此而瞧不起自己。

「那邊還有一間小房間，今晚就到那邊去。」

「好吧——昨天去過的地方，從這裡大都看得見。」

中午，兩人到嵐山。歸途中，打算繞到金閣寺，榮娘說已經夠了，時間也很晚，便直接回來。

「明天到奈良去吧。然後，可以坐電車繞到大阪。」

19《無事自擾》（Much Adc about Nothing），莎士比亞三大喜劇之一。一五九八年至一五九九年寫成。

謙作覺得分手在即，想儘可能利用這機會帶她到各地去參觀。榮娘不知道是客氣，還是真的走不動，總是說：

「真的已經夠了。」

「明年經過，請來相會。」阿才的電報在第二天送到。自然奈良和大阪都去不成。這天，謙作陪榮娘去買東西。

第二天，兩人提早趕到車站。

「大概是三等車廂。」榮娘把到下關的車費遞給謙作。

「只有她一個人？」

「大概會從岐阜帶『孩子』來。」

「她有孩子？」

「不是真的孩子……」榮娘不禁苦笑。「——也許京都也有一齊去的。」

一個年紀不十分清楚、個子矮小、眼皮下垂的女人，打扮入時，抱著大型男洋娃娃，從剛才就在附近徘徊。後面還跟著兩個女人，不知是一道走的，還是來送行的。謙作不由得想道：「想必是京都的所謂孩子。」

大家走到月臺上，下行的火車已經抵達。阿才和其他兩個年輕女人從三等車廂一齊露出臉來。眼皮下垂的女人由五十多歲的女人拉著急步向那邊走去。榮娘也是其中一人，謙作有點受不住。他跟兩個陌生的送行者一齊退後一步，以極端空虛的心情站在三等車廂窗前。

兩個送行的女人中，年輕的那個獨自歡鬧不已。她說，最近幾年已答應不哭，卻哭了，現在自己這樣歡鬧，就是成功的前兆。聽到這些話，謙作不禁覺得榮娘很危險。

「別這樣儘說些裝點門面的話，把你的資本轉給我吧。」阿才揶揄那年輕女人。「賣掉你那六百圓的電話，就把這些轉給我也行。」

惡狠狠被訓了一頓，年輕女人臉呈不安之色。榮娘在阿才後面，默默微笑，態度穩重。她外表看來雖然很好，卻同樣為阿才所動，而且越來越起勁，入冬之後即將遠赴天津浪費金錢，想到這裡，謙作恨不得想說：「你比那年輕女人更渾！」

眼皮下垂的女人倚著窗口，雙手握住站在窗前五十歲女人的手，不停用自己的臉頰去擦她的手背。

「這玩意兒最好放在上頭。」阿才說。那傻傻的女人默默放開手，把大洋娃娃放在上面的行李網架上，隨即坐下，像剛才那樣，提起那老婦人的手，彷彿捨不得放下的東西一樣，不時用那手擦著臉頰。

## 10

謙作終於搬進新居。以秋天來說，是一微冷有風的陰霾日子，因為阿仙來通知，後送的行李已經送到，所以他立即搬家。親自收拾自己的房間，解開蒲包的草繩，把門前不用的器具拿到屋頂間存放，髮上沾滿塵埃，手和臉髒兮兮，頭冷得發痛，鼻孔也沾了塵埃，發癢，覺得很不舒服。

阿仙年紀已大，雖然誠心誠意熱心工作，但喜歡嘮叨。他不僅不舒服，也有些焦躁。「這是什麼？」阿仙走過來問他。

「哪個？」

「跟罩被火爐不同吧！」阿仙雙手捧著鐵製暖腳爐，很重的樣子。

「是暖腳爐。把它收拾起來。」

「暖腳爐，嘿。不要用嗎？」

「也許用得著，現在不用，把它收起來。」

「……那借我用用好嗎？深夜，腰冷得受不了。」露出彆扭的笑容，阿仙低頭行禮。謙作頗覺不快，想道：真是討厭的「沙丁魚乾」。可是，她既然這樣說了，又不能不答應。只好說：「好吧！」但想到「沙丁魚乾」帶進被窩裡的東西自己不能再用，頗覺可惜。特地從東京帶來這麼沉重的東西，一到就被「沙丁魚乾」劫走，又頗覺滑稽。

阿仙又說，前次送來的行李中，大火盆的套盆底部快要脫落了，謙作問：

「拿去修吧？」

「不能修。」阿仙回答，彷彿理當如此。

「為什麼不能修？」

「桶匠不會到這裡來……」

「不會來，拿去讓他修，怎麼樣？」

「傻子！那麼大的盆子，女人能帶著走去嗎？又不知道地方……」

「頂在頭上，敲著鼓去。」

「真傻。」

謙作盡力壓制焦躁感，依然焦躁煩厭。不久，到公共澡堂去洗澡，心情才較舒暢。回來後，焦躁感減輕了一些。

似乎還要一段時間，與阿仙的關係才真正穩定。阿仙彷彿認為照顧書生心情比較輕鬆，而謙作確也是書生，希望儘量讓雇主和受雇者居於平等地位，但心情上對粗野的言行有時還是無法忍受。他想，阿仙還未進入情況之前，想必也常常覺得不快。

「只要我坐在桌前寫東西，不管有什麼事，絕對不能開口說話。」謙作交代。

「無論什麼事都不例外嗎？」阿仙訝異地瞪著細眼反問。

「不管什麼，說不行就不行。」

「知道了。」

阿仙對這點比較能夠遵守。往往胡里胡塗進來想說些什麼，一看到謙作坐在桌前，「啊，不能說話。」急忙用手壓住嘴巴，退下去。

謙作對阿仙的過去幾無所知，只聽說她有一個與他同年的女兒。女兒去世後，由哥哥照顧，最近哥哥也去世，便去投靠侄兒夫婦，待發覺侄兒視己如眼中盯，才出來幫傭。

阿仙常在廚房邊做事邊唱歌。雖然唱得不壞，但喝一點酒就大聲唱起來，謙作有時會從房間怒吼道：

「吵死啦。」

可是，隨著歲月的流逝，他們的關係逐漸好轉。謙作也不大在意阿仙所做的事。阿仙年紀雖大，仍努力適應謙作的脾氣。而且讓京都人處理生活上的事情可以不費力氣，一切都很順利。阿仙既喝酒，又抽菸。她把謙作吸剩的香菸剝開來，塞入菸管裡抽。

謙作開始覺得阿仙比想像要好些。

榮娘來信，說她平安抵達。信寫得很簡單，詳情不得而知。

搬到這裡來以前，他以為房子安定後，一個人心平氣和去參觀寺院，將是一大樂趣。可是一旦安頓好，不知為什麼反而沒有這種心情，懶得不想動。即使外出，也大都在新京極這些雜亂地方行走，精疲力盡就回家。沒有要見的朋友，有時也會有連自己都無法排遣的寂寞感。可是已經完全沒有大森時期和尾道時期難以忍受的感覺。雖然沒有完成的作品，已能寫些東西了。

一天早上，他高臥未醒，S先生說正要上班，不進來，在玄關把一封已經開封的信遞給阿仙，就走了。

一個鐘頭後，謙作看到信。是敦賀允婚的來信，他看了好幾遍。

「喂。這是S先生親自拿來的嗎？」

「是的。」

「應該把我叫起來。」

「他說不要叫醒你。他要去上班，傍晚時再來，說著就走了。」

S先生親自送信來，謙作非常高興。他覺得常蒙S先生照應，極為感謝，自己卻苦無機會，不曾登門拜訪一次。他頗感不安。雖感不安，他還是無法去拜訪。同樣的，S先生也不曾來拜訪，這也使他忐忑不安。S先生是否因自己無禮而生氣？還是婚事日趨冷淡，所以遲遲不回信？婚事難道已不了了之？謙作為這些而感不安。現在，所有懷疑混濁的氣氛已一掃而光，心情雙重地開朗。

「已經確定了？」

「是的。」

阿仙剛才還站著，現在已坐下，以鄭重而不得體的態度祝賀：

「恭喜！恭喜！」

「謝謝。」他也回禮致謝。

「這麼說，什麼時候……？」

「還不清楚，不是今年，就是明年立春以前。」

「呵。日期訂得真怪。」

「立春是什麼時候？」

「二月初吧。」

信裡說，N老人的兒子有個朋友，現就讀某私立大學文科，大家聽了他對謙作的評語都非常滿意。由於這朋友說了自己的好話，謙作覺得人真好。要是自己站在朋友的立場，有人問及同樣的事情，自己會不會這樣老實說好話？想到這裡，不禁顫慄了一下。

他寫信給信行、石本和榮娘，語句都大同小異。此外還寫了一封信給巴黎的龍岡，很久沒寫信給他了。

午後，他離家到名叫駿河屋的店舖，買羊羹送給龍岡，並從店裡掛電話到S先生的公司，問他有沒有空，好讓自己去拜訪他。S先生要謙作四點去。距四點還有將近兩小時。為打發時間，他到四條高倉的大街商店去。私底下是去看看女人華麗的和服。希望藉看衣服勾起心頭幻影。可是，他又想去看飛機展覽，最近正在展覽墜落於深草練兵場的小飛機。龍岡曾經稱讚那種小飛機——莫蘭・索尼耶[20]單葉飛機——。他今天給龍岡的信中曾說，那飛行員為了進行直抵東京的

20 莫蘭・索尼耶：法國製的小型單葉機。在複葉機眾多的時代，嬌小玲瓏的機型反而引人喜愛。是從法返日的民間飛行家荻田常三郎（即文中的荻野）所喜愛的飛機。

不著陸飛行，載了許多汽油，在試飛時墜毀身亡。半毀的飛行服、燒焦的名片、手套及其他各種物品都排成一列。到京都時，他常看到這架迅疾如鷹隼的飛機細細小小地在高空飛翔。街上的孩子看了都興奮的高喊：「荻野先生！荻野先生！」。不僅小孩如此，「荻野先生」在京都的聲望大得很。現在人已死，他的遺物仍然吸引了很多人。

到適當時間，謙作離開這裡赴S先生家。

S先生的家是頗有京都風的雅致住宅，穿過大門上的小門，鋪石道的兩側遍植山竹。

談到了納聘、婚期與場所，謙作沒有其他意見。他只認為婚期越早越好。然而，如已確定在立春前，再要提早未免有點奇怪，因而請S先生和石本商量後再做決定。

## 11

謙作決定到東京住兩三天。並沒有什麼特別用意，只因為很久沒有回去，想回去看看。而且，以前石本曾為此到京都兩次，這次他想由自己去看他。

順途到鎌倉，跟信行一道赴東京，當晚即走訪石本。沒有商量什麼，閒聊到深夜，兩人留下過夜，一齊就寢時，信行說：

「不想順便到本鄉去？」

「這個嘛。本鄉總使我畏怯……但是，很想見見開子和妙子，很久沒看到她們了。」

「最近談到你的事，她們都非常高興。」

「真的！最好能在什麼地方見見她們。」

「明天不是星期天嗎？」

「星期六吧。」

「那就後天叫她們到鎌倉來，怎麼樣？」

「就這樣吧！」

「對啦，明天掛電話給她們，一定會高興。」

第二天下午，兩人回鎌倉前，掛電話給兩個妹妹告知此事。果然都非常高興，商定了第二天的火車班次。

坐上火車，信行猛然說道：

「那張照片沒帶來？……真不機靈。」

「這我也想過……」

「你就是想而不行。」信行彷彿想到什麼，這樣嚴厲說了之後，便笑起來。謙作有點不愉快。

「不過，你已在大森見過……而且這次又沒想到會跟開子她們見面。」

「說的也是。」信行彷彿要彌補自己言辭上的過失，點了好幾下頭。

當晚，兩人很早就寢。次晨，謙作留下信行，獨自到車站去。

他站在月臺上，火車已進站。兩個妹妹帶著大行李下車。

「哥哥呢？」妙子問。

「在家裡等。」

「呀，真壞！帶這樣好吃的東西送他……」妙子精神奕奕，才沒多久未見，就長得這麼大了。

讓人力車載著行李先行，三人緩緩從八幡走到學校旁。風和日麗的日子，三人心境都非常開朗。

雖然談到京都的房子，謙作卻遲遲沒有提起自己的婚事，反而由開子提起：

「這次的事，真高興。」

「婚禮什麼時候舉行？在京都舉行嗎？」妙子也說。

「大概這樣。」

「那時候，我想到京都去。」

「要哥哥帶我們去。」

「嗯，就這樣。但是在什麼時候啊？學校沒放假就去不成啦。」

「也許是放假的時候。」

「儘量安排在那時候吧。」

「這種事不能依阿妙的方便來決定啊。」開子說。妙子氣得靜默下來，回視姊姊。開子認為，即使學校放假，父親也不會讓妙子到京都去。這點謙作也知道。雖然知道，謙作仍然迎合說了一些話，他覺得很不好意思，便閉口不言。

快到時，妙子一個人先跑過去。人力車卸下行李，已迎面而來。

兩人抵達西御門的家時，妙子已在屋子正中解開火包袱，有點心之類物品、罐頭、水果及襯衫、汗衫等。另有一個像盒子的東西，用報紙包裹，再用繩子緊緊綁住。妙子故弄玄虛，顧左右而言他。

「這是謙哥的……」妙子說。「現在不能打開呵。回京都後，再打開來看。」

「什麼，讓我看看。」信行從旁伸出手。

「不行啊。」

「只讓我一個人看看。」信行說著想拿起來。妙子生氣地說：「討厭，不行！」

「是賀禮？」

「賀禮另外送上。」

「賀禮的定金？」

「行啦，跟哥哥沒有關係。別說啦。」妙子起身把它放在吊櫥裡。

「好壞！乾脆說出來好了，是什麼？」信行故意胡說。

「是妙子親手做的東西。」妙子從旁插嘴。

「姊姊別多說……」妙子睨視姊姊。謙作堅決表示回京都以後才打開來看，妙子這才滿意。

「這樣裝模作樣，反而滑稽。其實，打開來只是單純的玉匣而已。」開子吃吃而笑。

「唉呀，太過分啦！」妙子瞪著眼睛，睨視姊姊的臉，眼淚都急出來了。

「呵，已經快中午了。你們餓了吧。」信行說，妙子氣嘟嘟，不加理睬。

午後，大家到圓覺寺去。歸途又到建長寺半僧坊的山上。

謙作決定送兩人到東京，再搭當晚夜車回京都。

妙子為準備回家到化粧室去，信行一付開玩笑的淘氣樣子：「怎麼樣，看看好嗎？」把吊櫥裡的盒子拿出來。

「得了！得了！」謙作也開玩笑似地搶過來。開子笑了。

在鎌倉車站跟信行告別，三人回到東京。妹妹又送他上車回京都。

妙子的禮物是花邊緞帶的相框和寶盒。難怪會因「玉匣」而生氣，謙作獨自微笑。盒裡放了一封西式信封的信。

「謙哥，恭喜您。前幾天聽到信哥談到這件事，真想哭。我一個人躲在西式房間去，總覺得事情來得太意外，又高興得很。

這盒子送給不認識的嫂嫂。這相框可以放嫂嫂的照片或你們的結婚照。是鋼琴老師的太太教我，我自己做的。」

信裡這樣寫。見面時，妙子什麼也沒說，一付瀟灑高興的樣子，想不到竟為自己的婚事這麼歡喜，謙作覺得意外，也很高興。雙眸含著淚珠。

## 12

謙作的結婚日期決定得出乎意外的快，這是依照石本和信行的意向決定。不需要什麼準備，謙作也不知道會在京都住多久，房子自然不必另租，並請S先生告訴對方，無法再搬進其他東西，因此希望婚禮種種儘量簡單。

十二月初的某一天，直子和母親、哥哥從敦賀來。第二天，大家應邀到S先生家，在此見面。晚上由S先生請大家到南座看「顏見世狂言」[21]。

謙作再度見到直子，和過去腦海中描繪的人大異其趣。該怎麼說好呢？總之，他已不知不覺在心裡把她想像成最適合現在的自己、也是現在的自己最切盼的女人。一言以蔽之，他在腦海裡把她創造成像鳥羽屏風美人般古雅優美的姑娘，否則也是令人舒暢的喜劇中出現的高貴快活的姑娘。一切都含著誇張的傾向，他初次見她的印象已隨心所欲無限誇大。現在在同一觀眾席上看見的直子卻個子高大，雙頰豐潤，眼尾有些小皺紋，鬱鬱不歡。頭髮也不時髦，是舊式的所謂廂髮[22]。第一次看到她時，是什麼髮型？已記不清。想必是較自然、毫不起眼的髮型。

側臉跟她母親肖似。她母親是N老人的妹妹，但跟他想像的完全不同，大臉矮胖，一付鄉下人模樣；也許染過，頭髮太黑，並不雅觀。直子像她母親，使謙作想起了莫泊桑描寫同一場面的短篇小說「Unfortunate Likeness」[23]。但他不像這篇小說的主角，為此而感到幻滅。她不像他想像那麼美，確是事實。不過據她後來告訴他，由於前一天坐火車疲勞，加上前一晚睡眠不足——疲勞反而使她昂奮，幾乎到天明都還睡不著——，所以那天頭有點痛，也想嘔吐，顯出生病的模樣兒。其實，後來他也很少看到她這個樣子。

鬱鬱不歡的不只是她，謙作也神經疲倦不堪。他跟初見面的人長久在一起，神經容易疲倦。尤其是有不能漠不關心的人在場，更容易疲勞。她的哥哥給人的印象並不壞，但是因為沒有共同的話題，常常拙劣地談起文學，他真拙於回答。為談話而談話，可以不必每一件事都負責到底，但謙作無法如此毫不在意的說話。未來的內兄常以極親切的眸光從正面看謙作，並說：「不周之處，請多寬諒。」「母親年紀已越來越大……」這時，他令人覺得非常善良，讓人激起一份親密感。

舞臺上演出「紙屋治兵衛」[24]的河庄一齣。謙作曾看過好幾次這齣狂言[25]。演員的演技一如預料，非常精湛，雖覺不錯，卻沒有意思。他無意間又左思右想，無法為現在的自己——與未婚

21 南座在京都四條橋邊，是歌舞伎劇場。所謂「顏見世狂言」是指劇場中所有新演員一齊亮相的戲劇。每年十二月都在京都、東京舉行一次。

22 即前髮、兩鬢蓬起的女人髮型。

23 大概情節是：一個美麗姑娘跟母親去看戲，坐在一個男子面前。那姑娘側臉與母親酷似，母親已有雙下巴。突然，那姑娘也已年老，跟母親一模一樣。那男子大為失望。

24 「紙屋治兵衛」：係將近松門左衛門的淨琉璃「心中天網島」（天網島殉情記）改編為歌舞伎。河庄一齣在前半。紙商紙屋治兵衛與遊女小春相戀，受治兵衛的哥哥孫右衛門教訓，再加上女傭給小春的信，治兵衛乃決心與小春分手。

25 狂言：狂言有兩種。一為能狂言，亦即能劇幕間的滑稽劇；一為歌舞伎狂言，亦即歌舞伎劇目或其本身。

妻在一起，值得高興——而欣喜。他看著眼前的直子，憶起兩個月前的她，想不到竟是同一個人。

直子流露寂寞沒精神的樣子，全神貫注在舞臺上。謙作覺得直子茫然的樣子值得同情，但他自己卻無法應付無法控制的悲慘情境。

他努力裝出若無其事的樣子。可是，越來越想儘快逃出這地方，即使快一秒鐘也好。這種現象對他來說並不稀奇。然而越是這樣，他越痛苦，越拚命掙扎。就像向榮娘求婚，使他一時之間趨於放蕩一樣，這次也有些病態；有此趨向，使他疲倦，使他的神經衰弱不堪。

戲散時已經很晚。外面明月高懸，已近滿月。謙作立刻向大家告別，像飛出籠子的小鳥，輕鬆自由，獨自從八坂神社旁向知恩院走去。還是一個人比較好。知恩院的大門越來越近，月亮隱在門後，大門烏黑，看來更大。

結婚的第一步竟然這樣開始，似乎不是好預兆。他想，最壞的還是自己，不能自制的惡習——這樣說，並無逃避責任之意。祖父的壞遺傳總是背叛自己，他有這種感覺。無論如何，要謹慎！今日是今日，今後若不能進入真正嚴謹的生活，最後難免會因此把自己的一生導向破滅。婚後更須謹慎。他這樣想，一再下決心，這種決心一再反覆，也一再破滅。

再過一週就要和直子結婚。在這一星期中，直子母子三人曾到他住處拜訪一次。是陰霾寒冷的午後。阿仙在廚房工作，他到七八十丈遠的郵筒投寄給石本和信行的明信片，遠遠看見母子三人迎面來。母親落後一步，直子身體依著前行的哥哥，快快活活的說些什麼。美得叫人認不出來，而且精神奕奕。謙作感覺心口怦怦作跳，駐足等待他們。

謙作非常輕鬆，一切都順利進行，大家都很愉快。阿仙想儘量討好這位未來的女主人，顯得有些焦躁不安。謙作取出文件盒裡的照片——亡母、兄弟姊妹、外祖父母、榮娘及其他同學的照片——給他們看，他很久沒有拿出來了。

他們步行到銀閣寺去。參觀安樂寺後，又去看法然院，談到這裡阿育王塔[26]的來源，直子像女學生聽崇拜的老師說話一樣，傾耳細聽。

快到銀閣寺，直子的哥哥突然說：「有點不舒服，想先回去。」臉色蒼白，額上全是汗珠。大家都有點擔心。謙作自己怕冷，常在室內大燒炭火，可能因此中了暑。他說一個人回去就行，剛好有輛人力車，便留下直子，與母親一齊先回去。

兩人從磚頭縱埋的坡路默默進門。有一屏風，上面寫著一個「德」字。在屏風旁等待導遊的人，兩人談話中斷了一會兒。不久，一個穿短袴的導遊孩子走出來，獨自一個大聲喊道：「向月臺、銀沙灘」[27]「左右紙門乃大雅堂[28]書法」，不覺俗塵盡去。

「如果你想坐人力車直接回去，晚上我再把放在家裡的陽傘和信玄袋[29]送到旅館去，好嗎？」謙作問。直子默然，以生氣的目光望著他。「還是要順路一起回去？」謙作又問。直子不禮貌的回道：「嗯。」彷彿這是理所當然。

南禪寺後闢了一條人工溪流，引導排水，再讓水流入黑谷一帶的田圃。他們沿著這條人工溪流走回去。可以並肩而行的地方並肩而行；不能並肩而行的地方，謙作先行。先行時，他彷彿

26 阿育王塔：阿育王是西元前三世紀印度孔雀王朝第三代的國王，初信耆那教，後皈依佛教。為宏揚佛法，在領地內建了八萬四千座塔，以收釋迦舍利。日本京都法然院三重石塔的基石上寫著「摹倣江州阿育王塔」等字樣。

27 兩者都在方丈室前。向月臺如倒扣的研磨盆，白沙堆得高高。銀沙灘是鋪滿白沙，做成波濤起伏的大海形狀，有月亮的晚上最美。兩者皆為日本庭院構築法之一。

28 大雅堂，係指池大雅（1723-1776），日本江戶中期畫家。日本南畫的完成者。亦擅長書法。

29 信玄袋：一種旅行用的手提袋。大多用布做，橢圓形底用繩子綁住袋口。

親眼看見跟在後頭的直子腳穿純白布襪，踢著和服下襬，「沙沙」地穩重跨出腳步。那一定非常美。這樣的人——這樣的腳，緊跟著走路，使他覺得幸福無比。

一隻小烏龜逆著鋪了小沙石的水流，拚命往上爬。朝著一定方向昂首爬行的樣子很滑稽，兩人暫時停下腳步觀看。

「我對文學一竅不通。」直子這時莫名其妙地說出這句話。謙作蹲下去拾起泥塊，朝烏龜前行的地方投過去，烏龜縮了一下。溶解的泥水流過後，牠又繼續往前爬，龜甲上披著薄薄的泥巴。

「不懂比較好。」謙作蹲著回答。

「一點也不好！」

「這樣對我反而比較好。」

「為什麼？」

直子的問題，謙作很難明白解釋。以前並非如此，但現在不管妻子對自己的工作能不能特別了解，他已無所謂。想跟榮娘結婚時，這問題已經想過。如果妻子說：「非常喜歡文學。」他更受不了。

直子似乎非儘早說出這件事，她無法放心。另外直子有個姑姑，在直子出生前，已離開婆家，回娘家居住。她自己沒有孩子，非常疼愛直子。現在已經六十多歲，捨不得直子離開身邊。這姑姑今後可能會常常到京都來打擾他們，但願謙作不會嫌棄。「姑姑已先懇切向我求過。」直子說。

回到住處，兩人休息了一會。直子搜索鄰屋的書架說：「讀哪種書好呢？」

兩人一道出去。謙作送直子到旅館。直子的哥哥已經起來。他說，回來躺一下，就好了。

## 13

又過了五天，兩人結婚了。在圓山的「左阿彌」飯店舉行簡單的婚禮。謙作這方面參加婚禮的有信行、石本夫婦、喜歡京都的宮本以及回到奈良的高井。直子這方面有N老人夫婦和三四個親戚知己，此外就是媒人S先生夫婦、山崎醫學士和東三本木的旅館女主人。雖說簡單，卻已比謙作以前希望的婚禮熱鬧得多，因此覺得不合己意。不過，這天過得很好，他心情舒暢，各種情況都能以愉快心情相對，也給大家這種感覺，謙作內心深感欣慰。

在舞孃、藝伎這些穿慣華美衣著的人中，直子不習慣穿長袖和服的模樣特別顯眼，加上高島田髻與臉型不相稱，顯得土氣十足，令人覺得有點可憐。但滿心喜悅的謙作，連這些也覺得含有一種幽默感，並不以為意。

十一點鐘，一切都已結束。信行說：

「我到石本的旅館去住。明天我先打電報給榮娘。詳情待你稍微安頓後再由你寫信給她。行吧！」

當天，信行喝得相當醉，自己鬧個不休。但他的騷鬧並不惹人厭，也不會讓大家感到不舒服。謙作第一次看到信行這個樣子，頗覺稀奇，同時也有點擔心。目前情況還好，再醉下去，可能就要出醜了。想不到信行意外的清醒。他不禁佩服，由衷感到一種骨肉的親近感。

回家時，阿仙穿著老式的碎花禮服到玄關來迎接。

第二天，兩人一大早就到S先生家致謝。雖是上班時間，S先生仍在家等待。接著到石本夫婦的旅館。信行也跟他們一齊到東三樓娘家住的地方。

送人回去，到奈良應酬，忙了兩三天。

謙作住的房間有八疊大，隔壁是朝北的長形四疊室，此外還有玄關和用人房，並不算大。面北的四疊室不能使用，所以，成家後，勢必再搬家。

謙作雖然不必馬上開始工作，但他不希望婚後一下子什麼都停頓下來，所以想先安排隨時可以工作的環境。一天，兩人一道去以前曾經看過一次的高台寺那邊的出租房子。以前看過的房子已經租出去，不過還有一棟同排新建隔成兩戶的二層樓房。東邊這戶比較合他們的意，準備租下。

「這邊不大好。」謙作從二樓面南的窗口探望。「從鄰家探出頭來，馬上就面碰面。」

「不錯。」直子也說。房東的年輕兒子帶鑰匙領路，這時溫和的說：

「如果這樣，在廁所屋頂上加一堵小土牆就行，而且可以免西晒……」

「不錯，這樣最好了。還有，這電線沒法拉到房間角落的桌子上，實在遺憾。要是可以的話，由我加長……」

「呵，這點，我們可以做。」

到此一切都很順利，可是，走到樓下，飯廳的電燈太高只距天花板兩尺，謙作看了說道：

「這也不太理想，做針線，暗了一點。」

「不能延長？」直子挺著身子想把它拉下來。

「不能延長。」房東的兒子不高興地說。然後站遠一點，默默望著那電燈。

他大概以為我們只會為自己打算生氣了，謙作想。不錯，我們只為自己打算，但為什麼連這點小事都吝惜不肯改變呢？房東不是做不來，明明知道希望他能把電線加長，卻裝出不知道的樣子，這下又觸及了謙作任性的脾氣，不禁發怒。

「我們搬進來以後可以加長吧。」他說。

「那不大好。」年輕的房東無禮地反對。

「為什麼？」

「京都人這樣的光線就夠了。」

「……」謙作生氣。

「電線拉長了不好看。」

「退租時再恢復原狀，總可以吧。難道也不行？」

「不行。」年輕的房東變了臉色。

「哪有這樣渾蛋的人！既然這樣就不租了。……回去吧。」謙作發脾氣，也不打招呼，掉頭就走。直子覺得很為難，她說了一些話，致謝辭行，年輕人也說聲「哪裡！」鄭重行禮。

「唉，兩個人都這麼暴躁。」直子一面撐開陽傘，一面碎步跑過來，笑著說。

「不過，那傢伙脾氣還算不錯。」謙作苦笑著說。他覺得那年輕人發火，並非沒有道理。自己跟著發火，有點不好意思。

「吵了架還稱讚人家！那樣好的房子，真可惜。」

「不管多可惜，也沒有用。」

「其實，一聲不吭，搬進去以後，還不是可以隨便加長。這樣一開始就要這要那，當然會生氣啦。」

這天，他們不再找房子。兩人去買答謝品。五條坂有著名的陶瓷店，一家家地瀏覽。六兵衛、清風、宗六——宗六家大都叫宗六，一個衣飾極其樸實、還相當年輕的人，親切地把前幾代宗六的紅玉有蓋香盒等非賣品拿出來給他們看。第一代宗六是伊勢龜山人，謙作以前聽說：他的姨媽嫁給這陶工的近親，在京都時一直住在這陶工家。因此，他對這年輕人有份親密感，可是不知為什麼總不願意說出自己是那姨媽的外甥。

宗六的家陰沉沉。到剛從宗六分出的木仙家，彷彿一切都顯得明亮生動。有親密感的宗六家沒有要買的東西。到木仙來，卻貨物齊備。店裡放滿東西，第二代木仙坐在貨品中，親自倒茶，應接客人，看來頗有霸氣。

謙作買了一些赤繪葫蘆型小陶器[30]。包裝盒上的標誌還是現在正臥病在床的第一代。

兩人離開這家店時，已將近傍晚，一路上寒風吹襲。謙作覺得很冷。

「不早點找個地方吃飯，會感冒。」謙作說著豎起和服外套的衣領。

「阿仙一定做好飯等我們了。」

「未必吧？」

「真的？你平時常在外頭吃嗎？」

「那倒不是。因為出門的時間較晚，可能認為我們會在外頭吃。」

兩人一邊談一邊從平緩的五條坂走下來。五條橋正在改建，並排放了狹小的浮橋。兩人走過橋。

「這是五條橋？」

「嗯。」

「舅舅（N老人）因S先生的周旋，得到了五條橋椿的舊基石，非常高興。」

「做什麼用？」

「大概是做茶室的踏腳石，他常常提到這種事。」

「舅舅倒真是雅人哪。」

「不錯。跟我媽媽很不相同。」

「真的？第一次到東三樓時，還拿舊絨布袋給我看，相當不錯的袋子。他喜歡這種東西？」

「相當不錯。」

「你也是個雅人呀。看你今天買東西，就有這種感覺。」直子笑著說。

「你哥哥怎麼樣？」

「哥哥和我都是媽媽的孩子，這方面可不行。」

「這樣也好。年紀輕輕，就雅起來，並不太好。」

「你是說什麼都不懂比較好？不懂文學也好，不懂風雅也好。」

「這可是真的啊。」謙作說。「懂文學，懂風雅，都是一種不良嗜好。」

「真是妙論，我不懂。」直子大聲笑出來。謙作也笑。直子凝視著他，「不懂妙論也比較好？」

「傻子。」謙作不由得冒出這句話。

忍不住捧腹大笑。

兩人渡過橋，搭電車到四條，從狹隘的菊水橋邊到牡蠣船[31]去。自尾道上牡蠣船以來，這是第一次。那時的痛苦回憶在他腦海裡一掠而過。回憶雖然湧上來，現在卻非常幸福。首先，場

30 赤繪葫蘆型陶器：原文為「赤繪の振出し」，是一種器口稍大、頸部細小、體部較大的葫蘆型器物。外表用紅色作畫，一般用來裝香料或沙糖等。

31 牡蠣船：繫船河邊，供客上船吃牡蠣的料理店。

所、氣氛就完全不一樣。這裡跟那微黑倉庫街的牡蠣船太不相同了。前面有祇園許多茶屋的燈火。四條華美的橋、對岸南座（劇場）的燈火，明亮刺目，倒映河水上。

一個小時後，兩人離開牡蠣船。他們輕輕鬆鬆穿過衣著華麗的舞孃、編髮為髻的藝妓小侍女絡繹於途的祇園茶屋町，到東山那邊的電車道。經過的地方有一間類似郊區曲藝場的小戲院。謙作曾在這兒見過蝮蛇阿政。

「你知道蝮蛇阿政這個女人嗎？」他想起當時的情景。

「好像在講古話本裡看過。」

「我曾在這裡見過那女人。」

「真的。是活的人？」

「把自己的事蹟改編為戲劇，巡迴演出。」

謙作談起那個把頭剃光，類似男子漢的高大女人，也談到她給他的印象：「內心毫無快樂，絕望般的憂鬱。」同時說起那年春天曾經提筆寫了好幾次，終於沒寫成的榮花故事。

「懺悔到底只有一次。」他說。「第二次就不會有第一次激動了，懺悔的意義也就蕩然無存。把它改編成戲劇巡迴演出，有其道理。可是已毫無懺悔的意義了。」

他說，榮花犯了罪，受此罪苛責，常不斷持續著一種緊張氣氛，她現已懺悔，可能得人寬諒，其實就心理狀態來說，她比內心毫無快樂又沒有緊張的阿政要好得多。

「是這樣嗎？我要是做了壞事，不說出來，便覺得痛苦無比。說出來，真是舒暢極了。」

「你的壞事和阿政、榮花的壞事不能相提並論呀。」

「不同嗎？」直子的語氣使謙作覺得她純真無比。

「是不同呀。你只要一說出來，誰都會原諒。阿政和榮花就不能這麼簡單。你說出口以後，立刻就忘記，誰都不以為意。可是，如果真做了壞事再懺悔，這種心境就會持續下去。不會立刻覺得清爽舒暢。」

「誰不會覺得？」

「誰？……做壞事的人啊……」

「真是執著得很。」

「要懺悔而不懺悔，悔悟之心也許會持續。真的懺悔之後卻又不行。」

「那該怎麼辦呢？」

「……」謙作不覺語塞。他驀然想起亡母，彷彿掉入圈套，終於噤口不言。兩人默默前行，走了五六步，直子似乎突然遭受不安情緒的襲擊，說道：

「別再說這種事，好不好？」

直子聽過謙作母親的事。不過，這時似乎沒有浮現出來，只是這個氣氛使她覺得不安：

「難道沒有比較舒服的話題？說些舒服的吧！……這種東西，我不大懂。」她以撒嬌的聲調說，同時以那圓柔的肩膀靠過來。

「什麼都不懂。」謙作笑，「你以為說不懂就會得到稱讚……」

「是啊。我什麼也不懂，所以是不懂事的人呀。很好，你也說這樣很好嘛。」

不久，兩人心情輕鬆，回到北坊的寓所。

## 14

十天後，兩人在衣笠村找到一棟舒爽的新建二層樓房，搬了家。一月，居然這麼冷，在京都實在少有。空房子剛建好，牆壁才乾，還不曾起過火，更顯得冷。

S先生公司的老工友來幫忙。工友說：

「這個地方只有女人單獨在家的話，就很冷清，雖然不會有什麼事，不過還是養條狗比較好。」

謙作就託他找狗。

當晚，把所有火盆都燒滿火，溫暖了房間，才睡覺。

謙作決定將書房設在二樓。他喜歡從放桌子的北窗望外頭的景色。正面有松林繁茂圓頂的衣笠山。山前是金閣寺的樹林，山後看得見鷹峰的一部分。此外，左邊是高高的愛岩山，右邊只要稍微探頭就可看見峰頂覆蓋薄雪的叡山。他常坐在桌旁望著窗外風景，什麼也沒寫。

夫婦倆常一起出去，在花園的妙心寺、太秦的廣隆寺、祀秦河勝的蠶宮、御室的仁和寺、鷹峰的光悅寺、紫野的大德寺一帶散步。晚上也常坐電車到新京極鬧區；近一點就到被稱為「西陣京極」的千本路去。

當時，末松剛好住進岡崎的某一公寓。末松中學時低謙作兩班，兩家住得很近，常一起玩耍。四五年前，末松到這裡的大學讀書，因病休學兩年，現在從東京來參加半學年的考試。一天晚上，末松帶一個常看謙作作品的青年來訪。

「聽說，水谷兄最喜歡你和阪口兄的作品。」末松說。謙作窘於回答。他不喜歡與阪口相提並論，當面談自己的作品，他也常常窘於言辭。

「水谷兄念文科，今年將進大學。我不大清楚，好像在寫詩、歌什麼的。」

「如果最近能寫出什麼，有機會帶來請你過目。」水谷說得滿乾脆。

「見過阪口沒有？」

「沒有，還沒拜會過。」

直子端茶點進來。謙作為她介紹末松，然後介紹水谷。

直子不知什麼時候換了衣服，頭髮也梳理得整整齊齊，一付新婦模樣，安詳沉靜地把茶點送到客人面前。

「你認識大嫂的表兄吧。」末松望著水谷說。

「認識。中學一直跟要兄在一起，還有，久世兄也是。」

直子無緣無故臉色泛紅。「要」是N老人的兒子，現就讀東京高等工業學校。謙作雖沒見過，但知道他的名字。謙作回望直子，問道：

「久世是誰？」

「是要哥的朋友，現就讀同志社大學。——呵，對啦，是他稱讚你的作品。」直子以極其自然的語氣只對謙作說，後面說得很快。提婚時，曾聽到這個人對作家謙作的好評。

「真的？」

「久世兄說一定要來拜訪，沒關係吧？」

「嗯，隨時歡迎。」

直子依偎般坐在謙作身旁。謙作覺得在客人面前這樣不好看，故意儘量對直子表示漠不關心。但是又覺得故意這樣不好。他若無其事調整一下坐姿，儘量把身體移開直子。

「要兄常常來信嗎？」水谷無禮地直接問直子。
「沒有，一封也沒有。」直子轉臉望著謙作，「真不像話，嫁到這裡來，還沒來過一封信。」
謙作默默不言。
「據說，他曾對久世兄說，這次春假回敦賀，或從敦賀回東京時，要順路到京都來，並且要拜望這裡的新家……」水谷獨自笑了。
「真討厭的人，」直子生氣似地說，臉色泛紅。
末松雖跟謙作熟稔，因為旁邊有不很熟悉的直子，話比平時少了一半。而第一次見面的水谷卻毫無拘束地常開玩笑，謙作覺得頗不對勁。水谷膚色白皙，個子短小，一笑頰上立刻顯出縱向的大酒窩，雙眸混濁。藏青碎白的和服配上斜條袴子，袴帶打成小結，兩根帶端長長垂在面前。他和末松住在同一公寓，剛認識不久。他擅長下將棋、玩紙牌和撞球。兩人是這方面的朋友。
「太太，」阿仙在紙門那邊呼叫，「太太，請來一下。」
直子立刻起身出去。人影一消失，末松彷彿一直在等待這一刻，隨即做出打牌的手勢，笑道：
「打不打？」
「不打。」謙作微笑，搖首。他們倆在中學時，常跟榮娘三個人一齊打牌。
「有牌嗎？」
「應該有吧。是那老玩意兒……」
「好想打牌。」末松以小孩的口吻說，好像非常想打。
「怎麼這樣熱中？」

「末松兄在公寓裡也最熱中。」
「大嫂怎麼樣呢？」
「這個？」
直子叫阿仙打開紙門，雙手捧著彫花玻璃盆進來，盆裡堆著山一般高切好的蘋果。
「知道花[32]嗎？」
「花——？」
「就是這個。」謙作做出手勢。
「哦，是那種花？」直子坐下，把盆子放在適當的地方，一邊說：「知道啊。」
「真棒！」水谷輕浮地說，非常起勁。
「知道放的地方？」
「就是那個。」
「搬家時好像看過。包在紅印花包巾的大概就是吧？」
「要拿來嗎？」直子又偏著頭問。這是她常有的習慣。
「嗯。」
半晌後，四人在電燈下圍著罩上白布的座墊。
「一切要四倍計算，其他沒有改變。」末松一面分牌一面說。
「跟我知道的好像不同。」

32 花即紙牌。日本紙牌上印有松、梅、櫻等十二種花草，每種四張，共四十八張，依圖形不同，點數有高低。這種牌簡稱花。

「你知道的是怎麼樣的？有角色[33]吧？」

「有啊。有賞月、賞花或豬鹿蝶這種角色。」

「那就不同了。」

「真的？那我先看看，這樣比較好。」

「大嫂，沒問題的。」水谷一邊靈活的洗牌一邊說。「馬上就記起來了。而且是四個人，總要有個人不打，不打的人可以當輔佐人。」

「參加也行。馬上可以記住，你去拿紙筆，把角色寫給你。」

直子起身去拿紙筆。

水谷把黑牌分為四分。打開時，謙作分到的是作莊的牌。

謙作拿起紅紙牌發牌。

直子走進來。「我寫吧。」水谷從直子手上接過筆硯，從手役開始，一面寫一面解釋。

謙作看了自己的牌，把牌倒扣，等得有點不耐煩，點火抽菸。

「龍岡兄現在在哪裡？還是在巴黎嗎？」末松說。

「是的。好像很用功。」

「聽說，在飛機發動機這方面，龍岡兄是最好的。」

「真的？已經是最好的了？」謙作由衷高興。

「有這麼一種說法。——一直有信給你吧？」

「常常來信。」

水谷大致解釋了手役之後說：

「光一也叫嘉察；丹一就是丹兵衛……」在「光一」之下寫著「亦稱嘉察」。

「喂。可以了吧？」末松等得不耐煩。

「等等，手役已解釋完，馬上要解釋場役。」水谷開始解釋場役。

「榮娘呢？」末松問。

「在天津。」

「在天津？」末松訝異地說。「為什麼到那裡去……」

謙作不願提起榮娘從事的工作。雖然沒有隱瞞的必要，但在第一次見面的水谷面前，他不想說。末松還是問起：

「做什麼生意嗎？」

「做些小生意。跟她表妹一起做。」

末松再問下去。就在這時候，水谷說：「呵，這就開始吧。」謙作用手壓著牌：

「幾貫。」

「兩貫。」

謙作膝行靠近直子，「怎樣，懂了吧？」望著直子的手。

「怎麼樣？」直子雙手拿著牌伸到謙作面前。

「出牌看看。」

「這是角色吧？」直子說完話，看看自己的牌，又看看水谷為她寫的紙，比較一下。大家都笑

33 日本紙牌共有四十八張，可三人玩，也可兩人玩。三人玩，則有手役七，場役六。手役者只以手上的牌來決定所規定的角色，有得某點數的特權。場役則為決定勝負的角色。

了。

直子就這樣開始玩牌。沒打的人總輪流過來幫忙她。不知不覺直子已拿到最高點頭。接著在水谷的幫忙下又拿了滿貫，以此她贏定了。

因直子拿了滿貫，第一回合結束，謙作說：

「這次你自己試試。大概懂了吧？」

「嗯，可以啦。這次我一個人打。」

可是，沒人幫忙，直子總是輸，最後還是要人幫忙。計算點數時，直子說：

「我總沒有手役？」若有所思，「有啊。有過啊。」

「說什麼嘛。那是上一回的牌局。真是貪心不足。」謙作開玩笑地說，一面想：直子雖有女人的細心，卻也有貪慾。

直子細述她可能做手役之處。

「如果這樣你大概就贏了。有些什麼？」

直子把展成扁形的七張牌拿給他看：

「是丹兵衛啊。」

「好。是櫻花的丹兵衛。」謙作對大家說，不由得再看一次，這時有張被遮蓋的菊花很引他注意。他伸手把那地方的扇形再展開一些。那是有杯子的菊花。有了這一張就不能當手役。上面一張牌只遮蓋了杯子，謙作覺得這是直子在耍陰險。

「我一點也沒發覺。」直子不高興地說。

「好了。雖有櫻花的丹兵衛，仍要受罰。」他若無其事地把那張牌切入其他牌裡，立刻開始比賽。他雖然沒有立刻就說：「狡猾的傢伙。」但的確覺得直子很狡猾。一面比賽，他一面想著這件事。他心情鬱鬱，想不到其他的人也都沉默不言。

十一點左右，他帶著直子離開家門，送末松他們回去。

「最近到我公寓來玩吧？」末松說。

「可以去。……」謙作含糊其詞，要跟水谷這種人在一起，他頗不樂意。

「一定要來。」水谷說：「我幾乎每天都在家。」

「不善於玩紙牌……」

「哪兒的話，時任先生玩牌，重理路，很有趣，末松兄則可說是思念術流，難以捉摸。」說完話，水谷望著末松大笑。

「什麼叫思念術？」謙作問末松。

「呃？思念術？」末松只是笑。

「所謂思念術就是想到什麼就打什麼，隨心所欲。」

從椿寺渡過小橋，走入「一條通」的街道。因為時間已晚，到處靜悄悄，商店已打烊。直子把臉頰埋在毛圍巾（謙作的）裡，默默跟著謙作走。

「怎樣，你們回去吧？」末松說。

「你的意思呢？」謙作體貼地回首望直子。

「我嘛，沒關係。」

「那就送到大將軍前吧。」

寒冷的晚上，人家默默不語，冰凍的道路發出木屐齒的聲音，聲音很大。

「再暖和一點，大家一起到什麼地方去看看，怎麼樣？」謙作想起十年前的春天，曾與末松到富士五湖去玩，便這麼說。

「我贊成。今春我想到月瀨[34]去。如果沒去過，月瀨也可以玩玩。從笠置那邊去。」

「月瀨一定很不錯，我也還沒去過。」水谷隨即回答，兩人不理他，談起當年逛五湖的情形。

不久就來到位於市中心的朱紅色小廟「大將軍」前，謙作他們跟兩個人作別，折回衣笠村。直子一點精神也沒有。剛才那件事畢竟傷了直子的心，謙作想。如果可能的話，他真想說些話安慰她。可是，他卻感同身受，不禁傷心。

「累了？」

「不。」

載著蔬菜的牛車，發出喀達喀達的冰冷聲音，錯肩而過。牛猛搖著下垂的頭，把鼻子噴出的濃郁霧氣，散在道路上走過去。

「陰險狡猾實在不好。」謙作想。「壞事竟以不快感逼近自己。但自己卻毫無不快感，也不覺得有絲毫惡意，真不可思議。」他不禁覺得直子很可憐。因為這件事，他反而向直子顯示了以前不曾感覺到的深愛。

默默握住直子的手，納入自己懷裡。直子以嫵媚細瞇的眼神，將臉頰靠在他肩上，並排而行。謙作感傷之至，而且深切體會到直子現在已完完全全成了自己的一部分。

## 15

因為沒有其他朋友，謙作自然常跟末松見面。當時，末松剛剛交上祇園的三流藝妓，興奮非常。謙作去拜訪時，不能不表示些許關懷。而末松又因顧慮直子，不敢邀謙作到祇園去。

一天晚上，謙作因為已經外出，便從去處去找末松，時間已經很晚。雖然知道末松如果打算外出，一定已經走了，他還是去了。剛巧末松正準備出門，兩人都覺得很不巧。

「沒關係，真的沒關係。」末松說，一付瀟灑的樣子，又在火盆上添了木炭，然而畢竟無法不在乎：

「叫到這兒來，怎麼樣？」

「若要叫，倒不如去。」謙作說。

「真的可以嗎？總覺得對嫂夫人不好。」末松搔著頭，很不好意思的樣子，卻又很高興。

兩人走到寒冷的戶外。當時已過九點。直接從平安神宮前廣闊沉靜的大道向電車路走去。

「到哪裡去呢？」末松說。

「你常去的地方就行啦。」謙作回答。

「藝妓是紅車票[35]，茶屋[36]也是紅車票。難免會傷害虛榮心。」末松笑著說：「還是到飯館去吧。」

「要是本人不在，那也沒辦法。我剛吃過飯，你也是吧？」

「嗯。不過，她的客人不多。……」

總之，要先通個電話，兩人搭電車到祇園石階下，進入附近的咖啡館。末松立刻去打電話。

34 月瀨：日本奈良學添上郡月瀨村，沿著名張川，是賞櫻勝地。

35 紅車票：當時火車有一等到三等車廂，紅車票是三等車車票的俗稱。用在此處意指第三流。

36 茶屋：日本所謂的「茶屋」有幾種意義。一是為賣茶葉的茶店；二是賣茶水的店舖。三是供客引遊女或藝妓飲酒作樂，甚或招妓住宿的色情場所等等。此處的「茶屋」是指第三種意義的色情場所。

「唔。」——「嗯。」——「唔。」末松只是回答。「呵，再見……」狠狠掛上聽筒，滿臉不高興地回到桌到。

「六十圓算什麼，真叫人生氣！」末松一面說一面叫站在旁邊的女侍拿烈酒來。

「不在？」

「到大阪去，今天不回來。——扯謊。」氣得焦躁不已。他那臉色彷彿常常看到那女人跟別的男人賣弄風情似的，極不愉快。

電話響了，一個女侍去接。

「找我？要是找我，就說不在。」末松神經質地說，果然不錯。女侍用手掌壓住聽筒，回首困惑地說：

「已經說您在這裡了。」

「那就說我不接電話。」

結果，末松拗不過那三流茶屋的老闆娘，終於去接了。吵了一陣之後，還是答應到那茶屋去。

「很髒的房子哩。——不在就不必急了。在這裡再待一會兒。」他接連要烈酒，硬要自己鎮靜。而且，被老闆娘說了一頓，似乎極不樂意馬上就去，同時說道：

「真的沒關係嗎？總覺得讓你無謂的陪我，很不應該。」

「沒有關係。」謙作覺得末松很可憐，故意裝出若無其事的樣子。可是，想到末松現在的心境跟自己的心境差得這麼遠，頗覺不對勁。其實，他的心已回到在荒寂的衣笠村家裡痴痴等他回去的直子身上。但他不願意讓末松知道，儘量裝出若無其事的樣子。

「賞花小徑也有一家我認識的茶屋。一開始就該到那裡去。」末松說。

走出咖啡館，到那三流茶屋途中，末松仍然擔心茶屋的粗陋，他已經醉了。

來到那茶屋，末松始終不願意進去，便決定到高台寺那邊的飯館去。已經過了十點，所以請人打電話過去，他們兩人向那飯館走去。

樹叢裡邊小小的中間二樓，電燈還亮著，兩人被引到裡面去，二十分鐘後，三四個人匆匆行走的步履聲從樹叢踏石上傳過來。三流茶屋的老闆娘和兩個年輕藝妓，由女侍引導者匆匆走進來。

末松焦躁不已，不停地向老闆娘發脾氣，年輕藝妓也揶揄她，儘量討好末松，使末松高興。末松不為所動，頑強地恨恨說道：

「六十圓的顧客，有什麼了不起。」

他甚至在可憐自己，竟為那種女人而嫉妬。

老闆娘硬要末松來，現在卻覺得難以應付。好不容易場面穩定下來，老闆娘才得說話，決定離開這裡。

謙作早想回到直子那邊。他從來不曾在十二點過後回家，很放心不下。可是，不能夠一個人先回去。

五個人從寂靜的大街穿過安井神社回到那茶屋。那個個子矮小、頭髮捲捲、長得很美的年輕藝妓，一面揶揄末松，一面在黑暗的路上握著謙作的手。謙作把合在一起的手放進自己和服外套口袋裡，一邊走一邊覺得那女人的肩膀靠在自己臂上。昨晚，他跟直子散步時也這樣。現在卻跟藝妓如此，腦海裡總是想著不眠等待的直子。貼在一起的手並不是雙手緊緊握住，不知不覺就鬆開了。

回到那茶屋，老闆娘勸他們住下。末松只讓兩個藝妓住下，立刻離開了茶屋。

兩人總是難以分手。謙作雖然不這麼強烈，但從一年前自己的生活推想，他很清楚末松無可排解的心境。

「兩點鐘以前回去就行了。」他說。

「到賞花小徑那茶屋去一下，行嗎？」末松有所顧忌地說。

「嗯。」

「我一時之間不能到你家去，不好意思見嫂夫人……」末松竟然說出這種話。

兩人走過黑暗的小巷。末松一個人落後，站著小便。一個呢帽深扣到眉前的年輕男子，方向跟他們相同，走過末松背後時，末松正經地說：

「對不起。」

那男子卻不加理睬地走過去。

「渾蛋！那有別人打了招呼，還默默地走過去的？」赫然大怒，小完便，搖晃著他那細長的身子追過去。謙作像攔阻烈馬一樣，在狹隘的小巷裡攤開雙手攔住末松。那男子趕快離開。

「喂，今晚讓我打一架，行不行？」末松逞著酒意說。

「你要打可以，跟我可沒關係。」

「可以，不過，我要揍剛才那傢伙。到哪裡去了？」末松摔開謙作的手跑到馬路上，環視四周，已不見那男子的形影。

賞花小徑的茶屋新建，氣氛不十分好，但比先前那茶屋格調要高一些。個子高大，似乎不諳此道的老闆娘走出來，致意道：

「很久沒見了。」

「叫太夫[37]來。」末松說。

「是。」

「我不要。立刻就要回去。」謙作說。

老闆娘不知如何是好，望著末松默默無語。

「只要不對不起嫂夫人就行了吧。」末松不愉快地說，其實他也很想讓謙作住下來。

謙作以前也有這種習慣，所以在良心上他並不是正人君子，但是他總不願意當著末松的面這樣侮辱妻子。侮辱妻子就是間接侮辱自己。從這種自私的心態來說，他也不願意待下去。半晌後，他叫了人力車，從寒風吹襲的馬路往遙遠的衣笠村而去。

已經過了兩點鐘。在椿寺前下了人力車，跑了三百多尺路，到離家五六尺的地方才停下來。他喘得不禁咳嗽。直子聽到咳嗽聲，急忙從飯廳走出來，透過下女房的玻璃往外瞧。

「老婆婆！老爺回來啦。」直子大聲喊，遠遠傳到謙作耳中，聲音變得很小。

謙作等不及打開門，跨過稀疏低矮的扇骨樹籬笆進來。

直子打開廚房門，飛奔出來。

「啊，好極了，好極了。」直子用雙手探尋著和服外衣底下的手，緊緊握住。

「該睡啦。」

來到飯廳，直子立刻繞到他面前，忙著替他解開和服外套的釦子和領鈎，一邊說道：

「我啊，還以為你倒在路上哩……」

37 太夫：日本的遊女也有身分高下之分。身分最高的叫太夫；其次叫天神；再次是鹿戀，再下為端女郎。

「太太又說傻話啦。」阿仙從鄰室說話。

「老婆婆，是真的呀。——老婆婆雖然這樣說，我卻真的放心不下，哎，真是好極了，好極了。」

「真傻，怎麼會以為我倒在路上？」謙作笑。

「真的這麼想。」

「一點鐘時，還說要去問問看……但不知道要向哪裡去打聽。」阿仙在鄰室笑著泡茶。

「不要泡茶啦。最好早點睡。」謙作立刻換上睡衣，走入寢室。直子疊著他的衣服，興奮得很。一再地說：「好極了。」不停地笑。謙作靠著枕頭，對直子說起當晚的事。昂奮的直子卻不想聽。

## 16

謙作夫婦在衣笠村的生活極其平順、安謐、快樂。可是，安謐快樂一旦墮於安逸，謙作就會遭遇到無比寂寞的襲擊。這時，他常想工作，卻寫不出任何完整的作品。以前透過信行，向他索稿的雜誌社，一直催促，他還是無法寫出來。

仍然常跟末松見面。末松知道謙作不喜歡水谷，不大想帶他來。水谷卻常三次甚或兩次就要跟來一次。玩賽花紙牌，三人不夠。因此需要，水谷自然常常參加。

一次，四人玩牌，謙作也險些犯了跟以前懷疑直子作弊的同樣錯誤。本以為是丹一的「手役」，想不到菊花的牌上附了杯子。他覺得這種偶然很有趣，也頗感愉快。上次直子到底是看錯，大概有什麼東西故意使自己也犯了同樣錯誤。儘管無意以此事指責直子，但想到這完全不是狡猾陰險，真是高興之至。他想把這件事告訴直子，畢竟難以啟齒，因為他覺得自己的懷疑很可恥。

二月、三月、四月——進入四月後，京都各街就像群花齊放，熱鬧非凡。祇園的夜櫻、嵯峨的櫻花，其次是御室的重瓣櫻花都開了。不久，「都舞」[38]、「島原道中」[39]、「壬生狂言」[40]的演出，都已近尾聲，祇園的紅圓燈籠取下之後，已是五月。東山的新綠比花還美。樟樹透紅的嫩葉從八坂塔和清水塔後面浮現出來。看見這些嫩葉，彷彿京都的市街玩累後顯出了沉靜之色。

其實，謙作他們也已經玩累。而且，謙作到這時候才知道直子已懷孕。

六月、七月，接著進入八月，如所周知，京都非常炎熱。這也反映在懷孕的直子身上。豐潤的臉頰露出倦容，表情迷惘寂寞。剛好直子的姑媽從故鄉來，謙作才鬆了一口氣。姑媽個子高大，臉上有深粗皺紋，看來很可怕。但是，心情開朗，舉止自如，不像剛到陌生人家，對謙作也像照顧孩子，頗能包容，使謙作覺得她像親姑媽一樣，頗有親切感。

太熱了，謙作想去避暑。想和這位開朗的老人三個人一齊到涼快的山上溫泉旅館住兩三個星期，因為從孩提時就沒有過這種經驗，單單想起來已快樂得心裡怦怦作跳。

他必須把這主意告訴直子和姑媽。

「這個，」姑媽毫不客氣地說：「現在坐火車去，沒問題吧？」

「大概沒問題。」謙作回答。

「這樣的熱度大概不會有妨礙，不過最好別動，泡在溫泉裡，胎兒長得太快，反而不好。」

38 都舞：每年四月到五月中旬，舞孃都在京都祇園的歌舞練場舉行舞蹈會。

39 島原道中：每年四月二十一日，在京都島原遊廓，遊女盛裝依古式從遊女屋走到揚屋。遊女屋乃遊女住宿之處。揚屋為遊女接客之處。

40 壬生狂言：每年四月二十日到五月十日，在京都壬生寺的狂言堂演出戴假面的默劇。

難得的主意終於遭受反對而打消。直子寂寞迷惘的情況逐漸減少。有時也玩玩賞月、賞花、豬鹿蝶等舊式的賽花紙牌，姑媽待了一個月就回去。

入九月後，直子精神漸佳。有時，謙作很晚從二樓書房下來，直子仍然挺著大肚子在電燈下做夜工，縫製嬰兒衣服。

「好可愛。」

「是的，很可愛。」

用線釣著尺做成臨時衣架，懸掛在衣櫥的環扣上，架上掛著紅棉坎肩，和孩子站立時一般高。

謙作想像那裡有一個新的小人兒，覺得不可思議，這是不可思議的喜悅。肩褶細小，臀部圓大，使謙作想起背著臉站立、胖嘟嘟的小孩。

「你究竟喜歡男的？還是女的？」謙作問，其實他自己也在想這件事。

「這個嘛，不管男女，生下來的都好。這只有神才能知道。」直子正經地說。

「姑媽好像也這樣說。」謙作笑。確實如此。

已收到幾件岳母縫製的嬰兒衣服。姑媽也送來許多用洗晒後的單衣做成的尿片。

「哎呀，全是髒東西。」直子解開包裹，跟預期的完全相反，紅著臉說道：「真不好意思。這種東西……」

「又胡說了。這種東西不是幾張就夠用的。沒有洗過晒過才能說髒。娃娃可不怕粗糙的哩。」阿仙說。

「這是你穿過的？」謙作覺得直子穿這種圖樣不大不小的粗布浴衣一定很可愛。

「是啊，所以不好意思，在鄉下一直都穿成這個模樣，姑媽真不會想。」直子生氣地說。

阿仙從旁以令人不快的口吻笑道：
「太太。上了年紀就……」
預產期是十月底到十一月初。在醫院生產呢？還是在家？萬一岳母不能來，就決定在醫院生產。如果提早生，鄉下正趕上農忙時期，勢必很難抽身前來。不過，無論如何，姑媽一定會來。
一天，信行突然來訪，這天早晨，天氣清朗舒適。謙作帶直子，從後頭的田壠一直散步到金閣寺。回來時，信行穿著西裝，踏著木屐，抽著菸站在門口。
「好。」信行低頭招呼後，轉身對直子說：「身體很好吧？」
「什麼時候來的？今早到的？」謙作說。
「嗯。突然有事要跟你商量一下。」
謙作起步，領先從玄關走進去。
「——這房子滿不錯嘛。」信行環視四周說道。
把阿仙預先取出的坐墊移到走廊邊，坐下後，信行說：
「其實是榮娘的事。——你這兒現在有沒有三百圓？」
「有。」
「真的，那就儘快把錢送去。」
「為什麼？」謙作了解榮娘不跟自己商量，只向信行請託的心情，但仍然頗為不滿。
「阿才那女人果然如你所說，並不是真心為榮娘好。你可能不知道，從今年六月起，榮娘已不在天津，到奉天住了一陣子，現在在大連。」
「做什麼？」

「據說，什麼也沒做，住在圖章店的二樓，雇用了一個附近的小姑娘過著自炊的生活。——這還好。半個月前又遭小偷潛入，現在已一文不名。」

「她到你那裡告訴你的？」

「前天接到她的來信，這樣說。」

「真傻！那就該趕緊回來。」謙作無緣無故焦躁地說。

「我也這樣想。可是，信上說，曾向圖章店借貸一些錢，所以無法動身。旅費大概三百圓就夠，偏巧我手頭短絀。本來可以向家裡要，但現在不想提起此事。當然，不是特地為這件事而來。寺院要修僧房，正在募捐。——聽說，這兒○○寺的管長是畫家，是不是？」

「也許不是畫家。在白木屋一帶常常看見他。」

「聽說價格昂貴。寺裡的和尚派我來請他畫五六幅畫，代替捐款。」

「榮娘除了一文不名之外，沒有其他讓人放心不下的事吧。」

「她說曾得過瘧疾。想不到那地方也有這種病？」

「這種病哪裡都有吧。但應該不是特別危險的病？」

「那倒沒什麼。對啦，因為弄錯了吃藥的時間，瘧疾發作，痛苦之餘，倦乏得迷迷糊糊。朦朦朧朧中看見兩個人從窗口爬進來，因為很熱，晚上也開著窗戶。那三箱東京購買的藝妓衣裳堆放在房間角落裡。她似乎有意以此為資本，再找個地方做這種生意，結果全被偷走了。她知道那是小偷；可是由於太疲倦，就這樣沉睡過去。」

「真是倒楣到底。」不過，能再見到榮娘，謙作覺得高興之至。他不知不覺心情快活開朗。

「可是，能因此早點回來，大難也算小難啦。」

「也許吧。」信行也跟著笑。

謙作本來不贊成榮娘到天津去。由於居間的信行說得不夠清楚，無法反對到底。現在意外地知道她將早點回來，他真想伸手歡迎說：「哎呀，真好。」

信行第二天就辦完京都的事，立刻為募捐趕赴大阪。回來時，又順路到衣笠村住一宵。

「怎麼樣，你也捐獻一些好嗎？」信行從方形手提包中拿出袈裟舊布做封面的帳簿。這是用高級日本紙訂成的。

謙作拿起帳簿觀看。「兩百圓——兩百五十圓——三十圓——十圓——五百圓——呵，相當大的數目。一百五十圓——這是你的？」

「沒有錢，所以暫時不付。」

「不付，倒先寫上？」

「總會付的，在某一時候……」信行笑。

「哥哥。多少都可以嗎？」直子從旁插嘴說。

「是的，多少都可以，兩圓，三圓都行。」

「真的？那我捐五圓。」

「謝謝。趕快寫上去。」

直子拿來衣櫃上的硯盒：

「你呢？」

「只要你捐就夠了，我贊成好好維護寺院。要我捐獻，可不贊成。這種事應該由政府拿出錢來。」

「真狡猾。」

「我並不狡猾。既然多少都可以，那我就捐十圓，把我的一齊寫上去。」

謙作的字寫得比一般人差。尤其用毛筆寫，連自己都覺得奇差無比。跟他比起來，直子跟一般人差不多，所以最近凡是用筆寫字，都由直子代他寫。

「呵，謝謝。」信行等墨汁乾了，把帳簿收入提包。

當晚，三人到寺町、新京極附近散步一會。兩人在七條車站送信行回鎌倉。

## 17

十月下旬，一天，謙作跟末松、水谷、水谷的朋友久世到鞍馬看「火祭」[41]。天黑時，出了京都，往北爬過幾條山坡路，走了大約三里，遠眺山谷間微微發光，薄煙裊繞而起。嗅著苔味，穿過冷冷的山氣前行，在這山裡竟有夜間的祭典，頗覺不可思議。許多民眾領著孩子、帶著女人、提著燈籠趕去。汽車強光照著車前的森林與山麓，越過行人，往前奔馳。夜鷺也從山那邊鳴叫飛來。越往前走，越聞得到幽幽煙味。

街上，每戶人家都在屋簷前面——其實因為道路狹隘，等於在道路中間——把篝火排成一列。大樹根和人一般高的木頭圍著三邊，而在中間燒火，火焰彷彿在岩石間燃燒。

走過篝火街，便到了稍微廣闊的地方。有遼闊的石階，上面有朱紅大門，廣場兩旁全是觀眾。廣場中間，一群年輕人各個頭上紮著毛巾，身穿丁字襠，肩披簡單衣物，手背繫著背套，腿上綁著綁腿，踩著草鞋，挑著用藤蔓綑住一束木柴的大火把，「喂咻——喂咻」地吆喝，踩緊雙腳，左右踉蹌行走，重心很穩。有的故意裝作不穩，把火衝向群眾；有的則將火把挑進人家的屋簷下。火勢漸弱，肩膀感覺痛楚時，驀地把大可環抱的火把從肩卸下，猛然拋到地面。藤蔓隨即蹦裂，木柴散開，火勢頓時猛烈燃起。年輕人擦汗，調整呼吸。接著又用另一肩膀挑著火把，但要一個人挑起來頗不容易，必須他人幫忙。

穿過廣場，進入前面的馬路，這兒已經沒有篝火。肩挑火把的人發出「喂咻，喂咻」的吆喝聲，在狹隘的地方交叉而過。孩子也挑著與年紀相稱的小火把，故意裝出沉重的樣子，踉蹌繞行。整條街煙霧裊繞，有種溫煦的舒暢感。

在星辰滿布、一片清澄的秋空下，觀看火祭的心情頗為特殊。低矮屋簷並列，盡頭就是深深溪流，另一邊是高山，在這種地方，不管多熱鬧，山中沉靜的夜已滲透到眼前的熱鬧裡。對不習慣都市騷鬧祭典的人來說，實在好極了。人們大都很正經。除了「喂咻，喂咻」的吆喝聲之外，沒有人發出大聲音，也看不見醉酒的人。而且，這是只有男人參加的祭典。

在某個地方，裸身的男子坐在屋簷下的小激流裡，閉攏雙眸，兩掌合十，口中唸唸有詞。清冷的水擊打胸部流過。小女孩提著有巨大家徽非常暗淡的燈籠，女人手持展開的素色麻布夏衣，站在屋簷下，等那男子起來。頌詞終於唸完，那男子站起來，穿上排放在溪邊的木屐。拿著夏衣的女人默默把衣服披到濡濕的軀體上，幫他穿好。男人不等燈籠照明，逕自曳著木屐走進黑暗的泥地房間。據說，他馬上就要去挑山上的神輿。

這些人很快就集中在石階下的廣場。廣場上立著兩根粗竹桿，竹桿上高高拉著稻草繩。據說，非到火把將稻草繩燒斷，誰都不許走上那石階。可是，繩子高兩丈多，縱然高舉火把，火苗

41 火祭：焚火祀神的節日。日本各地都有，但以十月二十二日京都鞍馬山由歧神社舉辦的鞍馬火祭最有名。

也很難燒到草繩。許多火把集聚在繩子底下，使得那一帶比火災還要明亮。群眾都希望早點燒斷繩子，仰首而觀，臉上照得通紅。

不久，火勢終於逐漸移到繩上，繩子散出火花，分成兩半落下，於是領先揮起明晃白刃的男子兇猛地奔上石階。群眾發聲喊，跟隨而行。可是，石階上面又有一道門，門上在比人的身長稍高的地方又張著第二條草繩。那領先舉刀的男子，揮刀砍下，穿越而過。草繩當場被砍斷。群眾一直登上坂道，往內院奔去。

「怎麼樣，回去吧。」謙作望著末松說。

「去看看安放神輿地方舉行的神樂吧。」

所謂神樂是指由四五個人挑著大火把，合著神樂囃子（樂隊）環繞神輿而行。

「不是已經知道了嗎？不早點回去睡覺，明天的音樂會要趕不上囉。」

「幾點啦？——兩點半？」末松望著手錶說。

「回到京都可能已經天亮了。」水谷說。

「那就回去吧。」末松依依不捨。「據說，放神輿下山，最過癮了。因為是下坡路，神輿會越落越快，所以要繫著粗繩，由許多女人往後反拉。在這種祭典中，也只有這時候女人才出場。」

「還是回去吧。天亮後，在太陽底下走三里路，可受不了。」水谷說。

末松同意。來到放篝火的街上時，彷彿岩石間的火比剛才更盛。走出市街，頓時感覺到山中的寒氣。四人時時回望明亮的山谷。路途似比去時近，走下坡路，輕鬆多了。大家都已疲倦，默默無言。

「睏死了。」末松首先開口。

「拉著我的手，一面走一面睡吧。」水谷跟末松挽著手走路。不到京都時，果如水谷所言，叡山後面已逐漸泛白。在出町的終點站，四人歇息了一會。不久，第一班電車來了，大家坐上電車，謙作一個人在丸太町跟大家告別，換上往北野的車子，在柔和秋陽下回到衣笠村的家。

「老爺回來啦。」阿仙的聲音有些急促，立刻從廚房走出來，「已經生產了。」阿仙微笑說。

謙作內心莫名其妙怦怦作跳。急忙從玄關向以前決定作產室的房間走去。房間裡發出消毒藥水的味道，直子仰臥沉睡，解開的頭髮從枕上垂下，露出蒼白的額頭。嬰兒睡在她身旁不遠處的被褥上。謙作擔心直子甚於想看嬰兒。年輕護士默默行禮致意，狀極鄭重。

「怎樣？」他輕聲詢問。

「很快就生下來了。」

「哎呀，好極了，好極了。」

「是安產呀。」阿仙坐在門檻上說。

「真的啊。」他放心了。然後從立在枕邊的風爐前屏風[42]上看了一下嬰兒。頭上蓋了紗布，看不到臉。

「幾點生的？」

「一點二十分。」

「昨晚，太太很早就要我去找您，派了人力車去找，沒有找到。」

42 風爐前屏風：是舉行茶會時圍在炭爐前的矮屏風。

「是啊，沒有見到。——還是到那邊去吧，不要吵醒她。」謙作領先起身到飯廳去。

昨天，謙作記得離家時，送晚報的剛好錯肩而過，沒有走進來，把報紙朝坐在玄關的直子拋過去。報紙落在脫鞋的地方。直子想伸手拿報紙，當時就感到肚子痛得很，過一陣，疼痛又來。她自己知道，立刻叫阿仙打電話給產婆、醫生和S先生。她覺得熱水已夠熱，就先去洗了澡，準備好身邊瑣事，靜靜等待。——阿仙一一說起這些經過。

「哎呀，真了不起。」謙作覺得直子那時竟然這麼鎮定，做得這麼好，真是高興。

「S先生的太太還帶女傭來。剛剛才回去。」

「真的。——嬰兒很結實吧。」

「是的，結實得很。」

「把護士叫來一下。」他想更詳細問問嬰兒的事。

護士來了，輕輕攤開漿得畢挺的白袴子，坐在走廊上。

「請進來。——是早產吧？」

「不是。——六點二磅，雖然比一般嬰兒輕了一些，但不能說是早產。」

「呵，原來如此。——母子都好吧？」

「是的……」

「非常謝謝。」謙作說，不由得低頭致意，其實他心裡更想向什麼致謝。護士回到產室去。

正要換衣服到浴室洗臉時，護士來說：「太太醒了。」直子仰臥著撐起上眼皮，等待謙作從走廊進來。謙作覺得她那疲倦沒有血色的臉非常美。

他坐在枕邊，不知該說什麼，隨口問道：

「怎麼樣？」
直子只靜靜微笑，吃力地伸出可以看到靜脈的蒼白的手，伸開五指，要他握住。謙作緊緊握住。
「很痛苦？」
直子睜著上眼皮凝視他的雙眸，微微搖頭。
「真的。這樣就好了。」
看到直子這樣，謙作不勝憐愛。他衝動得想輕撫她的頭。正要放開緊握的手，直子仍然緊緊握住，不肯放開。他坐好，用撐在榻榻米上的那隻手，撫摸她的頭。
「孩子長得怎麼樣？──孩子好吧？」直子極其疲倦，輕聲說。
「還沒仔細看。」
「睡覺了？」
「嗯。──你還沒看到？」
直子頷首。
「要看嗎？」護士從旁說。不待直子回答，就撤走屏風，拿開覆蓋的紗布，動作有點粗重（謙作覺得）把被褥拖到直子身旁。
臉龐赤紅多毛，頭頂尖尖，長長的黑髮緊緊蓋住頭部，睡眼圓腫，有點可怕。謙作生平第一次看到初生嬰兒，不免失望。
「男孩還好，但是臉有點兒怪。」他笑。
「任何一個初生嬰兒，都是這樣的。」護士彷彿在責備謙作剛才說的話。
手指一碰，嬰兒就敏感地動著嘴唇，彷彿連嘴皮都要一齊剝落。可是一張開嘴，臉上立刻聚滿皺紋，哭起來。

直子只把頭轉向那邊，用指頭壓住嬰兒衣服突起的肩部觀看。那眼神多麼沉穩，充滿了母愛。

「樣子很怪吧？」謙作幾乎尚未湧起初為人父的情感。

「現在臉還浮腫。浮腫消了，會很可愛。臉形好漂亮噢。」護士說。

「真的嗎？那我就放心了。如果像這樣子長大，那就糟了。」謙作有點高興。「奈良博物館中，座頭[43]之類的面具，也有這樣子的。」開玩笑地說。

但是，直子和護士都沒有笑。在飯廳擺飯菜的阿仙笑著說：「老爺，你說什麼話嘛！」

「各種各樣的話。電報還沒打吧？」

「是的。」

「那馬上就去打。」說完話，謙作立刻到二樓書房去。

## 18

一切都很順利。謙作時時去看睡著的嬰兒。不過，多半是出於好奇心，無論如何總沒法覺得那是自己的骨肉。而且覺得很危險，不敢去抱。直子已完全像母親。哺乳時間一到，就躺著餵奶，動作從容沉靜。嬰兒也安心地埋著鼻子吸奶。看到這情景，謙作覺得是一幅極美的圖畫。有時又覺得是一個不明形體的東西正在啃著白色的乳房，感到很可怕。因為在這以前他幾乎沒有見過剛出生的嬰兒。

敦賀那邊沒有人來。來信說，岳母要稍後才能來，預定即時趕來的姑媽又因痼疾神經痛發作無法動彈。不過，直子並不覺寂寞。所謂「七夜」的慶祝日逐漸接近，非趕快命名不可，但想不出比較屬意的名字，最後只好取直子的「直」和謙作的「謙」，而叫「直謙」，卻又覺得這個名字對嬰兒未免太過嚴肅，頗不滿意。「反正不會一直都是嬰兒。」於是他決定用這個名字。

平平順順過了一星期，到第八天晚上，大家都已就寢，嬰兒卻哭起來，而且哭個不停。讓他含著奶，才止哭一會，接著又哭起來。查查肚臍，沒有什麼不對；以為被蟲咬哭，換了所有衣服，還是哭聲不止，因為原因不明，極端放心不下，量量體溫，高了一點。

「請K大夫來看看，怎麼樣？」

「這個——這樣也許比較好。」直子不安地說。

不久，也許哭累了，嬰兒逐漸放低聲音，終於不哭。同時，呼吸勻稱地入睡。

「怎麼回事呀？」謙作放下了心，望著直子。直子說：「好了，不哭啦。」

「有的嬰兒常常夜哭不止。」阿仙說。阿仙勸他們在天花板上貼張「鬼符」[44]。

嬰兒一直睡得很好。大家儘可能不發出聲音回到自己的被窩。

謙作獨自睡在二樓書房，一直睡不著。他想，直子一定也睡不錯。直子正在做月子，白天常睡，現在一定睡不著。可是怕吵醒嬰兒，他又不敢下去。

為了轉換心情，開始看輕鬆的書。不久，樓下飯廳傳來時鐘敲打十二點的聲音。接著，嬰兒又哭起來。直子和護士好像在說些什麼。他走下二樓。

直子坐在被褥上抱著嬰兒。嬰兒拚命哭。

---

43 座頭：以遊藝、按摩為業的光頭瞎子。

44 鬼符：原文為「鬼の念佛」，是鬼（妖怪）穿著袈裟，背著傘，手拿捐款簿、鉦、撞木的圖畫。

「時鐘不能不響嗎？被吵醒啦。」直子仰視謙作，生氣地說。

「把它弄停好了。」

「好，請你把它弄停。──那時鐘，從此可以不用啦。」直子說。

謙作到飯廳把時鐘弄停又回來。直子一直要餵奶，嬰兒卻不肯把奶頭含在口裡。

「還是先請附近的醫生來看看吧？K先生那裡現在去遠了一點，不好麻煩他，也許馬上又不哭了。」

「嗯……」

「那我馬上就去。」

謙作立刻從後門走到外頭。外頭是陰霾無風的黑夜。他邊走邊跑。附近的醫生，他只知道一家，在一百多丈遠的御前街有一幢類似一般住戶、嵌滿格子的房子，曾掛出「醫」字的門燈。他便到那裡去，敲了兩三下，門裡傳來女人的聲音：

「什麼事？」

「想麻煩大夫一下。」

「什麼地方？」

「前面衣笠園裡，小嬰兒有些不對勁，想請大夫看看。」

「請等一下。」那女人說完話走進去，馬上又走回來：

「是衣笠園的哪位先生？」

「敝姓時任。」

「呃？」

「時間的『時』，責任的『任』。」
「時——任」
「是的。」
於是，那女人輕聲唸著「時任」，走進裡頭，卻一直沒出來。謙作逐漸焦躁。
「請快一點好不好？」他大聲說，沒有回答。
等了一會，那女人才打開門。
「讓您久等了。」那女人穿著睡袍，瘦長而庸俗。
醫生在裡頭換衣服。這醫生看來也很庸俗，而且個子矮小，年紀比謙作略大，留著稀疏的八字鬍，頗為稀罕。醫生邊繫帶子邊說：
「情形怎麼樣？」
「只是哭個不停，原因不清楚。」
到現在，醫生才急急走出來：
「久等了。」
「這麼晚來煩您——」
「沒關係。就一起去吧。」儘量裝出高興的樣子。彷彿喝了一些酒。謙作覺得這醫生很不可靠。再怎麼過意不去，也應該去請K先生比較好。路上，醫生問：嬰兒生了幾天啦，產婦有沒有腳氣等等，然後問些不相干的事：例如什麼時候到京都來？為何而來？等等。謙作儘量領先走，避免說話。矮小的醫生為免落後，喘著氣亦步亦趨。
醫生診斷得不清不楚，模稜兩可。他從襁褓上的粘液指出：「大概是消化不良。」並提醒說，即使哭，也儘量不要讓他吸奶。不久就回去了。

嬰兒整夜在哭。——至少大家都有這種感覺。哭累了就睡。等大家迷迷糊糊快睡著的時候，立刻又被哭聲吵醒，只好等待天明。

外面才開始泛白，謙作就離開家門。平時借電話的人家還寂靜無聲。他奔至北野，用那兒的自動電話打到K醫生家，請他到醫院前來一趟。

一個小時後，K醫生來了。留著半白的濃鬍，個子高大，外表上比昨晚庸俗的醫生看來要可信靠。醫生隨便招呼一下，就詳問嬰兒的情形。這時，嬰兒正在吸奶，停住沒哭，可是醫生只用手摸一下額頭，就又哭起來。醫生放開手，注視哭泣的嬰兒。直子躺著睜大眼睛，凝望著醫生的臉。

「還是讓我看看身體。」醫生說。

護士關上紙門，接過嬰兒，讓他躺在小被褥上，解開好幾層衣服。

「這樣可以啦。」醫生走近，仔細從胸部、腹部、咽喉，檢查到腳，敲診了兩三下，然後親自解開肚臍的細帶，用老人的大手壓壓下腹。嬰兒哭得更大聲。

「讓我看看背部。」

護士從肩上袖口把嬰兒用力彎曲的小手一個個抽出來，然後把裸嬰背部轉向醫生躺下。嬰兒撐著雙手，縮著兩腿，拚命哭個不停。腹部不斷一起一伏，那聲音印入謙作心底。直子以憤怒般極其可愛的眼神默默望著這一切。

醫生細心檢查背部。在距離臀部一寸的上方發現一塊紅斑，約有拇指中節大小，再仔細觀察一下，然後屈著身，只把臉轉向謙作說：

「是這個。」

「那是什麼?」

「是丹毒。」

「……」

直子閉著眼,用雙手蒙臉,翻身轉向另一邊。

「還沒有擴延,迅速救治,大概不會有問題。」醫生說。護士默默替嬰兒穿上衣服。

「必須趕快叫醫院送藥來。」醫生在走廊上洗手,說:「附近可借到電話嗎?」

「房東有。要是我懂,讓我打電話去好了?」

「你說不明白,我自己打。」

謙作立刻領醫生到房東那裡。

醫生要了打針的藥、魚石脂、桐油紙、酒精以及其他想到的必需物品。

「府上有昇汞嗎?」醫生回頭問。

「大概沒有。」

「那就加上昇汞。——誰都行,盡快騎腳踏車送來。——衣笠園。——知道了吧?」

兩人回來後,在二樓等人送藥來。樓下不時傳來嬰兒的哭聲。

謙作不敢問及明顯的後果。他與這種焦慮不安戰鬥半晌,最後還是問了:

「會怎樣呢?」

「要是已滿一歲,就比較好治。——不過,發現得早,也許可以壓得住。」

醫生又說,丹毒縱使成年人得了也不易治;幼兒與病魔戰鬥,身體能不能支持得住,最為重要。總之，營養絕不能缺乏。最可怕的莫過於母親沒有奶水，所以希望儘量讓母親住到聽不見嬰兒哭聲的地方。

「做母親的產後就這樣移動，一定不高興。可是，一直在旁聽那哭聲。奶水馬上就會停住。」醫生說。「當然，聽不見哭聲也會擔心。你一定要小心處理。盡可能讓她高興，不要擔心孩子的事。如果不能讓她放心，奶水一定不來。」

「是的。」謙作回答，但他覺得這是不可能的事。醫生說，病毒也許制止得住，他不相信。醫生大概也不見得有把握，謙作想。

「一般談到幼兒的丹毒，不是都認為是絕症嗎？」謙作有氣無力地說。

「這個嘛，未必如此。總之，是一種難治的病。如果轉變成蜂窩炎及膿血症，那就束手無策啦。不過，在沒有變成那樣子之前，盡可能醫治看看。」

謙作默默低頭致謝。

「剛才所要的注射劑是注射在病毒前進的方向，以阻止病毒蔓延。如果進行順利，也許可以沒事。」

「哭得上氣不接下氣，是疼痛的緣故吧？」

「是的。」

「不能止痛嗎？」

「很難噢。」

不久，醫院的人到了。

醫生在走廊半蹲半跪，一面消毒注射器，一面對護士說：

「先打開這瓶昇汞倒進盆裡，你隨後也要消毒手。」

很快就打完針。然後從四周向內仔細塗上魚石脂，塗得很濃。醫生也向護士解說由外向內的塗法。嬰兒哭個不停。

「剛才向你先生說過，寶寶的營養如果不充分，就無法戰勝病毒。」醫生一面用盆裡的昇汞水洗手，一面望著直子說。「你要盡可能讓心情舒暢，免得奶水停住。這是最重要的。因為寶寶要早點治好——今後可能會有些惡化，但不要緊——你懂了嗎？」

直子像孩子一樣，只點點頭。

「還有，」謙作說：「你的被褥要移到飯廳。只有餵奶的時候才到這裡來。」

醫生不久就回去。

「是。」直子小聲回答，隨即哭起來。

「你不打起精神可不行。不管多擔心，對病也沒有幫助。必須盡可能心情舒暢，好讓奶水豐富。」

直子用哭腫的眼睛睨視謙作的臉，說：

「相當無理的要求啊。」

「再無理，你也要了解，不這樣不行哪。」謙作突然激動，說得很快。

直子默默垂下兩眸。謙作昨晚整夜沒睡，容易激動。而且，這種突然來臨的不幸使他氣憤填膺。

「我一開始就知道，孩子生病，要你心情開朗，是無理的要求。可是，如果不這樣勉強你，奶水就會不來，我才這麼說。」

「請你別這麼說。我很了解。——其實，在我娘家附近，就有嬰兒因丹毒死亡。因為知道這種事，才擔心得很。——不過，我會盡可能設法忘記生病的事。你自己擔心，卻說出這種話，你才壞呢！」

「嗯。這樣就好了。——那個嬰兒是什麼時候得病的？」

「四五年前。」

「呵，是這樣，那時候還沒有今天注射的藥劑。從那時到現在，處方想必大有進步。K大夫也說發現得早，不會有問題。你最好這樣相信。」

「唉。」

「而且，林小姐（護士）很不錯，真是幸運。」

「是的，我也放心把孩子交給他。」

玄關似有人來。謙作自己起身去應門。嬰兒睡著了，護士已先到玄關。來的是昨晚請來的附近醫生。昨晚這醫生來過以後，護士就瞧不起他。今天更加反感，狠狠說了一頓。先回答醫生昨夜的診斷說：不是消化不良，是丹毒，營養非常重要，要儘量餵奶等等，說個不停。

「哎呀，真可憐……」矮小的醫生下不了臺，畏畏怯怯的。

「剛才到前面的病家去，順便來看看情形怎麼樣……」醫生不高興地轉身向謙作說明理由。

謙作覺得醫生很可憐，而且又覺得以後可能還會有小病要麻煩他，便說道：

「謝謝，請你再看一遍好嗎？」

「呵，不必啦，K大夫的診斷決不會錯。請保重……」

說完話，小醫生逃亡般回去了。

# 19

嬰兒哭個不停，幾乎沒有間斷。眉間聚起皺紋，張著小嘴，「哇哇」的哭。那聲音直刺謙作和直子的心。不斷聽到哭聲，即使偶爾停哭，聲音依然從耳膜湧起。走到馬路上，那兒已遠得聽不見家裡的哭聲，但驀地又傳來哭聲。

「唉，怎麼辦好呢？——怎麼辦好呢？」哭得太厲害，謙作常會不自覺地這樣自言自語，而且已經成了習慣；事實上也真的無能為力。

嬰兒的聲音逐漸沙啞，最後只有哭臉，而沒了聲音。嬰兒似把表明痛苦的兩種方式變成了一種。真可憐，然而，四周的人因聽不見刺耳不休的哭聲，倒稍稍鬆了一口氣。

直子的奶水幸而沒有斷掉。嬰兒雖然這樣痛苦，卻意外的，吸奶吸得很勤。四周的人把希望全寄託在這一點上。十天過去，兩個星期過去，還是引發了蜂窩炎。

直子的母親已從故鄉來，她說廚房門口的柳樹是鬼門關的柳樹，一再要求改種別的。謙作雖然不像岳母那麼迷信，但一再這麼說，也就隨她改種了。

比柳樹更讓他不安的是，嬰兒出生那天，因為早已約定，便與末松等人到三條的青年會館去聽演奏會，聽到了舒伯特的「魔王」[45]。如果事前仔細看過節目表，他大概不會去聽演奏會。暴風雨的晚上，死神捕捉小孩的曲子，他實在不願意聽，無意間去了，剛好在孩子出生那天聽到這麼不祥的曲子，他有點不舒服。

---

45 即舒伯特的歌曲「魔王」（Erlkonig）。此曲是依據歌德的詩譜成。

年輕女低音的歌，是那晚最精彩的部分。可是，謙作從開始就不知不覺懷著惡意，有了反感。他一點都不覺得這曲子有什麼好，表現過於露骨，太過平凡。如果覺得戲劇夠刺激，只要看文學原著就夠了。他認為，舒伯特這音樂有如文學，但表現得更露骨、更刺激，反而無法達成音樂應有的真正使命。

謙作連歌德的詩都不滿意。這不是真正處理死亡的深邃作品，而是藝術上的即興之作，想必是歌德比較年輕時的作品。就這點而論，他比較喜歡梅特靈克的《坦塔吉爾之死》[46]。

從寺町回來途中，水谷激動地說：

「『魔王』真是太好了。」

「那曲子畢竟不錯。」末松回答。末松自己並沒有寫過曲子，然而因為喜歡，對音樂頗為精通。末松轉身對默默不語的謙作說：

「我覺得那曲子在舒伯特作品中是最好的。」

謙作沒有回答。他不願意說自己不很懂音樂，也沒有自信自己可以談音樂。他若無其事把和服口袋中揉成一團的節目表扔在路上。以一種祓除不祥的心境……

他不想為此煩心；這沒什麼好煩心的，可是，卻煩心不已。當然，他沒有向直子提起此事。而且自己也忘了。現在孩子得到這種病，他倒真覺得誕生那天聽「魔王」，竟是前兆。

丹毒有傳染之虞，大家都比較細心消毒指頭。一個風和日麗的早上，謙作和岳母在飯廳吃飯，直子輕輕曳著睡衣衣裾，從迴廊走到嬰兒病房去，準備餵奶。

「哎呀，培爾！不行啊。」

「怎麼啦？」謙作從飯廳出聲說話。

「來看看啊。培爾要喝昇汞。」

謙作從飯廳前穿上木屐，走到庭院。培爾是謙作家以前養的小狗，牠高興得跳來跳去。

「要喝這個呀。」直子指著洗臉盆中的昇汞。因為要更換昇汞，所以把面盆放在踏腳石上。

「牠不會喝的。大概好奇才嗅一嗅吧。」

「真的嗎？剛剛真的要喝呢。喝這種水，馬上會死。」

當初搬家，來幫忙的老工友送來這條狗。知道直子懷孕後，老工友說不能養同一年的動物，便連同狗屋送給隔壁的鄰居。可是，那隻狗仍然一直到謙作家來，現在已搞不清究竟是哪家的狗，時來時往。

護士林小姐走出來，默默拿起裝著昇汞的洗臉盆，氣氣地向廚房走去。

謙作他們很信任這個急性而逞強的護士。林小姐因嬰兒的事緊張無比，但身體很好。謙作為了林小姐的健康另請了一位護士。林小姐反而不高興。她不滿意那護士對嬰兒的態度。她自己仍然跟以前一樣勤勞，一點也不肯把事情交給另外那個護士，略事休息。有一天，那護士因感冒回家，林小姐便說：「如果是為我，最好別再雇她。——不過，如果你們覺得只我一個人不方便，那當然另當別論。」

謙作說：「如果林小姐倒下來，不管誰來代替，對嬰兒都是一大打擊。」林小姐說：「我嘛，沒問題，才不會倒下去！」

---

46 梅特靈克（Maurice Maeterlinck, 1862-1949），比利時詩人、劇作家，為神祕的象徵劇別開生面。一九一一年獲諾貝爾文學獎。《坦塔吉爾之死》（La mort de Tintagiles），乃一八九四年之劇作，描寫兩位姐姐及老人為拯救被死之女王所擒的少年，拚死戰鬥的經過。

現在，為了嬰兒與其說要直子作母親，倒不如說要她完全變成一條乳牛，因為除了哺乳時間，她完全無法跟孩子接近。可是，嬰兒雖說是剛生下來什麼也不懂的奶娃，卻不能說不會要求超乎母乳的母愛。謙作這樣想。而且，這種感情——這種近乎母愛的感情在別的護士身上很難找到。總之，林小姐的態度已經遠遠超過了做護士的義務，謙作他們深感欣喜。

嬰兒病癒的希望越來越渺茫。目前，脊背整個紅腫，知道其中膿血噗噗作響後，K醫生會同該醫院的外科醫生一起來，決定替孩子開刀。外科醫生說開刀的結果不能保證。這是聽天由命的手術。當然，這樣拖下去也不行。幸而目前還承受得住手術，不過十之八九沒有什麼希望。說到這裡，醫生沒再說下去。謙作想：也許真的如此。雖說聽天由命，想來是毫無指望。

謙作幫助K醫生準備打鹽水針。但是他自己不敢在手術現場。很怕。

「可以走開嗎？」

「可以呀。」K醫生說。謙作走到庭院。穿著手術服的年輕外科醫生在走廊上用肥皂和刷子仔細洗手。

半晌，大家都走進病房。謙作到直子房間去。

「你不能在場？」直子眼光中含有譴責之意。

「是不願意。」謙作鎖眉搖頭。

「好可憐哦，好可憐哦。」

「K大夫說沒有關係。」

「雖然這麼說，沒有骨肉至親在場，真是可憐。對啦，媽，你去好嗎？」直子回首望著坐在身旁的母親。

「好啊。」母親立刻去了。

謙作又從庭院步向病房。從紙門緊閉的房間裡不時傳來醫生的低語和輕微的物體相擊聲，當然聽不見已經全啞的嬰兒聲。謙作頓時不安之至。難道已經死了？他心情不定地在庭院裡走來走去。培爾在他腳邊戲耍。

過了好一會，紙門才打開，林小姐露出臉來，一付激動不已的可怕神色。看到謙作，「請趕快讓孩子吸吸奶。」隨即關上紙門。

「得救了。」謙作想。他急急忙忙走到直子房間：

「喂，快去餵奶……」

「好了？」直子站起來。

「欸。」

直子急忙細步從走廊奔去。林小姐彷彿要隱藏什麼，急急忙忙拿著堆滿沾血棉花和紗布的洗臉盆到浴室去。

謙作到時，病房已收拾得乾乾淨淨。K醫生正讓嬰兒吸氧氣。直子坐在旁邊，一付欲哭的神情，望著孩子。

「膿好多好多哩。」K醫生低著頭說。

「……」

「用鹽水針和氧氣可以制止病情惡化，但要好好忍耐一下。」

謙作代替K醫生為孩子弄氧氣。

嬰兒太疲累，睡得很熟。臉上眉成八字，雙頰凹陷，只有頭特別大，酷似老人的臉；閉著眼睛，臉上猛然皺紋遍布，張開嘴唇，一定是在訴說痛苦，已經完全沒有聲音！一種非哭之哭。看到這種情形，很難說是已經得救的徵象。可是，直子把乳頭餵過去，又不知為何，如死般的嬰兒頓時動著脖子，隨即開始吸奶。這是求生的意志，而且巧妙地顯示了這種力量。可是沒有持續很久，還沒吸夠就沉沉入睡。

從那天起，外科醫生每天都代K醫生來。每天更換的紗布都沾滿了膿血。傷處巨大如成年人攤開的手掌，占滿嬰兒整個背部。最後，可以看見脊骨泛白並列。到了這種地步，想必已無救，但生命真不可思議。有時衰弱到停止呼吸，立刻注射樟腦液，防止心臟麻痺。這種情形常常出現。氧氣筒每天用一罐。預先準備的不知不覺用光，三更半夜派車夫到醫院拿。這段期間真是不安之至。夜晚總不大平順。不停地等待天明。不久，窗外泛白，鳥聲傳入，大家才放心。看見走廊上沉靜的陽光，才真真切切感覺到不安的一夜又過去了。

病房一直飄蕩氧氣和樟腦液的味道，刺鼻難聞。已經沒有什麼指望，但每天仍在等待醫生的診療。

「真不可思議。」年輕的外科醫生在二樓書房喝著紅茶說。「其實昨天的情形就很危險，所以才留話說，如果要通知醫院，可用電話通知。今天本來就準備直接到這裡來。」

外科醫生雖然說得很坦白，謙作卻無不愉快感。他現在甚至覺得死了至少可以早點脫離苦海。可是，在嬰兒仍然表現出求生意志時，這想法未免太過僭越。醫生已明言希望渺茫，他自己看到那樣子也覺得已嚴重到很難分辨希望何在，可是嬰兒不斷顯示其求生意志，讓謙作頗難承受。

「必死的病人，在死亡以前還必須讓他活下去嗎？即使生存已成為非常痛苦的時候，也要如此嗎？」

「法國和德國，想法就完全不同。在法國，只要有幾位權威醫生在場，家人提出這種要求的話，就准許用藥物使病人永久長眠。可是，德國就不准許如此，醫生必須與病毒戰鬥到最後一刻。」

「日本屬於哪一方面？」

「日本跟德國想法相同，與其說是想法，倒不如說日本醫學大都跟著德國跑。不過，不管哪一方面，都有其理論根據。」

「如果醫生的判斷可保無誤，我倒贊成法國形式……」

「在許多情況下，這是很難說的……」

謙作和外科醫生談話的第二天，嬰兒終於在發病一個月後去世。這個嬰兒彷彿是為痛苦而生。

葬禮和其他都很簡單。一切都靠S先生照料。謙作他們不知道今後會在這裡住多久，而且不願意造了墳，最後卻像無人掃祭的遊魂那樣，所以把遺骨寄放在石本的菩提所——花園的靈雲院。

孩子去世，最受不住的是直子，而且產後體力還沒恢復，就遭遇到這種悲痛局面，身體更難復元。謙作還不曾到直子的娘家去過，順便可以探視因神經痛臥病在床的姑媽，所以謙作想跟直子兩人到敦賀去，然後到中山、山代、粟津、片山津那一帶的溫泉繞一繞。可是，直子的健康不允許。她的心臟有點問題，臉部浮腫，眼皮腫得連人都變了樣。醫生說，在這種情況下還到溫泉去，簡直太豈有此理。

直子每天都到醫院看病。

謙作很想重拾久疏的寫作生涯，埋頭創作，但是沉悶的疲累感似乎把他的身心全部襲捲而去，已經無法靜下心來。他的情感使外在一切都變得蒼白無比，彷彿貧血者目中所見的情景一樣，所有的東西看來一片白茫茫。他坐在二樓桌子旁邊，茫然抽菸。

為什麼一切事物都這樣嘲弄自己？如果命運對自己就是這麼回事，也只好認了。當然，喪子的不只自己一個人；因丹毒受長久折磨，不幸去世的，也不是只有自己的孩子。這一點謙作也知道。可是，自己才從過去的黑暗道路走過來，正轉向較光明的新生活，剛由初為人父的喜悅中看到曙光，竟然一轉又令自己痛苦。他不能不覺得其中隱含著目不能見的惡意。這是偏見！他想這樣糾正自己，但是仍然無法擺脫這種想法。

靈雲院距衣笠村並不遠，謙作常常走去看看。

# 第四章

## 1

謙作冬天失去了第一個孩子，以跟前一年完全不同的心境度過春天。「都舞」和重瓣櫻去年使人愉悅，今年春天卻令人深深感覺其中含有奇妙的孤寂淒涼。

他猜想今後還會有好幾個孩子。可是想到那個孩子永遠不會再回來，不禁深覺悽涼。下一個孩子出現眼前時，這感情想必可以緩和，可是在這以前，無法不想那死去的孩子。

那使自己不斷煩惱、又不明來處的黑暗命運，眼看著就要逐漸超脫，自己將踏入新生活，卻又淒慘地遭遇此事。丹毒無可預防，勿寧是偶然的災難。一般而言，這樣想，便可釋懷，然而正因為是偶然，反而覺得其中含有定數。他曾自戒說：「這是偏見、乖僻。」但立刻又湧起了「不能這麼說」的念頭，他對自己如此厭惡，卻又無能為力。

直子一想起便流淚。他不喜歡見她如此，只有故意顯出滿不在乎的神態，直子恨恨地說：

「你倒滿不在乎啊！」

「一直悶悶不樂，又有什麼用？」

「是啊。所以我不想讓人看到我的眼淚，沒法子，很快又忘記了，直謙好可憐哦。」

「好啦，好啦。」謙作不愉快說。「你也該可以了吧。我可不願意和你一起這樣。說真的，那都是沒法子的事啊。」

「……」

「最近我倒有些擔心榮娘。幾乎沒有接到信，而且就以前的關係來說，也不能完全委託給信兄，所以近期內想到朝鮮去一趟。」

直子只點點頭，沒有回答。半晌，謙作說：

「最近，你想回敦賀去嗎？」

「我不願意去哭訴。」

「要哭訴也行啊！」

「我不喜歡。向你哭訴還好，我可不願意跟娘家的人提起這件事。」

「為什麼？……我們一起去，讓你留在那裡。」

「不，不必。十天半個月，我可以跟阿仙兩個人看家。要是太寂寞，到時再一個人去。」

「能夠這樣，最好。你一個人在家傷心；我出去旅行也不舒服。」

雖然這麼說，謙作卻遲遲不動身。在西日本，他只到過嚴島，再往西就途徑不熟。到朝鮮京城，簡直是大旅行，他嫌煩。而且，榮娘那方面似乎也不怎麼迫切，因此他總下不了決心動身起程。

有了直子，他對榮娘的情感也發生了一些變化，這是事實。然而，想起從少年時代一直照顧自己的這層關係，更念及自己對榮娘曾經有過一種心意——現在想來雖是病態——也就是說曾向她求婚，縱使沒有迫切的事情，這樣拖拖拉拉，顯然是由於自己冷淡，內心不禁十分痛苦。

一天，信行從鎌倉用掛號寄來一封信，並隨函送來榮娘給信行的信。

「因不愉快的事情，最近從警察家裡搬出來，住在信封上所寫的旅館。我真為自己的愚蠢吃驚。到了這把年紀，還沒有建立起生活指標，只想依靠人，真可恥。實在沒有可依靠的人，阿才又常常想幫忙我，阿才雖然不合我意，也只好再去拜託她了。

詳情不便多說，也沒有什麼可說。我只想早日回到日本。現在全心只有這個期望。」

榮娘的信大抵如此。她希望能送旅館費和旅費給她。謙作一面看信，一面也起了疑問。這疑問就像信行信裡所說：「以前在大連遭遇竊盜，說要立刻回來，送錢去了又不回來，逕自赴京城，現在又說起這事，來函要錢。是否因為過著殖民地的放蕩生活，碰上了不正經的男人，被人家從背後控制了？」

謙作想起共同生活時的榮娘，對這種推測頗覺不快。不過，儘管出於病態，自己對榮娘還會產生那種感情，可見榮娘仍有誘人之處。榮娘的過去縱使已經過去，信行這種推測也不能說完全沒有道理。榮娘沒有詳述經過，更令人不由得會認為與色情有關。

信行在信上說，這次大概只好去把她帶回來啦。那天已來不及到銀行去，所以他打電報到京城和鎌倉通知說：「明晚搭特快啟程。」

## 2

榮娘在天津的失敗，雖不能說受阿才所騙，但她勸人帶錢離開日本到國外，在做法上未免有點不負責任。雖然沒有惡意，卻不夠體諒。阿才後來似乎有些放心不下，在榮娘赴大連之後，還一再來信勸榮娘再到天津，可是榮娘已經不相信阿才。即使寫信時的懇切心意可以相信，但這種心意能維持多久，實在難以相信。這次榮娘以不得罪人的口吻拒絕了。

榮娘以前曾聽阿才說過，鐵嶺飯店的老闆娘增田，是比男人還有主意的人。增田最近和該地的「檢番」[1]吵架，由於好勝，決定自己另設「檢番」。她寫信告知以前相好的阿才，阿才立刻轉告榮娘。

榮娘帶了足夠四五個藝妓穿的衣裳，以此為資本，在哪裡都可開設「藝妓屋」[2]，因而阿才通知她這件事，不過是順水人情。阿才以為她一定會馬上答應，想不到榮娘卻拒絕了。

於是，榮娘去信說：「如果地點在大連或京城，就方便多了。可是，新近染病，氣勢衰弱，到鐵嶺去，離祖國更遠，心虛得很，只好辜負你的美意，不到鐵嶺去。大連現在似乎沒有發展的餘地，近期內準備到京城。京城離祖國較近，如果京城有什麼好去處，請務必通知我。」

之後，阿才來信說，若到京城，她有一個叫野村宗一的警察朋友。去找他，事情就好辦得多，如果要去，她可以先寫信給他。

榮娘立刻請阿才寫信。隔了一天，瘧疾發作，用鹽酸奎寧治療，逐漸痊癒，旅行尚未付諸實施，就在這拖延蹉跎之際，遭了竊盜，唯一的資本——幾箱藝妓的衣裳連包袱一起被拿走。

榮娘當時頗氣沮心灰，卻也覺得爽利。這樣就只剩回國一條路了，因此託信行寄旅費來，準備立刻打道回國。可是，想到以後不會再來，打算繞道朝鮮，參觀一下再回去。另一個原因是船程太長，她不喜歡。

到了十月，病已好得多。榮娘照預定計畫，到朝鮮，進入京城。拜訪阿才信上所說的野村宗一，他勸說：「如果回到國內，有好的工作，那另當別論。否則何不在這裡再做一次生意呢？」

警察野村為什麼說出這種話？不得而知。是從開始就居心以暴力占有榮娘呢？還是因為開始時印象頗佳，才這樣勸她，同住後才想到占有她呢？從榮娘的話裡，謙作猜測不出來。總之，榮娘又在京城住下。

「食費付了，但因為覺得太麻煩人家，便儘量到城裡去辦事。——野村有個五歲的小女兒，叫京子，常親切地叫我：阿姨！阿姨！我也很疼她，出去辦事時，總帶她一齊去，買玩具和糖果給她。可是，不知怎麼搞的——野村趁太太不在時，向我做了意外的舉動，最後還對我動粗，我推開野村，就在這時候，京子剛好進來，雖然什麼也不知道，卻哭著說：『阿姨，壞，壞蛋！』用尺打我！是拚命式的打法，當時我傷心得哭了。我那麼疼她，她也對我很好，外人到底還是外人，在這時候，畢竟還是真心幫忙父親。我生氣、傷心，又覺得滑稽……。父女的感情到底不同，也許因為我沒有享受過這種親情，所以不斷地這麼想。」

榮娘因為自己上了年紀，覺得很可恥，而且深覺對不起善待自己的野村妻子，也不願意使事態惡化，第二天便儘量以平穩的心情離開那裡。

謙作聽著榮娘說話，內心頗不愉快。最近與自己生活不協調的情況擾亂了心境。當初在放蕩時期，他一旦浸淫在這種場所的氛圍半日以上，就會覺得窒悶、憂鬱，亟欲到更廣闊的地方呼吸清澄空氣。現在，他正有這種欲求。不時想起京都的家——直子。

他很高興榮娘沒有行為不檢。總之，她是好人，但在為人方面不夠堅強，常易隨波逐流，這是她的缺點，而自己竟然放她一個人離開，實在缺乏責任感。

1 檢番：設在日本花柳區，管理藝妓，為藝妓找客人，算鈔票的地方。近似應召站。
2 與檢番略同。

他以前不聽榮娘攔阻，獨自赴尾道，幾個月後，身心俱疲地回來，榮娘說：「瘦了。今後別再一個人到那麼遠的地方去。」

現在，他想把同一句話送給榮娘。然而他卻以他自己的話表達了這層意思：「你真渾呀，一點也不了解自己。錯誤的根源全在於想獨自去實現這種根本不該有的念頭。」

但是，榮娘的前途該如何安排？他不知道。如果自己不曾向她求婚，他當然願意把她帶回家，一起生活。即使有了求婚之事，如果直子不介意，他也想這樣做。可是，直子若因此事耿耿於懷，一定會發生無趣之事。只要直子這方面略有顧慮，就該避免。

謙作在朝鮮很少外出。除了從開城到平壤住一宵之外，他只在一個清朗的日子跟榮娘到清涼里的尼姑庵去吃了一頓齋食。途中，在山泉奔湧的地方看到一家朝鮮人在野餐。白髯老人說話，周圍的人靜靜聽得入神，彷彿是很長的故事。這可能是自古相傳的風俗，頗能給見者一種親切感。

謙作喜歡從南山眺望北漢山的景色，曾兩次前往。參觀景福宮、昌德宮，然後晚上獨自閒逛鐘路的夜市。有個舊的螺鈿鏡臺，很想要，雖有破損，價格卻很高。他為直子找到襯皮的美麗文件匣。也不是新近做的，很雅致。

在到平壤的火車中，他和一個探訪高麗瓷[3]窯跡的研究者坐在一起，聽了許多這方面的事。那位學者跟謙作年紀不相上下，說起話來很老成，對日本統治朝鮮也有了不起的見解。

謙作從他那裡聽到一個「不逞鮮人」[4]的故事。閔德元這個年輕的「兩班」[5]，是地方上頗有勢力的財主。當時政府有敷設鐵路的計畫，承辦的衙吏來跟他商量，他答應獨自收購敷設鐵路的土地。

雖然打算以絕對祕密方式廉價收購，但在自己土地全部抵押。親戚中有錢出錢，逐漸擴大壟斷收買的時候，消息卻不知不覺傳開了。

人們都視閔德元為叛徒，憎恨不已。但他卻說自己只是親日主義者而已。

收購鐵路建地終於開始，政府收購的建地距閔德元依衙吏指示、預先收購的土地有三、四里遠。敷設計畫不知什麼時候變更，閔德元一點也不知道，以前來跟他商洽的衙吏也沒有告訴閔德元。那個衙吏並不希望閔德元陷於窘境，可是，閔德元已收買了相當多土地，當初自己勸他收買，現在著實難以啟齒告知計畫變更之事。

這對閔德元實在是一大打擊。不僅自己已一文不名，還遭親戚怨懟，更受當地人嘲笑，視為叛徒的現世報。自己已毫無立場。輕易相信衙吏的話，雖然是自己的錯失，但既是對方先來勸，對這誤失也總該有人負起責任，替自己轉圜一下，怎能眼睜睜讓自己一個人去做犧牲！閔德元指出這一些，一再跟總督府談判。沒有人肯理睬。請總督府找出負責任的人，對方卻說那個來勸的衙吏已回日本，不在朝鮮，不管真假，總之對方未表現出絲毫誠意，甚至連同情也沒有。閔德元對這種不合理的事情越激動，對方就越冷淡相對。甚至還表示：如果再鬧下去，將以「不逞鮮人」處置。最後，閔德元只好忍氣吞聲。

之後，過了一兩年，閔德元終於變成了名副其實的「不逞鮮人」，他決心向日本報仇。他沒

3 朝鮮高麗時代（九一八—一三九二）出產的陶瓷器。以彫刻鑲嵌為飾，色次以灰、青、白者居多。

4「不逞鮮人」：日本於一九一〇年合併朝鮮，在朝鮮立總督府。舉凡不肯聽從日本人命令或為日本人所忌視的朝鮮人，一概視為「不逞鮮人」。

5 兩班：朝鮮高麗時代與李朝時代（一三九二—一九一〇）的官僚階級。在李朝時代，文官列於東班，武官列於西班，是政治社會的特權階級。

有考慮到朝鮮獨立，因為這幾乎是不可能的，他也沒有這種夢想。但他要向剝奪自己一切的人報仇。這是絕望的報仇心態。近年來所有壞事都和他有關。

「最近大概已經被處死。四五年前探訪那處窯跡，曾經請他作嚮導，當時他還是一個非常沉靜的年輕人，做夢也沒想到會變成那樣。」

3

第十天，謙作帶榮娘回來。在悶熱天氣作長途旅行，坐火車很辛苦。

已經從下關（馬關）打了電報，謙作認為直子可能會到大阪一帶迎接。他想起直子曾說：「回來時，我可能會去接你。」在神戶、三宮，火車每次停下，他都到月臺去看看。火車駛進大阪車站前，他把頭伸出窗外，那熱鬧的情景使他真正覺得已經回來。

他在月臺的人潮中尋找直子，沒有找到，有些失望。要是明白說出要她來接就好了，他想。

榮娘橫坐椅上，似睡非睡。一年半——這一年半確是多事之秋——之後，終於回來了，任何人都難免會感慨係之，榮娘似乎已累得連這種感覺也沒有。謙作想，榮娘的感情竟然這麼乾涸。

「沒有嗎？」榮娘坐好，憂鬱地從袖裡拿出敷島菸，畫了火柴。榮娘在這一年半之間又開始吸起久已戒掉的香菸。

才離開短短十天，謙作已充分意識到自己已回來。剛剛下車的人群全是不認識的人，他卻有相識之感。下一站直子必定來接，他想起了直子開朗的表情，深為火車速度之緩慢煩躁不已。

九點幾十分，火車終於進入京都車站。謙作立刻發覺直子和跟來的水谷在人群後頭。他舉起手。水谷立刻擠過人群，飛奔而來；跟著還在動的火車奔跑，一面要接過行李。末松來接還可理解；水谷來接，謙作覺得有點莫名其妙。水谷和自己的關係並沒有深到這種地步，有點出乎意料，不禁湧起了不快感。

他把小件行李遞給水谷，並說：

「請幫我叫紅帽子。」

「不必啦，快把行李遞出來。」

水谷一面說，一面忙著把榮娘遞出的行李一起接過去。

直子浮起羞怯的微笑走過來，「回來啦。」接著向榮娘低頭致意。

「還是叫紅帽子吧？」他對直子說。

「不必啦。太太。」水谷似乎想表現自己的忙碌，又這麼說。謙作急躁地說：

「什麼不必！難道你拿得動這些行李？」

有三個大箱，還有幾個信玄袋和包袱。水谷看著這些東西，搔搔頭，「好吧，我去叫。」急忙去找紅帽子。

謙作確定沒忘了東西之後，讓榮娘先下車。

他簡單向榮娘介紹說：

「這是直子。」

「我是榮娘，你好……」兩人鄭重地互相招呼致意。

「請先行。」說著，水谷與紅帽子一齊回來。

「有容易碎的東西。只拿那些就行。」

「哪一件？這件嗎？」

「我拿好了。」謙作拿起一件裝著高麗瓷和幾個李朝壺的包袱。
「沒關係。我拿好了。」水谷搶奪般拿了那包袱。
水谷一向如此，但今天謙作特別覺得他討厭。
領著榮娘和直子走出收票口，站在那裡等紅帽子。
「水谷怎麼來了？」他問直子。
「今天到家裡來的。最近要哥來，住了三夜，水谷先生和久世先生也來，玩賽花紙牌玩到天亮。」
「什麼時候？」
「四五天前。」
「小要什麼時候回去？末松沒來？」
「末松先生沒有來。要哥兩天前回去。」
「回敦賀？」
「據說到九州的製鐵廠見習。」
「八幡（製鐵廠）吧？」
「是的。」謙作不由得很不愉快。直子的表兄到家裡來住，並不奇怪，但自己不在家，竟然住了三天，還呼朋引伴玩紙牌玩到天亮，未免太不客氣，太無禮了。接著又想，直子也真是的。
雖然僅僅十天，但這是婚後第一次旅行。他認為在這期間直子可能會受不住寂寞，才勸她到敦賀去，自己也覺得在朝鮮遊樂對不起直子，一心想盡快回來。他是懷著亟欲與直子見面的心情回來的。可是才一見面，便覺得直子提不起精神。也許是因為水谷來接使他不愉快，再將這心情投射在直子身上吧，直子的心情和態度顯得冷淡而不高興。

水谷揚著那易碎物品的包袱，微笑著跟隨紅帽子走出來。

「還有行李票嗎？立刻去拿吧。」

謙作沒有回答，直接對紅帽子說：

「有市內輸送的吧。」

「是的。」

「衣笠村，能送嗎？」

「噢，市郊要慢一點。」

「真的。那就一起帶走。」謙作不理在旁說話的水谷，把行李牌交給紅帽子。

謙作決定連同行李搭四輛人力車回去。水谷似已感受到謙作的不悅，告辭說：

「兩三天後再跟末松兄去府上拜訪。」

「那就請你告訴末松，我明天去找他。」

「知道了。末松兄和我只有上午有課，我會等他。」

「請告訴末松，有點事要跟他一起出去。」

謙作急躁得很。

人力車從烏丸街往北直奔。好幾輛電車超越前行。謙作從最後面大聲告訴前車的榮娘那是東本願寺。拉車的老車夫解釋了一會。到六角堂，車夫又停下不跑，邊走邊說。

「晚上，在電車道慢慢走，最不智了。」謙作對前一輛車的直子說。他想表示自己不像剛才那麼生氣。

直子說些什麼，謙作聽不見，只覺得直子鬱鬱不樂，沒有精神，很可憐。

「最好讓水谷負責行李，大家一起坐電車回去。」他說出了違心之言。

十一點左右，回到衣笠村的家。乾癟的阿仙像忠實的看家狗，高興地到玄關來迎接。她彷彿比直子更親近自己，謙作覺得奇怪。直子在自己不在的時候跟那些傢伙一起玩，覺得很後悔，才會喪失心靈的自由。如果現在不趕快表示自己並不在意這一些，直子就可憐了，他想。

家裡收拾乾淨，洗澡水已燒好。「真是好地方。」榮娘在客廳喝完茶，站起來，從廚房看到飯廳。

「榮娘住在哪裡？」

「不知道，今晚還是先睡在你二樓的書房。」

「嗯。」於是他對榮娘說：「今晚累了，還是早點睡。洗完澡立刻就去休息吧。」

「我慢慢再洗，阿謙先去洗。」

「解開陶瓷的行李，又會弄髒。你先去洗吧。」

謙作到玄關解開草袋，拿出壺和盆。

「高麗瓷有點兒怪。」

直子拿起釉裡摻辰砂的李朝小十角壺：

「這很漂亮……」

「替你買了漂亮襯皮的文件匣。不過，你喜歡這個，就給你好了。」

「嗯，好哇。」直子雙手捧著，在燈下細瞧，「怎麼回事，黏黏的。」

「呵，也許塗了油。」

「榮娘洗完後，一齊去洗澡好嗎？」
「好啊。」
「這麼有味道的東西，隨便洗行嗎？」
「我要洗這壺。」
「行啊。髒死了，要用肥皂和刷子好好洗一下。已經送給我了，對不對？既然是我的東西，就不再是古董了。」
謙作覺得直子已恢復平日模樣。
兩人把這些東西拿到客廳，陳列在壁龕上。
「我的壺最好。」
「在李朝物品中，這算是比較好的。」
「你即使後悔，我也不會還給你了。」
謙作從另外的行李包中拿出襯皮的文件匣。直子很喜歡，卻發現有些地方剝落。謙作說：
「本來要買新的給你。但總覺得看起來漂亮的比較好。」
「我沒有不喜歡呀。」
「真的嗎？」
「慢慢就懂了。」
直子浴後化粧，謙作一面等待一面談起榮娘今後的行止。直子說希望她住在家裡。謙作不大相信直子這種若有所思的回答，但比起聽到意外的說辭，顯然要舒服得多了。
「你能這樣說。太好了。」

「無論好壞，這不是理所當然的嗎？」

「從孩提時候就受她照顧，的確應該這樣。可是，她跟你的境遇完全不同，如果合不來，那就無趣得很。要照顧她，不一定需要住在一起，我想在附近租個小房子也行。」

「這樣反而麻煩。」

「如果你無所謂，一起住也行。要是不願意也沒關係。」

「我很高興啊。以後有人可說話了。」

謙作覺得她們倆都沒有怪癖，說不定合得來。其實，榮娘本質上是一個不拘泥過去、容易適應新環境的人。

直子完全不談謙作離家期間的事情，謙作覺得很奇怪。難道自己的不悅已影響到直子？如果直子因此懊悔，不願意談，還說得過去。如果自己也跟著不提，反而顯得自己對這件事太在乎了。他想隨便說說，也想要她今後對這種事多注意一點。可是，無法輕輕鬆鬆說出來。尤其在彼此和顏悅色談榮娘的事，要轉變話題，更須勇氣。於是，雙方自然而然就沉默下來。

「小要他什麼時候畢業？」他從這件事談起。

「他說今年畢業。到八幡參觀，可能畢業後到那邊就職。」

「參觀回來，會順便到這裡來吧？」

「那就不知道啦。以為他回來了，立刻又出去，第二天整天和久世先生和水谷先生玩紙牌，簡直沒法子跟他說話。玩到天亮，接著又玩到晚上九、十點，我受不了，便中途退席。」

「這麼說來，第二天，小要就走了？」

「早上，我還在睡覺，沒說一聲就離開。真沒禮貌，搞不清楚他是為什麼來的。」

「大概是專門來玩紙牌的吧！是水谷寫信邀他來的？」
「是的。」
「雖然早已約好，但我不在家，最好顧忌一點，在水谷的公寓也可以玩。」謙作不知不覺口氣帶有責備之意。
「……」
「末松在這些地方就比較敏感。在這一點上，我不喜歡水谷。」
「那是要哥不該。」
謙作驀然想說：「最不該的是你。」他沒說出來。
「以後我會拒絕的。說來實在沒有禮貌。人家先生不在家，還到家裡來，即使是親戚，也太沒禮貌呀。」
「最好拒絕。我沒跟小要見過面，不知道他是怎樣的人。既是你表兄，跟你比較親，明白拒絕他來算了。」
「……」
「總之，水谷也真叫人不愉快。怎麼搞的？今天竟然也來接我，而且像書生一樣勤勞得很。雖然一向輕浮，大概到底也覺得不好意思，所以才那樣表現。」
「……」
「水谷一定也邀了末松。但是，僅僅旅行十天，無須特地來接，所以末松沒來。這樣反而好得多。」謙作一說起來就打不住。
「……」

「還有，末松也許知道我討厭水谷才不來。」

「……」

「以後不要他再來。」

「……」

「他雖然不能說壞，但我不喜歡那小人模樣的卑劣感，一看到他的臉，就反射似的不愉快起來。有時，很高興地一起笑談，之後必定陷於自我厭惡的狀態。不管怎麼樣，總覺得和那人來往，很愚蠢。末松神經質得很，怎麼會跟那傢伙來往？真不懂竟有人跟他那麼接近。」

謙作發覺自己是在間接責罵小要，卻無法住口不說。

「真的是我不好，以後會小心，請原諒。」

「你雖然也不好，但我沒有責備你的意思。是別人叫我不愉快。」

「是我不好，我一沒精神，大家都欺負我。」

「哪有這回事！」

「我希望以後要哥不要來。這樣最好。」

「這怎麼可能？跟舅舅有關，怎麼能夠？」

「舅舅是舅舅，要哥是要哥。」

謙作想起那高雅的N老人。對他所愛的獨子，怎能僅僅為了這一點點輕率之舉，就拒絕往來？何況以學生來說，也不能算壞，自己就任情任性這樣想，實在對老人不起。也覺得辜負了N老人對自己的一片好意。謙作深知自己的缺點，常常會從這類小小情緒逐漸誇大，不講道理，而對別人有所不滿。他覺得對不起N老人，同時也對自己的心境頗感不安。實際想來沒什麼事。全是因為自己的情緒猛往一方面擴張，而覺得非常不快。沉默不言還好，一旦說出來，反會加速度變成極難忍受的不快感。這是自己惡劣的習性。剛才已經向憂鬱的直子表示自己並沒有不高興，待直子心情轉好，自己卻又說出這種話來。為什麼會這樣惡劣呢？他又為尋求轉換心情之道而迷惘不知所以。

「唉，算了吧。別人可以輕鬆應付的事，我總是執著得很。只要鬧一陣子脾氣自然會過去，但是一鬧起來便無法中途打住。今天在月臺上看見水谷，從那瞬間便覺得不愉快。因為水谷跟來，我感到意外，彷彿暗示有什麼不好的事一樣。最後，果然不出所料。這也算了。你知道我的意思，只要以後對這種事注意一點，我也不再囉嗦。你也無須放在心上。」

不久，兩人一起上床。彼此彷彿心情都已轉好，但不知為什麼竟因氣氛不對，無法融合無間。謙作理當把萎靡不堪的直子擁抱胸前，可是他做不出來。直子沒有哭，把薄棉睡衣的衣領拉到眼上，仰臥不動。謙作知道那不是鬧彆扭，卻無法拂去這種怪異氣氛。嘴裡安慰，身體卻無意靠過去。

他想這樣待到天亮，實在受不了。如果自己的情緒爆發出來；心情反而可以早點改變。他已經相當疲倦，但不能留下萎靡不振的直子，獨自入眠。睡不著，他伸手尋找直子的手。直子沒有回應。他赫然以略為激烈的口吻說：

「生氣啦？」

「沒有。」

「那為什麼這麼沒精打采？」

## 4

一種不愉快的想像驀地浮現出來，謙作無意識地想把它壓下去。然而，有了兆頭，便無緣無故昂奮起來，他儘量加以壓抑，終於恢復平靜。

「別這麼沉默，說點什麼好嗎？你以為我在指責你？」

「這個……」

「老實說。我沒有指責什麼，只是非常不愉快。從車站見面的剎那，彼此心境就不和諧，而且離得遠遠的。那是不著邊際的心境，總無法了解，覺得有點奇怪。——也許想到你總不願意談起小要和水谷的事，但那是另一回事。是不是另一回事，我不知道。但是總覺得不對勁，彷彿其中含有不潔一樣。到底是怎麼回事？以前可不是這樣的，對不對？」

「……」

「二樓聽見了不好。到這兒來好嗎？」

謙作挪挪身子，在被窩上留了一塊空隙給直子。直子沒精打采地起身，過來，坐在那裡。表情憂鬱、冷漠而醜陋，茫然轉臉望著壁龕。那兒放著她剛才非常喜愛的高麗瓷壺和文件匣。

「別坐著，躺下來。」

直子不想動。

兩人沉默半晌。謙作腦中發熱，非常疲倦，卻清醒無比。是寂靜的夜晚。一切都沉靜無聲，四周森嚴靜謐，只有客廳像染了熱病，謙作感覺到那兒彷彿有無數烙上「凶」字的小東西在跳躍。

「說點話，好不好？這樣憋著睡不著覺。——你已下決心一聲不吭嗎？」

「……」

「明白說出來，也許會生氣，可是反而比較好，縱是令人生氣的事，也許生氣了就好。反正明白說出來，再尋求解決之道，你覺得怎麼樣？」

「……」

「這樣下去，只有讓彼此越來越痛苦。」

還是沒有回答。

「我自己也搞不清楚為什麼會這樣責備你。不說，我更不清楚。如果沒什麼事，你只要明白說沒有就行了。——這麼一句話，總可以明白說吧？怎樣，沒有什麼事吧？——嗯，沒什麼吧？」

直子猛然緊閉雙眸，歪著頭，窒息般臉上布滿了皺紋，然後雙手矇著臉，彎下腰，痛哭出聲。謙作覺得臉上突然發冷。他起身俯視直子起伏不已的脊背，彷彿遇到什麼可怕的東西，過一會，他感到腦子非常清醒，彷彿自己的心已從夢中醒來。首先，他想道：自己該怎樣判斷直子的這種狀況。接著，他清楚意識到有件可怕的事情將降臨到他們身上。

## 5

直子和小要的關係自始就不能說天真無邪。彼此關係並不很深，只是來自孩童好奇心與衝動的一種猥褻遊戲。但是他們都忘不了這遊戲。在各種各類記憶中，只有這件事常以甜美感從直子記憶裡浮現出來。

春天，地面還留著殘雪。小要從小學放學回家，父母親派他來叫直子的母親。直子正跟附近比她小的女孩在當陽的走廊邊玩家家酒，玩得很帶勁。

「你也一起到要哥那裡去吧。」母親邀她。她拒絕，全心放在玩耍上。

過一會，小要從院門走進來。本來以為他已經回去。他加入她們，用洗臉盆堆雪，當飯玩。雪溶後，走廊全是水，大家手都凍得僵硬。三人不再玩，進入房間，烤火爐取暖。

小要覺得那附近的小女孩很礙眼，不時說：「你該回去啦。」小女孩不肯回去。

於是，小要叫直子拿出赤間關[6]的圓硯，要玩「龜與鼈」的遊戲，並教她們玩法。先把硯臺藏在院子裡，要當小孩的女孩子去把硯臺找來。然後在紙門外說：「媽，捉到烏龜了。」當母親的直子回答：「那不是烏龜。」這時候，小要就大聲怒吼：「那是鼈。」直子和小要根本不懂是怎麼回事，就這樣玩起來了。

那小女孩去找小要隱藏的硯臺時，兩人躺在罩被火爐裡。小女孩好不容易才找到，把硯臺帶來時，小要猛然躍起，大吼：「是鼈。」然後獨自一個騷鬧著，跳起來，又翻斛斗。

這遊戲是僕人教他的。所含的猥褻意義，只有小要一個懂得幾分。直子什麼也不懂。可是，在罩被火爐中互相擁抱時，直子湧起一種前所未有的奇妙感覺，感到腦子迷濛空洞。三人反覆玩了好幾次。不久，直子的哥哥從學校回來，兩人吃驚地跳起來。直子莫名其妙地覺得不好意思，不敢直視哥哥的臉。

小要和直子從此沒再玩過這種遊戲。可是這件事卻極其清晰地留在直子腦海裡。

因此，謙作外出不在，小要突然來訪，直子就微感不安。然而，這種感覺似乎不純，所以儘量以表兄妹的明朗心情招待他。第二天，水谷和久世來玩日本紙牌，她覺得有第三者在場反而比較好，一點也沒想到有夫之婦不應該這樣；自己也加入玩牌，直玩到黎明。天亮，陽光照進來，還在玩。終因體力承受不住，把做飯及其他雜務委託給阿仙，獨自退到後面的四疊室，睡得不省人事。

直子醒來時，屋內已黑。她準備到浴堂去，途中從紙門空隙往客廳裡瞧，三人還圍著一個坐墊，繼續在玩牌。每個人都雙目下陷，臉上微髒，浮現油脂。三人連芝蔴小事也笑；平時不大多話的久世也喋喋不休說些無聊的滑稽事。

直子洗完澡，和阿仙一起準備晚餐。

三人吃飯時，仍然不能穩定，說個不停。

飯後，又立刻開始玩牌，直子也參加。可是，三人從昨天就沒有睡過，所以一有空檔，躺下來立刻睡著。小要因為肩膀和脖子又僵又硬，非常痛苦。

到十點，終於停下不玩。三人一起去洗澡，鬧了一陣。不久，久世和水谷便回去。

小要折起坐墊當枕頭，仰臥而睡。直子勸他去鋪被睡覺，勸了好幾次，他總是說：「馬上就去。」卻遲遲不肯起來。直子只好替他蓋上厚棉衣，在旁看雜誌。沒多久，小要突然起身，說聲「晚安！」逕上二樓去。

直子不想睡，繼續在那兒看雜誌。不知過了多久，直子突覺小要在二樓說些什麼，便起身走到樓梯下，站在那兒出聲探問。因為睡得迷迷糊糊，小要的回答聽不清楚。直子登上樓梯。

「肩膀僵硬酸痛，睡不著，幫我叫按摩的來，好嗎？」

「呵，路很遠哪。早點叫還好，現在已經過十二點了。」

小要似乎頗為不滿，沒有回答。

6　赤間關：日本山口縣下關（馬關）的舊名。以產製硯石聞名。

「阿仙剛剛才睡，現在把她叫起來，太可憐。」
「那就不用了。」
「硬得很？」
「刺痛不已，頭也怪怪的，睡不著。」
「那我幫你揉揉？」
「不要，算了。」
「我揉得不錯呢。」
直子走進房間，開始從小要的脖子揉到肩膀。那僵硬程度究非女人之力所能解除。
「有點用吧？」
「嗯。」
「沒效嗎？」
「嗯。」
「到底怎麼樣嘛？要哥真討厭。」直子笑出來。「這樣揉著，你快點睡吧。明天起來後，再叫按摩來。」
小要突然翻身，直子吃了一驚，小要已經握住她的手，另一隻手圍著她的脖子，把直子的身體拉過來。小要仍然閉著眼睛。直子吃了一驚，小聲有力地說：
「做什麼？」
「不做壞事。絕不做壞事。」小要說著用力硬把直子扳倒躺下。
直子有點嚇昏了。而後，彷彿叱責般抵抗：「要哥，要哥！」想站起來。小要已經用自己整個身子壓住直子，使她不能動彈。然後反覆說道：

「不做壞事。絕不做壞事。腦袋很怪，沒法控制。」

兩人爭了一會。最後，直子覺得全身無力，接著連理性也無力了。

直子靜靜走下二樓，深怕被阿仙發覺。躺在被窩裡，一直睡不著。

次晨，直子醒時，小要已經不告而別。

## 6

第二天，謙作從「一條通」（街名）往東疾步而行。南風微溫，肌膚濕潤，腦部沉重。是天候的緣故，當然睡不夠也是原因。然而，心情爽朗，並不壞。總之，他整個人激動不已。無法沉靜下來思考。各種事情片片斷斷在旋轉，只在腦海裡閃現。

「我不會恨直子。不是因為認為寬諒是美德，才寬諒，是因為不恨直子才寬諒。而且，我知道，執著於這件事，結果會造成雙重不幸。」他又在腦海裡反覆昨晚對直子說的話。

「最好寬諒。其實，除此而外又有什麼辦法。……可是，結果，倒楣的卻是我自己。」

他習慣從下森搭京都電車，便走向那邊。剛好是北野天神的廟會，那一帶人非常多。他從武德殿的後面走向終點。那兒也有很多人，賣麥芽糖的、氣球的、玩具的，還有賣冰淇淋的，一直熱鬧到馬場那邊。也有幾座「手搖卡通」並排放在鳥居（牌坊）前的廣場上。只是「八百屋阿七」[7]變成「金色夜叉」和「不如歸」而已，其他如人物的臉和顏色的濃艷都一如往昔，絲毫未

7「八百屋阿七」：據傳，江戶時代初期，江戶遭大火，菜舖（八百屋）的女兒阿七避難檀那寺，遇寺僮，與之私通。愛戀之餘，以為只要再有火災，便可往寺中與之相會，乃縱火焚屋，終被捕處火刑。見井原西鶴《好色五代女》。

變。
謙作走進「上七軒」，準備從「千本路」搭市營電車。
「最好這件事能在兩人之間逐漸消失，彷彿沒有發生過一樣。——只有自己忘不掉，直子已經忘掉——裝出忘掉的樣子——如果這樣——我真能無所謂嗎？」剛才覺得這樣最好，但自己著實無此自信。想到彼此佯裝已經忘記，卻又突然想起的情境，不禁恐怖不已。
「難道自己又要開始放蕩啦？」他望著兩邊吊著燈籠的家屋，驀然這樣想道。
他覺得今天自己顯得非常輕薄。其實並沒有事情要跟末松說。然而如果一旦開口說話，一定連最無聊的事都會說出來。
「對啦，忘記把送末松的禮物帶來。」他脫下帽子，擦拭額頭上的汗珠。
從千本的終點可以輕鬆搭上電車（當時，這兒是終點站）；車外灰濛濛，宛如黃昏時分。車裡微黑，而且窒悶，待久了，很想嘔吐。
其實，半晌之後，他已忍受不住濕氣和悶熱。車抵烏丸御所拐角時，匆匆從電車跳下，從這裡的售票處改搭人力車。
站在岡崎公寓玄關時，巧遇末松從二樓奔下。
「哎呀。——不進來嗎？」
「出去吧。」
「不進來嗎？有東西想給你看看。」
「下次再看看吧。」謙作今天不願碰到水谷。
末松覺得奇怪。「……那進來等我換衣服吧。」

「我在動物園前等你。——別帶人來。」

末松領會，猛然笑出來。「剛巧現在不在。馬上就去。」

謙作走出那胡同。東山看來就在道路正前方，灰暗而朦朧，山上微黑的雲彩迅速飛過。真是個沒勁兒的陰沉口子。

公園運動場上，年輕人在練習自行車競賽。紅襯衫、短褲，爬在自行車上，頭像搗米器一樣不停的動。風迎面而來，上身左右搖擺，似乎非常痛苦。然而，一旦順風，驀然輕鬆起來，跑得更快。謙作站在路邊，望了一會。

不久，末松來了，兩人邊走邊談。

「你最好看一看，據說是藤原時代插花的盆子。兩三天前，在松原骯髒的古董店找到的。這幾天，我帶去給你看看，如何？」

「這種東西，我也不懂。」

兩人坐在大馬路電車站牌的長椅上，等大津開來的電車。

「遠離無聊的人雖然不差，但像你這樣過分拘泥，以致厭惡，就不大好啦。」末松突然以這種方式談起水谷。

「確是如此，這樣並不好，可是在遠離的過程中，不知不覺就變成厭惡。我自己也知道這是惡習，但從小好惡之念就很強，實在糟糕。好惡往往立刻變成善惡的判斷。事實上，這種判斷也往往很準。」

「是你自己覺得很準吧。」

「大都很準。對人如此，對某些事情也是如此。不愉快感剛剛出現，不愉快的事情就含在其中。」謙作想起昨晚水谷到車站來，自己覺得很不愉快，不知不覺緣線而行，自己的神經委實奇怪。

「也許如此，但是過分相信，別人也會不愉快。總覺得受到了威脅。——至少不能單憑這一點。」

「當然不會單憑這一點……」

「在情緒上，你是暴君，非常自私。——幸好還沒有冷酷的算計，不過還是會給旁人添麻煩的。」

「……」

「與其說你自己承認，倒不如說你內心和這種暴君同居一起。所以最大的受害者也許是你自己。」

「每個人都有這種東西，未必僅限於我。」

可是，謙作想起自己過去常跟某些東西戰鬥。結果發現，那並不是跟外界的東西戰鬥，而是跟自己內心的暴君戰鬥。

「總之，比別人明顯。」末松說。

過去，謙作常被自己的暴君情緒拖著走，但他並沒有把它看成敵人。想起過去許許多多事情，大多是自己跟自己鬥，亦即以自己內心這類情緒為對象，挺身而戰。直子的事須靠自己來解決，一旦後退，以後就很難見人啦。——自己對自己說，他無意間發現，要解決這件事畢竟還是要靠自己，他覺得很奇怪。

「跟住在自己內心的東西戰鬥，度過一生。這樣倒不如不生好哪。」謙作說。

「這樣不是很好嗎?只要能達到無憂之境域就行。」

大津開來的電車遲遲不至。

謙作茫然仰視前方的東山，驀地發現一種怪異的黑東西迎風在雲中飄動。剎那間極為恐懼。因為風的關係，聽不見轟隆聲;也許在這天出現頗感意外，也許那形象在雲中看來有如影子，所以謙作腦海裡無法立刻辨知那是飛機。

機體勉強越過將軍塚一帶，然後慢慢飛下，最後幾乎跟知恩院的屋頂摩擦，終於隱身在知恩院那邊。

「一定落下來啦。落在圓山，我們去看看吧?」

這是陸軍第一次在東京與大阪間飛行。兩人都從報上獲知這消息。本來料定今天會飛來，果然來了。

兩人急步走向粟田口。

## 7

兩人從圓山經高台寺下邊向清水走去。不管在哪裡都沒有飛機的消息。如果不是在早報上看過，謙作真要認為剛才那飛機是自己的幻視。看來那麼朦朧，他的腦筋又那麼遲鈍。他內心非常空虛，不知該不該把昨晚的事告訴末松。不停的談著別的事。其實，已下決定不說，但他不敢相信自己的決心。

以前在尾道時，他的心情恰與此時相近。當時他獲知自己是祖父和母親亂倫後生下的孩子，自己卻覺得有一股力量促使自己把這件事撥開，事實上也真的撥開了。但是不知為什麼對這次的事，內心總感覺不出能有這種力量。想必是對這種事自己已無能為力，這麼一想，彷彿一腳踩進泥沼裡，足不著地，心境一直往下掉。孤家寡人時有這股力量；結婚後，不知何時已喪失，想來真是寂寞。

不一會，兩人爬上二年坡，進入那兒的茶館。謙作走向走廊上的籐椅，癱倒般坐下去。心身疲勞得張不開眼睛。全身乏力，彷彿無法動彈。他想：也許生病了。

「茶來了，是不是送到你那邊？」末松出聲跟他說話，謙作已睡著。

「怎麼啦」

「沒睡夠，再加上這種鬼天氣，真受不了。」

謙作好不容易抬起鬱鬱的身子，爬一樣從門檻走到自己的坐墊坐下。

「你好像很沒精神哪。」

「其實有話想跟你說，又覺得不該說，所以更糟。」

末松有些奇怪。

「……」

「真是搞不過。是我自己心情上的事。」

可是，謙作還是覺得不該說。他知道說出來一定會後悔。

「心情上的事？」

「嗯，就像今天的天氣一樣，覺得很不愉快。」

「怎麼回事？」

「我會對你說的。今天不想說。」

「哦。」

「……這且不談，你所說的紅車票從那以後怎麼樣？」

「……」對這意外的質問，末松期期難言，浮現出尷尬的微笑。接著笑道：「不是四條的匾額，卻像雨奇（季）晴好，沉著而穩定。」

謙作結婚時，末松曾為那女人焦躁不安。當時，謙作心境開朗，未深入探問，只聽水谷說過兩三次，說他們時分時聚。後來如何，不得而知。末松常因嫉妬而焦躁不安。他愛她，但她性情開朗，又有許多相好，所以經常吃閉門羹。明知會如此，末松還是常為此獨自苦惱。

「你們的關係還維持著嗎？」

「是的。」

「這樣你還能穩得住？」

「總歸一句話，也許心已冷。對方不能一天沒人，這樣反而好。懷疑是沒有底止的。你還記得曾在陋茶屋，使你不知所措的事吧？」

謙作頷首。

「那種事不會再有啦。」末松笑，接著又說：「你的心情就像那樣子嗎？」

「……」謙作想了一下，回答：「有些相近。」

末松沉默半晌，然說說道：「我雖然不很清楚，不過那種事十之七八都是疑心生暗鬼。難道不是嗎？」

「不是疑心生暗鬼。其實事情已經過去，而且毫無可疑。只是我的心情該穩定而不能穩定，如此而已。也許只是時間問題，時間會自自然然把我帶向穩定，但是在這之前，我無法穩定。現在很痛苦。」

「……」

「可是，另一方面，我又想，我希望現在能夠立刻恢復平靜，可是這樣反而是彼此都在做作。該走的路，不管哭笑都該走，這樣才比較真實。」

「……」

「雖然說得很抽象，但我認為這樣才對。」

「我好像有些懂了。這跟水谷有關嗎？」

「不，跟他沒有直接關係。明白的說，水谷的朋友中有直子的表兄，他跟直子做了錯事。」

「……」

「是直子無意間造成的。我一點也不恨直子。而且只要不再犯，我打算從心底寬恕她。其實，我想這種事不會再發生。事實上，直子幾乎沒有罪，而且一切都該已經過去。可是，我的心情卻一直無法真正穩定。好像有什麼奇怪的東西在我腦子裡作怪。」

「也許就像你所說那樣，只好等待時間來沖洗，現在不如讓它自然發展下去。」

「只好這樣。」

「也許是無理的要求，要是事情已經解決，最好別再耿耿於懷。耿耿於懷，不會有好結果。無謂付出代價，就太笨了。」

「一旦成了當事人，即使知道該怎麼做，總無法讓心情照預期那樣沉靜下來，真難應付。」

「說的也是。不過，必須在意志上努力，否則嫂夫人就可憐啦。感情上既然沒有問題，你對整個事情又知道得一清二楚，就必須在感情之外，運用意志來壓制，這對人來說也是一件了不起的事。」

「你說的沒錯。可是以我來說，這是我最沒辦法的事。即使說直子沒罪，但是從我們的關係而言，從來不曾有過的事，或者一生都沒有的事，一旦發生了，我覺得就須重新調整一下過去的夫妻關係。極端地說，即使再發生同樣事情，調整後的關係也可以穩如泰山。——既然這樣說，也許正表示我無意按你所說去做。」

「嗯，想來這也不是沒有道理……」

「有謂：『密雲不雨』，心情就像這樣沉重不快。」

「說的也許不錯。但是，對你來說，這是一種考驗，你該有此打算，充分自重。」

「謝謝。不經意而造成不幸，才是最愚蠢的事。以後我會小心。」

「事情常會莫名其妙地糾纏人，又有什麼法子。你的情形我很了解。」

「謝謝。說出來心情好多了。」

「嫂夫人怎麼樣？」

「我離開時，她說頭痛，去睡了。」

「最好早點回去。」

謙作突然想讓末松去安慰一下直子，立刻又改變念頭：「不行。」

傳來了在路上奔馳叫賣號外的喧鬧鈴聲。

不久，兩人離開茶館。走到門外，末松撿起落在門口的號外，說：

「剛才那架飛機果然降在深草裡。」

號外上說，另一架飛機已平安抵達大阪。兩人走下長長的緩坡到東山松原車站去。

## 8

之後，衣笠村家中，過著和平安謐的日子。至少在外表上看來很平靜。榮娘和直子，果如謙作所預料，相處很好。謙作和直子的關係也不壞。可是，該怎麼說好呢？——夫婦一旦病態地互相吸引，其中總會留下無法全心貼合的空隙。而且病態相吸越強，後果越壞。

他認為因妻子的過失直接刺激肉慾，是最大的可恥之事，但他又擔心兩人之間感受到的空隙，因此一直想恢復自己對直子原有的愛情。可是，病態越強，他對直子所述的過失想像得越詳細。

從那以後不久，知道直子又懷孕。他不必屈指細數，也知道那是赴朝鮮以前的事，想到跟直子的關係已經確定不移，便感覺窒悶無比。

謙作內心常常軟弱得自自己都受不了。這時，他會像小孩子一樣想讓榮娘抱一抱，但這是不可能的。然而，以同樣心情把頭抵在直子的胸前，就突然覺得有如鐵板一般，好像從夢中突然醒來。

夏天過去，漸漸入秋。謙作的心態依然不佳。這與其說是心態，倒不如說是因為不善養生，而在生理上弄壞了身體，他常認為這是莫可奈何的事，卻無法從散漫惡習中調整過來。心情軟弱淒涼到極點時，常會突然發怒，把餐桌上的食具全摔到庭院踏腳石上；有時還用剪刀把直子穿過的衣服從領子直剪到背上。他的發怒只是一時性的，直子卻立刻把它牽扯到自己的過失上，默默無言，盡力忍耐。直子的這種態度一反射出來，謙作就更焦躁，更胡鬧。

榮娘以前就知道謙作的脾氣，但不曾見過謙作把怒氣出在器物上。僅僅一兩年之間，謙作為什麼變成這個樣子，她似乎不明白。

一天，謙作接到信行鎌倉的來信，說他最近將至京都一遊。謙作立刻回信。後來發覺是榮娘寫信要信行來。他隨即寄出拒絕信行的信函。可是又覺得不該這樣拒絕難得一來的信行。與其讓他來，不如自己去，但又猶疑不決，沒有斷然付諸實行的決心。想到見到信行必會說出一切，僅此他就不想去見信行。

末松不時勸謙作一起去旅行，甚至帶了兩人都不熟悉山陰一帶溫泉的導遊書來邀他，謙作仍然提不起勁。末松的好意，他很了解，卻無法應付自己的倔強。總之，必須自我控制，他下定了決心。

他立意去巡迴參觀久違的古寺、古社（神社）和古代美術。他到高野山、室生寺等處旅行了兩三天。正值晚秋時節，景色優美，略略恢復了平日的心境。

秋天過後，生產期日益接近。他總算稍微能夠自制。對直子也不再胡來。想到自己胡鬧粗暴會影響到胎兒，他勉強壓制了自己的焦躁。

預產期是在年底——最多也只會延到正月初旬。因有前例，他對直子不小心的行動總是嘮叨不休。這次有榮娘在，一切想必不會疏漏。可是，到了正月，已過了十天，仍未生產，謙作有點擔心。他說，這次最好在醫院生產，並在醫院休養一個月；跟醫生商量時，醫生說有這麼多人手，無此必要。直子也不希望如此。入院生產之舉乃告中止。

謙作內心頗感不安，難道算錯了月分？如果進入二月後再生產，由此逆推，那正是自己在朝鮮旅行的時候。一念及此，不禁悚然而驚。

一月底的某一天，他到大和小泉的片桐石州[8]府邸去，再從那裡繞到法隆寺，入夜後回到家裡，嬰兒已生下來。女嬰發育良好，生產時遠比上回痛苦。看到胖胖的女嬰，他不由得放了心，在游法隆寺時生下來，所以取了法隆寺的「隆」字，命名為「隆子」。

## 9

謙作每年從春末到夏初，腦筋都不管用。尤其無法克服梅雨季節的潮濕空氣，在肉體上弱得有如半個病人，心情上也焦躁無常，幾乎無法應付自己。

一天，依以前的約定，他決定跟末松、榮娘、直子到寶塚去玩。當天早上，他的心情難得這麼平靜。大家決定搭九點幾分的火車，在寶塚吃午餐。

出門時，直子準備稍慢，他在門口等待，覺得有點焦躁，他儘量忍耐。

跟末松在七條車站碰面。站著說了一些話，已開始剪票，突然發覺直子和榮娘不在旁邊。

「到廁所去了吧？」謙作輕聲說，隨即發脾氣，「上車後再去不就得了，渾蛋。」

兩人正要到廁所去。這時，榮娘一個人疾步從對面走來，說：

「給我兩張車票。」

「怎麼搞的？已經剪票了。」

「請先進去。正替娃娃換尿片。」

「什麼，現在還換尿片？那你跟末松先進去。」

謙作焦躁地把兩張車票交給末松，向那邊疾步走去。

「是收費廁所喲。」榮娘在背後說。

直子正抱著嬰兒，隻手從腰帶間掏出錢包。

「喂，快點呀。怎麼搞的，這個時候還在換尿片。」

「不舒服，在哭啊。」

「哭有什麼關係。大家都進去了。把孩子給我。」

他強奪般接過嬰兒，向剪票口半跑而去。月台上已發出尖銳的開車鈴聲。

「你一個人搭下班車來。」謙作邊剪車票邊回頭說。直子既不跨步，也不疾步，竟拖著步子跑過來；還一面跑一面綁剛換尿片的包袱。

「跑快點！」謙作不管別人聽見與否，大聲怒吼。

「一定要趕上。」他邊想邊一步兩階地跑上天橋；跑下時才稍微小心一點。

火車慢慢啟動。他隻手抱緊嬰兒。搭上了車子。

「危險！危險！」站員對直子說，直子仍然跑過來。火車正以人的步幅速度前進。

「渾蛋！你回去！」

「可以搭上去，抓住我就可以順利上去。」車子慢慢快起來，直子碎步奔跑，露出乞憐的的神情。

「危險，算啦，回去！」

「娃娃要餵奶……」

「算啦！」

直子想要勉強跨上來。半曳引著，她好不容易才把一隻腳踩在踏板上。正要站住的剎那，謙作

8 片桐石州（一六〇五－一六七三），日本江戶初期石州流茶道之祖。本名貞昌，大和小泉城主。一六六五年為江戶幕府開創者德川家康的茶道師範。

彷彿神經病發作，隻手猛推了一下直子的胸部。直子仰身倒在月台上，慣性地滾了一轉，又仰身躺著。

末松在前一車廂看到這情形，立刻跳下來。

謙作大聲向跑過來的末松說：

「在下一站下車。」

末松點點頭，匆忙向直子那邊跑去。

遠處兩三個站員抱起了直子。

「怎麼回事？」榮娘狀頗驚訝。

「是我推下去的。」

「……」

「我說危險，別來了，她卻硬要坐上來。」謙作拚命壓制激奮的情緒，「下一站下車吧。」

「小謙，為什麼……？」

「我也不知道。」

直子仰身倒下時望著自己的眼神，使謙作非常受不了。想到那眼神，謙作覺得事情已到無可挽回的地步。

兩人在下一站下車。車站正好有電話，謙作立刻去打電話。接電話的是末松。

「好像有輕微的腦震盪。沒有受傷。醫生馬上就會來。似乎不嚴重。」

「十五分鐘後，上行的車就到了，搭那班車回去。在什麼地方？」

「站長室。」

「怎麼樣？」榮娘在身旁憂心忡忡地問道。

謙作掛上電話：

「好像沒有受傷。」

「那就好了。真嚇人。」

不久，開往京都的火車進站，兩人立刻經由同一路線回來。

謙作自己也不明白為什麼會做出這種事。除了用神經病發作來解釋外，實在講不通。幸好沒有受傷。自己跟直子的感情會變成怎麼樣？想到這裡，謙作心情非常窒悶。

「小謙，直子難道有什麼讓你不滿意的事嗎？你跟以前大不相同……」

謙作沒有回答。

「你以前就很急躁，可是越來越厲害哪。」

「這是因為我生活習慣不好，跟直子沒有什麼關係，我非振作一點不行。」

「想必是因為我同住一起，有什麼不愉快吧？……」

「沒有這種事。並非如此。」

「不過，真的，我可是這樣想。跟直子相處得非常好，想來不會有這種事。可是世上常有因外人加入而發生家庭齟齬的事啊。」

「這你可以放心。直子並不認為你是外人。」

「是的。我真的非常感謝。可是，像近來這樣，看到你焦慮不安，我總覺得一定有什麼原因……」

「也許是天候的關係。最近我總是這樣。」

「也許是這樣，你不對直子好一點，她真可憐哩。不單是為了直子，發生了今天這樣的事情，要是奶水不來，可就糟了。」

說到嬰兒，謙作便一言不發。

末松和直子在站長室都茫茫然。直子坐在高腳椅子上，像偵詢前的女犯人，凝止不動。

「醫生還沒來。」末松從椅子上站起來。

直子抬起臉，立刻又俯首下視。榮娘走到身旁，直子哭出來了，接過孩子，哭著默默餵奶。

「真嚇人，還好不嚴重。──腦袋怎麼樣？用水或什麼冰過了沒有？」

「……」直子沒有回答。直子內心所受的傷似比身體的傷害更使她口齒不靈。

「實在不該呀！即使沒搭上，四十分鐘後又有車子開出，根本不必匆忙。僅僅為了四十分鐘，做出這種拚命的事……。沒有受傷還算好。」

「對不起，給你們添麻煩。」謙作低頭致意。

「指定醫院的醫生不在，最好還是回去找私人醫生看看，待在這裡有什麼用？找附近的醫生怎麼樣？」

「情形如何？」謙作回頭問。

「似乎有些迷糊，最好還是直接到醫生那裡去吧？」

「對不起，我帶去找醫生。太麻煩你了，抱歉之至。」

末松去叫人力車。

謙作靠近直子。他想說些什麼，卻無話可說。即使想說些什麼，也要有很大的勇氣，因為，直子絕不讓他靠近的態度，使謙作氣為之一挫。

「走得動嗎？」
直子頷首，仍然低著頭。
「頭部覺得怎麼樣？」
這次沒有回應。
末松回來。
「人力車立刻就來。」
謙作從直子手上抱過嬰兒，嬰兒還要吸奶，頓時大哭。謙作不管她哭叫，抱著向站長和事務員再說聲謝謝，獨自先向出口走去。

## 10

直子的傷並不嚴重。腰部受到強烈的衝擊，兩三天無法起來。謙作想跟直子好好談一次，直子倔強得很，不歡迎他，因此無法談話。
直子認為他還懷恨小要的事，可是謙作認為，那是因為焦躁後的發作所造成，當時根本沒有餘裕想起小要的事。
「你打算一直倔強到底。你氣我做的事，認為跟這樣的人終生在一起很危險，就老實說吧。」
「我根本沒有這種念頭。我不懂，你說已經原諒了我所做的壞事，其實一點也沒有原諒，想來真傷心。什麼發作，發作的！我很笨，怎麼也不相信發作就會做出那種事。我問過榮娘你以前的事，似乎從來不曾做出那樣病態的行為。榮娘也說，你近來變得很多，以前可不是那個樣子。由此看來，你雖說原諒我，其實無論如何都不肯原諒。就像你常說的那樣，因為恨我而造成更大的不幸，才是愚蠢，所以你才想原諒我。難道不是因為這樣對你比較有利，才肯原諒嗎？想到這裡，我實在很寂寞。要求你真正原諒我，想來永遠不可能了。既然如此，就好好恨我吧！要是不能原諒，我也只好死心不求原諒了。你如果肯真心原諒我，我不知多麼高興。你也許會說，我不會恨你，也不會執著，恨你或執著都沒有什麼好處，聽來確實非常難得。可是，有了這次的事情，我立刻想到，你到底還是恨我。既然如此，以後想必沒有希望可以獲得你真心的原諒啦。」

「那你想怎麼辦呢？」

「我沒想怎麼辦。我只在考慮：要怎樣才能讓你真心原諒我。」

「你難道不想回娘家？」

「為什麼又說這種話？」

「沒為什麼。只因為你剛才說以後沒有希望啦，才問問你……。總之，你能像今天這樣說清楚，非常好。你態度倔強，有話要跟你說也說不出來。」

「這先不談，我說的，你以為如何？」

「你的意思我很了解。不過，我總不覺得我恨你。你要我恨了以後再原諒，可是我無法恨不恨的人啊。」

「……你老是這樣說。」

直子哀怨地注視謙作的眼睛。

謙作覺得也許須像直子所說那樣，再重新考慮一次。

「……可是，最近的事情，你這樣解釋，真叫人為難。總之，我們的生活不行啦。不行的原因可能跟以前的事情有關，但不是把生活不行以後發生的事情全歸結到以前那件事，畢竟不是真實的。」

「我立刻就會這樣想，可能是我本性乖僻。然而有件事也許你已經忘了，就是蝮蛇阿政的事。當時你說的那一席話，現在可真叫我煩心。」

「我說了什麼？」

「你說，懺悔到底只限於一次；不懺悔，一人自苦，以緊張的心情活下去，也許比藉懺悔來消除罪過的人要來得舒服。當時，你說到什麼女義太夫或藝妓的事。」

「榮花嗎？」

「除此而外，你還談到許多。現在，我想起這些就覺得痛苦。你在想法上非常寬大，事實上卻不是如此，那時我總覺得你很執拗，心裡就很恐懼。」

謙作聽著立刻生起氣來。

「夠了吧！你說的也許有幾分是真的。可是，從我這邊來說，一切都純粹是我一個人的問題。就像你所說那樣，我的想法寬大，感情卻不寬大，只要想法和感情能貼合無間，什麼都不成問題。這也許是自私的想法，同時也是功利的想法。但本性如此又有什麼辦法？即使不原諒你，但不管原諒與否，我自己畢竟落到這種地步。我一直都如此，所以……。不過，我想，一定要稍微改變一下生活才行。暫時分居也好。」

「……」直子目光呆滯，在沉思。兩人靜默了一會。

「說到分居，聽來也許誇大了一點。」謙作以稍微和緩的口氣說下去。「我想獨自到什麼山去待半年，靜靜心。如果看醫生，大概會說是神經衰弱。我不喜歡因神經衰弱去看醫生診治。半年，也許三個月就行。你可以把它看成旅行。」

「這不是鬧彆扭吧？」

「當然不是。」

「真的不是鬧彆扭？」直子再確定一次，然後說：「這樣也好。」

「要是彼此心情和身體都能恢復健康，再開始過新生活，那就最好不過。我一定做得到。」

「嗯。」

「我的意思，你懂了吧？」

「嗯。」

「暫時分手，絕不是消極的，你懂吧？」

「嗯。我很清楚。」

當晚，謙作把暫時離家的事告訴榮娘。榮娘大為反對。榮娘引用以前赴尾道的事，認為這樣沒有益處。同時還說，現在的生活雖然很壞，但夫妻分居，不可能會使生活變得更好。謙作不知如何解釋。

「首先，這次和以前到尾道的動機就不同。那次因為無法寫作又要勉強自己去寫作，才失敗。這次寫作是次要，而以修養精神、恢復健康為目的。分居聽來有些誇張，其實並不是另外有家屋。我想能夠出外旅行養身比較好。」

「打算到哪裡？」

「想到伯耆[9]的大山去。前年跟鳥取縣縣議員在古市油屋時，他頗以此山為榮，可能是天台宗的靈場，也許可以住在寺裡。以現在的心情來說，住這種寺院也許反而好。」

## 11

謙作終於決定出外旅行。只因心情和普通旅行不同，啟程時不禁感到有點奇怪。

「無論幾點鐘都行，反正一天就可以到山上……」他盡可能裝出開朗的樣子。又望著導遊書說：「三點三十六分有開往鳥取的班車，如果晚一班的話，可以搭五點三十一分開往城崎的班車。」

「罐頭之類，寫信來，馬上請明治屋寄去……」

「噢，別寄這些東西來；那邊的東西也許夠用。京都的風一吹來，會想家，很沒意思。因此，除了有事情，彼此最好不要寫信。」

「嗯……既然如此，如果你想寫，你也可以寫。我是說你想寫的時候。」

「是的。這樣也行。可是一有這個意思，你可能會等待，那就拘束啦。」

「那倒無所謂。」

「你最好別管我的事。只要把心思放在孩子身上就行。一想到娃娃身體很好，我就非常快樂。這樣就可以無惑成佛了。」

「簡直跟說死人一樣。」直子笑出來。

「其實我是死人，那死人會成佛回來。」

「剛要啟程就說不吉利的話。」

9 伯耆乃日本鳥取縣西部舊國名。

「沒有比這更吉利的啦。所謂即身成佛，我會這樣成了佛，回來時，頭上會有光圈……總之，我的事最好別擔心。你要注意自己的身體，也要多注意一下娃娃。」

「我一定會好好做奶媽。」

「不管是奶媽或母親都行。我希望你暫時擱下做妻子的身分。就像寡婦那樣也行。」

「你為什麼老是喜歡說這種不吉利的話？」

「有此預感吧。」

「真是的！」

謙作笑了。其實，他今天是以「出家」的心情啟程，但他不能如實地表現出來。幸好機緣湊巧，可以把話變成笑談。不久就要出門了。決定從花園車站搭開往鳥取的班車。

「最好別送。我希望以輕鬆的心情啟程。」

榮娘拿著茶具進來。

「三點出門。——你叫阿仙去叫人力車。三點。」

「提早一點，一起散步到妙心寺附近好嗎？」

「這麼熱，走路去受不了。」

「……」直子表情有些不悅，走進廚房去。

「別再像以前那樣瘦巴巴回來哪！」榮娘小心地倒著玉露茶。

「沒有關係。一切都修習完了以後，人也會變了回來。」

「別忘記常常來信。」

「剛才說過，請不要盼信。沒有信就表示身體很好。」

「這次有三人，不會寂寞。」

「加上娃娃，是四個人。」

「對，對。娃娃一個人也許等於兩個人。」

「我沒寫信到鎌倉，你盡可能若無其事地寫信寄去。多餘的話別說。」

榮娘點點頭。

謙作一面喝茶，一面仰望掛鐘。已經過了兩點。

直子抱著嬰兒出來。孩子一付睡不夠的樣子，臉中間布滿皺紋，眨著眼睛。

「爸爸要出門，今天難得不哭啦。」

「那張臉怎麼搞的？」謙作笑著用指頭戳戳嬰兒的胖頰。

「稍微露點高興的樣子吧。」

嬰兒天真地縮著頸項。

「不管怎麼樣，看醫生一定要請醫院的。附近的醫生在直謙那時已領教過了。」

「嗯。不會有問題啦。首先我根本不會讓她生病。」

「現在只餵奶，還不用擔心，來年夏天就要吃別的食物，不能不小心啦。」榮娘一面替直子倒茶，一面說。

謙作到浴室淋浴，換衣服。不久，人力車來了。把大皮箱立在兩腳間，承受著向西的酷陽，獨自向花園車站而去。

從嵐山到龜岡的保津川景致很美。看到碧藍的深淵，他很想去泡泡水。河邊峭立的群山上只有愛宕山可以看到頂峯。他以前一直從東觀看的山，現在已從西觀看。在他的腦海裡，衣笠的家迅即越來越遠越小。

經綾部、福知山，來到和田山，夏陽已入暮。

當晚，準備在城崎過夜，本以為離開豐岡，可以從車窗看到著名的玄武洞。可是，在暗夜裡，只能見到寬廣河川的彼岸有五六盞燈火。

到了城崎，住在三木屋。在人力車看來，市鎮頗有溫泉浴場的情趣，他非常高興。高瀨川之類淺流穿過市鎮中心，兩側嵌著細格子的溫泉旅舍櫛次鱗比，有二樓，也有三樓的，遠眺頗有曲輪之趣。以溫泉浴場而言，很難得，頗為清潔，謙作非常歡喜。從一家溫泉旅舍往狹窄小路前行，桑木工藝、麥稈工藝、出石瓷，這類商店接連不斷。尤其用攤開的麥稈黏成的工藝品，在明亮燈光下看來更美。

一到旅舍，先去洗澡。他馬上到前面的溫泉去。用大理石圍住的浴槽，站起來可及胸部。在強烈的溫泉香味中，他覺得氣氛緩和下來。

走出浴槽，沒有立刻穿上浴衣。一再擦拭，汗水仍從軀體流下。他在電扇前吹了一會。旁邊的桌上有一本「山陰導遊」小書。一面翻著一面等汗水退除。

導遊書上載有大乘寺，俗稱應舉寺。該寺在城崎前三站的香住。他想第二天順便到那裡去看看。孩提時已聽過應舉[10]的名字。後來看了小狗、雞、竹等畫，他一點也不佩服，首先他對圓山派就毫無興趣。但不知道以後還會不會到這一帶來，所以想順途去看看。

是這兒很熱？還是晚上特別熱？總之，悶熱得無法睡覺。洗溫泉澡，最好還是春秋或冬天來，他想。

次晨六點起來。睡不夠，腦子昏昏沉沉，他走到有草坪的庭院。眼前隨即高山聳立，山腰的松樹枯枝上有三四隻鳶輪番啼叫。庭院裡有引流而入的水池。池裡，五六隻青鷺鷥，竦頸而立。他覺得自己還沒有從夢中醒來。

搭十點的火車奔向應舉寺。從香住車站坐人力車去。

應舉做書生的時候，和尚給應舉十五貫銀。應舉帶這些錢到江戶求學。為了報恩，後來這寺院建成時，應舉率領門人為全寺的紙門揮毫作畫。

應舉畫得最多。其子應端，門人吳春、蘆雪都各有妙趣。

應舉畫書院、鄰室和佛壇前的紙門。一般認為書院水墨畫的山水特別傑出。畫得中規中矩。鄰室是畫郭子儀，色彩濃艷，另一是孔雀駐松圖。

吳春的四季耕作圖，舒暢而有溫厚感；蘆雪的群猿圖筆法奔放，確為蘆雪風格。八張畫中右邊兩張，無論構圖或描法都有未完成的明顯破綻。醉酒的蘆雪微笑著與吳春相對，頗有妙趣。

應舉模擬禪月大師[11]的十六羅漢，仍未完成，陳列在寺院廚房的二樓。

沈南蘋[12]的雙鷲圖：雌鷲單足立於浪花間的岩石上，展開雙翼，低脊繞首，仰視雄鷲。雄鷲挺立於上方岩石上，以強勁的眸光俯視。雌鷲生子的本能明顯地描繪出來；從上英挺俯視的雄鷲姿態，頗引起謙作興趣。

「還有什麼……？」謙作回顧站在背後的小和尚。

「呵，畫就是這些。此外還有左甚五郎雕刻的龍在屋簷上。」

---

10 應舉：即圓山應舉（1733-1795），日本畫家。採用西方的透視寫實法與清朝的寫實模式，創出逼真的畫法。又運用日本大和繪的裝飾法，開創圓山派。

11 禪月大師：即秋貫之（832-912），中國五代前蜀時期的禪僧。羅漢畫與李龍眠齊名，作品已脫離佛教美術的觀念。

12 沈南蘋：中國清朝的畫家，擅畫花鳥圖，對日本花鳥畫影響很大。一七三一年曾赴日本長崎。

兩人從廚房穿上木屐，走到門外。門外不知何時陰暗下來。兩人從本堂向左拐。從石階登上六尺，有一平地。從這裡觀看山形牆上圓雕的大龍。

「跟實物一般大哩。」謙作笑著說，小和尚不解其意。

「喔，下雨了。」

大雨滴落在謙作仰視的臉上。

「龍喚雨來了。」他邊開玩笑邊走向廚房。

## 12

當晚，謙作住在鳥取。這裡有長七里寬的沙灘，沙灘邊有大研磨盆、小研磨盆及多鯰池之類小湖，有人勸他去參觀。要在人力軍中搖晃好幾里路，他嫌煩受不住，便買了風景明信片充數。晚飯時替他服務的年輕女侍，告訴他多鯰池的傳說、湖山長者的傳說等。她很正經地敘述多鯰池的傳說，一個名叫阿種的少女，變成大蛇，住在池裡。一次，追逐鳥取的武士，因懊恨武士逃入家裡關上門，便把自己的三枚鱗片貼在門扉上才回去，那鱗片在那戶人家流傳到最近。

謙作心念著明日的天氣，躺下睡覺。如果因為下雨必須在什麼地方停留一日，可真煩人。雖然東鄉池的東鄉溫泉很有情趣，但他寧願早一日登上涼快的大山，舒展一下心情。

半夜，聽到驟雨聲，反而覺得明天可能是個好天氣。

第二天，果然是好天氣。從早上就可推測到這天必是艷陽高照的日子。他坐九點左右的火車，但想到又要和前一天一樣穿過幾十條隧道，心裡就不舒服。

他翻開前晚鎮上購買的帝國文庫《高僧傳》，看了幾條元三大師[13]，便覺疲倦。湖山池的景致很好。湖山長者在插秧那天，太陽下山時又把太陽喚回，因此受到懲罰，他的田地一夜之間變成了那口池塘。想來這傳說的確很適合那池塘。低矮的群山間有極適合耕種的廣大地方，那兒蕩漾著一片池水，遠遠望去，頗類田圃漲滿了水。小泉八雲常寫這一帶的傳說，他的作品沒有這傳說嗎？——要是能帶些八雲的作品來就好了，他想。

比起湖山池，東鄉池可謂毫無情趣。他不知道這口池有沒有傳說，也許有吧，他想。總之，膾炙人口的傳說流傳之處，在某種意義上，都具有那種情趣。

上井、赤崎、御來屋。他從火車窗口無饜地眺望窗外的景色，有一種盛夏的力感。他最近難得這麼精神奕奕。兩尺高濃密的稻子雖然無風，仍在強烈的熱與光中搖曳。

「啊，稻子燃起了綠色的火焰。」

稻子的顏色確實濃郁。謙作極其直接地感受到稻子正面接受強熱與強光，互相推擠，發出了歡欣之聲。想不到竟然還有這樣的世界。人類雖然有貓一般在地窖中互相仇視的生活，卻也有這樣的生活！目前，他絲毫不覺強光刺人。

在大山寂寞的車站下車。喚來車夫一問，才知道距離大山還有六里遠，而且只有前三里可以坐人力車去，其後就需徒步而行。

「這些行李怎麼辦呢？要牽著馬去？」

「我背著去。」

車夫是五十多歲的瘦男子。

13 元三大師：即天台宗和尚良源（912-985），天皇賜給諡號「慈惠大師」。復興比叡山，有「天台宗中興之祖」之稱。因其逝於元月三日，故稱「元三大師」。

「裡面放書，相當重哪。」

「什麼，只這一些……」車夫再度提一提行李，笑著說。

「你吃過飯了？」

「少爺呢？」

「我已經在火車上吃了便當。」

「那立刻就走吧。我可以在途中茶館吃東西。」

望著前方稜線優美又相當遠的大山，謙作想到讓車夫在這大熱天運行李到那邊，就有一種奇妙的感受。

「山上想必相當涼快。」

「是的，很涼快。以前都運那山上的雪下來，作這一帶要用的冰塊。冬天預先囤積，到夏天再分割使用。我年輕時還幹過運雪工人。」

孩子在狹隘的通道上騷鬧。是在玩捉人的遊戲，孩子玩得入迷，不肯避開人力車。

老車夫撿起地上的細竹枝，輕輕敲著孩子的頭走過去。

「老糊塗」、「笨蛋」，孩子們咒罵，老車夫笑著逐一輕敲手夠得到的孩子頭部。

不久，驀地從這狹隘的通道走進寬廣的道路。路寬約有三四十尺，兩邊屋簷低矮的家屋並列。使道路顯得更寬廣明亮。三叉架上擱著竹竿上吊滿白色極長的東西。路的一邊有一半幾乎家家戶戶都有這些東西，那是乾葫蘆。

「要做乾葫蘆，才把路弄寬哪。」

「還沒乾呀。」

「是名產吧？」

「什麼？不能說是名產。」

跑跑走走，兩人舒暢地說了這些話。

走了三里，再往前連人力車都無法通行。老車夫把人力車寄放在農家，用麻繩背著行李。謙作把夏衣下襬撩起。

從馬路登上狹窄山坡，上面是廣袤的山麓原野。也許因為這裡一直都用做軍馬養成所，顯得遼闊舒暢。據說，大山亦以馬市聞名。

兩人慢慢走過緩緩傾斜的原野。

## 13

兩人從高原的小徑緩步走上去，小徑上開滿龍膽、瞿麥、蘭草、女蘿、山杜若、松蟲草、吾亦紅及其他不知名的美麗菊科花朵。放牧的牛馬散立草地上，仰首向這邊眺望。到處都是大松樹，蟬在高枝上拚命嘶叫。空氣清澄，山氣襲人。但因爬坡的關係，相當熱。背後遠處已可看見大海，兩人邊歇邊行。

「歇口氣吧。」

「行李比想像重得多吧？」

「嗯，重得很，是書的關係吧？」

「如果很辛苦，在那茶館拿一些書出來再走。隨後再請人來搬。」

「呵，沒關係，在茶館吃飯後，精神就來了。」

「你喝酒？」

「不能喝很多。」

「在那裡喝點好嗎？」

「那就喝杯再製酒好了。少爺呢？」

「我不行。」

「不會滴酒不沾吧？喝杯再製酒，睡一小時午覺再走，如何？」

「當然好！好好休息一下吧。」

「再走一百多丈遠，那兒有家茶館。這一帶一里方圓內沒有人家。以前有個可怕的老頭子，常盜竊行人的東西。」

「什麼時候的事？」

「我年輕時的事。聽說有人提著竹槍闖進大山的蓮淨院，抓到後被綁在茶館前絞油架上。聽說是施『蝦刑』，我沒有親眼見到施刑的情況。一個搖著雪白長髮哇哇大叫的傢伙逐漸弓身縮緊，當時我正好背著雪從那裡經過，見到了蝦刑。所謂蝦刑是一種殘酷的拷打刑，像蝦子那樣慢慢弓屈著身體。」

車夫繼續詳述當時的情景。裹住臉頰的強盜正在恫嚇住持，聰明靈巧的小和尚跑去猛敲本堂大鐘。這是通知火災及其他緊急事件時的敲法。其他的寺院也相互呼應，敲起鐘來。沉靜的午夜，鐘聲在森林與溪谷間發出回響。一個和尚走到門外，正好月亮隱起，遠遠望見一個白髮飄拂的老人在林中奔逃。

「山上沒有竹子，當時只有一戶人家門前有竹叢，找到竹叢後，看見一棵竹子的切口，正與拋棄的竹槍相合。因此，那極其倔強的老頭也認罪了。調查後，知道他還做了許多壞事，不久就在米子市處死。」

兩人抵達那茶館。是一棟低矮寬廣的平房。屋簷前的大水桶裝滿水。下面一個六十歲左右肩上繫著帶子的老婆婆在洗鹹鮭魚。

「好熱，好熱。」車夫把沉重的行李卸下放在長凳上。

廣闊的平房正中間有泥地間直通裡頭。泥地間左側是臥室，右側是客房。客房中央有一將近八十的白髮老人，兩人抱著豎起的長脛，面對窗外風景。從遼闊麓野可以遠眺中海、夜見濱、美保關及更遠的外海。老人沉靜地坐著，彷彿沒有發現謙作他們進來，仍然眺望遠方。

「給車店的先生飯和酒。」謙作跟老婆婆說。「給我點心和汽水好嗎？」

「老伴，老伴。」老婆婆站起來，濕漉漉的手垂在身前，呼喚老人。

老人默默站起來，身材高大，彷彿山上歷盡風霜的枯木。

「點心和什麼？」

「老先生，汽水我來拿，只要拿點心就行。」車夫說，親自到水槽去拿。「這裡的比較冰吧！」

老頭子從架上取下玻璃盤，從石油罐中用手抓出粗點心，然後拿到謙作面前。「請……」說罷點下頭，又回到原來的地方坐下。

「要吃這個嗎？」老婆婆切著鹹魚問車夫。

「好啊。」車夫一面擦拭流到胸前的汗水一面回答。

謙作煽著扇子，一面喝汽水，眺望遠方景色，同時從背後觀看白髮長達兩三寸的老人；在腦海中比較一下眼前這老人跟車夫剛才所說的那老頭，他們住在同一地方，卻形成極其有趣的對比。像這老人，大概每天都看著窗外景色，似乎永不饜足的眺望著。他到底在思考什麼？必然不是思考未來的事。或許也沒有想現在的事。老人難道不會記起漫長一生及其漫長過去的種種事情嗎？不，也許這些都已經忘記了。老人像山上的老樹，或像生苔蘚的岩石，只留在這景色之前而已。如有所思，那大概也就像樹在想、岩石在想那樣，只是想而已。謙作這樣覺得。他羨慕那種靜寂感。

老人所在的左邊牆角，靠牆堆放了幾袋米。米袋後面剛才就不時發出喀吱喀吱的聲音。一隻小貓驀然從那兒出現在米袋上。小貓兩耳向前、專心窺探自己剛剛跳出來的地方。軀體靜止不動，只有長尾巴像其他生物一樣亂動一氣。圓圓的貓腳也從下面不時顯露。

「少爺，喝杯再製酒如何？」車夫拿著自己倒了酒的杯子來勸謙作喝。

「我沒有喝過再製酒。」

「還沒喝過，喝一口看看。」

「算了。」

「真的不喝？只有夏天才有哪。」說著車夫一面舉杯而飲，一面走回自己的食桌。

「那貓是這兒生的嗎？」

「是在這兒生的吧？」車夫轉口問老婆婆。

「去年要來的，今年就生了。」

「真的，好快喲。也有雄的嗎？」

「哪裡！沒有雄的，是到別地方去借雄的。」

「一里方圓內沒有人家，從哪裡借來的？」

「雖然只借兩天，也可能到〇〇那一帶去借。」

老人像堆放的東西一樣，仍然背對著大家。兩隻小貓在米袋上時上時下鬧著玩。這時，其中一隻踩空從袋上掉下。掉下的小貓猛然從遊戲中驚覺，哀叫了兩三聲。母貓不知從什麼地方突然鑽出來，舔著小貓的身子。

一個三十多歲的男子，穿著騎馬褲，裹著綁腿，走進來。

「唷！」說著背靠欄杆，張開雙腳，雙手扶著大腿，一屁股坐下來，好像很累的樣子。

「到山裡去找山田，不在。老婆婆，他今天經過這裡沒有？」

「誰？」

「山田啊。」

「沒看見呀。」

「又到御來屋去了吧？」

「昨天斷腿的馬怎麼樣啦？」

「為此才去找山田，不在，只好把牠殺了埋掉。」

「是山田先生的馬嗎？」

「是的。」

「那可損失慘重。」

「今天有什麼菜？」

「鹹鮭魚要不要？」

「鹹魚嗎……？還是炒乾魷魚給我吧。」

老婆婆注酒炒魷魚，一面說：

「聽說今年山上也有蚊子。」

「可沒聽說過，真的嗎？」

「我們從月初就掛上蚊帳啦。」

母貓聞到乾魷魚味，在魷魚附近繞個不停，想把鼻子衝向老婆婆放撕開魷魚的盤子，以致頭上挨打，瞇著眼，垂下了耳朵。

不久，謙作和車夫離開了茶館。走了三十分鐘，謙作又覺口乾，車夫說再往前行便有一道清澄的溪流。但是，走到一看，水已乾，連溪底的沙土也乾裂了。

「昨晚，鳥取下了好一陣雨，這裡好像沒下。」謙作生氣似地說。

車夫臉現撫慰之色說：「只要再走三百多丈，牌坊那邊就有冷水。」接著又說：

「到寺院做什麼呢？雖然沒有什麼景致，但剛才所說的蓮淨院離院倒是空著，適合讀書寫作。」

「總之，上去看看。」

「暫時住一陣子嗎？」

「如果喜歡，想永久住下去。」

「總是永久，充其量最多也不過整個夏天吧。入秋，山下有些很好的溫泉浴場，住在山上就無趣得很。首先食物就不夠，沒法住太久。」

「寺院的人都很虔心向佛吧？」

「那裡！連生東西都吃呢，又有梵妻[14]，很開放。和尚都熱中買賣馬匹。」

謙作只聽說大山是次於叡山的天台宗靈場，聽了這席話不免有些氣沮。

在朱漆剝落的大牌坊旁有旅舍。兩人在那裡終於喝到涼水。車夫說距離寺院還有一百多丈，然後輕聲問道：

「這旅舍好嗎？」謙作默默搖頭。

車夫似乎有點不願再背行李。謙作想給他比約定更多的運費。

買了風景明信片和香菸走出來。

從往大山神社的道路向右下行，就到了滿布石粒的廣闊河灘。河灘傾斜，從森林與森林間，直往下到山麓的平野。

有所謂「地藏中分」，河水流出的地方像被劈開一樣，斷崖中分為二。

兩人走過河灘，從陡峭的坡路往上進入微暗的森林中。右邊是金剛院；左邊高一段的是蓮淨院。

走進住持居室的泥地間，車夫出聲呼喚，一個四十前後方臉的女人走出來，分別打量謙作和行李，說道：

「打算住一陣子嗎？」

屋室爐旁，一個年輕和尚穿著白單衣，跟馬販模樣的男子喝酒，大聲說話。

「想打擾一陣子。」

那女人擔心似地向後呼喚和尚：

「喂，怎麼樣？」

「你好。」和尚喝得滿臉通紅，走出來站著招呼致意，一付假惺惺不自然的模樣。

「能讓我住下嗎？」

「不是不能住下，只是此寺的前任住持健康欠佳，明日將赴江州坂本，恐怕人手不足，所以……。還是先請進來，如果照拂不了，再介紹你別的寺院。」

謙作被領到加蓋的屋子去；有書院式的客廳、居室，還有勉強可稱為玄關的地方，每間房間都只有四疊半。這是為前前任住持退隱後所建的房子。兩柱間橫板與橫板中間架著竹竿，還堆放了一些沒有邊框的紙門。那是一種暖房裝置，寒冷時可用紙門分割客廳。

書院式的小客廳略有侷促感，但能租到三個房間，謙作已頗感滿足。

車夫在寺裡住了一宵，次晨回去。

## 14

謙作長久以來已被人際關係搞得精疲力盡，因此覺得這裡的生活很好。他常爬一百丈遠，到林中的阿彌陀堂去。那是特別加意保護的建築物，走廊已腐朽，而且荒涼之至。可是，反而使他覺得親切。坐在通往走廊的石階上，大蜻蜓常在離他五六十尺遠的地方來來往往，英挺地張開翅膀在離地三尺處直飛過去，到某一地點又改變方向直奔回來。翡翠般的大眼睛、從腰到尾黑黃相間、細緻強勁的線條，全都很美。尤其那堅挺的動作更吸引謙作。他覺得，人群中的小人——如水谷一類人的動作，似乎都遠不如小小蜻蜓。他記得，兩三年前在京都博物館見到老鷹和金雞雙幅圖，很吸引他，那也基於同樣心境。

看見兩隻蜥蜴在石上或立起後腿，或跳躍，或互相嬉戲，動作輕盈，謙作亦覺心情爽快。

他又發覺鶺鴒跑著走到這邊來，絕不是跳著走。這麼說來，烏鴉是邊走邊跳的，他想。

仔細觀察，各種東西都很有趣。他看到阿彌陀佛堂森林中，小灌木的葉子正中都藏著一顆黑豆般的果子，那模樣有如慎重地托在掌上，充分流露了虔誠之意。

自己過去在人與人的無聊交往中白白浪費了許多時日，一念及此，謙作更覺得遼闊世界已舒展開來。

仰視青空下鳶鳥悠閒飛舞態勢，想起了人類製造的飛機的醜陋。三四年前，由於執著於自己的工作，他曾讚揚人類征服大海和天空的意志，然而不知何時，心境竟然完全相反了。人類能夠像鳥那樣飛，像魚那樣在水中游，才算是自然的意志吧？人類毫無底止的欲望，在某種意義上想必會把人類導向不幸。唯人智是尚的人類不知何時會因此而遭受處罰？

他想，自己以前讚頌人類無限欲望的心意，就是一種潛意識的意志，有意從注定要毀滅的地球救出人類，讓人類不必為地球殉死。他當時所見所聞似乎全是這種潛意識的人類意志的表現。男人都為此而焦慮。他也從這觀點來解釋自己執著於寫作時引起的焦躁心境。

可是，現在他完全變了。他執著於寫作，也因此焦躁不已，可是，另一方面也覺得，如果人類最後勢必與地球一起消滅，他也願意欣然接受。他對佛教一無所知，但已感覺「涅槃」或「寂滅為樂」這種境界有不可思議的魅力。

他看過一些向信行要來的《臨濟錄》[15]，雖然不大懂，心情卻頗為舒暢。鳥取買來的《高僧傳》是通俗讀物，但看到惠心僧都[16]往訪空也上人[17]的問答，不禁流下淚來。

15《臨濟錄》：中國臨濟宗的開山祖師臨濟義玄的法語集，共兩卷。是禪宗最重要的著作之一。

16惠心僧都：即日本天台宗僧侶源信（九四二—一〇一七），提倡「常行三昧」，奠下淨土宗的基礎。

17空也上人（九〇三—九七二），天台宗僧侶。巡行各國修路架橋，勸人念佛。乃「踊念佛」（亦稱空也念佛）之祖。所謂「踊念佛」即一面念佛一面跳躍之意。

「厭離穢土、欣求淨土之心過切，便無法往生淨土。」簡簡單單一句話，他就有與惠心僧都一樣合掌頂禮之情。

如果天氣好，謙作多半在阿彌陀堂的走廊邊待上兩三個鐘頭。黃昏時，常到河灘，拾起像夏季蜜柑一般大小的石卵，猛力往河灘的大石扔過去。「鏗！」的一聲，很好聽，擊中之後，再跳到其他石塊上，跳了好幾次。扔得順利，他便莫名其妙地心滿意足而歸。如果不順利，就倔強有耐性地繼續投擲下去。

大山的生活，他大致滿意，只是對寺裡的伙食頗覺困擾。離家時，他拒絕家裡寄食品來，打定主意以粗食過日。可是，沒想到這兒的米質極差。他以前並不十分在意米質。一旦連不堪於食的米都要忍受，不知不覺食量減少，以致身體虛弱。

寺裡的女主人很善良，常照顧他。她擅長用野生當歸做甜醬菜。只有這種醬菜可口好吃。嫁到鳥取的寺主女兒，帶著嬰兒回來。是十七八歲的美麗姑娘。很少進入客廳，常走到窗下跟他說話。

「還像嬰兒的人竟然有了嬰兒，真不像樣。」女兒笑著說。想來大概是人家這樣說她，她也就這樣模仿說出來。母親一個人忙忙碌碌，女兒總是抱著嬰兒閒逛。謙作對這女孩沒有任何感情。可是那少女常到窗外站著跟他說話，他不禁想道：「雖然還是小姑娘，因為已經做了人家的妻子，才不怕男人吧。」他立刻想起直子的過失：「如果直子還是處女，想必不會發生那種事情吧。」

一天，寺裡的女主人拿著信到謙作這裡來商談。是一個四五十人組成的團體要到寺中來的申請函。

「怎麼樣？」

謙作不知道。

「伙食辦得來嗎？」

「大概還可以。」

「那就接受吧，你以為如何？——不過，我幫不上忙。」

女主人猶疑不決，考慮半晌，終於下決心準備接受，隨即獨語般說：「只要阿由幫點忙就行了。」

「有了小娃娃……還是麻煩小竹吧。」

小竹是山麓村莊裡專門替人舖蓋屋頂的年輕人，常到大山神社修換洗手間的屋頂，那是鋪木板的厚屋頂。用山上的樹木，從薄木板做起，單靠一人做活，實在不容易。食住由寺院負責，勞力則免費捐獻。謙作對他頗有好感。工作時，彼此也常交談。

謙作替女主人寫張明信片，表示允諾之意。

兩三天後，謙作正靠著桌子茫茫然的時候，女主人從下面山路匆匆忙忙奔上石階：「來了，來了！」

那付如臨大事的模樣著實滑稽，稀鬆平常的事情為什麼這樣緊張騷動？謙作想。和尚似乎也常勞動，但對女主人來說，這畢竟仍是一件沉重的負荷。午後，女主人到坡路上方去看了好幾次，現在已看到四五十人度過河灘走來，所以這麼興奮。

不久，那群人抵達了，寺裡頓時熱鬧起來。如果能夠幫忙，謙作很想幫忙，可是實在幫不上忙，只有到處閒走。

日暮後，他回到屋裡，不久，晚飯由手抱嬰兒的女兒送來。

「我自己去拿就行了。」

「反正沒事可做。」女孩笑著說：「今晚就讓我睡在少爺旁邊。」

謙作有點難以回答。所謂旁邊想必是指這屋子的玄關，一定因為蚊帳不夠，有些發慌。

謙作如平時一樣就寢。那女兒沒有來。這是理所當然的。可是，她為什麼會說出那種話？他頗覺不可思議。

## 15

當晚，謙作做了很奇怪的夢。

神社院子裡擠滿了人。被人群擠著從平緩的石階走上來的時候，他在石階上看見遠處有大社模樣的新神社。那兒正開始舉行儀式。可是，他被人群隔著，不容易走過去。

石階上，在進香客齊腰的地方出現了另一條通路，這條路用圓木綁成，上面鋪了木板。他知道，儀式結束後，活神會從這裡走下來。

群眾發出歡呼聲。儀式已經結束。穿著白禮服的少女——活神在通路的那頭出現，率領著五六人匆匆從木板上走下來。他被擠得無法動彈，而且有些浮了起來，這時候他衝動得想走過去。

活神彷彿沒有意識到擁擠的群眾，若無其事從木板路走下來。那是從鳥取回來的阿由。他不知道是剛剛見了才認識，還是老早就認得。然而她那冷淡而不十分聰慧的臉形，跟平時一樣；也跟平時一樣美。她被奉為活神，卻一點不驕傲，他覺得那樣非常好。絲毫不覺得阿由變成活神有什麼不自然。勿寧認為那是無可疇匹的靈媒。

阿由奔馳般從他旁邊經過。禮服的長袖從他頭上拂過。他驀地感到一種奇妙的狂喜。恍惚地想著——群眾奉她為活神。

夢醒了。醒後覺得做了奇妙的夢。群眾必是前一天的團體入了夢。那奇妙的狂喜究竟是什麼呢？這麼一想，夢中雖然沒有這種感覺，但現在重想一遍，卻多少含有性的快感。他覺得很奇怪。自己根本沒有這種欲望，卻做了這樣的夢，實在很可笑。

次晨，聽到屋簷雨滴聲，醒過來。起來親自套上套窗。門外是灰色的濃霧。前面的大杉樹呈淡墨色，模模糊糊，只能看出輪廓。流進屋裡的霧可以感覺出來。皮膚冰涼，很舒服。以為是雨，其實是濃霧在茅屋頂形成水滴落下來，發出了聲音。山上的清晨很幽靜。雞鳴聲聽來頗遠。廚房那邊似乎已經有人。他帶著牙刷和毛巾走到門外，一面刷牙一面走。阿由火鏟上盛滿炭火從廚房走出來。

「上半夜睡在那邊真受不了。那群人鬧得兇，娃娃簡直沒法睡。」

「稍微可以聽到聲音，這邊並不很吵。」

「想搬過來睡，所以先來看看，看你睡得很熟，就算了。」

「昨晚夢見你做了活神。」

「活神是什麼？有這種神嗎？」

「你知道天理教的什麼婆婆嗎？是創設天理教的人。你變成了那樣的人。但你不是老婆婆，你很年輕，我好像也變成了信徒之一。」

「呵，呵。」阿由聳肩而笑，卻無意回答。靜默半晌後說道：

「小竹的父親就因為天理教毀了家。」

「真的。——這麼說來，只有小竹是此山的信徒嘍？」

「歷代都是此山信徒，他父親因天理教毀了家，一定是受到了懲罰。」

「但是，免費修換屋頂，有幾分天理教的味道……」

「……可是，他真是一個叫人佩服的人。」

「不錯，每天都辛勤工作。」

「在村裡，他也很特別。」

「有點老成，但是缺乏朝氣。」

「因為操心得很。」

「操心……？」

「小竹孩提時，他父親就毀了家，而且最糟糕的是，聽說他近來又有了難言的心事。」

「哦，是那樣的人嗎？——昨天來幫忙了沒有？」

「沒有。我媽媽好像沒有請他幫忙。」

他吃早餐時，阿由談起了小竹難言的心事。

小竹娶了一個大他三歲，還沒生孩子的女人。她是天生的淫婦。在小竹以前、以後，甚至現在都有一個以上的情夫。小竹跟這些情夫不同之處，只在於他被稱為丈夫，事實上他只不過是其中一人而已。小竹雖然知道，還是娶她，並因此大為痛苦。人們勸他離婚，他自己也好幾次有過這種念頭。可是，不知為什麼，就是捨不得。是沒有骨頭？想來又不像，無論如何，小竹就是不恨她。

而且不斷發生麻煩事。並不是因為小竹挾在其中的三角關係，而是除小竹之外的三角關係，麻煩真是源源不絕。小竹對這些麻煩事比對女人的不貞更受不住。儘管如此，還是下不了決心離婚。

「真不像話。情夫來了，和妻子在內室，小竹就在廚房做飯洗髒東西。有時妻子還派他跑去買酒。」

「怪得很。小竹不會因此而生氣，那不是了不起的聖人，就是變態。大概只能說是變態。」

謙作想起小竹，想從他的容貌上尋找一些蛛絲馬跡，實在找不出來。可是，他仍然想像得到這種變態的心境。

「小竹自己怎麼樣呢？」

「好像向我母親發了一些牢騷。」

「唔。」

「大概已經絕望了。」

「被迫絕望吧？」

「反正是那樣的妻子。即使已經絕望，在這種小地方，還是人言可畏，才上山來。」

「一聽到說他是操心的人，便以為他有什麼事操心，怎樣也想不到竟是有那種遭遇的人。他常哼著松江曲劈木頭。樣子看來很舒暢，毫無委屈，真叫人羨慕。」

「有時也陰陰鬱鬱。」

「真的？也許會，但看到他的臉，絕對想像不到會有那種遭遇。」

「哈，」阿由猛然笑出來，「誰會只看到臉，就知道那人是不是戴綠帽子。」

「不錯，確實不錯。」謙作跟著笑，「那麼，看我的臉，你覺得怎麼樣？你認為有那種事嗎？

嗯？」

「哈，哈，哈。」

這時候，謙作突然覺得忐忑不安，心裡怦怦作跳，小要難道不會知道自己不在家，又到衣笠村拜訪？他認為直子不會再犯錯——他希望這樣，也有意這樣相信；但內心又留有不信任的渣滓。

她絕不會竊盜，這可以老實相信；但是，絕不會做出不義的事，這點即使相信，總還留有一點疑惑。女人都很懦弱，這種事往往都是被動的，是感覺呢？還是他的境遇使他有這種想法？他不知道。謙作有意勉強自己相信：直子不會再有這種事。可是，小要即使當時覺得後悔，但年輕又獨身，知道自己不在，難免會莫名其妙受到一時衝動的驅使，再度趨訪。如果榮娘意志堅定，聰慧還好，但只是人好，到底無法託以此事。想到這些實在懊惱煩悶。

## 16

啟程旅行時，謙作曾囑咐說：「不要等信，沒有信就是平安無恙。」後來也沒有告訴直子自己所在的地方，直子當然不會有信捎來。今天聽到阿由說起小竹的事，突然間很想寫信。叫直子以為自己仍與出發前一樣，實在可憐，也很不應該。

謙作想起了直子的模樣：露出悲哀的眼神，像孩子一樣偏著頭，說：「真的不鬧彆扭就好啦。」謙作覺得可憐，也很不愉快。直子就是沒有自信認為可以完全獲得寬諒。即使獲得寬諒，她也只覺得自以為獲得寬諒而已；甚至認為，要是獲得寬諒便放心，說不定會挨謙作巴掌。這是謙作無法寬大，影響了直子。對謙作自己來說，這種意識實在使他痛苦。對直子所犯的過失，如此執著在意，確實無聊；因此把兩個人都導向不幸，更是愚蠢。可是，這種想法又含有功利的打算，這也使謙作不愉快。再者，從直子方面來說，這樣她也無法真的放心。如果不能由衷的寬大，大概也只有如此了，謙作想著想著不由得生氣。此行的目的就是使自己的心境純化。幸好這目的意外迅速地達成了。

「想必家裡都平安無恙。本來說不要寫信，但突然間很想寫信，就寫了這封信。我出來旅行後，精神好得很，心情也很沉靜。從各方面來說，此行實在不錯。每天讀書，或寫點東西。只要不下雨，就常到附近山上、森林和河灘一帶去散步。在這山上，我看到小鳥、蟲、樹木、草、水、石子各類東西。獨自一人仔細瞧，以前沒有發現、沒有思考過的事情都想到了。以前沒有的世界展現在自己眼前，覺得欣喜無比。不知道以前有沒有跟你說過，幾年來一直有一種驕橫的思想糾纏著我；這思想現在似乎也順利地開始溶解了。以前獨自在尾道時，常被這種思想搞得焦躁不安，現在剛好相反。如果現在這種心境真實不變，我相信對別人、對自己，將不再是危險人物。總之，我覺得有一種來自謙虛胸懷的喜悅（不是對人意義的）。於今想來，啟程前就已模糊期盼，並不是意外的變化。想到它能這麼迅捷、這麼自然地融入自己心境，實在非常高興。對你，我以前會那樣做也是沒法子的事，後悔對彼此都沒有用。不過，希望今後我們都可以放心。你也不希望我們之間有不安感。獨自一人在山上，遙想家裡的事，此情更為強烈。今後，我也許還會發怒，使你困惱，但希望你相信這不是有意或有任何源頭。下山後，如果又恢復原狀，實在無聊。我要更確實掌握這種心境，要以真正的我回到你那裡。回去的日期不會太遠。希望你能真正放心。我清楚知道，以前的事愚不可及，但非像生病那樣經歷一回不行。現在的我真的經歷過了，而且結束了，不再有任何懸心的種子。

我常常想念寶寶，望你多關心，不要讓她生病。寺裡有個比寶寶大半歲的嬰兒；野生野長，山上沒有醫生也沒有藥店，萬一有事很令人擔心。

這裡的伙食很難吃，煩死人了。飯燒來還不錯，只是米質太差，這是平生第一次經驗。

如果想寫信就寄來。有沒有信哥的信？但願榮娘知道我跟在尾道時大不相同，請她放心。你要多注意身體。我也會保重。食物不好，不知不覺間減少了食量，似乎瘦了些。但請不要寄任何東西來。」

他靠著桌子，茫然透過打開的窗子，望著外頭。客廳前面，兩丈遠的地方，是白色矮牆。牆下是有苔蘚的白色舊石板路。從路上往下走兩丈左右，就是金剛院。晨霧尚未消散，在大茅草屋盤踞，和他眼睛平高的地方，呈現一片深灰色。

他覺得還沒有寫夠，甚至怕直子匆匆讀過會不知所云。猛然間他很戀家，又覺得這封信可能會被認為是在發作狀況下寫成。他拿出洋式裝訂的雜誌簿，從中撕下三頁，在餘白處寫上「常常寫這種東西」。和信一起封好，那是詳細描述三天前在書房窗口，捕蠅蜘蛛捕捉小甲蟲，沒有成功的情形。他想，這足以讓直子知道自己生活的片斷。

購存的香菸已經抽完，他穿過河灘，走到牌坊（鳥居）去買香菸，順便寄信。他買「蝙蝠」菸，讓店員打開新盒，先試抽一根，看看有沒有潮濕，然後買了幾包，從原路回來。不知不覺心境大為開朗快活。他把香菸，從自己房間的窗口扔進去，然後朝著和剛才相反的路走去。幾片大松葉飽含水分，沉重下垂。他從杉葉下走過去。陽光從杉葉間洩下，在潤濕的草上照出種種圖案，耀人眼目。山氣使人覺得舒服。

路旁有引山水的洗手石。只有這裡路面比較寬，小竹在那裡工作。枝椏伸展的大楢樹蔭蓋住了那一帶，陽光透過樹葉，柔和美麗。小竹正用劈短的楢樹幹做薄木板。做好的堆在旁邊，堆如山高。看到謙作，小竹輕輕頷首招呼。

「要這麼多嗎？」

「還要比這多三倍哪。」

「從材料做起，很辛苦吧。」謙作坐在一根滾落的樹幹上。「濫伐這樣的好樹，不是很可惜嗎？從這附近砍的？」

「呵，儘量從人跡不到的地方砍來的。」

「可是，山上樹木並不多，真可惜。」

「用來做洗手房的屋頂，為數有限。」

小竹常做木桶。他把兩端可折入柄內的刀子放在旁邊，從舊咔嘰騎馬褲袋掏出「蝙蝠」菸抽起來。

「你一個人砍這種大樹？」

「這不是我的本行，做不來，是由專業拉木工拉來的。」

「真的。」

「先不管這個。你什麼時候登山？」

「什麼時候都行，只要竹兄方便。」

「明晚我受託當一群人的嚮導。據說四五個學生，一起去怎麼樣？」

「嗯，好啊。」

「中學生反而天真無邪，很好吧？」

「是的，很好。」

在濕潤、長滿苔蘚的洗手石邊有一些沒見過也叫不出名字的蟲緩緩爬動。比櫻樹上的毛蟲小，膚色黝黑，毛很少，似乎成千上百，重疊波動。成群結隊，很難忍受。蟲遇到這種情形，想必也覺掃興。

「到底還是毛蟲之類吧？」

「昨天一隻也沒有，今天突然跑出來。」

「跟一般的蟲頗不相同，大概是毛蟲一類。」

「……十二點離開寺院，慢慢走，到山頂上可以看日出。有月亮，就方便，可是這個時候入夜就沒有月亮。」

「想必如此。沒有月亮，要提燈籠去嗎？」

「只要天氣清朗，有星光就夠了。走上去不會碰到樹木。不過，要先有準備喲。」

「不先睡午覺就沒有精神。沒精神可麻煩啦。」

「晚上，早點睡就行。到時候我會去叫你。」

「我不習慣早睡。」

「那就麻煩啦。」小竹笑出來。

小竹吸完菸，用腳踩熄，又開始工作。謙作一如平時，繞阿彌陀堂回去。

今天寄出的信，快的話，後天直子會收到；如果隔天來一趟的郵差今天沒來，就要慢一天。他面桌而坐，開始閱讀尚未看完的《元三大師傳》。書中談到常貼在家門口元三大師鬼形圖的由來，謙作覺得很有趣。他現在才知道上野兩大師之一就是這位元三大師。

這時，他聽到玄關上有不熟悉的男人聲音。自己不會有客人，大概是到住持那邊去的客人搞錯了，也就置之不理。過一會又發出同樣的聲音，謙作走出去。一個四十歲左右的和尚非常鄭重地站在那裡。

「打擾一下好嗎？」

本以為他搞錯了地方，但謙作仍然請和尚進來，到書房與玄關之間。和尚不太高興地打量了內室與玄關，再移目觀看堆放書本的壁龕，說：

「你在研究什麼嗎？」

「不是。」謙作不喜歡和尚流露的庸俗氣息。如果沒弄錯，反正也不會有什麼要事，便故意無禮地沉默不言。

「我是山下赤崎那邊萬松寺的住持。金剛院從明天起舉辦為期十天的禪學講習會，如果對禪有興趣，希望您能參加……我是為此而來……」

「是你講授嗎？」

「不是，不是我。其實是應小學教員之請舉辦，由我主持幫忙而已。主講者是跟隨天龍寺峨山和尚修業的人。我屬禪，宗門不同。」

以前聽說過峨山，若是他的門徒，又是普通的和尚，也許很有趣。

「講什麼？」

「《臨濟錄》。」

「如果是那本書，剛好我現在也有……」謙作這麼一說，和尚顯得頗為意外。謙作繼續說下去，

「我有個哥哥常到鎌倉的寺院，是他送給我的。」

「哦，這麼說來，你對禪也有相當的認識吧。」
「不，完全不懂。」
「不可能的。這且不說。你既帶了《臨濟錄》，務請參加……」
「也有公案嗎？」
「是的。」
以前聽信行說過，公案非請做師父的和尚來講，否則沒有意義。所以謙作沉默了一會，說道：
「考慮一下再說。」
謙作想到要跟眼前這個和尚來往十天，就有些不願意。
「並不太艱深，務請參加……反正十天講習中，大家都是第一次，只要大略知道禪是什麼，就可以了。不會太難，請一定參加。帶了《臨濟錄》，也可說是因緣……」
「讓我考慮一下。」
「請別這麼說，務請……」
謙作沒有回答。和尚似乎頗不高興，但旋即改變口氣說：
「其實，有一件事想麻煩你……」
他的主要意思是，下面的金剛院沒有另外加建的房子。主講者和講習生隔著一道紙門，一對一講授的公案難免會被別人聽去，這是問題所在。如果謙作也是講習生之一，跟其他人合住，就可以把這獨立家屋供主講者使用。這樣最好不過，幸而謙作懂得禪，也知道公案是什麼，所以這請求一定容易行得通，真是好極了。
謙作聽了大怒。和尚話裡又有誘騙之意，更為生氣。

「一上來就直說，還可以考慮，你卻先說了一大堆奉承話，以為這樣我就會為你所趁！」謙作氣得說出這些話。

「實在是誤會。我起初並不是為這個目的而來。我想求道者越多越好，才來邀請您。來了以後才覺得這獨立家屋非常適合供主講者使用，雖然非常無禮，還是提出了要求，並不是當初就想來請您讓出地方。這點如果不能得到諒解，難免會誤以為我是非常狡猾的人……」

「一派謊言！」謙作終於怒吼。

「怎麼啦？」和尚也變了臉色，鐵青著臉。

「少說這種顯而易見的謊言。」

兩人默默睨視一會。和尚突然「啪」地一聲把衣袖向兩邊展開，滑稽地作揖道：

「祈請海涵。」

這種突然的改變，謙作不禁為之一楞。

最後，謙作說，如果另外找得到安靜的房子，就可以把這裡讓出來，而且不一定要在這寺院裡。和尚也說：「如果這樣，那就感謝不盡。」說完和尚便回去。謙作覺得因這芝麻小事破壞了難得的沉靜心情，實在愚不可及。不過，他對此也不大在乎。

## 17

黃昏時從阿由那裡聽到了出乎意料的話，謙作非常不快。小竹的妻子，因為爭風吃醋，和情夫一起受了重傷，性命垂危。小竹剛剛倉皇下山去了。

「好可憐。小竹雖然有這麼壞的妻子，卻一點也不恨。還哭著說，老早知道會遇到這種事。」

「聽來真叫人不舒服。」

「殺人的那個在小竹以前就跟她有關係；被殺的是小竹的朋友，以前曾跟小竹一起到山上來。」

「他的妻子有救嗎？」

「有人說，在小竹回去以前似乎已經支持不住。」

「即使有救，也不行啊。」他鄙視地說。

「小竹可不這麼想哩。」

謙作覺得奇怪。小竹既然這樣，想必不會被捲進凶殺案的漩渦。

「剛才還見過他，約定明晚領我上山。」

「對，對，媽媽已經說過。——不過，據說有替代的人了。」

來到次於叡山的天台宗靈場，還會聽到這種事情，真是掃興之至。小竹完全置身事外，得免災厄，還算好。早上，從阿由那裡聽到小竹的事，覺得小竹多少有點變態，現在則認為小竹也許因為完全了解自己的妻子才能這樣寬容。因為徹頭徹尾知道她的本性以及她以前的惡習，小竹才能抹殺自己的感情，原諒她。剛才談得那麼高興，也許就在那時刻，山下已演出血腥的鬧劇。小竹再超然，現在想必也承受不住，如果不恨那女人，可能會活在悲嘆中，謙作想。

謙作寧願認為母親和直子的情形是過失，而非不貞，他已受夠折磨。以自己而言，自己過去的一生就完全受它支配，受盡磨折。如果所有的人都能像小竹那麼超然，還好——小竹仍然是不幸的——，要是不能那樣，在某種意義上難免就會演出血腥的鬧劇。謙作自己如果沒有自恃之心，沒有對寫作的執著，現在不知道會變成怎麼樣的一種人。

「好可怕。」謙作不禁說道。

「確實很可怕。」阿由回答，心情卻與謙作不同，接著又說：「我真不懂竹太太的心。」

「毫不憎恨那種女人的小竹也很奇怪。」謙作說。

第二天，天氣晴朗，是登山的好日子。可是，謙作心頭還留有昨天的陰鬱，煩悶得很，毫無登山之意，當晚的登山也就作罷。

午後，他到阿彌陀堂，在走廊上靜坐一個小時。孩提時，一想起母親，他常獨自一人到母親墳前去。他喜歡以同樣的心情到這裡來。幾乎沒有人來，許多小鳥、蜻蜓、蜜蜂、螞蟻、蜥蜴等都在這裡遊玩。有時，野鴿子的叫聲常常從附近樹林中傳來。

歸途中，他到不二門院去。這是一座荒寺。莊嚴的大茅草屋頂，深藏大杉樹間。似乎很久沒有人居住，緊閉的套窗，處處都有木板被剝走。他穿著木屐走進去。

正面有大佛壇，沒有本尊及其他，兩側彷彿是六尺長打開的抽屜，幾十個大靈牌染滿灰塵，或倒或立。或許是歷代住持與大檀那的靈牌，桃山建築式黑底金字的靈牌到處散落，看了真不舒服。也許是野鼠、松鼠造成的。

黑廚房的泥地上有大水槽，水槽上有儲水桶。一半在屋內，一半露在屋外，水管引來山上的清水從桶裡溢出來。夏陽穿過杉樹枝直射到安置沙土處的底部，綠陰陰的，非常美。在這寺院，一切都已死去，只有這地方活生生。他又向對面書院走去，這兒更荒涼，雖是一千多丈見方，沒有人跡的林中寂靜之地，只要還能住人，他也願意住下來。看了以後，他只好放棄了。

回到寺裡，阿由抱著嬰兒站在石階上。

「我不在的時候，昨天那個人來了沒有？」

「沒有。別地方沒有比這裡更方便適合的啦。」阿由對那和尚頗有反感。

「沒來最好，剛才到不二門院去看看，太荒涼破舊了……」

「呵，不行，不行。」阿由搖搖頭。嬰兒握拳伸入口中，拳頭上形成直線式的奇妙形狀，接著把濕漉漉的手伸向謙作，弓起身子，發出大聲音，儘量把身體彎向他那邊，好像要他抱。

「最近餵他吃了煉乳，已嚐到甜頭了。」謙作笑著說：「不行，不行。」走入自己的房間。

## 18

過了兩三天，竹家沒有消息。下面的和尚也沒再出現。下面的寺院一度傳來「喝」的巨聲。可能是在講授「喝」。方便的話，謙作倒想去聽《臨濟錄》的講誦，但對方沒再來，謙作也就算了。每天都是好天氣，他常獨自一人到處散步。小竹不在，有點寂寞。雖然過去關係並未特別密切，但是不能看小竹工作，歇息一會，總覺意有未足。小竹平時工作的地方還堆積著沒有做完的東西。那天群集洗手石邊怕人的毛蟲，現在一隻也沒有。只有白鶺鴒在那裡嬉遊。

謙作並不是一定要等小竹回來後再去爬山，可是和小竹的約定不能付諸實施，他也就提不起勁來，一直往後拖延。不過，在這連接不斷的好天氣之後，一旦下起雨來，可能會連續下個不停。他希望最近幾天就去爬山。回來後，立刻請寺裡的女主人代找嚮導。

「有沒有旅伴都行，希望明晚去得成。」

「真的嗎？一個嚮導只帶一個人去，實在浪費。不過，也許趁天氣未變前去，比較好……總之，我打聽一下嚮導的情形，也許會有很好的登山旅伴。」

「那就麻煩你啦。」

兩人站在廚房泥地上交談；打著綁腿、穿著草鞋的年輕郵差揮汗從外面走進來，一屁股坐在長凳上，翻著用繩子綑成一束的信，從中抽出兩三封，放在凳上。「辛苦啦。今天很累吧。要茶還是水？」

「給我水好啦。」

「糖水嗎？」

「麻煩您啦。」

郵差撿信時，謙作用目光探尋著直子的筆跡，當然還不可能有信來。

「那麼，不管有沒有登山旅伴，請盡可能想法子明晚就能去。」謙作對走向廚房的女主人說，隨即想回到自己屋子。

「對啦。」

郵差好像突然想起什麼，翻找著上衣口袋，掏出一封皺皺的電報，說：「唉，唉……您是時任先生吧？」

謙作嚇了一跳，突然想道：「直子死了。自殺了，以前不知道我的地方，無法通知我。」他聽到自己的心在猛跳。

「家裡打來的？」女主人端著放茶杯的盤子走出來問道。那從容不迫的模樣更使謙作焦慮不安。

「頃接來函，詳情後述，放心，直子。」

「謝謝。」謙作向郵差致謝，無意識地把電報折成好幾折，回到自己房間。

為什麼那樣悸動？連自己也覺得好笑。首先，他完全沒有預料到會有電報的回音，而且認為回信再早也要兩三天內才能收到，再加上小竹家不幸的事已印入腦海，這些聯想因電報而在腦中一閃而過。無論如何，他在內心苦笑道：「真是愚蠢的想像。」隨即心情快適：「這樣很好。」又重讀電報好幾遍。

當晚，他把蚊帳中的被褥收疊一旁，躺在被褥邊寫信給鎌倉的信行，已經很久沒寫信給他了。他仔細敘述到此山後的心境。過去支配自己的想法實在太過空想，現在已體驗了從那以後變化的種種觀念。寫到這裡，他覺得非常空虛又有自我陶醉之嫌，很不滿意。他不知道這種事要怎樣寫。接著又想，信行接到直子或榮娘的信以後，知道自己出外旅行，也許會放心不下，因此只要寫封信讓信行放心就行。他把寫了五六張稿紙的信對折，放進旁邊的公文夾裡。

「已經休息了？」寺裡的女主人在紙門外揚聲說話，隨即露出臉來。她是來通知說，剛好有登山旅伴，明晚十二點左右啟程往山頂。

「謝謝。這樣明天就要晚起，請不要開門。不能午睡，只好晚一點起來。」

「知道了。」寺裡的女主人仍然跪在門檻邊，說：「小竹的太太終於死了。」

「真的？……那男人呢？」

「男的也許可以獲救……」

「小竹有沒有消息？」

「小竹嘛……大家都非常擔心那殺人犯會不會找他。」

「這想法真奇怪！殺人犯還沒捉到嗎？」

「是的。可能逃進山裡啦。」

謙作心裡不舒服。

「有理由要殺小竹嗎？哪有這種蠢事。」

「這類人似乎都瘋了。小竹最好別大意。」

「一點不錯。不過小竹不會有問題。」

「我想也不會有問題……」

謙作內心頗感氣憤，想道：「如果小竹也被害……這種蠢事怎麼受得了？」

第二天，謙作打算盡可能晚起，但是已成習慣，一過七點就醒來。前晚寫信給信行，稍晚了一些，又聽到小竹的事情，接著想起直子看自己的信的情景，更睡不著。聽到遠處雞鳴，吃了一驚，看看錶，已過了兩點。

他醒來了。就這樣起來也許睡不到四個鐘頭。勉強閉上眼睛，想再睡一下。只能朦朦朧朧，沒法熟睡。十點左右起來，頭昏體倦。今晚登山一定受不了，不過，也許可以睡個午覺。

## 19

登山的伙伴是大阪的公司職員，參拜大社回來途中，順便到這大山來。謙作睡了兩三個鐘頭午覺，睡得很好。可是也許午餐吃鯛魚中了毒，黃昏時大瀉特瀉，全身軟弱無力，沒有精神。他不知該怎麼辦才好。加倍吃了六神丸，止了瀉，他決定照常登山去。

十二點左右離開寺院。嚮導年約五十，提著燈籠。公司職員都很年輕。他們想盡可能享受一星期的休假，精神百倍。身穿西服，腳踏膠底布鞋，頸上圍著毛巾，手上拿著自然木做成的長金剛杖。

「喂，小心，別打破那酒甕呵。」

有人從面大聲說。

「你已經說了好幾遍。這麼擔心，你自己挑好了。」

「大家都要喝的東西，我一個人挑得動嗎？傻瓜。」

人人都精神奕奕，謙作對自己今晚的體力沒有信心。大家在一起，途中只有自己走不動，再加上不服輸的心理，想來就覺痛苦。而且，大家年紀相仿，又只有自己一個是關東人，難免會為此激起無謂的競爭意識，想到這裡，謙作很不安。

「在山裡待很久啦？」並肩而行的男子說。他似乎同情謙作孤獨一人，儘量找謙作說話。

「有半個月了。」

「不厭煩嗎？在這山上待上兩天，我們就無法忍受。」

走在前面的胖男子回頭說：

「真是少見，這傢伙居然非常戀家，出來旅行當天晚上就想回家了。最近，他才跟妙齡女郎結婚哪。」說罷大笑。

「你這傢伙！」那男子難為情地用手掌猛拍一下胖男子的脊背。

從小竹平時工作的地方往前走三千多丈遠之後，就沒有樹木了。左邊是茅草叢生的山坡，天空碧藍，秋夜繁星閃閃發光。路旁，雨打風吹的方形路標微微傾斜。這是登山口，大家排成一隊，從兩旁茅葉尖覆蓋、溪谷底一般的凹凸路面前行，一面說：「六根清淨、山上晴朗」，一面晃著身子往上爬。謙作前面有四人，後面兩人，必須和大家同速度行走，但他越來越累了。想儘量忍耐爬上去，心情已感覺不安。爬了一小時左右，似乎已經到達相當高的地方。雖然是晚上，也知道爬了很高。免不了要在這一帶歇息一下。

謙作很疲倦。無論身心都感乏力。想繼續以同一速度跟大家一齊走，已經沒辦法。他對嚮導說：

「身體不舒服，我不想再往上爬了。兩小時後，天大概會亮，我就在這裡休息等天亮。」

「真的？這樣可不行。」嚮導說著又問道：「情形如何？」

謙作說：「沒什麼，下痢後，體力撐不住，別擔心，讓我留下來。」

「唉，這怎麼辦呢？」

「真的不用擔心。請別客氣，繼續爬吧。」

「無法忍耐嗎？——呵，喂，還要爬很久嗎？」

「還要爬一倍以上的路。」

「下行比較容易，我沒有自信再爬上去。請別擔心，讓我留下來。」

大家雖然安慰他，但要一一回答，也很麻煩。最後決定讓他一個人留下來。也許對謙作有點顧忌，一時之間，大家默默往上爬。謙作穿上預備好的毛衣，把包毛衣的包巾圍在脖子上，然後從路上走進茅草中，尋找適合的地方，倚山石坐下，深呼吸。舒服的疲勞讓他閉上眼睛，從遠遠上方傳來好幾次那些登山者的聲音：「六根清淨、山上晴朗」。隨後什麼也聽不見。在遼闊的天空下孤單單一個人，涼風無聲地吹拂著，但只能吹動茅草的尖端。

倦極了。疲倦變成奇妙的陶醉感，向他逼來。謙作覺得自己的精神與肉體逐漸溶入大自然中。大自然像氣體一樣，無法用眼睛看到，以無限大包圍著小如芥子的他，他慢慢溶入其中。——回到大自然的感覺是一種無法用言語形容的快感。近似平靜入睡時的感覺。其實他已進入半睡眠狀態。這種融入大自然的感覺，未必是他第一次的經驗，可是這種陶醉感卻是第一次。以前，與其說是融入，無寧說是被吸入，即使有某種快感，也常自然而然興起欲加以反抗的念頭。而且常因難以反抗而感到焦慮不安。現在的情形卻完全不同。他根本無意反抗，只感覺到心甘情願融入的快感，而且毫無不安。

沉靜的夜裡，聽不見夜鳥鳴聲。下面薄霧輕籠。村莊燈火完全看不見。看得見的只有星辰和此山的輪廓。山的形像微微傾斜，山下彷彿龐大動物的背脊。他想，只要一步就可踏入通往永恒的路。他絲毫沒有感覺死亡的恐懼。如果要死，就這樣死去，一點也不遺憾，但他並不認為，通往永恒就是死。

以肘支膝，彷彿睡了好一會，驀然張開眼睛，不知何時周圍已泛白，白中帶綠。星星尚未隱身，只是數量逐漸減少。天空帶著柔柔的藍。他覺得那是滿含慈愛的顏色。山腰的霧靄漸散，山麓村莊的燈光遠遠看來稀稀疏疏。米子的燈看得見；遠處，夜見濱尖端的導航燈清晰可見。隔一段時間就發出強光的必是美保關的燈塔；湖一般的中海因為被這座山擋住，還很暗。外海那邊，海面已有深灰色的光。

黎明時景物的變化非常迅捷。不一會，回首而觀，橙色曙光像從山頂那邊湧起一般昇上來了；越來越濃，不久又開始褪色，這時四周驀然亮起。茅草比平地矮短，到處都是巨大的野當歸。每根野當歸都開著花，往遠處延伸。此外，女蘿、吾亦紅、萱草、松蟲草等等都雜在茅草中開了花。小鳥輕鳴，投石般畫個弧線，從空中飛過，潛入草叢。

中海那邊，向海延伸的群山頂峰染上了顏色，美保關的白燈塔在陽光照耀下浮現出來；半晌，中海的大根島也有了陽光，像把紅魟魚翻過來一樣，巨大而平坦。村莊的電燈熄了，炊煙處處。山麓的村莊還在山陰下，反而比遠處黑沉。謙作驀然發覺，自己所住的大山已清晰投影在剛才所見景色中。影子的輪廓從中海移至陸地時，米子的市街頓時明亮起來。影子像曳網一樣不停繞動；也像貼地而過的雲影。大山是中國[18]最高的山，有輪廓明晰的強勁線條，在平地上可以看到此山山影，實在難能可貴。謙作為此深受感動。

## 20

十點左右，他才回到寺院。已經疲累到極點，途中時時覺得再也回不了寺院。阿由讓嬰兒在玄關地板上玩，看到謙作走進來的樣子，未向謙作說話，就吃驚地向屋裡大聲喚道：「媽！媽！」因為謙作的樣子和臉色實在太壞。

寺裡的女主人也吃了一驚，讓謙作回到自己房間睡下。已發燒到三十九度——不久就升到四十度。一面用冰塊敷頭，同時立刻派人到山麓村莊請醫生，也順便叫那人打電報到京都，因為謙作在譫語中不時呼喚直子。

晚上八點過後，村裡的醫生來了。在這之前，女主人和阿由不知到外面看了多少次。日暮後，幾乎沒有行人，夜仍然和平時一樣沉靜，女主人和阿由非常生氣，彷彿夜不該這麼沉靜。總之，兩人態度都非常親切。在這只有兩個女人的地方，謙作萬一死了，那可不得了。她們滿心盼望醫生早點來，好替她們分擔一半重荷。派去的人提著皮包和燈籠走在前面，打綁腿穿草鞋個子矮小的老醫生終於抵達，兩人總算放下心，欣喜逾恒。

「大夫來了。喂，大夫來了。」

阿由一個人先跑過來，兩手扶在謙作枕邊，用臉把蚊帳推開，激動地這樣叫道。謙作僅微微張

18 此處的「中國」是指京都以西到下關一帶的日本中國地方。

開眼，沒有回答。醫生進來探問病情與經過，謙作聲音低沉，卻回答得意外的清楚。煎鯛魚——盛夏時從五六里外拿來，煎過以後又重新再煎——可能是生病的原因，不知是不是意識到旁邊有寺裡的人，說得有些曖昧。醫生做了例行的診察之後，特地在腹部各處細壓一番，逐一問道：「這兒……？」「這兒……呢？」尋找疼痛的地方，最後診斷說，是急性大腸炎，不應該用六神丸硬性止住下痢。又說，用蓖麻子油和灌腸去除穢物，也許可以退燒。派去的人提過下痢的事，所以醫生已準備了應用物品，放在皮包裡。

灌腸幾乎沒有什麼效果。蓖麻子油在三四小時中可能有效。醫生說，在這期間，他要留在這裡，查看排泄物。於是，寺裡的女主人急忙到廚房去準備酒菜，供醫生和派去的人食用。

「是做什麼的？」

醫生來到鄰室盤腿坐下，喝了一口放在那邊已冷的茶，問阿由。

「是從事文學工作的。」

「從語音聽來，好像是關東人[19]。」

「是京都。」

「京都？嗬，真的？」

醫生和阿由的談話，謙作聽著，彷彿跟自己毫無關係。

「……情形如何？」阿由輕聲問，醫生也跟著放低聲調回答：

「不必擔心。」

謙作在半醒中又做了夢。他夢見自己的兩隻腳離開軀體，只有腳在這一帶胡亂閒蕩，煩死人了。不僅礙眼，甚至快步咚咚地發出聲響，吵死人了。他討厭這兩隻腳，盡力設法讓它們離開自己到遠地去。知道是夢，所以認為可以做到，但雙腳老是不肯離開自己。他想像中的「遠地」是霧靄——黑色的霧靄，把腳趕到黑霧裡去，必須用盡心力。慢慢遠去了，離得越遠，腳變得愈小。黑靄籠罩，裡面漆黑一片，讓腳走到那裡頭，消失在黑暗中，就可以把它趕走。想到這裡，用力吸了一口氣，這也要用盡氣力。就像拉緊的橡皮筋斷掉後重新彈回一樣，快消失了，那腳又一逕走回身邊。咚咚，咚咚，跟先前一樣，吵得很。他努力了好幾回，那腳就是無法從眼裡、從耳中消失。

之後，他幾乎全在夢中，除了斷斷續續偶爾醒來之外，幾乎都在夢中。沒有痛苦，只是不時感覺自己在靈肉上都已淨化。

次晨，老醫生很早就回去。中午時分，一個不太年輕的代診醫生，帶著鹽水針等器具來了。那時，燒已退，排泄物有如米漿，手腳冰冷，心臟衰弱得幾乎摸不出脈動來。以成年人的急性腸炎來說，這是最壞的狀況。代診醫生很擔心那是霍亂。好歹先打一針強心劑，再注射鹽水。粗針刺入大腿，很深，鹽水從針管慢慢流進去，只有那部分脹得可怕。謙作痛得流出淚水。

之後不久，直子到了。寺裡的女主人知道，謙作內心一直在等待直子，但擔心猛然見面，氣勢一洩，會發生事故，所以反對直子立刻去見他。謙作已經那麼衰弱，如果能吸收醫生注射的鹽水，脈搏比較正常的時候，再叫直子去看他。直子聽了大吃一驚。來的時候，直子雖然想像了種種很壞的情況，但她以為情形可能比想像要輕，甚至還想到謙作會微笑地說：「接到電報很驚訝吧？」她是懷著這種希望來的，想不到現在的病況竟比想像糟得多，她真的大吃一驚。而且，她

19 指東京一帶的人。

害怕見到這麼虛弱的謙作。在炎熱天氣裡急急忙忙走了三里的山坡路，她沒有自信，在疲勞激動之餘見謙作，會有什麼怪樣出現？如果心亂而不能平靜，對病人反而不好。這麼一想，直子覺得遵從醫囑，稍微整理一下自己，再去看他，也許真的比較好。

睡不夠，夜車的煙煤，再加上汗水，直子臉色看來並不好。寺裡的女主人頻頻勸她入浴，直子卻遲遲不肯起身。

「換上浴衣吧？」女主人說。

「謝謝。那就先洗臉。」

直子請人帶到浴室去，只洗了臉，在小鏡臺前攏攏零亂的髮髻，走回來時，看見醫生和女主人隔著廚房裡的火爐輕聲說些什麼。兩人聽到足音，一齊望著直子那邊。醫生說：

「太太，請過來一下。」

「……」直子忐忑不安地走過去。

「脈搏正常多了。現在正在睡覺。醒來時，最好平平靜靜去見他。」

「情形很危險，是嗎？」

「很難說，是急性大腸炎沒錯。小孩子，或不太健康的人得這種病就不同了。對一般人，不算是可怕的病……請別擔心。……剛剛跟這位太太商量，我想請米子的〇〇醫院院長診斷一下，不知意下如此？」

「但願如此。」直子說得很快。「請盡快這麼辦。看情形也必須通知鎌倉的哥哥……」

「不，不，我看沒到這麼嚴重。總之，盡快派人打電報或電話請〇〇博士來一趟。當然，今天不可能來，明天下午一定會來。」

「那也請雇一個護士……」

阿由進來。阿由以吃驚的口氣，望著三人說：「他知道太太來了。」

「真的？」醫生歪著頭，懷疑地說：「是做夢吧？」

「不是，連媽媽阻止太太見他的事，都知道得很清楚哪。」

直子半蹲著，默默望著醫生的臉。醫生發覺後，問阿由：

「他說要太太去，是嗎？」

「嗯，他是這麼說。」

醫生就著爐火點了菸，深吸一口。

「可以去看他，但請盡量別刺激他的感情，你也別哭。」醫生說。直子點頭致意，跟阿由一起到謙作住的屋子去。

「情形怎麼樣？」寺裡的女主人緊鎖雙眉，在這之前也許已問了好幾遍，現在又問一次。

「這個嘛，我不知道老大夫怎麼說，我無法清楚知道。真擔心會不會是霍亂，大概不會是。盡量讓腹部和臀部緩和，又打了強心針，如果沒有併發症，我想大概可以治好……」

「剛好我先生不在，不在時發生這種事，我真的很著急啊。」

「剛才那太太已來了，你大可不必急啦。」

「我總覺得情況很不對……」

「心臟非常衰弱，我真的也不敢料定會怎麼樣……」

「總覺得情況不對？」女主人又重複一遍，誇大地嘆了口氣。醫生默默吸著菸。

直子忐忑不安，外表卻盡量裝出冷靜的樣子走進去，可是仍然激動得瞪大眼眸，緊張地望著。謙作仰躺，只把眸光傾向直子。直子看見謙作雙眼低窪，雙頰削瘦，臉帶青黃，整個瘦了一圈，不禁心痛如絞。她默默坐在枕邊，跟謙作打個招呼。謙作用幾乎聽不見的沙啞聲說：

「一個人來？」

直子點點頭。

「娃娃沒帶來？」

「放在家裡。」

謙作費力地把張開的一隻手伸到直子膝蓋，直子急忙雙手緊緊握住。那隻手又冰又冷，乾乾的。

謙作只默默望著直子的臉，彷彿要用眸光撫摸一般。對直子來說，那是從來不曾見過、柔和而充滿愛的眼神。

「沒問題啦。」直子想這樣說，覺得很空洞，便停下不說。謙作的樣子看來既沉靜又平和。

「你的信昨天已經收到，因為發燒，還沒有看。」

直子一張口就會哭出來，只點點頭。謙作仍然不停地望著直子的臉。過一會，說道：

「我現在真的很舒服。」

「不！別這樣說。」直子不禁發作般激烈地說，隨即改口說道：「大夫說，不是很嚴重的病呀。」

謙作好像很疲倦，握著手閉上眼睛。沉靜平穩的臉，直子彷彿第一次看到謙作這種表情，想道：「他難道沒救了嗎？」但奇怪的是，這並沒有讓直子非常傷心。她好像被吸引住一樣，目不轉睛地望著謙作的臉，不停地想：

「不管有救沒救，反正我不離開他。不管到哪裡，我都跟他去。」

# 後記

《暗夜行路》是我迄今為止唯一的長篇小說。因為寫不慣長篇，遲遲不能完成。快完成時，又寫不下去，一擱就擱了十一年，到最近要出全集，才決定把它寫完。但是，自己是不是能夠進入主角的心境？執筆之前，倒真擔心。幸好，真正開始撰寫後，還能夠深入，寫成後也頗感滿意。而且，最痛快的是終於完成了別人問起總說要寫，卻又寫不下去的未完成小說。從長年以來一直牽掛不已的事物中獲得了自由，實在高興。

因作品不同，我有時可以輕鬆寫成，有時卻相當為難。《暗夜行路》可以說是屬於為難的作品。真正難寫是《暗夜行路》的前身——《時任謙作》這部私小說。大正元年（一九一二）秋，在尾道時開始寫，到大正三年夏，仍然不成其為作品。夏日（漱石）先生來信，勸我把它登在東京《朝日新聞》。我有意要寫，但夏目先生提醒說，在報上連載，不能切成豆腐塊，要有計畫地寫下去，這實在為難。為了向夏目先生表示敬意，也因為自己的作品獲得了承認，即使有意寫成非豆腐塊，但因以前在《白樺》的同人雜誌無拘無束寫慣了，每一回都要帶進許多高潮或謎，我實在寫不來。從那年春天，夏目先生已在《朝日新聞》連載小說《心》。我的作品應在《心》結束後立即連載，我便到松江去寫。跟一道去的里見（弴）白天泛舟游泳，玩得很痛快，晚上就寫到天明。《心》有副題：「先生的遺書」，這類遺書集起若干，就成為長篇小說《心》。《心》一天天進展，我的長篇卻無論如何都不能順暢地寫下去。我越來越不安。想到如果拒絕就可免於窘迫，終於為此赴東京，趨訪牛込的夏目先生，表示拒絕之意。本以為《心》只以「先生的遺書」結束，我也可免於窘迫，這想法完全錯了。夏目先生要我重新考慮，還說：如果那小說不能寫，難道不能把不能寫的心境寫成小說嗎？當時，我回說再考慮看看。但是我提不起寫的勁。第二天立刻寄出拒絕的信。於是，夏目先生寄來了一封很懇切的信，說：「能寫時，一定要登在《朝日新聞》上。」

《朝日新聞》上本來應該用我的長篇小篇來補充的空白，結果由當時跟我年紀相若的作家的幾篇中篇小說填補。我覺得給一諾千金的夏目先生添麻煩，非常不好意思。一直想寫點好東西登在《朝日新聞》上，是我以後四年無法發表作品的原因之一，當然除此而外還有別的理由。在這四年中，我常想續寫未完成的長篇，在完成這篇作品之前，即使寫了別的長篇，也不好意思送到別的雜誌發表。然而就在這期間，夏目先生逝世了，報社也沒有再跟我直接連絡。夏目先生逝世，我這種心情自然也獲得了解放。之後，最先發表的小說《佐佐木的場合》就獻給故夏目先生，聊表我不得已的歉意。

《暗夜行路》的前身《時任謙作》是以長期父子的不睦為題材，難以超越私情，可能正是寫不下去的原因。不久，我寫成小說《和解》，心情大為舒暢，遂與父親和解。和父親和解後，我對小說《時任謙作》的感覺也逐漸發生變化。尤其用比較公平又能批判的形式，以弟弟的立場觀察與父親之不睦，寫成《一個男子及其姊之死》以後，續寫《時任謙作》的心意就越來越強烈。即使有意寫長篇，但對過去的主題（即父子不睦的主題）越來越沒興趣。

在此附帶一言。以前在尾道寫那長篇時（指《時任謙作》）時，曾赴讚岐旅行，住在屋島，當晚睡不著，思前想後，甚至想像到自己不是父親的兒子，而是祖父的兒子。我還未懂事時，父親曾到釜山銀行服務，也曾在金澤高等學校會計課做事，當時我的母親留在東京。我十三歲時，母親以三十三歲華年去世，祖父在母親枕邊放聲大哭：「還沒真正享受過就去世，好可憐呀！」父親當時卻沒有哭。這印象後來一直留在我心上，使我對父親很表反感。可是，當我想像自己也許是祖父的兒子時，這記憶頓時以完全不同的意義在我心上甦醒過來。

母親十六歲嫁到我家，很受祖父疼愛，視如親生女兒，因為祖父母只有父親一個兒子，再沒有其他孩子。就像《母親之死與新母親》所寫那樣，祖母一向疼愛我母親，母親死後，她一直和我一起慟哭。在月夜屋島的寂寞旅舍中，因為失眠湧現了這種極其無聊的想像。次晨起床時，我自己也深深覺得這想像非常無聊。可是，我在「我孫子」（地名）構思已不用執筆的長篇時，驀地想起了這件事。於是我有意寫主角處於這種情境，而只有主角自己不知實情時所引起的種種苦惱。這念頭終於從《時任謙作》轉向了《暗夜行路》。

我尊敬祖父，即使撇開骨肉之情不論，在我今生所遇三四位最尊敬的人物中，祖父也算其中之一。因此，《暗夜行路》中主角的祖父跟我的祖父實在毫無類似之處，但不把主角的祖父寫成書中那樣的人，我不能滿意。在「我孫子」時，一個老花匠常出入我家，遂以他為模特兒。那老花匠以前可能是美男子，卻也因此搞得身敗名裂，現在仍為兒子所支使。我把這樣沒有骨氣的老人——我討厭這老人——放在腦海裡才開始寫起來。

可是，《暗夜行路》也寫得相當不順暢。有時想寫成幾個短篇，再統合成一個長篇。做序詞的〈謙作的追憶〉和前編末尾以〈可憐的男人〉為題，另行發表，就是基於這種心態。

《暗夜行路》前篇的描寫部分大都早存於它的前身《時任謙作》中。一度辛苦寫成的東西實在捨不得就此拋棄，遂儘量用入《暗夜行路》。後篇是《時任謙作》中未寫的部分，所以純粹是為《暗夜行路》而寫。前篇與後篇的寫法自然有所不同。前後篇之缺乏統一，也實在莫可奈何。

發表《暗夜行路》的經過與取名《暗夜行路》的原因，以前曾寫過《暗夜行路》的札記，在此不擬贅述。取名《暗夜行路》時，對此書名，不大滿意。可是，過了這麼久，到現在我已越來越不覺得討厭。

至於模特兒。主角謙作大體是作者自己。在那種情況下，我大概會那樣行動、也許希望那樣行動、或許已真正那樣行動，謙作就是這類感覺的集大成者。祖父已如前述。母親只出現在〈序詞〉裡，但在我的實際經驗中，那是祖母。父親也只出現在〈序詞〉，但跟父親角力，失敗後覺得非常懊惱，卻是我的親身經驗。本文中隱在幕後的父親多多少少有些類似我的父親。榮娘在性格上完全沒有範型，榮娘的境遇盡量利用我從某女人那裡聽來的經驗，性格則毫無範型，對此我亦微感不安，曾告訴長與（善郎），長與說：「寫下去自然就決定啦。」在長篇這方面，長與是前輩，也許說得沒錯。榮娘在後篇也出現。她的境遇在我的小說中相當奇特，頗能引起我的興趣，但人物描繪似乎仍僅止於類型而已。

主角的哥哥信行也沒有範型。與主角的關係近似我的叔叔（大我四歲）的關係。性格則故意寫得和叔叔相反，而且與主角形成對比。效果我自己也不很清楚，想來還算成功。

直子則請別認為是我內人。首先體型就完全不同，但是不知不覺間越來越近似。就我自己來說，那是另外一個人。境遇為了與榮娘形成對比，完全是虛構的。內人不願意見到和她本人相近的人物出現在我的小說裡，也沒看過《暗夜行路》。自從她看了描寫妻子自殺的小說《邦子》後，我再也不敢嘗試。

此外，還有一些人物出現，有的有範本，有的沒有，各不相同。

景色的描寫在前篇多是當時所見或見後不久寫下的。後篇最後的大山晨景則是二十四年前去過的地方，是否能夠寫得順利？寫前頗為不安。如果季節相同，打算再去看一次，但是小說設定在夏天，寫作時是在冬天。高山雪景無補於事。可是一旦提筆，也許以前的印象很深刻，當時景色竟然意外清晰地浮現腦海，真是助益匪淺。心情也能溶入其中，真是高興極了。

主題是採用女人的小過失——自己可能也因此而痛苦——使他人更為痛苦的情況。法國和維也納的小說處理有夫之婦的這種事情往往態度非常輕鬆。讀者把自己放在通姦男人的立場來欣賞，所以這種不道德也相當有吸引力；當然也有像《克羅采奏鳴曲》那樣的小說。可是如果在這種意義上仍然覺得許尼茲勒等很有趣，那就很可恥，而且有些愚蠢。主角一生受母親這種事情的折磨而痛苦，以為婚後可以獲得解脫，想不到這次又為妻子的這種事受盡煎熬。我相信，這種事有時會出現相反的人物或情況，因此，謙作的例子有點極端。於是我在《暗夜行路》的前篇與後篇之間試寫了一個短篇《雨蛙》。

《暗夜行路》與其說是描寫外在事件的發展，毋寧說是描寫主角心境受事件推動的內在發展。一開始就已決定情節，並按此情節推展。情節早已決定，在先發生的事情上鋪下幾條伏線，可是寫到中途曾中斷兩三次，有點擔心伏線是不是斷了。過後通讀全書，尚不致如此，頗感滿意。

小林秀雄和河上徹太郎兩位先生批評說，《暗夜行路》是戀愛小說。我頗感意外。不過，有此看法，適足以顯示這本小說的幅度，在這意義上又覺得很高興。對所謂戀愛小說，我不感興趣；也毫無意思想寫戀愛小說。不過，如果《暗夜行路》變成了戀愛小說，那倒很有趣。

昭和十三年（一九三八）五月十二日
志賀直哉

# 志賀直哉年表

**一八八三年（明治十六年）**

二月二十日生於日本宮城縣石卷町（現在的石卷市住吉町），乃志賀直溫的次子。長兄直行前一年夭折。父親當時任職石卷第一銀行支店（分行）。祖父直道是福澤諭吉的門生，明治維新後任相馬藩權知事、福島縣大參事，旋任舊藩主相馬家的家令，傾力開發足尾銅山，以重建相馬家的財政。直哉受祖父影響甚大。

**一八八五年（明治十八年）二歲**

父親直溫辭去第一銀行之職，赴東京，住在東京麴町區內幸町的相馬藩邸，與祖父母同居。

**一八八九年（明治二十二年）六歲**

入學習院初等科。武者小路實篤誕生。

**一八九〇年（明治二十三年）七歲**

祖父直道辭去相馬家家令之職，移居芝公園五十一號。

**一八九三年（明治二十六年）十歲**

父親直溫入總武鐵路公司。祖父因毒殺舊藩主相馬誠胤之嫌，被拘提七十五天，後經屍體解剖，並無毒殺之事，始還其清白。此事件後寫入直哉的短篇《回憶》中。

**一八九五年（明治二十八年）十二歲**

八月，母親因產後失調去世。九月，入學習院中等科。秋，父親直溫再婚，繼母為高橋浩。

**一八九六年（明治二十九年）十三歲**

與有島壬生馬（即其後的有島生馬）、田村寬貞、黑木三次等組織倹友會（後改為睦友會），發行《倹友會雜誌》（睦友會雜誌）。閱泉鏡花《化銀杏》等。

**一八九七年（明治三十年）十四歲**

父親直溫在實業界甚活躍。遷居麻布三河台二十七番地（今東京港區六本木四丁目）。

**一八九八年（明治三十一年）十五歲**

升入學習院中等科四年級時，留級。喜歡體育。

**一九〇〇年（明治三十三年）十七歲**

夏，隨書生末永馨往訪內村鑑三，從此常出入內村家門，為時達七年之久，深受其人格影響，卻未受洗為基督徒。

**一九〇一年（明治三十四年）十八歲**

發生足尾礦毒公害事件，輿論沸騰。擬與睦友會友人赴現場視察，與父親衝突，終於未能成行。亦因此舉，造成父子長年不睦的局面。

**一九〇二年（明治三十五年）十九歲**

學習院中等科畢業時，再度留級，與武者小路實篤、木下利玄、正親町公和等同學。

**一九〇三年（明治三十六年）二十歲**

入學習院高等科（高中）。

**一九〇四年（明治三十七年）二十一歲**

五月，寫《菜花與小姑娘》。常觀看歌舞伎，聽《娘義太夫》，赴曲藝場（寄席）。

**一九〇六年（明治三十九年）二十三歲**

一月，祖父直道去世。學習院高等科畢業，入東京帝國大學文科英文學科（英語系）。在這前後，與山內英夫（里見弴）關係日益密切。

**一九〇七年（明治四十年）二十四歲**

四月，與武者小路實篤、木下利玄、正親町公和召開第一次「十四日會」，形成以後《白樺》的第一核心。八月，決意與家裡的下女結婚，與父親發生激烈衝突，只好放棄婚事。與父親的不睦愈發深化。

**一九〇八年（明治四十一年）二十五歲**

一月，執筆寫《一個早上》。三月到四月，與里見弴、木下利玄同遊關西地方。八月，寫《到網走》，投《帝國文學》，未刊出。九月，寫《速夫之妹》。十二月，寫《粗綢》。此年，從英文學科轉國文學科，不曾到學校。離開內村鑑三。

**一九〇九年（明治四十二年）二十六歲**

執筆寫《鳥尾的疾病》、《天真的年輕法學士》、《剃刀》、《他和大他六歲的女人》等。開始出入遊里（風化區）。

**一九一〇年（明治四十三年）二十七歲**

四月，與武者小路實篤、木下利玄、正親町公和、里見弴、園池公致、兒島喜久雄、柳宗悅、郡虎彥，再加上有島武郎、有島生馬兩兄弟，發行《白樺》雜誌。在《白樺》創刊號發表《到網走》。六月，在《白樺》發表《剃刀》。十一月，《白樺》出《羅丹專號》。此年，正式從東京帝國大學自動退學。

**一九一一年（明治四十四年）二十八歲**

在《白樺》發表《河川在何處》（二月號）、《天真的年輕法學士》（三月號）、《混濁的腦袋》（四月號）、《一月》（後改題為《某一頁》，六月號）、《紙門》（十月號）、《老人》（十一月號）。

**一九一二年（明治四十五年，大正元年）二十九歲**

在《白樺》發表《為祖母》（一月號）、《回憶》（二月號）、《克羅第亞斯的日記》（九月號）。在《朱欒》發表《母親之死與新母親》（二月號）、《正義派》（九月號）。又在《中央公論》發表《大津順吉》（九月號）。《大津順吉》得稿酬百圓。秋，與父親不和，離家出走，獨自赴尾道居住，執筆寫《暗夜行路》的前身《時任謙作》。

**一九一三年（大正二年）三十歲**

一月，由洛陽堂出第一部作品《留女》；在《讀賣新聞》發表《清兵衛與葫蘆》。七月，在《白樺》發表《模特兒的不服》。八月，車禍受傷。九月，在《白樺》發表《事件》，十月，在《白樺》發表《范的犯罪》，赴鹽城溫泉做癒後療養。十一月初旬，由城崎回尾道，得中耳炎，乃回東京，住在大森山王。受夏目漱石之託，為《朝日新聞》撰寫連載小說，先答應，後終於婉辭。

**一九一四年（大正三年）三十一歲**

四月，在《白樺》發表《偷孩子的故事》。五月下旬，與里見弴一起到松江居住。夏，登伯耆大山。九月，移居京都南禪寺北坊。十二月，娶武者小路實篤之表妹康子為妻。父親直溫不同意這婚事，直哉不理，終被父親逐出家門，另立門戶。

**一九一五年（大正四年）三十二歲**

五月，移居鎌倉，住在赤城山大洞。九月，遊上高地、京都、奈良。十月，移居千葉縣我孫子辨天山，在此約住七年。

**一九一六年（大正五年）三十三歲**

六月，長女慧子出生，五十六天後夭折。十二月，至友武者小路實篤也移居我孫子。

**一九一七年（大正六年）三十四歲**

五月，《在城崎》發表於《白樺》。六月，《佐佐木的場合》（獻給故夏目漱石先生）發表於《黑潮》；《大津順吉》收入新進作家叢書，由新潮社出版。七月，次女留女子出生。八月，《美男子夫婦》發表於《新潮》；月末，與父親言歸於好。九月，《赤西蠣太之戀》（後改題為《赤西蠣太》）發表於《新小說》。十月，《和解》（為與父親言歸於好而寫）發表於《黑潮》；《鵠沼行》發表於《文章世界》。

**一九一八年（大正七年）三十五歲**

一月，《夜之光》由新潮社出版。三月，《一個早上》發表於《中央文學》。四月，《一個早上》列入新興文藝叢書，由春陽堂出版。八月，武者小路實篤離開我孫子，到九州日向建設《新村》。

**一九一九年（大正八年）三十六歲**

一月，《十一月三日下午》發表於《新潮》。四月，《和解》收入代表性名作選集，由新潮社出版。四月，《流行性感冒與石》（後改題為《流行性感冒》）發表於《白樺》十週年紀念特刊。《可憐的人》（《暗夜行路》前篇的最終部分）發表於《中央公論》；廣津和郎在《新潮》刊載

《志賀直哉論》。六月，長男直康出生，因丹毒，三十七日後夭逝，其情景可參閱《暗夜行路》後篇。

**一九二〇年（大正九年）三十七歲**

一月至三月，在《大阪每日新聞》連載《一個男人、其姊之死》，乃其唯一新聞小說。一月，《徒弟的神》發表於《白樺》；《謙作的追憶》（《暗夜行路》的序詞）發表於《新潮》；《菜花與小姑娘》發表於《黃金船》。二月，《雪天》發表於《讀賣新聞》。三月，從關西赴九州旅行，順途至《新村》。四月，《山上的生活》（後改題為《焚火》）發表於《改造》。五月，三女壽壽子出生。九月，《真鶴》發表於《中央公論》。

**一九二一年（大正十年）三十八歲**

一月至八月，《暗夜行路》在《改造》連載（七月未刊）。二月，《粗綢》由春陽堂出版。六月，《一個早上》重編後，由春陽堂出版。八月，祖母去世。

**一九二二年（大正十一年）三十九歲**

一月至十月，《暗夜行路》後篇在《改造》連載，順利連載至嬰兒之死。一月，四女萬龜子出生。四月，直哉傑作選集《壽壽》由改造社出版。七月，《暗夜行路》前篇由新潮社出版。是年，芥川龍之介來訪。

**一九二三年（大正十二年）四十歲**

三月，從我孫子移居京都粟田口三條坊。《暗夜行路》暫時停止連載。六月，有島武郎自殺。八月，因關東大震災，《白樺》停刊。十月，移居京都市外山科村竹鼻。

**一九二四年（大正十三年）四十一歲**

一月，《雨蛙》發表於《中央公論》。三月，《真鶴》由新村出版部出版，列為「人類之書」之一。四月，以長與善郎為中心，創刊《不二》雜誌。

**一九二五年（大正十四年）四十二歲**

一月，《護城河邊的住家》發表於《不二》。二月，木下利玄去世。四月，《雨蛙》由改造社出版；移居奈良市幸町。五月，次子直吉出生。九月，《瑣事》發表於《改造》。

**一九二六年（大正十五年，昭和元年）四十三歲**

一月，《山科的記憶》發表於《改造》。二月，《到網走》由新村出版部出版，列為「村之書」之一。四月，《痴情》發表於《改造》。六月，創立座右寶刊行會，出版美術圖錄《座右寶》。九月，《晚秋》發表於《文藝春秋》。十月，《過去》發表於《女性》。十一月，開始續寫《暗夜行路》。

**一九二七年（昭和二年）四十四歲**

一月，《山形》發表於《中央公論》。五月，《山科的記憶》由改造社出版。九月，《在沓掛（地名）——論芥川君》發表於《中央公論》。十月、十一月，《邦子》發表於《文藝春秋》。續寫《暗夜行路》。

**一九二八年（昭和三年）四十五歲**

七月，《創作餘談》發表於《改造》；《志賀直哉集》（現代日本文學全集）由改造社出版，附有序文《夢殿的救世觀音云云》。

**一九二九年（昭和四年）四十六歲**

一月，《豐年蟲》發表於《週刊朝日》。二月，父直溫去世。六月，《志賀直哉・佐藤春夫篇》（明治大正文學全集）由春陽堂出版。十月，五女田鶴子出生。十二月至次年一月，與里見弴到中國東北（滿洲）與華北旅行。小林秀雄在《思想》雜誌發表《志賀直哉》。

**一九三一年（昭和六年）四十八歲**

一月，《韻律》發表於《讀賣新聞》。六月，改造社出版《志賀直哉全集》。年底至次年，出版改造文庫版《志賀直哉全集》八冊。

**一九三二年（昭和七年）四十九歲**

三月，井上良雄在《磁場》發表《芥川龍之介與志賀直哉》。十一月六女喜美子出生。

**一九三三年（昭和八年）五十歲**

九月，《萬曆赤繪》發表於《中央公論》。

**一九三五年（昭和十年）五十二歲**

三月，繼母浩去世。

**一九三六年（昭和十一年）五十三歲**

給新村時代武者小路實篤的信《志賀直哉的信》，由山本書店出版，版稅捐贈給新村。六月，《赤西蠣太》改編為電影，由伊丹萬作導演，片岡千惠藏主演。十一月，短篇集《萬曆赤繪》由中央公論社出版。

**一九三七年（昭和十二年）五十四歲**

四月，《暗夜行路》的最後部分在《改造》發表。九月，《志賀直哉全集》（全九卷）由改造社出版，至次年六月完結；第一回配本是《暗夜行路》前篇，第二回是後篇。

**一九三八年（昭和十三年）五十五歲**

二月，小林秀雄在《改造》發表《志賀直哉論》。四月，離開奈良，遷至東京淀橋區（現在的新宿區）諏訪町。

**一九四〇年（昭和十五年）五十七歲**

四月，移居世田谷區新町。八月，限定版《映山紅》由草木屋出版部出版。

**一九四一年（昭和十六年）五十八歲**

《早春之旅》發表於《文藝春秋》一月號、二月號、四月號。三月，《憶內村鑑三先生》發表於《婦人公論》。此年，為日本藝術院會員。

一九四二年（昭和十七年）五十九歲

七月，《早春》由小山書店出版。十二月，次女留女子與土川正浩結婚。

**一九四三年（昭和十八年）六十歲**

十一月，豪華本《暗夜行路》由座右寶刊行會出版。三女壽壽子與中江孝男結婚。

**一九四四年（昭和十九年）六十一歲**

六月，大正文學研究會編《志賀直哉研究》由河出書房出版，收有中野重治的《暗夜行路雜談》。

**一九四五年（昭和二十年）六十二歲**

四月，四女萬龜子與柳宗玄結婚。八月，日本無條件投降。

**一九四六年（昭和二十一年）六十三歲**

一月，《灰色之月》發表於《世界》。四月，在《改造》發表《國語問題》。

**一九四七年（昭和二十二年）六十四歲**

一月到四月，在《世界》發表《被蝕的友誼》。二月，就任日本筆會會長，以一年為限。五月，五女田鶴子與山田伸雄結婚。十二月，在岩波書店服務的次子直吉與佐藤裕子結婚。

**一九四八年（昭和二十三年）六十五歲**

一月，移居熱海市稻村大洞台。三月，由小山書店出版戰後所寫的新著短篇集《翌年》。

**一九四九年（昭和二十四年）六十六歲**

四月，《暗夜行路》由河出書房出版，列為《現代日本小說大系》之一。十一月，獲文化勳章。

**一九五〇年（昭和二十五年）六十七歲**

一月，《野鴿子》發表於《心》；《秋風》由創藝社出版。三月，限定版《奈良》由三笠書房刊行。

**一九五一年（昭和二十六年）六十八歲**

二月，《野鴿子》由中央公論社出版。十一月，《自行車》發表於《新潮》。

**一九五二年（昭和二十七年）六十九歲**

五月底到八月中旬，與梅原龍三郎、濱田庄司、柳宗悅等同赴歐洲旅遊。

**一九五三年年（昭和二十八年）七十歲**

二月，與廣津和郎夫婦、瀧井孝作、網野菊等在伊豆吉奈溫泉慶祝七十大壽。中村光夫在《文學界》連載《志賀直哉論》。

**一九五四年（昭和二十九年）七十一歲**

一月，《牽牛花》發表於《心》。四月、六月，《惡作劇》發表於《世界》。八月，《牽牛花》由中央公論社出版。

**一九五五年（昭和三十年）七十二歲**

二月，《松川事件與廣津（和郎）君》發表於《中央公論》。五月，移居東京澁谷區常盤松。六月，新書版（四十開本）《志賀直哉全集》（全十七卷）由岩波書店出版，至次年二月刊行完畢。

**一九五六年（昭和三十一年）七十三歲**

三月，《白線》發表於《世界》。

**一九五七年（昭和三十二年）七十四歲**

十一月，六女貴美子與安場保文結婚。

**一九五八年（昭和三十三年）七十五歲**

二月，《紀元節》發表於《朝日新聞》。六月，《八角金盤的花》由新樹社出版。

**一九五九年（昭和三十四年）七十六歲**

六月，座右寶圖錄《樹下美人》由河出書房新社出版。秋，《暗夜行路》改編為電影，由豐田四郎導演，池部良與山本富士子主演。在銀座三越舉行《志賀直哉展》。

**一九六〇年（昭和三十五年）七十七歲**

九月，《夕陽》由櫻井書店出版。

**一九六一年（昭和三十六年）七十八歲**

《白樺》的同人：至友柳宗悅、長與善郎去世。

**一九六三年（昭和三十八年）八十歲**

八月，《盲龜浮木》發表於《新潮》。

**一九六六年（昭和四十一年）八十三歲**

二月，《白線》由大和書房出版。五月，限定本《動物小品》由大雅洞出版。十一月，與妻子、武者小路實篤赴日本近代文學館看「托爾斯泰展」。

**一九六八年（昭和四十三年）八十五歲**

九月，至友廣津和郎去世。十一月，文藝春秋出版安岡章太郎《志賀直哉私論》。

**一九九六年（昭和四十四年）八十六歲**

二月，《志賀直哉對談集》由大和書房出版。三月，《枇杷花》由新潮社出版。《夜之光》和《暗夜行路》分別於四月和九月由近代文學館和圖書月版刊行豪華本，是以名著影印形式出版。

**一九七〇年（昭和四十五年）八十七歲**

四月，《大津順吉》以名著影印形式由近代文學館和圖書月版刊行。八月，入關東中央醫院住院二週，後回家療養。

**一九七一年（昭和四十六年）八十八歲**

五月，《留女》以名著影印形式由日本近代文學館和圖書月版刊行。八月，得肺炎，再入關東中央醫院。十月二十一日，因肺炎和全身衰弱去世。在青山葬儀場舉行簡單的葬禮。十二月，預定做九十大壽時出版的豪華本《內行人與外行人》由座右寶刊行會出版。

**一九七三年（昭和四十八年）**

五月，《志賀直哉全集》（全十四卷，別卷一卷）開始由岩波書店刊行。其中包含《暗夜行路》草稿及其他許多未定稿和新資料。

國家圖書館出版品預行編目資料

暗夜行路 / 志賀直哉作；李永熾譯. -- 初版. -- 臺北市：商周,
城邦文化出版：家庭傳媒城邦分公司發行, 2015.04
面；　公分

ISBN 978-986-272-752-2（平裝）

861.57　　104001551

# 暗夜行路

原著書名 / 暗夜行路
作　　者 / 志賀直哉
譯　　者 / 李永熾
企畫選書、責任編輯 / 夏君佩

版　　權 / 吳亭儀
行銷業務 / 李衍逸、黃崇華
總 編 輯 / 楊如玉
總 經 理 / 彭之琬
發 行 人 / 何飛鵬
法律顧問 / 台英國際商務法律事務所 羅明通律師
出　　版 / 商周出版
台北市104民生東路二段141號4樓
電話：(02) 25007008　傳眞：(02)25007759
E-mail：bwp.service@cite.com.tw
Blog：http://bwp25007008.pixnet.net/blog
發　　行 / 英屬蓋曼群島商家庭傳媒股份有限公司城邦分公司
台北市中山區民生東路二段141號2樓
書虫客服服務專線：(02)25007718；(02)25007719
服務時間：週一至週五上午09:30-12:00；下午13:30-17:00
24小時傳眞專線：(02)25001990；(02)25001991
劃撥帳號：19863813；戶名：書虫股份有限公司
讀者服務信箱：service@readingclub.com.tw
城邦讀書花園：www.cite.com.tw
香港發行所 / 城邦（香港）出版集團有限公司
香港灣仔駱克道193號東超商業中心1樓
E-mail：hkcite@biznetvigator.com
電話：(852) 25086231　傳眞：(852) 25789337
馬新發行所 / 城邦（馬新）出版集團【Cite (M) Sdn. Bhd.】
41, Jalan Radin Anum, Bandar Baru Sri Petaling,
57000 Kuala Lumpur, Malaysia.
Tel: (603) 90578822  Fax: (603) 90576622
Email: cite@cite.com.my

封面設計 / 廖韡
排　　版 / 極翔企業有限公司
印　　刷 / 韋懋印刷事業有限公司
總 經 銷 / 高見文化行銷股份有限公司
電話：(02)26689005　傳眞：(02)26689790　客服專線：0800-055-365

■2015年3月31日初版
■2015年5月13日初版2.5刷
定價400元

Printed in Taiwan

| | |
|---|---|
| 廣 告 回 函 | |
| 北區郵政管理登記證 | |
| 北臺字第000791號 | |
| 郵資已付，免貼郵票 | |

104 台北市民生東路二段141號2樓

英屬蓋曼群島商家庭傳媒股份有限公司城邦分公司 收

請沿虛線對摺，謝謝！

書號：BL5068 書名：暗夜行路 編碼：

請於此處用膠水黏貼

商周出版

# 讀者回函卡

感謝您購買我們出版的書籍！請費心填寫此回函卡，我們將不定期寄上城邦集團最新的出版訊息。

不定期好禮相贈！
立即加入：商周出版
Facebook 粉絲團

姓名：________________ 性別：☐男 ☐女

生日：西元________年________月________日

地址：________________

聯絡電話：________________ 傳真：________________

E-mail ：

學歷：☐ 1. 小學 ☐ 2. 國中 ☐ 3. 高中 ☐ 4. 大學 ☐ 5. 研究所以上

職業：☐ 1. 學生 ☐ 2. 軍公教 ☐ 3. 服務 ☐ 4. 金融 ☐ 5. 製造 ☐ 6. 資訊

☐ 7. 傳播 ☐ 8. 自由業 ☐ 9. 農漁牧 ☐ 10. 家管 ☐ 11. 退休

☐ 12. 其他________________

您從何種方式得知本書消息？

☐ 1. 書店 ☐ 2. 網路 ☐ 3. 報紙 ☐ 4. 雜誌 ☐ 5. 廣播 ☐ 6. 電視

☐ 7. 親友推薦 ☐ 8. 其他________________

您通常以何種方式購書？

☐ 1. 書店 ☐ 2. 網路 ☐ 3. 傳真訂購 ☐ 4. 郵局劃撥 ☐ 5. 其他________

您喜歡閱讀那些類別的書籍？

☐ 1. 財經商業 ☐ 2. 自然科學 ☐ 3. 歷史 ☐ 4. 法律 ☐ 5. 文學

☐ 6. 休閒旅遊 ☐ 7. 小說 ☐ 8. 人物傳記 ☐ 9. 生活、勵志 ☐ 10. 其他

對我們的建議：________________

________________

________________



請於此處用膠水黏貼